EVA-MARIA BAST

Dornenjahre

TURBULENTE ZEITEN Die Lösung des großen Familiengeheimnisses führt tief in die Vergangenheit: in das Deutschland des Dritten Reichs, eine Zeit voller Wirren und Leid. Sophie, die bei ihrem Mann in Frankreich lebt, schließt sich der Résistance an und wird zur Widerstandskämpferin. Luise hat gerade das im Ersten Weltkrieg zerstörte Gut ihrer Eltern in Ostpreußen wiederaufgebaut, als sie aufgrund ihrer Liebe zu einem polnischen Zwangsarbeiter verhaftet wird. Nach ihrer Freilassung muss sie erneut alles zurücklassen, um mit ihrem Kind vor den Russen zu fliehen. Und Johanna profitiert als Firmenchefin von den Nazis, verliebt sich aber wieder in ihren Exgatten Sebastian, der im Untergrund gegen Hitlers Regime kämpft. Um ihre Tochter Susanne zu retten, die einen Juden liebt und dadurch in Gefahr gerät, trifft sie eine folgenschwere Entscheidung – über die Schweigen gebreitet wird, bis alles in Vergessenheit gerät. Doch eine erinnert sich: Susanne, die Jahrzehnte später das Familiengeheimnis lüftet.

Eva-Maria Bast ist Journalistin, Bestseller-Autorin, Verlegerin und Geschäftsführerin der Bast Medien GmbH. Als Romanautorin schreibt sie vor allem historische und zeitgeschichtliche Werke, die in mehrere Sprachen übersetzt wurden. Sie ist Dozentin an der Hochschule der Medien in Stuttgart und Chefredakteurin der Zeitschrift »Women's History«. Für ihre Arbeit wurde Eva-Maria Bast mehrfach ausgezeichnet, unter anderem mit dem Deutschen Lokaljournalistenpreis der Konrad-Adenauer-Stiftung. Nach einigen Jahren in Würzburg lebt sie mit ihrer Familie am Bodensee.

Bisherige Veröffentlichungen im Gmeiner-Verlag:
Miss Würzburg (2022)
Margeritenjahre (2020)
Wolkenjahre (2018)
Dornenjahre (2016)
Kornblumenjahre (2015)
Mondjahre (2014)
Tulpentanz (2013)
Vergissmichnicht (2012)

EVA-MARIA BAST

Dornenjahre

DRITTER TEIL DER JAHRHUNDERT-SAGA

GMEINER

Immer informiert

Spannung pur – mit unserem Newsletter informieren wir Sie regelmäßig über Wissenswertes aus unserer Bücherwelt.

Gefällt mir!

Facebook: @Gmeiner.Verlag
Instagram: @gmeinerverlag

Besuchen Sie uns im Internet:
www.gmeiner-verlag.de

© 2016 – Gmeiner-Verlag GmbH
Im Ehnried 5, 88605 Meßkirch
Telefon 0 75 75 / 20 95 - 0
info@gmeiner-verlag.de
Alle Rechte vorbehalten
6. Auflage 2025

Lektorat: Claudia Senghaas, Kirchardt
Satz: Mirjam Hecht
Umschlaggestaltung: U.O.R.G. Lutz Eberle, Stuttgart
unter Verwendung eines Fotos von: © ullstein bild – Reinke / Dephot
Druck: Custom Printing Warschau
Printed in Poland
ISBN 978-3-8392-1976-8

Dieses Buch ist dem Frieden gewidmet.

Ein Mahnmal aus Worten, inspiriert von unzähligen Zeitzeugenberichten.

Möge sich das, was unsere Vorfahren erleben mussten, nie mehr wiederholen.

Frieden ist ein zerbrechliches Gut. Wir müssen sorgsam damit umgehen.

Liebe Leserinnen und Leser,

viele von Ihnen werden den ersten Teil der Mondjahre-Trilogie bereits kennen. Für diejenigen, die Band 1 und 2 nicht gelesen haben, habe ich hier eine kurze Zusammenfassung geschrieben. Auch wenn jeder Band in sich abgeschlossen ist, sind manche Handlungsstränge doch besser zu verstehen, wenn man weiß, was sich bisher ereignet hat.

Eva-Maria Bast

WAS BISHER GESCHAH

Band 1:

Deutsches Reich 1914: Johanna Gerstett ist voller Idealismus, mutig und ein wenig unkonventionell. Sie hat Lust auf das Leben, will die Welt erobern. Und sie ist zum ersten Mal verliebt – in den Studenten Sebastian Bigall. Auch ihre Tante Sophie, die nur wenige Jahre älter ist als Johanna, hat ihr Herz verloren: an Pierre Didier, einen französischen Journalisten, der über den weltweit Aufsehen erregenden Ferdinand Graf Zeppelin recherchiert. Sowohl Sophie als auch Johanna interessieren sich – für die damalige Zeit ungehörigerweise – für Politik. Und so sind sie denn auch beunruhigt über die Aufrüstungen und beobachten besorgt die Wolken, die am Horizont aufziehen. Dann wird der österreichische Thronfolger in Sarajevo erschossen. Johanna und Sophie erleben die Wirren jener Tage des Kriegsausbruches mit, die Hamsterkäufe, die Jagd nach Gold, die Aufbruchsstimmung und die Angst. Als sich die Fronten zwischen Deutschland und Frankreich verhärten, verlässt Sophies Geliebter das Land – vor seiner Abreise verloben sich die beiden und schlafen miteinander, ein verzweifelter Akt. Sophie wird schwanger, schwanger vom Feind.

Auch Sebastian und Johannas junger Onkel Siegfried müssen in den Krieg ziehen. Siegfried ist beim Kampf um Neidenburg in Ostpreußen dabei und verliebt sich in Luise, bei deren Familie er einquartiert ist. Als die Russen vorrücken, ziehen sich die deutschen Truppen aus Neidenburg zurück – und Siegfried beschwört Luise, mit ihm zu kommen. Aber sie muss auf ihre Eltern warten, die dann jedoch grausam ermordet werden. Schier besinnungslos vor Schmerz, Wut und Hass erlebt Luise die Tage, in denen Neidenburg in russischer Hand ist.

Sophie macht derweil im Lazarett an der Westfront schreckliche Erfahrungen und wird schließlich, als ihre Schwangerschaft nicht mehr zu verbergen ist, entlassen. Siegfried und Luise haben sich inzwischen wiedergefunden und planen ihre Hochzeit in Memel. Während der Vorbereitungen werden Johanna und Luise von den Russen gefangen genommen. Siegfried sieht die beiden Frauen in der Gewalt der feindlichen Soldaten und wird beim Versuch, seine Verlobte und seine Nichte zu retten, vor ihren Augen niedergeschossen. Luise bricht im Zug, der sie nach Russland bringen soll, völlig zusammen. Sie weiß nicht, ob er getötet wurde. Doch Siegfried überlebt – stürzt aber in eine tiefe Krise, weil er ein Bein verliert und sich nur noch wie ein halber Mann fühlt.

Johanna und Luise landen in einem russischen Gefangenenlager. Johanna soll dem dort arbeitenden Arzt assistieren – und hat eines Tages ihre große Liebe, den als vermisst geltenden Sebastian, vor sich auf dem OP-Tisch. Gerade als die beiden Wiedersehen feiern, werden Johanna und Luise als Schwestern nach Petrograd an ein Krankenhaus beordert. Sebastian und sein Freund Karl flüchten aus dem Lager und reisen den Frauen hinterher. Während in Petrograds Straßen die Revolution tobt, spürt Sebastian Luise und Johanna auf. Gemeinsam mit Karl und der jungen russischen Krankenschwester Irina fliehen sie, Irina und Karl verlieben sich ineinander.

Derweil trauert Pierre im feindlichen Frankreich immer noch seiner Sophie nach. Doch seine Mutter versucht, ihn zu verkuppeln. Schließlich heiratet Pierre eine andere, sein Herz gehört aber nach wie vor Sophie.

Sebastian und Karl müssen an die Front zurück. Bei einem Angriff wird Karl vor Sebastians Augen von einer Granate getötet. Sebastian verliert den Verstand. Es dauert lange, bis man den zutiefst Verstörten findet. Während der Kaiser abdankt und die Straßen in Deutschland unter der Revolution brennen, bringt Johanna ihre Tochter Susanne zur Welt. Und Sebastian findet langsam ins Leben zurück.

＊

Band 2:

1923: Auf dem Höhepunkt der Inflation kämpft Johanna in Überlingen am Bodensee darum, ihre Familie satt zu bekommen. Derweil marschieren im Ruhrgebiet Franzosen als Besatzer ein. Luise und ihr Mann Siegfried erleben die Besetzung mit, Siegfried schließt sich einer Untergrund-Bewegung an, die nur ein Ziel hat: die Franzosen zu vertreiben und zu besiegen. Am Bodensee verrät Sophies Schwester Helene ausgerechnet der größten Klatschtante der Stadt deren Geheimnis: Sophies Sohn ist Halbfranzose. Auf Sophie wird ein Anschlag verübt und sie flieht ins

Ruhrgebiet zu Luise, die sie bei sich versteckt. Als Sophies Bruder Siegfried davon erfährt, ist er außer sich vor Zorn. Auch wenn Sophie seine Schwester ist, will er sie auf keinen Fall bei sich aufnehmen, denn sie hat das Schlimmste getan, was der Widerständler sich vorstellen kann: Sich mit einem Franzosen eingelassen, von dem sie obendrein auch noch ein Kind bekommen hat! Siegfried ist es hochpeinlich, einen Neffen zu haben, der Halbfranzose ist, er fürchtet um seinen guten Ruf bei seinen Leuten. Denn seit er im Untergrund ist, genießt er wieder Ansehen. Sein Selbstbewusstsein war stark in Mitleidenschaft gezogen worden, als er im Krieg ein Bein verloren hatte.

Siegfried droht, Sophie zu verraten, es kommt zum Streit und Luise, außer sich vor Angst um ihre Schwägerin und ihren Neffen und völlig verzweifelt darüber, was aus dem Mann, den sie einmal geliebt hat, geworden ist, erschlägt ihn. Es gelingt den beiden Frauen, die Tat glaubhaft zu vertuschen, der Verdacht fällt auf die französischen Besatzer. Aufgeklärt wird der Mord nie.

Johannas Schwester Marlene ist inzwischen zu einer jungen Frau herangewachsen, hungrig auf das Leben, hungrig nach der Liebe. Doch sie gerät an den Falschen: Marlene verliebt sich ausgerechnet in einen Angehörigen der NSDAP und erlebt nicht nur den Hitlerputsch mit, sondern auch, wie dieser ihren Geliebten immer aggressiver macht, bis er sie schließlich vergewaltigt.

In Überlingen am Bodensee ist Johanna immer unzufriedener mit ihrem Leben und ihrer Ehe. Sie hat das Gefühl, dass sie sich ganz alleine für die Familie aufreibt und dafür kämpft, ihre Kinder satt zu bekommen, während ihr Mann Sebastian, der Pfarrer, immer nur die Gemeinde im Kopf hat. Johanna rebelliert. Sie schneidet sich die Haare und die Kleider ab, trägt den Garçonne-Look und verliebt sich obendrein in den Juden Matthias Thannberg, den neuen Schulleiter, der die Nachfolge ihres verstorbenen Groß- vaters antrat. Eine denkbar schwierige Situation, denn Mat- thias Thannberg ist verheiratet und Johanna landet im tota- len Gefühlschaos.

*

Gegenwartsebene:

Durch beide Bände hindurch zieht sich ein zweiter Hand- lungsstrang, der in der Gegenwart spielt. Zita, eine junge Frau aus Stuttgart, ersteigert bei eBay ein winziges altes Notizbüchlein aus Silber, das an einem Band um den Hals getragen werden kann. Als sie das Büchlein in der Hand hält, entdeckt sie, dass sich darin einige lose Seiten mit Notizen befinden. Gebannt entziffert sie die verblassten Aufschriebe, die offensichtlich aus der Zeit des Ersten und Zweiten Weltkriegs stammen. Was sie dort liest, fasziniert sie so sehr und ist so rätselhaft, dass sie beschließt, sich auf Spurensuche zu begeben. Ihre Suche führt sie an den Bodensee nach Überlingen, wo die Nachfahren einer jener Frauen leben, die ins Notizbüchlein schrieben: die Nach- fahren von Johanna. Zu jener Zeit ahnt Zita noch nicht, dass der Fund des Notizbüchleins ihr Leben komplett verän- dern soll: Sie verliebt sich in Philippe, den Urenkel Sophies, den die Spuren der Vergangenheit ebenfalls nach Überlin- gen führen. Und sie entgeht knapp einem Mordanschlag, den Franziska, Johannas kleine Schwester, die inzwischen hochbetagt ist, auf sie verübt. Der Grund: Sie fühlt sich durch Zita und das Notizbüchlein bedroht, denn Franziska hat etwas zu verbergen ... Gemeinsam mit Johannas Nachfahrinnen Mia und Melissa begibt Zita sich auf die Suche nach der Wahrheit, bei der auch Philippe, die Journalistin Alexandra Tuliet und der Polizist Ole Strobehn mithelfen.

TEIL 1
1938 - 1941

1. KAPITEL

Melissa war wie paralysiert. Sie spürte, dass ihre Knie nachgaben, als sie an der Seite ihrer Tochter versuchte, die Straße auf dem Montmartre zu überqueren. Mit wild klopfendem, ach was, mit rasendem Herzen starrte sie das verwunschene Haus an, das da auf der anderen Straßenseite inmitten eines üppig blühenden und ausgesprochen farbenprächtigen Gartens stand. Das Haus, in dem ihre Mutter lebte. Eine Mutter, die sie nie kennengelernt und die sie immer für ihre verschollene Schwester gehalten hatte. Erst vor wenigen Tagen hatte Melissa erfahren, dass es sich bei der Frau, bei der sie aufgewachsen war, gar nicht um ihre Mutter, sondern um ihre *Groß*mutter handelte. Dass Susanne, die verschollene Schwester, über die nie jemand sprach, gar nicht ihre Schwester, sondern ihre Mutter war. Und dass ihr Verschwinden irgendetwas mit dem Dritten Reich und den Nationalsozialisten zu tun hatte.

Mehr wusste sie nicht. Aber nun hatten Melissa und ihre Tochter Mia Susanne gefunden. Wussten, dass sie in diesem Haus lebte. Ganz dicht standen sie vor der Antwort auf all ihre brennenden, drängenden Fragen. Doch mit jedem Schritt, mit dem sich Melissa dem Gebäude näherte, wuchs ihre Panik. Sie *konnte* dort nicht hineingehen. Sie konnte einfach nicht! Hatte diese Frau sie nicht als hilfloses Baby zu Beginn des Zweiten Weltkriegs in Deutschland zurückgelassen? Sie vergessen? Nie wieder nach ihr gefragt und gesucht? Auch nicht nach Kriegsende, als es nun wirklich keine Entschuldigung mehr gab?

Mia, ihre Tochter, die einige Schritte vor Melissa ging, spürte das Zögern der Mutter und wandte sich zu ihr um. »Komm«, bat sie sanft.

»Ich kann nicht«, stieß Melissa mühevoll hervor.

Mia nahm ihre Hand. »Natürlich kannst du, Mama«, erwiderte sie fest. »Ich verstehe, dass du Angst hast. Aber ich bin bei dir. Und sie kann dir nichts tun.«

Melissa schüttelte den Kopf. »Sie hat mir bereits was getan. Das Schlimmste, was eine Mutter ihrem Kind antun kann. Sie hat mich verstoßen, verlassen …«

Mia streichelte mit dem Daumen über die Hand ihrer Mutter, stieß dabei an den vertrauten Mondstein-Ring, den Melissa nie, niemals, ablegte, auch nicht in der Nacht. »Es waren schlimme Zeiten damals«, sagte sie ruhig. »Und wenn deine Mutter wirklich eine Verfolgte war, wovon wir ja momentan ausgehen, dann ist das, was sie getan hat, das Klügste, was sie machen konnte.«

»Aber sie hätte mich wenigstens *danach* suchen können«, beharrte Melissa. »Der Krieg ist seit mehr als einem halben Jahrhundert vorbei!« Es klang wie ein Schrei, und eine elegant gekleidete Französin, die die Straße hinaufeilte, warf ihnen einen misstrauischen Blick zu.

»Vielleicht hat sie das ja auch getan, Mama. Niemand außer ihr wird dir das je sagen können. Und wenn du sie jetzt nicht fragst, dann wirst du dich ewig damit quälen.«

Zaghaft blickte Melissa ihrer Tochter ins Gesicht. »Du hast ja recht«, sagte sie leise.

»Also, kommst du?«

»Ja.« Melissa atmete tief durch und ging dann auf die Haustür ihrer Mutter zu. Ihre Schritte waren zitternd, wurden aber selbstsicherer, je weiter sie sich nach vorne wagte. Und dann hob sie, ohne zu zögern, die Hand an den glänzenden Messingknopf und klingelte.

Es dauerte eine Weile, bis sich drinnen etwas regte. Melissa wollte schon zum zweiten Mal die Klingel betätigen, als sie Schritte hörte, die sich der Tür näherten. Und dann öffnete Susanne Thannberg. »Oui?«, fragte sie und erstarrte. Es war offensichtlich: Die elegant gekleidete und sorgfältig frisierte alte Frau hatte sofort erkannt, wer vor ihr stand.

Doch weder Mia noch Melissa bemerkten die Reaktion. Sie waren beide viel zu sehr mit sich selbst beschäftigt. Melissa mit ihrer Aufregung und Mia mit ihrer Verblüffung. Sie kannte dieses Gesicht. Gut sogar. Sie kannte die Augen und sogar die Art, wie die alte Dame den Kopf bewegte. Sie war ihr regelrecht vertraut. Aber woher? Und warum?

Mia wollte ihre Hand wieder in die ihrer Mutter schieben, stellte aber fest, dass diese ihre Hände zu festen Fäusten geballt hatte. Auf Deutsch sagte sie: »Guten Tag. Mein Name ist Melissa Bigall. Ich bin Ihre Tochter. Und das hier …«, sie schob Mia nach vorne, »ist Ihre Enkeltochter.«

»Ich weiß«, presste die alte Frau hervor, und urplötzlich, von einem Moment auf den anderen, brach sie in Tränen aus. Minutenlang stand Susanne Thannberg mit hängenden Armen da und weinte, weinte, weinte.

Mia und Melissa wechselten einen ratlosen Blick. Dann trat Melissa einen Schritt auf ihre Mutter zu und zog sie in die Arme. Diese für sie so bedeutsame Geste war seltsam und ungewohnt, sie sehnte sich ebenso nach ihr, wie sie sie fürchtete. Doch Susannes Tränen, ihre offenkundige Verzweiflung ließen ihr keine andere Wahl, als zur Handelnden zu werden. Und das half ihr aus ihrer Beklemmung, aus ihrer Starre heraus.

Lange standen sie so, eng umschlungen, dann befreite Susanne sich sanft aus der Umarmung, ein Stück weit nur, sodass sie ihre Tochter ansehen konnte. Sie streckte die Hände aus und ließ sie über Melissas Gesicht wandern, als handle es sich um ein Kunstwerk von ungemeiner Ausdruckskraft. »Dass ich dich einmal berühren darf. Dass ich dich wirklich berühren darf«, flüsterte sie ein ums andere Mal. »74 Jahre lang habe ich mich danach gesehnt. Jeden Tag. Jede Stunde. Jede Minute.«

Auch Melissas Gesicht war tränennass. Die Finger auf ihrer Haut fühlten sich fremd und doch sehr vertraut an. Die Hände einer Mutter. *Ihrer* Mutter.

»Aber warum bist du denn nicht gekommen? Du wusstest doch von mir?«, fragte, nein, krächzte sie, denn die Stimme wollte ihr nicht mehr gehorchen.

»Ich war da, Kind. Ich war ganz oft bei dir als Gast in deiner Pension. Erinnerst du dich nicht?«

Melissa starrte sie an und Mia im Hintergrund schrie leise auf. Natürlich! Jetzt wusste sie, warum ihr die alte Dame so bekannt vorgekommen war. Ihr fielen all die Momente ein, in denen sie mit ihr gesprochen hatte. Sie hatte sie immer besonders sympathisch gefunden – aber auch ein wenig unheimlich, weil sie fand, dass die Frau sie stets so merkwürdig gemustert hatte.

»Das warst *du*?«, fragte Melissa fassungslos. Offenbar hatte sie, im Gegensatz zu Mia, bisher nicht bemerkt, dass Susannes Gesicht kein Unbekanntes für sie war. Kein Wunder, schließlich war Melissa von der Aufregung, die Mutter kennenzulernen, zu keinem klaren Gedanken fähig gewesen. Aber jetzt schien auch sie sich zu erinnern. »Natürlich.

Komisch, dass mir das nicht gleich aufgefallen ist. Dass du mir so bekannt vorgekommen bist, habe ich darauf zurückgeführt, dass du… dass du… meine Mutter bist.«

Susanne nickte. »Ich bin jedes Jahr gekommen, seit … seit ich davon erfahren habe, dass du nicht gestorben bist. Dass du lebst …«

»Warum sollte ich gestorben sein?«, fragte Melissa verblüfft.

Susanne schüttelte den Kopf. »Es ist kompliziert. Ich muss alles der Reihe nach erzählen.« Schüchtern lächelte sie Tochter und Enkeltochter an. »Ich habe gestern gebacken. Möchtet … ihr ein Stück Kuchen?«

»Gern«, sagte Mia, die die ganze Zeit stumm neben ihrer Mutter und ihrer Großmutter gestanden hatte. »Aber eine Frage würde ich gerne gleich stellen.«

»Ja?« Susanne lächelte ihr aufmunternd zu.

»Franziska – deine … Tante hat doch bis zu ihrem Tod vor ein paar Wochen mit uns unter einem Dach gelebt. Hat sie dich denn nicht erkannt?«

Susanne war beim Klang des Namens zusammengezuckt. Ein Schatten war über ihr Gesicht gefallen. Doch sie riss sich zusammen, hatte sich schnell wieder im Griff. »Franziska hatte mich das letzte Mal 1939 gesehen«, erklärte sie. »Damals war ich eine sehr junge Frau, fast noch ein Mädchen. Heute bin ich alt. Es war ihr völlig unmöglich, mich zu erkennen. Und nun kommt. Wollen wir nach draußen gehen?«

Susanne führte ihre beiden Besucherinnen auf eine herrliche Terrasse. Korbsessel standen unter einem großzügigen Metallpavillon im Jugendstil, duftende Rosen rankten sich nach oben, dazwischen prachtvoller Lavendel. »Ich bin gleich wieder da«, verkündete sie und kehrte kurz darauf mit einem Tablett zurück, auf dem ein frischer Apfelkuchen neben Schlagsahne stand, außerdem Tee, Milch und Sahne in einem Service aus Silber und zarte, bemalte Tassen.

»Ich weiß gar nicht, wo ich anfangen soll«, sagte Susanne schließlich.

»Am besten 1939. Als du gegangen bist und mich – zurückgelassen hast«, schlug Melissa vor. Es sollte nicht vorwurfsvoll klingen, aber sie konnte nicht verhindern, dass ihre Stimme bebte.

Sofort legte Susanne ihre schmale, schwer beringte Hand auf die etwas fülligere ihrer Tochter. »Ich wollte dich nicht verlassen, glaub mir. Wir haben das nur getan, damit du nicht gefährdet wirst. Mutter wollte mit dir nachkommen, sobald ich deinen Vater gefunden habe. Oder ich wollte zurückkommen und dich holen, sobald wir einen sicheren Ort zum Leben gefunden hätten.«

»Es war nicht so gemeint«, versicherte Melissa rasch und bewegte ihre Hand zaghaft unter der ihrer Mutter. »Das sollte kein Vorwurf sein, entschuldige bitte.«

Susanne nickte. »Es war im Herbst 1938 und ich war frisch verliebt«, begann sie ihre Erzählung. Ihre Augen verschleierten sich und man konnte sehen, dass sie tief, ganz tief in die Vergangenheit blickte …

2. KAPITEL

75 Jahre zuvor
Konstanz, Bodensee, 9. auf 10. November 1938

»Aber ich liebe ihn, Mutter.«

Johanna zog die gewölbten Augenbrauen sehr weit hoch und musterte ihre Tochter mit einem Blick, der Susanne kühl vorkam – der aber alles andere war als das. Es lag Sorge darin, Sorge um ihre kleine Tochter, die nun schon so groß war. Und wie sie da so stand und auf ihrer Liebe zu Leopold beharrte, erinnerte sie Johanna an sich selbst: 24 Jahre war es her, sie noch keine 20, und sie hatte Susannes Vater geliebt, war durch die Welt geschwebt und hatte die dunklen Wolken am Horizont einfach weggelächelt. Nun standen wieder dunkle Wolken am Horizont, dunkler noch als damals, und wieder liebte ein junges Mädchen einen jungen Mann. Einen Mann, der Jude war. Johanna presste die Lippen aufeinander, löste sie dann wieder und strich ihren Rock glatt.

»Das spielt keine Rolle«, beschied sie ihrer Tochter knapp. »Es ist zu gefährlich.«

»Weil er *Jude* ist?« Die Empörung stand Susanne ins Gesicht geschrieben.

»Ja«, sagte Johanna ruhig. »Weil er Jude ist.«

»Ich hätte nie gedacht, dass du auch so denkst!«, spie ihre Tochter ihr entgegen. »Dass du auch so *bist!*«

Johanna zuckte zusammen, öffnete den Mund, um etwas zu sagen, doch die Worte droschen wie Prügel auf sie ein. »Susanne«, setzte sie an.

»Nein Mama.« Die junge Frau drehte ihr den schmalen Rücken zu und starrte aus dem Fenster. »Nein.« Leise fügte sie hinzu: »Ich habe dich immer und immer und immer bewundert. Weil du so stark warst, so unabhängig. Weil du nie angepasst warst. Und jetzt bist du angepasster als alle. Ich dachte immer, du wärst stärker als Papa. Aber Papa tut wenigstens etwas, mit seiner Bekennenden Kirche. Und du, du hast immer nur das Geld und die Geschäfte im Kopf.«

Langsam wandte sie sich wieder um und sah ihrer Mutter ins Gesicht. »Ist es das?« fragte sie tonlos. »Du hast Angst, dass du keine Aufträge mehr erhältst, wenn rauskommt, dass deine Tochter sich mit einem Juden eingelassen hat?«

»Nein. Das ist es nicht«, widersprach sie. Ich habe Angst um *dich*.« Aber noch während Johanna die Worte aussprach, wusste sie, dass es nicht stimmte. Zumindest nicht ganz. Es ging ihr keineswegs ausschließlich um ihre Tochter. Es ging ihr auch zu einem sehr großen Teil um die Firma, die florierende Firma, die sie in den letzten 15 Jahren zu einem sehr erfolgreichen Unternehmen gemacht hatte.

Johanna konnte sich selbst nicht mehr leiden: Eine Frau, der Macht, Geld und Ansehen wichtiger waren als die Menschen, die ihr nahestanden. Wann war sie so geworden, fragte sie sich. Was war mit der jungen Frau passiert, die voller Ideale und voller Überzeugungen am Anfang eines verheißungsvollen Lebens gestanden hatte? Hatte der Krieg sie getötet? Der Kummer, die Entbehrungen, der Hunger? Die Sorge um ihren Mann, der von einer Krise in die andere stürzte und den sie stets aus irgendeinem Schlamassel befreien musste? Ja, dachte Johanna, sie hatte im Leben gelernt, dass sie sich auf nichts verlassen konnte als auf sich selbst.

Sie betrachtete ihre Tochter, diese junge Frau, die jetzt so zornig vor ihr stand und die sie in den Armen gehalten hatte, als das kleine Mädchen vor Hunger weinte, damals, während der Inflation 1923. Daraufhin hatte sie die Ärmel hochgekrempelt und in ihrem Garten Gemüse angebaut. Und irgendwann war aus der idealistischen, weichen Frau eine harte Matriarchin geworden.

Sehnsüchtig blickte sie in Susannes leuchtendes Gesicht. Sie wäre so gerne wie sie, sie wäre so gerne wieder jung. Aber sie hatte gelernt, dass das Leben bitter und hart sein konnte, dass es gnadenlos zuschlug. Dieses Wissen hatte sie ängstlicher gemacht und angepasster, da hatte Susanne vollkommen recht.

Aber es lag auch viel Wahrheit in den Worten, die sie eben zu ihrer Tochter gesagt hatte: »Ich habe Angst um dich.« Sie wollte nicht, dass Susanne den gleichen Schmerz erdulden musste wie sie. Sie wollte ein glückliches, ein unbeschwertes Leben für ihr Kind.

»Es ist verboten, Susanne«, sagte sie deshalb ruhig. Für einen Moment überlegte sie, ob sie ihrer Tochter gestehen sollte, dass auch sie einen Juden geliebt hatte, den Vater des Mannes, den Susanne liebte. Aber sie schluckte die Worte hinunter. Susanne hätte kein Verständnis dafür, denn sie, Johanna, würde damit ja vor allem auch eingestehen, Susannes Vater betrogen zu haben.

»Und wenn es verboten ist, ist es falsch?«, fauchte ihre Tochter gerade. »Das kann ich nicht finden. Ich liebe Leopold und ich werde ihn nicht aufgeben, nur weil so ein Wahnsinniger namens Hitler auftaucht. Und übrigens: Ich erwarte ein Kind von Leopold.« Trotzig starrte die junge Frau ihrer Mutter ins Gesicht, auf dem sich Fassungslosigkeit ausbreitete, als draußen die Hölle losbrach. Fensterscheiben klirrten, Menschen brüllten. Hastig wandte sich Susanne um und starrte aus dem Fenster. Mit einem

Satz war Johanna bei ihr und blickte ebenfalls in die kalte Novembernacht hinaus, wo die Horden auf jüdische Geschäfte einschlugen. Und voller Entsetzen betrachteten sie später den Feuerschein am Himmel, als die Synagoge in Flammen aufging.

3. KAPITEL

Paris, Frankreich, Anfang November 1938

Sophie lächelte still in sich hinein, als sie auf der Champs Élysées in Richtung Arc de Triomphe eilte. Seit 13 Jahren lebte sie nun schon mit ihrem Pierre in Frankreich. Und sie dachte, dass ihr dieses Land inzwischen viel mehr Heimat geworden war als ihr ursprüngliches Zuhause, Deutschland, es je gewesen war – wenn das Leben in der Pariser Gesellschaft auch manchmal alles andere als einfach war. Das dachte sie nicht zum ersten Mal, sondern dieser Gedanke war allgegenwärtig, seit fünf Jahren, seit die Nationalsozialisten in jener kalten Januarnacht 1933 die Macht ergriffen hatten und wenige Wochen später der Reichstag brannte. Und sie dachte es jedes Mal aufs Neue, wenn sie wieder jemanden traf, der aus der Heimat geflohen war. Immer mehr Menschen aus Deutschland kamen an, immer größer wurde der Kreis. Juden, Intellektuelle, Künstler, Schriftsteller.

Anfangs war es besonders schwer für sie gewesen, hier in Frankreich. Pierres Familie war ihr mit offener Feindseligkeit begegnet und hatte dafür gesorgt, dass man sie aus den Kreisen, zu denen sie durch ihre Heirat nun mal gehörte, ausschloss. Nicht offiziell, versteht sich. Nach außen hin war man Sophie mit ausgesuchter, aber eiskalter Höflichkeit begegnet. Aber sie hatte die hämischen Blicke und das Getuschel sehr wohl bemerkt und auch, dass man sie zu wichtigen Ereignissen einzuladen vergaß. Pierre hatte immer versucht, sie aufzuheitern. Ihr weismachen wollen, dass es gewiss keine Absicht gewesen sei. Beide wussten, dass es leere Worte waren. Um seiner und ihrer Ohnmacht etwas entgegenzusetzen, hatte er ihr schließlich empfohlen, selbst eine Gesellschaft zu geben.

Sie hatte die Idee begeistert aufgegriffen, es war ihr Rettungsanker gewesen, sie hatte sich enorm angestrengt, Wochen mit der Planung verbracht. Dann war der große Tag angebrochen – und mit ihm eine Absage nach der anderen ins Haus geflattert. Die Gründe waren allesamt fadenscheinig, manchmal waren gar keine genannt worden. Es war eine offene Provokation.

Sophie hatte stundenlang in Pierres Armen geweint, dann kam der Trotz. Sie werde diesen arroganten Personen nicht länger hinterherlaufen, hatte sie erklärt und Pierre mit blitzenden, zornigen Augen angesehen. Er hatte gelächelt, denn das war Sophie, seine Sophie. Dieses zarte, zähe Wesen, diese liebliche, widerspenstige Frau. Sophie war ins Schreiben geflohen, wie sie das früher schon getan hatte. Damals wie heute trug sie immer ein kleines silbernes Notizbüchlein um den Hals, in dem sich in den Zeiten, als sie von Pierre getrennt war, auch dessen Foto befunden hatte. Ihrem Notizbuch vertraute sie alles an. Das Glück, trotz aller Ablehnung eine neue Heimat gefunden, und den Schmerz, die alte verloren zu haben.

Es tat noch immer weh, so weit entfernt von ihren Lieben zu sein – und sie sorgte sich auch um sie, denn das, was dieser Tage in Deutschland passierte, gefiel ihr ganz und gar nicht.

Auch darüber schrieb sie, und lang schon war ihr das Schreiben viel mehr als nur eine Flucht geworden. Die Welten, die sie auf dem Papier erschaffen konnte, zogen sie mehr und mehr in ihren Bann. Bessere Welten. Friedlichere Welten. Aber auch Welten voller Gegensätze. Auf dem Papier, fand sie, erklärte sich vieles, das im Leben eigentlich nicht erklärbar war, wie von selbst.

Sophie schrieb Gedichte, Erzählungen, schließlich sogar einen Roman. Als 1933 die ersten Flüchtlinge aus ihrer alten Heimat in Frankreich angekommen waren und sich die deutschenfeindliche Stimmung noch verstärkt hatte – man wahrte Sophie gegenüber inzwischen nicht einmal mehr den Schein der Höflichkeit, ließ sie die Verachtung offen spüren –, hatte sie auch diesen Schmerz ihrem Tagebuch anvertraut. Die nationalistische Presse schürte den Hass gegen die Deutschen nun ganz offen, und Pierre, ebenfalls Journalist, wurde nahegelegt, zu kündigen, da man nicht dulden könne, dass er eine Deutsche zur Frau habe.

Er war hocherhobenen Hauptes gegangen, hatte zuvor aber noch erklärt, er habe ohnehin kündigen wollen, da er die Richtung, in die sich das Blatt entwickelt habe, nicht im Geringsten vertreten könne. Zu Hause hatte er versucht, Sophie zu trösten, ihr zu erklären, woher diese Ablehnung kam. »Sie sind unsicher, Chérie«, hatte er gesagt, als er sie abends im Bett in den Armen hielt. »Sie haben Angst vor den Deutschen, sie haben das Leid des Kriegs noch lang nicht vergessen.« Sophie schmiegte sich enger in seine schützende Umarmung. »Was sollen ihnen diese armen, hungernden Menschen denn tun? Sie haben ja nichts außer einem Koffer.«

»Sie sind misstrauisch, mon amour.« Pierre küsste sie auf die Stirn. »Und sie haben Angst, dass sie mit ihnen teilen müssen. Ihre Nahrung. Ihre Arbeitsplätze.«

»Und nun hast du also auch keine Arbeit mehr«, seufzte Sophie. »Und ich bin schuld.«

Pierre lächelte in sich hinein. »Auch ohne dich hätte ich diese Arbeit niedergelegt. Ich muss hinter dem stehen, was ich tue. Du weißt, dass wir nicht verhungern werden.«

Pierre hatte zwar aufgrund der Abneigung, die seine Mutter Sophie entgegenbrachte, endgültig mit ihr gebrochen, sein verstorbener Vater und seine Großmutter hatten ihm jedoch ein stattliches Vermögen hinterlassen. Pierre arbeitete, weil er es wollte, nicht, weil er musste. Sie lebten in einem eleganten, stuckverzierten Stadthaus nahe der Champs Élysées, das schon immer viel zu groß für sie beide und das Personal gewesen war und das völlig überdimensioniert wirkte, seit Raphael, ihr Sohn, ausgezogen war mit der Begründung, er müsse nun lernen, auf eigenen Beinen zu stehen. Zu groß oder nicht: Sie hätten sich nie vorstellen können, es zu verkaufen, es war ihnen in den letzten 15 Jahren ein Zuhause gewesen. Und das würde es immer bleiben.

»Was wirst du jetzt tun?«

»Ich will eine eigene Zeitung gründen«, verkündete

Pierre. »Eine Zeitung, die sich offen und ehrlich mit dem auseinandersetzt, was um uns herum geschieht. Und wer weiß, vielleicht schreibst du ja eines Tages für mich.«

Sophie strahlte. Seine Worte verliehen ihr Flügel, sie schrieb mehr und immer mehr, und je mehr sie schrieb, desto mehr fand sie zu sich selbst. Sie lernte sich beim Schreiben kennen, stellte sie fest. Manchmal saß sie da und starrte staunend auf das, was sie da gerade verfasst hatte, nicht wissend, woher all die Gedanken und Einfälle kamen. Wenn sie schrieb, war sie ganz frei, ganz weit.

Sie schleuderte ihre Wut auf Papier, als sie von den Bücherverbrennungen der Nazis im Mai 1933 hörte. Und so schwer es ihr fiel, sich von diesen ihren kostbaren Büchern zu trennen, trug sie sie ein Jahr später doch in die deutsche Freiheitsbibliothek, die der ebenfalls emigrierte Alfred Kantorowicz in Paris gründete. Mit diesem Tag eröffnete sich Sophie eine ganz neue Welt. In der deutschen Freiheitsbibliothek trafen sich Exilanten, tauschten sich aus – die meisten von ihnen waren dem Schreiben ebenso verfallen wie Sophie. Sie lernte Heinrich Mann kennen, den Journalisten Egon Erwin Kisch, Anna Seghers. Jeder Tag, jede Stunde, jede Minute mit ihnen war Sophie Inspiration, sie sah die Welt immer mehr mit den Augen einer Schriftstellerin. Wenn sie durch die Straßen streifte, bemerkte sie Dinge in einer Detailgenauigkeit, die sie beinah schmerzte, sie rang um Worte, weil sie zu Papier bringen wollte, was sie sah. Manchmal sprudelte es nur so aus ihr heraus, manchmal verzweifelte sie, weil sie keinen Begriff fand. Und manchmal sah sie sich der Flut der Worte und der Eindrücke, die auf sie einströmten, beinahe hilflos gegenüber und geriet in Panik, weil ihr Füller nicht schnell genug schrieb, um all das, was sie sagen wollte, zu

Papier zu bringen. Sophie schrieb von den Augen der Menschen, die erst im KZ gewesen und dann geflohen waren, Menschen, die sie in der Hilfsorganisation für Flüchtlinge kennenlernte, in der sie sich engagierte. Sie schrieb von dem Kind, das jeden Tag auf der Kante des Bürgersteigs saß, traurig vor sich hinstarrend, mit gebrochenen Augen. Sie schrieb von ihrem Sohn Raphael – von dem sie zu wissen glaubte, dass er Frauen nicht liebte, sondern Männer. Raphael hatte zwar eine Freundin, war aber nicht glücklich, und mit der Intuition einer Mutter vermutete sie, warum, dachte auch, dass er es sich nie eingestehen und deshalb sein Leben lang unglücklich sein würde.

Sophie hatte sich lang gegen ihren Verdacht gewehrt, es war ihr fremd gewesen und sie sprach darüber auch nicht mit Pierre, sie wollte es erst selbst begreifen, und sie war sich fast sicher, dass er es nicht verstehen, vermutlich sogar verurteilen würde. Ihr selbst schien es in dieser offenen, dieser freien Welt der exilierten Schriftsteller, in der sie nun lebte, begreiflich zu sein, dass ein Mann auch Männer lieben konnte. Und eine Frau Frauen. So weit schienen ihre Gedanken mit einem Mal zu sein – denn sie war ja nun in der Lage, mit ihren Worten Welten zu schaffen –, dass ihr auch die Liebe zwischen Menschen unendlich weit schien. Das Einzige, was sie irritierte, war, dass man sich zwischen den Geschlechtern entscheiden sollte. Sophie grübelte darüber nach, ob es nicht eher so wäre, dass es auf den Menschen ankam statt auf das Geschlecht. Auf ihren Streifzügen durch Paris sah sie sich die Gesichter von Liebenden, die ihr begegneten, genau an und sie fragte sich, was sie zueinander hinzog. Sie wusste, dass sie Pierre liebte, immer lieben würde, aber sie dachte nun darüber nach, was passiert wäre, wenn Pierre eine Frau gewesen wäre und sie in einer Welt gelebt hätte, in der nicht klar definiert war, dass Männer Frauen zu lieben hatten und Frauen Männer. Sie hatte das Gefühl, dass die Liebe alles andere auszuhebeln und die engen Schranken zu sprengen vermochte, in die die Welt und gerade auch die Deutschen sich selbst sperrten.

Sophie fühlte ein überwältigendes Gefühl der Freiheit in sich aufsteigen – eine Freiheit, die in gewaltigem Gegensatz zu dem stand, was da gerade in dem Land passierte, in dem sie geboren worden war.

Einem Impuls folgend, warf sie die Arme in die Luft des kalten Pariser Wintermorgens, hob ein Bein und drehte sich jubelnd um sich selbst. Den vorübereilenden Menschen, die ihr verwunderte Blicke zuwarfen, schenkte sie ein strahlendes Lächeln.

4. KAPITEL

Überlingen, Bodensee, 10. November 1938

Babette hatte immer gewusst, dass es ein Fehler gewesen war: Als sich Matthias, ihr Mann, 1923 um die Stelle des Schulleiters in Überlingen bewarb, hatte er verschwiegen, dass er Jude war. Lang schon hatte er die Stelle nicht mehr inne, lang schon war es herausgekommen, lang schon wollte man sie nicht mehr. Weder Matthias als Lehrer christlicher Schüler, noch, so empfand es Babette, die ganze Familie Thannberg. Der jüdische Textilhändler Levi hatte Matthias eine Anstellung in seinem Geschäft gegeben, und Matthias, der einstige Schuldirektor, bediente die ehemaligen Eltern seiner Schüler hocherhobenen Hauptes und mit allem Stolz, den er an den Tag zu legen vermochte. Doch es war immer schwerer geworden. Schilder, auf denen stand: *Kauft nicht bei Juden*, hatten sie draußen ans Schaufenster geklebt und wenn auch viele Überlinger sich davon nicht abschrecken ließen und wie eh und je bei Levi kauften – gestern Nacht hatten sie alles zerschlagen, die Horden mit ihren dicken Knüppeln. Fassungslos hatten Matthias und Babette am Fenster des schräg gegenüberliegenden Hauses, in dem sie wohnten, seitdem sie das Alte Schulhaus hatten verlassen müssen, gestanden und zugesehen, wie alles zu Bruch ging, was Viktor Levi und sein Vater Wilhelm sich aufgebaut hatten. Dann ging der Mob dazu über, Möbel aus dem Fenster der darüberliegenden Wohnung zu schmeißen oder zu zertrümmern. Stühle. Den Tisch, an dem Babette so oft mit Frau Levi Tee getrunken hatte. Das Klavier, auf dem sie abends manchmal saß. An lauen Sommerabenden, wenn an beiden Häusern die Fenster offen standen, waren die Klänge dann und wann zu ihnen herübergeflogen und hatten Babettes stets ängstliches Herz beruhigt und ihr gesagt, dass es doch schön sei auf der Welt, so friedlich.

Matthias hatte getobt, als er sah, was sie den Nachbarn antaten, hinunterrennen hatte er wollen, helfen, sie aufzuhalten. Allein, es gelang ihm nicht, denn sie, Babette, hatte sich zu Boden geworfen, seine Beine umklammert und ihn angefleht, sie nicht im Stich zu lassen. Auch Grete, ihre Tochter, hatte den Vater festgehalten. Und Leopold, ihr verzweifelter Sohn, hatte Matthias erst recht gegeben und mit ihm hinabgehen wollen, doch dann hatte auch er eingelenkt. Zu wütend war die Masse dort unten, zu aufgebracht. Bis zur letzten Sekunde fürchtete Babette, dass sie auf das Wohnhaus zustürmen und in ihre Wohnung einfallen würden. Eine Befürchtung, die zum Glück nicht wahr wurde.

Aber am nächsten Tag kamen sie. Durch das Fenster beobachtete Babette, wie sie Viktor holten, als er draußen auf dem Gehweg die Scherben zusammensammelte. Sie kamen einfach und nahmen ihn mit. Warfen ihn auf einen Lastwagen, als wäre er kein Mensch, sondern ein Gegenstand.

Wenig später kamen sie wieder und stapften mit schweren Schritten auf ihr Haus zu. Babette hielt den Atem an. Nur nicht … nur bloß nicht … Matthias und die Kinder waren nicht da, das beruhigte sie, denn so waren zumindest ihre Liebsten in diesem Moment nicht in Gefahr. Sie war ganz allein und rasend vor Angst, zugleich aber froh, denn sie hatte die absurde Hoffnung, dass sie ihr nichts tun würden und dass die anderen, ihr Mann, ihre Kinder, gerettet werden würden, wenn sie sie heute nicht anträfen.

Zweimal klingelte es an der Tür und Babette dachte noch, dass es erstaunlich war, dass bei *ihnen* selbst der Klingelton bedrohlich klang. »Wer ist da?«, rief sie mit zitternder Stimme, aber die Frage, die keine war, ging unter im Lärm ihrer trommelnden Fäuste. Sie öffnete, die Männer polterten herein. »Wo ist Ihr Mann?«, brüllte der eine, Babette erkannte in ihm den Vater eines ehemaligen Schülers von Matthias. Sie hatte damals schon Angst vor ihm gehabt, weil er so grob und kalt wirkte. Wenn Matthias die Leistung seines unterdurchschnittlichen Sohnes ehrlich und fair – also schlecht – bewertete, hatte der Mann jedes Mal ein riesiges Theater veranstaltet. Als dann herauskam, dass Matthias Jude war, hatte es ohnehin kein Halten mehr gegeben.

Jetzt stapfte der Mann mit seinen schweren Stiefeln und seinem groben Gesicht in ihre Welt und zertrümmerte sie. »Er … er ist nicht hier«, stammelte Babette.

»Ach nein? Und wo ist er?«, bellte der andere, dessen Namen sie nicht kannte.

»Ich … ich weiß es nicht, ich dachte, er ist drüben bei Levi …«

»Lügen Sie hier nicht herum.« Grob stieß der Schülervater sie gegen die Wand. Sie stolperte, fiel zu Boden, blieb liegen, ein zitterndes Häufchen Elend. »Ich weiß es nicht«, schluchzte sie.

»Und Ihr Sohn? Ihre Tochter?«

»Ich weiß es wirklich nicht, so glauben Sie mir doch«, flehte Babette und presste die Hände vors Gesicht.

Plötzlich zückte der Schülervater eine Pistole. »Sie sagen mir jetzt sofort, wo er ist. Ihr Mann hat sich schwerer Vergehen schuldig gemacht.«

»Was hat er denn getan?«, wollte sie fragen, wagte es aber nicht. Babette schämte sich abgrundtief, als sie ihren Verdacht aussprach, der sie so lang schon quälte. Als sie ihren Mann verriet und sagte: »Ich glaube, er ist bei Johanna Bigall in Konstanz.«

5. KAPITEL

Konstanz, Bodensee, 10. November 1938

»Bist du verrückt, hierherzukommen?«, fauchte Johanna und zog Matthias hastig ganz in ihr Appartement, das in einer Seitenstraße lag. Es war die gleiche Wohnung, die sie vor mehr als zehn Jahren angeschafft hatte, damit es einen Ort gab, an dem sie sich lieben, ihre Zweisamkeit genießen konnten. Sie hatte sie damals wegen ihres versteckt gelegenen Eingangs ausgewählt – schließlich waren sie beide verheiratet – und auch heute war sie dankbar dafür, dass die Haustür so verborgen lag. Dennoch blickte sie sich hastig um, um sich zu vergewissern, dass niemand ihren Besucher bemerkt hatte. Es ging ihr vor allem um die eigene Haut, aber jetzt, wo er so unvermittelt vor ihr stand und sie mit seinen durchdringenden Augen ansah, ging es ihr auch um ihn. »Bist du wahnsinnig?«, wiederholte sie, als sie ihn ins Wohnzimmer gezogen und rasch alle Vorhänge zugezogen hatte.

»Du willst nicht mit mir gesehen werden«, stellte Matthias fest, seine Stimme klang bitter. »Das ist mir schon klar.«

»Darum geht es doch gar nicht«, wehrte Johanna entschieden ab. »Weißt du denn nicht, dass hier letzte Nacht die Synagoge gebrannt hat? Weißt du nicht, dass sie einen jüdischen Rechtsanwalt gefangen genommen und so lange gefoltert haben, bis er angeblich auf einem Auge erblindet ist? Weißt du denn nicht, dass sie alle Juden zusammentreiben, und …«

Matthias hörte sie nicht mehr. Er sah, wie sich ihr Mund, ihr schöner, roter, verführerischer Mund, nach dem er süchtig gewesen war, nach dem er immer noch süchtig war, auch wenn mittlerweile ein herrischer Zug um ihn lag, öffnete und schloss. Er sah sie, die Schöne, inmitten all ihrer Pracht. Wie immer war sie vorzüglich und teuer gekleidet, wie immer saß die Frisur perfekt, Schmuck funkelte an Handgelenken und Fingern. Sie hatte Geld, viel Geld, das zeigte auch die exklusive Einrichtung ihrer Wohnung. Und als halte man ihm einen Spiegel vor, sah er auch sich selbst. Einen dünnen, verhärmten Mann mit trübem Blick und struppigem Haar. Einen Versager. Einen, von dem man sich abwenden, vor dem man sich ekeln musste. Einen, der verarmt war, weil er als Jude geboren wurde. Während sie, die einst auch bettelarm gewesen war, sich inzwischen größten Reichtums erfreute.

Johanna sah seine Verzweiflung – und sie schnitt ihr ins Herz. Sie verspürte den Drang, zu ihm zu gehen, ihn an sich zu ziehen und zu trösten. Aber eine eiserne Hand hielt sie zurück. Es ging weniger darum, dass er Jude war, das war ihr vollkommen egal, sie konnte Hitlers Rassenlehre nicht das Allergeringste abgewinnen. Nein, es ging darum, dass er *schwach* war. Und sie hatte genug von schwachen Männern, seit sie ihre besten Jahre damit verbracht hatte, ständig die Schwächen ihres Gatten auszubaden. Gerade deshalb hatte sie sich ja damals in Matthias verliebt – weil er so stark gewesen war. Weil sie sich bei ihm anlehnen konnte. Johanna wusste, dass sie hohe Ansprüche an die Männer stellte, die sie liebte: Einerseits sollten sie stark sein, sie wollte zu ihnen aufblicken und sie bewundern. Andererseits jedoch war sie selbst gerne stark und genoss es, bewundert, ja, verehrt zu werden. Sie wusste, was das für einen Mann bedeutete: Er musste stark sein, aber dennoch nach ihrer Pfeife tanzen, sich ihr in gewisser Weise unterordnen. Und genau das wollte sie ja wiederum nicht.

Matthias war dieser Mann gewesen. Er hatte sie bewundert, sie stark sein lassen, ohne selbst etwas von seiner Stärke zu verlieren. Und nun? Nun war er ein hilfloses Opfer und Johanna bemerkte erschrocken, dass sie das abstieß. Zu dem Schrecken kam die Scham. Was bin ich nur für ein Mensch, dachte sie, dass ich die, die ich liebe, fallen lasse, wenn sie einmal Hilfe brauchen? Dass ich sie fortschmeiße wie ein zerschlissenes Kleid, wenn sie nicht mehr strahlen und glitzern? Sogleich verteidigte sie sich vor sich selbst. Redete sich ein, dass ihr Verhalten kein Wunder sei, wo sie doch jahrzehntelang immer nur gegeben und gegeben und nichts zurückbekommen hatte.

Matthias beobachtete sie, sah, wie es in ihr arbeitete, wie sie mit sich kämpfte, und spürte, dass er sie noch immer liebte. Er riss sie nicht aus ihren Gedanken – das übernahmen die Fäuste, die von draußen an ihre Tür hämmerten.

Johanna und Matthias starrten einander an, namenloses Entsetzen stand in ihren Blicken. »Du musst verschwinden«, flüsterte sie. »Rasch.«

»Aber wohin denn?«, fragte Matthias, weiß wie die Wand.

Das Hämmern wurde lauter. »Einen Augenblick«, rief Johanna. »Sie müssen mir schon die Möglichkeit gewähren, mich anzuziehen. Sie können nicht von mir erwarten, dass ich Sie im Morgenmantel empfange.«

Dann zischte sie Matthias zu: »Steig aus dem Schlafzimmerfenster, das zum Nachbarhaus hin zeigt. Da sieht dich keiner.«

»Aber wir sind hier im dritten Stock«, widersprach Matthias.

»Du musst es schaffen, dich an der Dachrinne entlangzuhangeln und dich auf die Gaupe zu legen, bis sie weg sind. Beeil dich.«

Damit ließ sie ihn stehen, ging zur Eingangstür und öffnete. Missbilligend und mit jedem Zoll eine Dame, sah sie den Männern entgegen. »Was soll das?«, herrschte sie die ungebetenen Besucher an. »Können Sie nicht klingeln?«

Der Kleinere der beiden blickte verlegen zu Boden. In dem anderen erkannte Johanna ihren verhassten Schwager Andreas. Sie atmete scharf ein. Kalt blickte er sie an. »Guten Tag, Johanna«, sagte er mit ruhiger Stimme.

»Guten Tag, Andreas«, erwiderte sie ebenso kalt und dachte, dass sie alles daransetzen musste, Zeit zu schinden. Zeit, die Matthias dringend brauchen würde, um sich in Sicherheit zu bringen.

Andreas drängte an ihr vorbei und sah sich interessiert in der mit kostbaren Antiquitäten eingerichteten Diele um. »Sieh mal einer an«, sagte er und seine Stimme troff vor Hohn. »Hier wohnt die Schönheit also, während ihr Gatte sich diesen Irren angeschlossen hat – dieser *Bekennenden Kirche*! Wie ich höre, hast du kein Interesse mehr an meinem Bruder, diesem Versager!« Er packte sie beim Kinn und schob sein Gesicht nah an ihres. Sie fühlte seinen Atem auf ihren Wangen und stellte verwirrt fest, dass sich in das Gefühl des Abscheus, das sich eigentlich immer sehr verlässlich einstellte, wenn sie in die Nähe ihres Schwagers kam, Erregung mischte. Sie wusste auch genau, woher diese Erregung kam. Es ging wieder um die Männlichkeit, das Gefühl der Stärke, auch wenn es eine falsche Stärke war. Dann kehrte die Scham zurück, mehr noch, Johanna ekelte sich wieder einmal vor sich selbst. Dieser Mann hatte ihre Schwester Marlene vergewaltigt und war für ihren Tod verantwortlich. Er hatte Sebastians Kindheit zerstört. Sie müsste ihm ins Gesicht spucken!

Johanna war derart mit sich selbst beschäftigt, dass sie kaum bemerkte, wie Andreas' Begleiter immer verlegener wurde. »Ich kann dich nur dazu beglückwünschen, dass du das endlich erkannt hast.« Andreas schob sein Gesicht noch näher an ihres heran, sodass sie nur noch ein paar Zentimeter trennten, und sagte dann sehr leise: »Was ich allerdings nicht verstehe, Johanna, ist, dass du dich stattdessen nun mit einem *Juden* abgibst.« Abrupt ließ er sie los und stieß sie dabei leicht von sich. Seine Stimme wurde wieder ganz kalt, als er fragte: »Wo ist er?«

»Wer?« Johanna starrte ihren Schwager an. »Von wem redest du? Was erlaubst du dir, mir eine Affäre mit einem *Juden* zu unterstellen! Das ist eine Unverschämtheit. Ich werde Beschwerde einreichen.«

»Tu das«, erwiderte Andreas ruhig. »Währenddessen sehen wir uns hier mal ein bisschen um.« Er stieß sie beiseite.

»Wenn du mir verraten könntest, wen du bei mir zu finden glaubst, könnte ich dir vielleicht weiterhelfen.« Sie ging an ihm vorbei, setzte sich auf das Sofa und musterte ihn von oben bis unten. »Ansonsten kannst du dich natürlich auch gerne umsehen. Aber bitte sieh zu, dass du nichts kaputtmachst.«

Andreas nickte seinem Untergebenen zu und brummte ein »Seien Sie halt vorsichtiger als bei den anderen« in seine Richtung. Dann ging er zum Sofa, auf dem sie Platz genommen hatte, kniete daneben nieder und stützte sich auf der Armlehne ab. »Wir suchen Matthias Thannberg«, erklärte er. »Seine Frau hat uns mitgeteilt, dass er hier ist.«

Johanna zog in der für sie so typischen Weise die Augenbrauen hoch. »Nun, was immer Frau Thannberg sich da ausgedacht haben mag: Hier ist er jedenfalls nicht. Warum sollte er auch?«

Andreas erwiderte nichts. Sein Begleiter kam aus Johannas Schlafzimmer zurück und schüttelte den Kopf. »Nichts«, verkündete er, und das waren die ersten Worte, die Johanna von ihm hörte.

»Glück gehabt«, sagte Andreas zu Johanna. »Und das gilt für dich wie für mich. Ich habe mich sehr gefreut, dich wiederzusehen, Johanna. Auf bald.« Schwungvoll erhob er sich und ging ohne ein weiteres Wort zur Tür.

6. KAPITEL

Paris, Frankreich, Dezember 1938

»Das ist gut. Das ist sogar ganz hervorragend. Das wird unsere Titelgeschichte für morgen.«

Pierre hieb mit dem Zeigefinger begeistert auf den Artikel, den Sophie ihm vorgelegt hatte. Er hatte Wort gehalten damals und ein eigenes, sozialkritisches Blatt gegründet. Die Zeitung nahm für sich in Anspruch, weder links- noch rechtsgerichtet zu sein, sondern genau in der Mitte zu stehen, und sie war schon kurz nach ihrer Gründung von Frankreichs Politikern gefürchtet. Pierre hatte seine Mitarbeiter zu gnadenloser Detailgenauigkeit erzogen. Zum exakten Hinsehen. Zum Hinterfragen. Mittlerweile war den rund zehn Journalisten, die inzwischen für ihn arbeiteten, genau das in Fleisch und Blut übergegangen. Und zu diesen Journalisten gehörte Sophie – als einzige Frau. Trotz ihrer anfänglichen Begeisterung hatte sie lange gezögert, Pierres Drängen, Mitglied der Redaktion zu werden, nachzugeben: Sie könne das nicht, hatte sie gesagt, sie habe das nicht gelernt und außerdem wisse sie nicht, was sie davon halten solle, für ihren eigenen Mann zu arbeiten. Doch Pierre hatte nur gelacht. »Du kannst das nicht?« Er stand auf, zog eines von den Notizbüchern aus dem Regal, die Sophie Stunde um Stunde voller Eifer füllte, ließ die Seiten über seinen Daumen gleiten.

»Du hast immer schon geschrieben, Sophie«, sagte er eindringlich. »Schon im Moment unseres Kennenlernens habe ich dich mit Schreiben in Verbindung gebracht, damals, als du das silberne Notizbüchlein um den Hals trugst. Du vermagst es, mit deinen Worten Stimmungen sehr genau einzufangen. Und du schaffst es, die Menschen dazu zu bringen, dass sie dir ihre Geschichten erzählen. Gerade auch das, was wehtut. Bitte, ich brauche dich.«

Also hatte sie nachgegeben. Und sie brannte für ihre Arbeit. Sophie schrieb über die Einsamkeit. Über die Unsinnigkeit, Menschen in Nationalitäten zu unterteilen. Über den Wahn, Mauern zwischen den Völkern zu errichten. Über Zwänge und Ängste. Sie wurde immer mutiger, nahm kein Blatt vor den Mund, und auch die Nachbarschaft, die feine Gesellschaft, die sie ja so ablehnte und verachtete, las, was sie schrieb – heimlich, versteht sich.

Heute schrieb sie wieder einmal über Augen. Über die Augen der Kinder. Die leeren, die ängstlichen, die hoffnungsvollen, die verzweifelten, die in Tränen schwimmenden. Sophie blickte täglich in diese Augen. Wenn sie nicht in der Redaktion war, kümmerte sie sich um die Flüchtlingskinder aus Deutschland, die aus den verschiedensten Gründen ohne ihre Eltern in Frankreich ankamen. Sophie schrieb über die Situation der kleinen Flüchtlinge, wies auf Konzerte hin, auf Kleider-, Werkzeug- und Geldsammlungen, die den Flüchtlingskindern zugutekamen. Sophie erklärte ihren Lesern, dass man mit 25 bis 30 Francs schon ungemein viel erreichen könne. Sie warb dafür, Flüchtlingskinder aufs Land zu bringen, und suchte Familien, die sich um sie kümmerten.

Sophie war zwar einsam und isoliert inmitten der französischen Gesellschaft, doch ging es ihr viel besser als zu Zeiten, in denen man sie, zumindest wenn Pierre dabei war, noch gegrüßt hatte. Damals hatte sie sich gefühlt wie ein Boot auf einem riesigen Ozean der Feindseligkeit. Heute war sie in ihrem Element. Die Welt brannte. Aber Sophie war glücklich, weil sie helfen konnte. Weil das, was sie tat, Sinn machte. Weil sie sich gefunden hatte.

7. KAPITEL

75 Jahre später
Überlingen, Bodensee, und Paris, Frankreich, August 2013

»Ich kann es nicht glauben«, grinste Zita. »Ich kann den Boden sehen.«

Philippe drehte sich zu ihr um. »Unglaublich«, sagte er und es klang ein wenig spöttisch. »Nach gefühlten 500 Stück Papier. Und trotzdem haben wir noch immer nicht alle Antworten gefunden.«

Zita und Philippe saßen im Wohnzimmer des Alten Schulhauses vor dem Kamin, Philippe war in sein iPad vertieft und beantwortete E-Mails, Zita hatte sich der riesigen Schublade gewidmet, die sie im Zimmer der verstorbenen Franziska gefunden hatten und in der sich stapelweise alte Briefe und alte Aufzeichnungen fanden. Ebenso wie alte Seiten aus dem kleinen Notizbuch. Überhaupt war das Notizbuch der Schlüssel aller Dinge, der Grund, warum sie hier nebeneinander saßen, warum sie sich gefunden hatten. Zita hatte es vor Kurzem im Internet ersteigert – bei eBay. Es war nicht größer als ein Handteller und man konnte es an einem Band um den Hals tragen. In dem Notizbuch hatten sich rätselhafte Aufzeichnungen befunden, die Zita auf die Spur des Alten Schulhauses in Überlingen gebracht hatten. Mit dem Notizbuch im Gepäck war sie angereist und hatte sich gleich im Alten Schulhaus, das jetzt praktischerweise eine Pension war, eingemietet. Arglos, wie sie war, hatte sie Franziska, einer uralten Frau, die in dem Haus lebte, das Notizbüchlein gezeigt und war daraufhin massiv von ihr bedroht worden. Die alte Dame hatte sogar einen Mordanschlag auf sie verübt, sie vergiften wollen. Mia, die Tochter der Besitzerin, hatte Zita nach dem Giftanschlag ins Krankenhaus fahren wollen, doch dann war Philippe gekommen, der Urenkel von Sophie und Pierre Didier. Im Auftrag seiner Großmutter sollte er genau nach dem Notizbuch suchen, das sich nun in Zitas Besitz befand. Der junge französische Mediziner kam genau richtig, um Erste Hilfe zu leisten. Die beiden verliebten sich ineinander, und gemeinsam mit Mia und Melissa sowie Mias Freunden Alexandra Tuleit und Ole Strobehn durchlebten sie die folgenden turbulenten Tage. Die jungen Leute hatten nämlich beschlossen, unbedingt das mit dem Notizbuch offenbar verbundene Familiengeheimnis zu lüften. Dabei waren sie von Franziska sogar mit einer Waffe bedroht worden. Ole, der Polizist, hatte die uralte Dame verhaftet, wenig später war sie gestorben und hatte Melissa auf dem Totenbett ein Geheimnis anvertraut: dass nicht Johanna, sondern die in Frankreich lebende Susanne Melissas Mutter sei. Daraufhin waren Mia und ihre Mutter nach Frankreich gereist, um Susanne zu suchen – und sie hofften, Antworten zu finden. Auf die Frage, warum Susanne die kleine Melissa einst verlassen hatte, welche Rolle Franziska dabei spielte und was es mit dem Notizbüchlein auf sich hatte. Rätselhaft blieb nach wie vor, wer das Notizbüchlein bei eBay verkauft hatte. Als Absender und als Verkäufer war eine Sophie Didier angegeben, wohnhaft im Alten Schulhaus in Überlingen. Aber Sophie, das hatte Zita inzwischen herausgefunden, war seit Jahren tot und hatte seit den 1920er-Jahren in Frankreich gelebt. Wer versteigerte solch ein wichtiges Familiendokument? Und warum gab er den Namen einer Toten als Absender an? Zita hoffte, dass Mia und Melissa in Frankreich Antworten auf all diese Fragen finden würden. So lange, wie Mutter und Tochter sich dort aufhielten, kümmerten Philippe und sie sich um die Pension, setzten ihre Suche in den zahlreichen Aufschrieben und Unterlagen, die sich im Alten Schulhaus fanden, fort. Und sie genossen ihre Zweisamkeit nach einem handfesten Streit umso mehr, denn Philippe hatte Schwierigkeiten gehabt, sich auf Liebe und eine ernste Beziehung einzulassen.

Ganz unten in der Schublade entdeckte Zita ein kleines Bündel, das von einem hellblauen Seidenband umschlungen war. Vorsichtig zog sie es auf. Es bestand aus einem Blatt Papier und dem vergilbten Foto einer sehr jungen, sehr schönen Frau. Sie drehte das Foto um. *Marlene, 1923* stand darauf. Dann faltete sie das Papier auseinander. Es war ein Brief.

München, März 1926

Liebste Johanna,

ich hätte nie gedacht, daß ich einen Brief einmal mit diesen Worten beginnen würde: Wenn Du dieses Schreiben in den Händen hältst, werde ich nicht mehr leben. Ich werde es zum Postkasten bringen und meinem Leben dann mit einem eisigen Bad in der Isar ein Ende setzen. Du wirst sicher nach dem Grund fragen: Schuld ist Dein Schwager Andreas. Wie Du weißt, hatte ich eine Liebesbeziehung mit ihm, aber er hat mich behandelt wie ein Stück Dreck und tut es noch. Seit dieser Hitler aufgetaucht ist, ist er ein Ungeheuer, Johanna.

Er schlägt mich, er zwingt mich mit Gewalt zum Geschlechtsakt, ich habe furchtbare Angst vor ihm, aber ich komme nicht von ihm los. Nur der Tod kann mich erlösen.

Verzeih mir.

In ewiger Liebe, und bitte kümmere Dich um die Eltern. Es tut mir leid, daß ich Euch diesen Schmerz zufügen muss!

Marlene

»Mein Gott«, flüsterte Zita. »Das ist ja schrecklich. Wie viele schlimme Schicksale es in dieser Familie gibt.«

Sie gab Philippe den Brief und schmiegte sich eng an seine Schulter.

»Weißt du etwas von dieser Marlene? Hat deine Groß-mutter von ihr erzählt?«, fragte sie ihn.

Philippe runzelte angestrengt die Stirn. »Ich erinnere mich ganz dunkel daran, ja«, murmelte er, während er den Brief überflog. »Irgendjemand hat mir mal erzählt, dass ein Mitglied der Familie sich in der Isar ertränkt hat.«

»Mein Gott«, wiederholte sie. »Was die Liebe alles machen kann.«

»Ja.« Philippe legte die Arme um sie und starrte über ihren Kopf hinweg ins Feuer.

Die Liebe machte ihm Angst. Immer noch.

»Ich habe Mutter damals gehasst«, gestand Susanne leise. »Heute verstehe ich sie. Aber ich verstehe auch mich. Ich war so jung und so verliebt. Und wie so viele junge Men-

45

schen war ich entschlossen, gegen das Unrecht auf der Welt zu kämpfen. Doch es gab zu viel Unrecht, das ganze Land war ein riesiger Teich voller Unrecht. Und in diesem Teich gab es viele Fangarme, viel Morast. Wer sich hineinwagte, lief Gefahr, zu ertrinken. Ich hasste Mutter und ich war stolz auf meinen Vater, denn der stellte sich offen gegen das Regime.«

»Er war Mitglied der Bekennenden Kirche, richtig?«, fragte Melissa.

»Ja«, bestätigte Susanne. »Ich habe ihn dafür immer bewundert.«

»Was ist die Bekennende Kirche?«, wollte Mia wissen.

»Sie verstanden sich als Gegenbewegung zu den Deutschen Christen«, erklärte Susanne. »Dein Urgroßvater war von Anfang an dabei. Er hat im Herbst 1933 zusammen mit vielen anderen Pfarrern den Pfarrernotbund gegründet.«

»Pfarrernotbund?«, hakte Mia nach.

»Ja, sie wehrten sich gegen die Ausgrenzung christlicher Juden aus der Kirche. Und sie wehrten sich gegen die Deutschen Christen, die die Bibel im Sinne der Nationalsozialisten verfälschen wollten.« Sie schüttelte missbilligend den Kopf und fuhr dann fort: »Ich erinnere mich noch genau an ein Ereignis im Jahr 1935. Dein Großvater, Melissa, wurde von der Kanzel weg verhaftet, ebenso wie ungefähr 100 andere Pfarrer der Bekennenden Kirche. Das war aber nicht in Überlingen, er lebte damals in Norddeutschland.« Plötzlich musste sie kichern. »Er hat mir mal erzählt, dass die Gefängniszellen um einen Hof herum angeordnet waren, in diesem Hof stand ein Wachmann der Nationalsozialisten. In jeder Zelle waren Pfarrer eingesperrt. Dein Großvater hat dann den Choral angestimmt: ›Eine feste Burg ist unser Gott‹ und alle haben mitgesungen. Sie haben damit nicht mehr aufgehört und den Wachmann fast in den Wahnsinn getrieben.«

Ihr Blick war in die Ferne gerichtet, man sah ihr deutlich an, dass sie mit ihren Gedanken tief in der Vergangenheit war. »Er hat sich nie einschüchtern lassen. Auch nicht, als der Kopf der Bekennenden Kirche, Martin Niemöller, 1937 verhaftet und erst in Sachsenhausen und dann in Dachau inhaftiert wurde.«

»Hat mein ... Urgroßvater denn weiter gepredigt?«, wollte Mia wissen.

Susanne schüttelte den Kopf. »Nein. Er hatte öffentliches Rede- und Schreibverbot, das heißt, er durfte sich nicht mehr in der Öffentlichkeit äußern. Und dann wurde er auch noch aus seiner Pfarrstelle ausgewiesen, er hatte keine Gemeinde mehr. Aber er hat im Untergrund gearbeitet, wie man heute sagen würde. Flugblätter verteilt. Er hatte immer eine sehr starke Wirkung auf die Menschen. Ich weiß, dass er es sich zur Aufgabe gemacht hat, persönlich mit solchen zu sprechen, die auf Seiten der Nazis standen, und die er davon überzeugen wollte, dass es die falsche Seite ist.«

»Aber war das nicht enorm gefährlich?«

Doch«, bestätigte Susanne. »Dein Urgroßvater war ein mutiger Mann.«

Sie blickte auf und sah Mia liebevoll an. »Aber ich war damals verzweifelt. Ich war schwanger von einem Juden, einem wunderbaren Mann, und diese Schwangerschaft hat alles verändert. Sie hat *mich* verändert. Davor war ich noch so unerschrocken und so kämpferisch. Doch nun sah ich plötzlich all die Schatten, all die Bedrohungen. Es war eine wirre Zeit. Leopolds Vater hatte sich eine Zeitlang bei meiner Mutter versteckt – die beiden waren wohl mal ein Paar, aber das habe ich erst viel später begriffen. Trotzdem wurde er später verhaftet und ins KZ gebracht. Es gab in unserer Familie jemanden, der verraten und betrogen hat. Mir wurde erst viel später klar, wer das war.« Es klang bitter, Susanne presste die Lippen zusammen. »Und es gab außerdem Andreas, den Bruder von Johannas Mann. Der war ein schlimmer Nazi. Er hat Leopold gejagt und verhaftet. Das hat mir natürlich furchtbare Angst gemacht. Ich hatte solche Angst um dich und um deinen Vater.«

Melissa schluckte in dem Bemühen, die Tränen, die sie in ihrem Inneren spürte, nicht nach draußen zu lassen, doch der Versuch misslang. Sie schloss die Augen, während die Worte ihrer Mutter weiter klangen, Tränen liefen über ihre Wangen.

»Also haben Leopold und ich einen Plan geschmiedet: Wir wollten nach Frankreich fliehen, zu deiner Tante Sophie. Dort, meinte Mutter, wären wir in Sicherheit.« Nachdenklich blickte Susanne in ihren Garten. »Meine Mutter. Ich habe sie gehasst und verachtet. Ich habe ihr vorgeworfen, dass sie den Nationalsozialisten nicht ablehnend genug gegenüberstehe. Dass sie mit ihrer Firma sogar von ihnen profitieren würde. Auch das war ein Grund, warum ich mich von ihr abgewendet habe. Dabei hat sie so viel für mich getan. Ich hätte ihr dankbar sein müssen.«

Sie verfiel in Schweigen und sah gedankenverloren vor sich hin. Melissa und Mia wechselten einen stummen Blick und warteten. Doch Susanne sprach nicht weiter.

»Du bist dann also mit deinem Verlobten zu Tante Sophie geflohen?«, brach Mia schließlich das Schweigen.

»Wie?« Susanne schreckte aus ihren Gedanken hoch.

»Du bist gemeinsam mit Leopold zu Tante Sophie geflohen?«, wiederholte Mia die Frage.

Susanne schüttelte langsam den Kopf. »Nein«, sagte sie. »Nein. Es kam alles ganz anders.«

8. KAPITEL

75 Jahre zuvor
Konstanz, Bodensee, Ende November 1938

Es war mitten in der Nacht, Johanna wälzte sich schlaflos im Bett herum. Da waren so viele Bilder, die sie nicht zur Ruhe kommen ließen. Gesichter, die sich vor ihr Auge schoben. Vor allem war es Matthias' Gesicht, das sie verfolgte. Sein Gesicht, sein so vertrautes Gesicht, in den verschiedensten Lebenslagen. Wie er sie liebte, mit geschlossenen Augen und nach hinten geworfenem Kopf. Wie er lachte, wenn er mit ihr zusammen war. Seine traurigen Augen, als sie sagte, dass es vorbei sei mit ihnen. Seine Veränderung. Sein eingefallener Blick, als er an ihre Tür klopfte, auf der Flucht vor den Nazis. Sie fragte sich, wo er jetzt wohl war, wohin er geflohen war an jenem schrecklichen Abend, als die Gestapo bei ihr gewesen war. »Geh«, hatte sie gesagt. »Geh. Ich habe dir doch gesagt, dass es Wahnsinn ist, hierherzukommen. Wie konntest du nur!«

Wie konnte *sie* nur? Was würde sie darum geben, wenn sie diese Worte zurückholen, sie ungeschehen, ungesprochen machen könnte? Sie hätte für ihn da sein, sich um ihn kümmern müssen.

Lautes Hämmern an der Tür erlöste sie aus ihren quälenden Gedanken. Sie schrak zusammen. Ob er es wieder war? Er musste es sein, es konnte doch kein Zufall sein, dass es ausgerechnet in dem Moment an die Tür klopfte, in dem sie mit ihren Gedanken so intensiv bei ihm war.

Oder war es die Gestapo? Wieder einmal? Wenn dem so wäre, dann wollte das Schicksal sie vielleicht warnen.

Unsinn, schalt sie sich sogleich, während sie ihren Morgenmantel zuband. An solche Dinge glaubte sie schon lang nicht mehr.

Und tatsächlich standen weder Matthias noch die Gestapo, sondern eine schluchzende Susanne vor der Tür. »Ich habe Blutungen, Mama«, stieß sie hervor.

»Rasch. Komm herein.« Johanna führte ihre Tochter in ihr Schlafzimmer und legte sie aufs Bett. Als Susanne vor der Tür gestanden hatte, hatte sich das wie ein Déjà-vu angefühlt. Nur war sie, Johanna, damals in einer anderen Rolle gewesen. Vor 20 Jahren hatte auch sie an einer Tür geklopft, der ihrer Eltern nämlich, um ihr Kind zu gebären: Susanne. War in diesen schweren Stunden vor ihrem Mann fortgelaufen, weil sie ihn schützen, ihm ihre Schreie ersparen wollte. Sebastian war tief traumatisiert aus dem Krieg heimgekehrt, ein stummer, gebrochener Mann, und sie hatte ihr ganzes Handeln einzig danach ausgerichtet, auf ihn Rücksicht zu nehmen.

»Wo ist Leopold?«, fragte sie nun.

»Ich nehme an, zu Hause bei seiner Mutter. Ich wollte ihn nicht belasten in dieser Situation. Er hat es schwer genug im Moment.«

Die Geschichte wiederholt sich, dachte Johanna erschrocken und kniete neben ihrer Tochter nieder. »Wie stark sind die Blutungen?«

»Jetzt haben sie etwas nachgelassen. Aber vorhin, da habe ich sehr geblutet.« Susanne schluchzte auf und Johanna strich ihr die dunklen, verklebten Locken aus dem Gesicht. Die Geste fühlte sich fremd an. Ich habe sie viel zu selten berührt und gestreichelt in den letzten Jahren, dachte sie, während Susanne fragte: »Mama, werde ich das Kind verlieren?«

»Sch, sch, sch.« Beruhigend streichelten ihre Hände weiter, als sie versicherte: »Es ist ein gutes Zeichen, dass du keine Blutungen mehr hast. Dennoch sollten wir kein Risiko eingehen. Ich werde die Hebamme holen.«

Es dauerte keine Viertelstunde, bis Johanna mit der Hebamme, die ihr schon bei der Entbindung von Susanne beigestanden hatte, zurückkam. Die alte Frau wohnte nur wenige Häuser weiter in der Konstanzer Innenstadt, und da sie ihren Beruf längst nicht mehr ausübte, war Johanna sicher gewesen, sie zu Hause anzutreffen. Sie hatte sich nicht getäuscht, und Anna Meierling erklärte sich sofort bereit, mitzukommen und »meiner kleinen Susanne«, wie sie sie nannte, zu helfen. Mit sanften, kundigen Fingern untersuchte die alte Frau die junge, die sie 20 Jahre zuvor auf die Welt gebracht hatte, und sah sie dann aus ihren erfahrenen Augen an mit einem Ausdruck, der beinah schon zärtlich zu nennen war. »Dem Kind geht es gut, mein Mädchen«, versicherte sie. »Aber damit das so bleibt, musst du die ganze Schwangerschaft über liegen.«

Susanne stieß einen leisen Schrei aus. »Aber das geht nicht!«

Johanna sah sie warnend an. »Das geht«, beschied sie ihrer Tochter. »Wir werden eine Lösung finden. Und jetzt wollen wir Frau Meierling nicht länger als nötig ihren Schlaf rauben.«

Susanne verstand und schwieg. Erst als die alte Frau gegangen war, konnten Mutter und Tochter offen reden.

»Man kann ihr vertrauen«, erklärte Johanna. »Aber erst einmal sollten wir beide uns überlegen, was wir tun können.«

»Ich *kann nicht* liegen, Mama.« Susannes Stimme war schrill und panisch. »Es war doch schon alles geplant. Ich muss mit Leopold zu Tante Sophie.«

»Du musst jetzt vor allem Ruhe bewahren, Susanne«, sagte Johanna bestimmt. »Ich habe auch schon eine Lösung. Hör sie dir bitte an.«

Susanne sah sie ängstlich an.

Johanna holte tief Luft. »Die Idee ist ungewöhnlich, aber sie kann funktionieren: Leopold flieht alleine nach Frankreich. Du fährst zu Vater nach Überlingen. Dort hältst du dich auf. Da du ja ohnehin liegen musst, wird dich dort keiner bemerken.«

»Aber wenn das Kind auf der Welt ist? Dann wird man es doch merken. Dann wird alles rauskommen. Die Leute wissen ja auch, dass ich mit Leopold zusammen bin. Sie werden eins und eins zusammenzählen. Und dann ist mein kleines Kindlein in Gefahr.« Schützend legte sie die Hand auf ihren Bauch.

Johanna schüttelte den Kopf. »Ich war noch nicht fertig«, sagte sie sanft und nahm Susannes Hand. »Ich könnte eine Schwangerschaft vortäuschen.«

»Wie … was?«, stammelte Susanne.

»Überleg doch mal«, fuhr Johanna eifrig fort. »Dann wird dem Kind nichts geschehen. Dein Vater und ich wären nach außen hin die Eltern. Dein Vater leistet mit der Bekennenden Kirche auch Widerstand, aber er ist lang nicht so im Visier der Nationalsozialisten wie ihr beide es wärt, wenn alles herauskäme.«

Susanne schüttelte den Kopf. »Das wird nicht funktionieren. Erstens wissen alle, dass Vater und du getrennt seid. Zweitens bist du über 40. Und drittens will ich nicht hierbleiben, sondern Leopold folgen, wenn das Kind geboren ist. *Mit* dem Kind. Das wäre doch unglaubwürdig, wenn ich offiziell nicht die Mutter, sondern die Schwester wäre.«

Johanna ging zum Fenster und blickte in die Nacht hinaus. Eine ganze Weile lang sagte sie gar nichts, dann wandte sie sich um. »Ich würde das nicht tun, wenn ich mir nicht auch Sorgen machen würde, Susanne«, begann sie. »Die Lage ist ausgesprochen ernst, laut der Nürnberger Gesetze darfst du gar nicht mit ihm zusammen sein. Diese Menschen sind Bestien«, brach es plötzlich leidenschaftlich aus ihr hervor. »Wir müssen dieses kleine Leben schützen. Um jeden Preis. Wir müssen *dich* schützen. Ich verspreche dir: Wenn das Kind auf der Welt ist, finden wir eine Möglichkeit, euch beide zu Leopold und in Sicherheit zu bringen. Aber jetzt geht es erst mal darum, dass wir dieses Ziel erreichen.«

Sie durchquerte das Zimmer und ließ sich wieder neben dem Bett nieder. »Es stimmt, dein Vater und ich sind getrennte Wege gegangen. Aber wir können uns ja schließlich wieder versöhnen. Und als deine Tante Franziska auf die Welt kam, war ich ungefähr so alt du. Es ist nicht ungewöhnlich, dass die Generationen sich ineinander verschieben.«

Susanne nickte langsam. »Also gut«, sagte sie. »Ich bin zwar nicht überzeugt, aber ich fürchte, wir haben keine andere Wahl. Machen wir es so. Und danke. Danke, dass du das für mich tust.«

Sebastian hatte sich verändert. Johanna hatte es schon oft gedacht und sie bemerkte es wieder, als er jetzt die Tür des Alten Schulhauses öffnete. Die einst so weichen Gesichtszüge waren härter geworden, sein Blick bestimmter und selbstbewusster, die Gestalt aufrechter. Unvermittelt begann ihr Herz zu klopfen und sie schalt sich eine Närrin.

»Johanna«, sagte er und es klang ein wenig spöttisch. »Komm herein. Es ist lange her.«

Sie ließ sich von ihm auf die Wange küssen und stellte fest, dass auch sein Duft anders war. Früher hatte sie immer gefunden, dass Sebastian trotz seiner Jugend ein wenig nach altem Mann roch – was sie immer irritiert und auch abgestoßen hatte. Jetzt duftete er nach Leder und frischer Luft. Und nach Druckerschwärze. Konnte das sein?

Sebastian führte sie ins Wohnzimmer und nahm ihr gegenüber Platz. Johanna fühlte sich seltsam. In diesem Haus hatte sie einmal mit ihm gelebt – offiziell war es immer noch ihr Zuhause –, bevor sie sich derart entfremdet hatten. Und nun saß sie ihm gegenüber, als wäre sie ein seltener Gast – was sie ja im Grunde genommen tatsächlich ebenfalls war.

Sebastian beugte sich vor und stützte die Ellbogen auf den Knien ab. Auch diese Geste war ungewöhnlich lässig für ihn und irritierte Johanna.

»Wir müssen eine Schwangerschaft vortäuschen«, platzte sie heraus. Die Worte flogen aus ihrem Mund, ehe sie sie aufhalten, besser abwägen konnte. Sie waren vielleicht der Versuch, ihre eigene, beunruhigende Unsicherheit zu verbergen.

»Wie bitte?« fragte Sebastian verblüfft. »Willst du mir mitteilen, dass du von einem anderen Mann schwanger bist und ich jetzt deinen Ruf schützen soll? Ist es das? Tut mir leid, Johanna, da mache ich nicht mit. Die Zeiten, in denen ich immer nur nach deiner Pfeife tanzte, sind vorbei. Endgültig.«

Sebastians Wut kam überraschend – und half ihr über ihre Verlegenheit hinweg. Mit Wut konnte sie umgehen. »Es geht hier nicht um mich, Sebastian«, erklärte sie kühl, es wirkte fast ein wenig hochnäsig, »sondern um deine Tochter. Um Susanne.«

Sebastian sprang auf. »Was?« Wie er da so vor ihr stand, mit blitzenden Augen und wirren, ein wenig zu langen Haaren, hatte er kaum noch etwas mit dem eher stillen und tiefgründigen Geistlichen gemein, der er früher einmal gewesen war.

»Setz dich doch bitte wieder«, bat Johanna. »Dann redet es sich leichter.«

Er folgte ihrer Bitte, wenn er auch, wie sie ihm deutlich ansah, lieber gestanden hätte. Es schien, als hätte dieser Mann zu viel Energie, um ruhig auf einem Stuhl zu sitzen.

»Susanne erwartet ein Kind. Von Leopold«, erklärte sie.

Sebastian stöhnte auf und barg das Gesicht in den Händen.

»Du weißt, was das bedeutet.«

»Ja«, erwiderte er schlicht. »Sie wollten doch zu Sophie nach Frankreich. Sie *müssen* fort. Noch heute.«

Johanna schüttelte den Kopf. »Das geht nicht. Susanne hat … sie muss liegen. Die ganze Schwangerschaft über. Sonst ist ihr Leben und das des Kindes in Gefahr. Deswegen haben wir uns etwas überlegt: Wir könnten so tun, als sei *ich* schwanger.«

Sie sah ihm an, dass er nun verstand. Lange schwieg er. Sie wartete nervös und bemerkte, dass diese Nervosität nicht nur mit Susanne zu tun hatte. Sie hatte das Gefühl, als würde Sebastian darüber nachdenken, ob er eine gemeinsame Zukunft mit ihr sähe oder nicht. Als ginge es um *sie*, nicht um ihre Tochter. Was ist nur in letzter Zeit mit mir los?, dachte Johanna verwirrt.

Endlich brach er sein Schweigen. Und brachte die gleichen Argumente wie Susanne. Sie seien kein Paar mehr, Johanna zu alt – beide Punkte versetzten ihr einen scharfen Stich – und wie denn dann die spätere Familienzusammenführung aussehen sollte.

Doch Johanna setzte sich durch. Sie vereinbarten, dass sie offiziell und Susanne heimlich nach Überlingen ziehen sollten. »Dann wirkt es glaubwürdiger«, fand Sebastian. »Und du kannst dich auch ein bisschen um Susanne kümmern.«

»Ja«, erwiderte sie. »Ich bin froh, dass du das so siehst.«

»Da ist noch etwas, was du wissen solltest. Was du eigentlich nicht wissen *darfst*, aber ich vertraue dir, Johanna. Immer noch.« Seine Stimme klang ungewöhnlich sanft, während er die letzten Worte sprach.

Sie blickte auf. Fragend. Hoffend. Geschmeichelt.

»Dass ich mich längst der Bekennenden Kirche angeschlossen habe, ist dir ja bekannt.«

Sie nickte.

»Nun, das ist nicht alles.«

Johanna wartete.

»Wie du ja weißt, predige ich nicht mehr, habe Redeverbot. Aber ich lasse mir den Mund nicht verbieten, Johanna.« Er starrte sie wütend an, als sei sie es, die ihm das Predigen untersagt hatte. Unwillkürlich musste sie lächeln. »Ich schreibe heimlich und ich verteile diese Schriften auch«, fuhr Sebastian fort. Der Widerstand muss größer werden. Wir müssen mehr tun. Wir müssen uns wehren. Es ist abscheulich, was hier passiert!«

Seine Augen funkelten, und die Leidenschaft, mit der er sprach, erinnerte Johanna an die Bolschewiki während der Revolution in Russland, die sie als Kriegsgefangene erlebt hatte. Damals, in einem anderen Leben, in einer anderen Welt …

»Ich stimme dir zu«, erwiderte sie ruhig. »Aber was hat das mit Susanne und mir zu tun?«

»In diesem Haus finden Versammlungen statt«, sagte er schlicht. »Im Keller. Und wir drucken. Unten steht eine Druckmaschine.«

Deshalb also der leichte Geruch nach Druckerschwärze, den sie gleich bei ihrem Eintreten bemerkt hatte.

»*Was* druckt ihr?«

»Appelle. Publikationen verbotener Schriftsteller. Solche Dinge.«

»Und die Flugblätter verteilt ihr einfach so? In Überlingen?«, fragte Johanna skeptisch.

Er schüttelte den Kopf. »Natürlich nicht. Es gibt Wege.«

»*Was* für Wege?«, fragte sie.

Sebastian schwieg.

»Ich bin deine *Frau*, Sebastian«, sagte sie eindringlich. Ich habe dich nie verraten und würde es auch jetzt nicht tun, wo wir getrennt sind. Aber ich muss das wissen. Ich muss die Gefahr einschätzen können. Es geht um Susanne und um unser« – sie hielt kurz inne und sagte dann: »unser Enkelkind.«

»Ich weiß, dass du mich nie verraten würdest«, erwiderte er. Dann schwieg er, sie sah ihm den inneren Kampf an. »Wir verstecken die Schriften«, stieß er dann hervor. In Samentüten, in Werbeprospekten, in Stadtplänen. Und wenn die Texte besonders lang sind, verbergen wir sie in Büchern zum Gartenbau oder in Kinderliederbüchern.«

»Kinderliederbüchern.« Unwillkürlich musste Johanna lachen, wurde aber gleich darauf wieder ernst. »Das ist zu gefährlich, Sebastian. Das können wir nicht riskieren. Was machen wir denn jetzt?« Bedrückt starrte sie vor sich hin.

Sebastian schwieg. »Der Plan könnte trotzdem funktionieren«, sagte er dann. »Du bleibst mit Susanne einfach in Konstanz und versorgst sie in deiner Wohnung.

Wir beide«, er sah ihr kurz und eindringlich in die Augen, ihr Herz begann zu rasen, »wir beide sind dennoch offiziell ein Paar. Es gibt ja einen guten Grund, dass du weiterhin in Konstanz lebst: Als schwangere Frau solltest du zwar nicht arbeiten, aber du bist immerhin in der Nähe des Betriebs, um ein Auge auf die Produktion zu haben. Susanne kann in der Zeit bei dir sein und du kannst dich um sie kümmern. Du müsstest dich eben oft mit mir sehen lassen. Nach Überlingen kommen. Wir müssten spazieren gehen.«

»Ja.« Johanna lächelte. »Ja, das lässt sich machen.«

9. KAPITEL

75 Jahre später
Paris, Frankreich, August 2013

Langsam brach die Dämmerung herein, was zunächst, nach der drückenden Hitze des Augusttags, eine Erleichterung bedeutete. Doch dann kam ein leichter Wind auf, Susanne fröstelte. Mit einem entschuldigenden Lächeln rieb sie sich die Oberarme. »In meinem Alter klappt das mit dem Wärmespeichern nicht mehr so gut.«

»Sollen wir hineingehen?«, fragte Melissa rasch und legte vorsichtig ihre Hand auf den Unterarm ihrer Mutter. Eine Berührung, die beinahe magisch war und so viele verlorene Jahrzehnte auslöschte. Still blickten sie sich in die Augen, dann lächelte Susanne. »Ja«, sagte sie. »Ja, das wäre gut.«

Auf dem Weg nach drinnen bot sie an, ein Abendessen zuzubereiten, doch Melissa und Mia waren noch satt von dem üppigen Kuchen und auch Susanne erklärte, nicht hungrig zu sein.

»Dann kannst du uns ganz schnell erzählen, wie es weitergeht«, freute sich Mia. Ihre Mutter warf ihr einen warnenden Blick zu. Sie wollte auf keinen Fall, dass sich Susanne unter Druck gesetzt fühlte. Sosehr es sie drängte, die ganze unfassbare Geschichte, die ja auch die ihre war, in aller Ausführlichkeit zu erfahren: Jetzt, wo sie sie wiedergefunden hatte, hatte sie den Wunsch, die alte Mutter, die so zerbrechlich wirkte, um jeden Preis zu schützen.

Doch Susanne zerstreute ihre Bedenken mit einem Lächeln. »Das ist eine gute Idee«, stimmte sie zu. »Ich kann es ja auch gar nicht erwarten, euch alles zu erzählen. Jahrzehntelang haben die Erinnerungen tief im Verborgenen geschlummert. Jetzt, wo ich endlich über sie sprechen kann, fallen mir auch wieder ganz viele Details ein.«

Sie waren im Wohnzimmer angelangt. Susanne nahm auf dem großen, durchgesessenen Samtsofa Platz und klopfte auffordernd neben sich. Ihre Tochter und ihre Enkeltochter ließen sich rechts und links von ihr nieder. Eine Frage brannte Melissa auf den Lippen und sie konnte nicht umhin, sie sofort zu stellen. »Warum bist du überhaupt geflohen? Warum bist du nach Paris gegangen? Du hättest auch bei mir bleiben können. Ich verstehe ja, dass du meinen Vater suchen wolltest, aber …«

Susanne holte tief Luft. Ihre Stimme zitterte, als sie sagte: »Dein Vater war verschollen. Die Zustände in Frankreich wurden immer chaotischer. Ich hatte Angst um deinen Vater, dich hingegen wusste ich bei meiner Mutter in Sicherheit. Ich wollte ihn suchen und dich, sobald ich ihn gefunden und in Sicherheit gebracht hatte, holen. Verzeih mir bitte. Verzeih, dass ich dich im Stich gelassen habe. Aber ich … ich habe das auch für dich getan. Ich wollte nicht, dass du ohne Vater aufwachsen musst.«

»Und warum bist du später nicht gekommen? Nach dem Krieg?«

»Sie haben mir gesagt, du seist tot.« Es war nur ein Flüstern, eher noch ein Krächzen. Die ganze Qual ihres Lebens lag in diesen Worten, in diesem Klang. »Ich habe erst vor einigen Jahren erfahren, dass du noch lebst.«

Melissa schnappte nach Luft. Susanne hatte so etwas vorhin an der Tür schon angedeutet, aber diese unglaubliche Tatsache nun noch einmal ausführlicher zu hören und bestätigt zu bekommen, war wie ein Schock.

»Es war alles Franziskas boshafter Plan«, begann Susanne. »Aber ich wusste damals noch nicht, dass sie boshaft war. Im Gegenteil: Sie war eigentlich die Einzige, die sich um mich kümmerte. Ich war sehr allein damals. Ich durfte ja nicht vor die Tür und meine Eltern hatten keine Zeit für mich. Heute verstehe ich das, aber damals habe ich es ihnen übel genommen. Mutter war vollständig damit beschäftigt, ihre Schwangerschaft vorzutäuschen. Sie musste zu diesem Zweck oft nach Überlingen fahren, denn es sollte ja auch glaubhaft sein, dass die beiden, die ja eigentlich getrennt gewesen waren, wieder ein Kind erwarteten. Wobei ich glaube, dass sie sich in dieser Zeit tatsächlich wieder näherkamen, wenn Vater Mutter auch übel nahm, dass sie die Produktion umstellte und nun statt feiner Kleider Uniformen für die Wehrmacht herstellte. Aber Mutter war schon immer sehr geschäftstüchtig gewesen und die Firma und das gute Einkommen standen bei ihr ganz oben.« Susannes Blick verdüsterte sich. »Ihr müsst wissen, dass sie nicht immer so war«, sagte sie, als wolle sie ihre Mutter verteidigen. »Im Gegenteil, sie hat sich früher eigentlich immer zuerst um andere gekümmert, vor allem um uns Kinder. Und ich glaube, dass auch das ein Grund für ihre Trennung von Vater war. Sie hat ihm damals, im Jahr der galoppierenden Inflation, vorgeworfen, immer nur an seine Kirchengemeinde und nicht an seine Familie zu denken. Wenn Mutter damals nicht so hart gearbeitet hätte – wir wären tatsächlich verhungert. Sie hat geackert von früh bis spät, um uns am Leben zu halten, und wenn es nur eine einzige Scheibe Brot gab, hat sie sie mir und meinem Bruder Robert gegeben und selbst gehungert.«

»Und was hat sie so verändert?«, fragte Mia.

»Ich glaube, genau diese Jahre«, erwiderte Susanne nachdenklich. »Meine Mutter hat erfahren müssen, dass man sich auf nichts verlassen kann außer auf sich selbst. Dadurch hat sie ihre Fähigkeit entdeckt, wirklich hart zu arbeiten und damit auch etwas zu erreichen. Wie oft ist sie während meiner Schwangerschaft abends todmüde nach Hause gekommen, hat kaum ein Wort mit mir geredet, sondern ist gleich ins Bett gefallen. Ich konnte das damals nicht verstehen, denn im Gegensatz zu ihr saß ich den ganzen Tag daheim und die Zeit dehnte sich ins Endlose. Der Moment, in dem sie nach Hause kam, war der Höhepunkt meines Tages. Ich habe ihn immer so herbeigesehnt. Und dann hat sie mich einfach links liegen lassen.

»Und dein Vater ist dich auch nie besuchen gekommen?«, fragte Mia mitfühlend.

»Nein«, erwiderte Susanne. »Oder nur ein einziges Mal. Und da kam er nur, um mir klarzumachen, wie belastend die Situation ist, in die ich sie da gebracht habe, und dass er eigentlich was Besseres zu tun hat.« Es klang bitter.

»Und dann kam Franziska?«, fragte Mia.

»Ja«, erwiderte Susanne. »Dann kam Franziska. Und damit nahm das Unglück seinen Lauf.«

10. KAPITEL

74 Jahre zuvor
Konstanz, Bodensee, März 1939

Franziska war unzufrieden mit sich und ihrem Leben. Zu Hause war es auch kaum auszuhalten! Helene, ihre Mutter, jammerte von morgens bis abends, und ihr Vater war, wie sie feststellen musste, ein mürrischer alter Mann geworden. Seit er sich aus der Firma zurückgezogen und Johanna die Leitung übertragen hatte, ging es mit Justus Gerstett bergab. Und irgendwie konnte Franziska das sogar verstehen. Ihr Vater, der Offizier und Firmenleiter, war es ein Leben lang gewohnt gewesen, zu befehlen und Entscheidungen zu treffen. Das Feld nun gänzlich zu räumen und tagein, tagaus neben einer jammernden Frau zu sitzen, war ein hartes Los. Und dann war da noch der stumme Vorwurf, dass sie, Franziska, immer noch keinen passenden Mann gefunden und ihnen immer noch keine Enkelkinder geschenkt hatte. Natürlich war es nun wieder Johanna, die alles richtigmachte, die den Eltern Glück brachte, Johanna, die ja schon zwei Kinder hatte – wenn man sich um beide auch Sorgen machen musste. Susanne war – das dachten auch Justus und Helene Gerstett, die nichts von der Schwangerschaft wussten – nach Frankreich abgereist, und Robert arbeitete an den Maschinen und das ziemlich widerwillig. Was Franziska auch verstand. Den Sohn der Chefin mit der Belegschaft in einen Topf zu werfen – so etwas ging einfach nicht! Es war ja kein Wunder, wenn die Leute da redeten, und für den armen Jungen war es eine Schmach. Klar, dass er da bockig reagierte. Aber das interessierte Johanna nicht. *Natürlich* nicht! Andere Menschen – und seien es ihre eigenen Kinder – waren ihr schon immer herzlich egal gewesen. Für ihre feine Schwester, dachte Franziska, gab es nur die Firma, die Firma, und nochmal die Firma. Aber ihre Eltern sahen und begriffen das ja nicht! Die schwärmten nur in einem fort von ihrer ach so wunderbaren Tochter, die ihnen nun auch noch ein weiteres Enkelkind schenkte.

Ohnehin fand Franziska es ungerecht, dass Johanna die Firmenleitung quasi allein innehatte! Sie, Franziska, hatte immerhin erfolgreich die höhere Töchterschule abgeschlossen und war durchaus in der Lage, mit Erfolg zu arbeiten und etwas zu bewegen. Man müsste sie nur lassen, dann könnte sie endlich allen ihre Fähigkeiten beweisen. Entschlossen stand sie auf und ging zum Arbeitszimmer ihres Vaters. Ihr Herz klopfte, denn vor ihm hatte sie immer ein wenig Angst, besonders jetzt, wo er so alt und verbittert geworden war, ständig Pfeife rauchend in seinem Arbeitszimmer saß und über alten Bilanzen brütete, die längst keine Rolle mehr spielten. Der Rauch kroch schon unter der geschlossenen Tür hindurch! Als sie auf sein »Herein« öffnete, musste sie unvermittelt husten – der ganze Raum war voller Qualm. Unwillkürlich wedelte sie mit der Hand vor ihrem Gesicht, um sich Luft zuzufächeln.

»Franziska?«, fragte Justus höflich, aber distanziert. »Was kann ich für dich tun?«

Als spräche er mit einer Fremden, dachte sie beklommen und sagte: »Ich wollte dich um eine Unterredung bitten, Vater.«

Er wies einladend auf den lederbezogenen Stuhl, der seinem Schreibtisch gegenüberstand.

»Ich habe die Schule ja nun erfolgreich abgeschlossen und würde mich gerne in der Firma einbringen. Wie Johanna«, platzte sie heraus, während ihre Finger an ihrem strohblonden Zopf nestelten, wie immer, wenn sie nervös war.

Justus nickte schwer und schwieg eine Weile, wägte seine Worte ab. »Ich halte das für eine gute Idee«, sagte er dann bedächtig. »Weißt du, als mir deine Schwester und auch deine Tante Sophie damals erklärten, sie wollten in die Firma einsteigen, habe ich mich mit Händen und Füßen dagegen gewehrt.« Er lächelte versonnen und Franziska dachte erleichtert, dass sie einen guten Tag erwischt hatte. »Aber die beiden haben es mir gezeigt«, schmunzelte Justus und schlug mit der flachen Hand begeistert auf den Tisch. »Sie haben bewiesen, zu was Frauen in der Lage sind.«

Er blickte auf und Franziska direkt ins Gesicht. »Ich würde es begrüßen, wenn du in die Firma einsteigen und deine Schwester entlasten würdest. Gerade jetzt, wo sie wieder guter Hoffnung ist. Und du wirst dir ja wohl noch eine Weile Zeit lassen, bis du uns mit Enkelkindern beglückst.«

Franziska schluckte. Da war er wieder, der unterschwellige Vorwurf. Und wieder immer nur Johanna, Johanna, Johanna. Trotzdem, er hatte *Ja* gesagt und das kampflos. Sie hätte nicht gedacht, dass es so einfach werden würde.

Doch ihr Vater versetzte ihrer Freude schnell einen Dämpfer. »Du wirst deiner Schwester assistieren«, entschied er.

»Aber …«, begehrte sie auf, verstummte unter seinem strafenden Blick, fasste dennoch Mut und setzte erneut an. »Wieso soll ich ihr denn *assistieren*? Ich bin doch genauso deine Tochter wie sie. Du bist der Eigentümer und ich habe das gleiche Recht …«

»Still!«, schnitt Justus ihr in dem von ihr so gefürchteten Offizierston das Wort ab. »Sei sofort still!« Er erhob sich, stütze sich mit den Händen auf der schweren, dunklen Schreibtischplatte ab und beugte sich zu ihr herüber. »Du kannst doch nicht ernsthaft erwarten, Mädchen«, begann er, »du kannst doch nicht ernsthaft erwarten, dass ich dich sofort in die Geschäftsleitung aufnehme und mit deiner Schwester gleichsetze! Du musst das doch alles noch *lernen*! Und du wirst keine bessere Lehrerin finden als *sie*.« Er spie ihr die Worte regelrecht entgegen.

Franziska öffnete den Mund, um etwas zu sagen, doch Justus hob die Hand und hieß sie schweigen. Sie schloss den Mund wieder.

»Wenn du dich bewährst, mein Kind, kannst du später auch wichtige Aufgaben übernehmen«, sagte er in einem versöhnlicheren Ton. »In der Firma gibt es viel zu tun, denn unter Johannas Führung entwickelt sie sich prächtig. Aber wie wir alle, musst du erst einmal lernen. Dein Neffe arbeitet schließlich auch an den Maschinen.«

Franziska merkte, dass sie verloren hatte und nickte ergeben. Gut, dann würde sie ihrer großen Schwester eben erst einmal assistieren. Und sie würde ihre Sache gut machen, richtig gut. Sie würde sich Johannas Vertrauen erarbeiten, sich unentbehrlich machen und dann würde ihre Stunde schon kommen. Dann würde sie allen zeigen, was in ihr steckte!

Am nächsten Morgen klopfte Franziska an Johannas Bürotür. Ihre Schwester hob den Kopf und empfing sie mit einem freundlichen, aber kühlen Lächeln. Typisch Johanna, dachte Franziska ärgerlich. Sie ist immer so unnahbar. Aber genau das bewunderte sie auch wieder. Es machte ihre schöne, erfolgreiche Schwester mit den immer roten Lippen und dem dunklen Haar, das sich wie Seide an ihren Kopf schmiegte, noch unerreichbarer und hob sie noch mehr auf einen Sockel – was Franziska freilich gleich wieder ärgerte.

»Setz dich«, sagte Johanna freundlich. »Vater hat mich gestern schon darüber informiert, dass du mir assistieren wirst. Ich halte das für eine gute Idee. Es gibt mehr als genug zu tun.«

Franziska nickte.

»Vater hat mit mir auch über deinen Wunsch gesprochen, später weitere Bereiche zu übernehmen«, fuhr Johanna fort. »Auch dagegen spricht nichts. Wie ich schon sagte: Es gibt sehr viel zu tun und die Aufgaben werden wachsen.« Sie beugte sich vor. »Ehrlich gesagt, Franziska«, begann sie, »freue ich mich sehr darüber, dich in meiner Nähe zu haben. Ich brauche jemanden an meiner Seite, dem ich bedingungslos vertrauen kann. Denn auch politisch ist die Lage hoch brisant – und damit müssen wir umgehen.«

Franziska nickte wieder eifrig und war etwas beschämt über das freundliche Willkommen. Johanna, die sie eben noch kühl und zurückhaltend begrüßt hatte, gab sich mit einem Mal so herzlich, und dabei war sie, Franziska, derart missgünstig gewesen!

»Ich werde dich nach Kräften unterstützen«, versprach sie. Und in diesem Moment meinte sie das sogar ernst.

Franziska war wild entschlossen, sich zu beweisen. Sie merkte schnell, dass sie Schwierigkeiten hatte, die teilweise doch sehr komplexen Sachverhalte zu durchschauen. Die Abläufe in der Herstellung waren ihr fremd, aber sie traute sich nicht, Johanna danach zu fragen. Zum einen wollte sie ihr Unwissen nicht eingestehen, zum anderen verunsicherte die Schwester sie von Tag zu Tag mehr. Nach der so herzlichen Begrüßung war Johanna am nächsten Tag wieder so unterkühlt zu ihr gewesen, dass Franziska glaubte, sie müsse neben ihr erfrieren. Nach einer Woche glaubte sie, eine Art Gesetzmäßigkeit in Johannas Handeln erkannt zu haben. Die Schwester war immer dann ausgesprochen herzlich und zeigte ein einnehmendes Wesen, wenn sie ein Gegenüber für sich gewinnen wollte. Hatte sich der andere dann entspannt, glaubte sich auf einer persönlicheren, vertrauteren Ebene mit ihr, ließ sie ihn wieder abblitzen. Ein grausames, schmerzhaftes und gemeines Spiel, wie Franziska fand. Ein Spiel, das sie, Franziska, nur gewinnen konnte, wenn es Johanna nicht mehr gelänge, sie derart zu verunsichern und aus dem Konzept zu bringen. Und das wiederum funktionierte nur, wenn sie ihre eigene Unwissenheit aus der Welt schaffte und Johanna deshalb mit mehr

Selbstbewusstsein in der Sache begegnen konnte. Wenn sie ständig Fragen hinsichtlich der Firma und der Produktion hatte, war sie der anderen gegenüber automatisch in der schwächeren Position.

Deshalb gewöhnte Franziska sich an, nachts in die Fabrik zu kommen. Das war ganz einfach zu bewerkstelligen. Sie wusste, wo der Vater seinen Schlüssel aufbewahrte – im mittleren Schubfach seines Schreibtisches –, und aus dem Haus zu schleichen, war auch kein Problem. Die letzten beiden Nächte hatte sie drei, vier Stunden im Büro verbracht, Akten gesichtet, sich eingearbeitet. Sie hatte das Gefühl, schon ein kleines bisschen vorangekommen zu sein und der nächtliche Gang war fast schon vertraut. Nachdenklich zog sie einen der Ordner aus dem Regal und wollte sich gerade in die Lektüre vertiefen, als sie hörte, dass jemand die Treppe heraufkam. Erschrocken löschte sie das Licht und versteckte sich rasch hinter dem dicken grünen Samtvorhang, der jetzt am Abend geschlossen war. Den Bruchteil einer Sekunde später ging die Tür auf und sie hörte Johanna sagen: »Ich weiß nicht, was wir tun sollen, Matthias. Ich weiß es einfach nicht.«

»Es ist ja alles gut gegangen«, erwiderte der Mann.

Franziska wagte es, vorsichtig durch den Vorhang zu spähen, und erkannte ihn. Matthias, den ehemaligen Geliebten ihrer großen Schwester. Verächtlich verzog sie die Mundwinkel. Ein Jude.

»Aber es war riskant. Sehr sogar. Es war gefährlich, erneut zu mir zu kommen. Nach dem letzten Mal wusstest du, dass mein Haus beobachtet wird. Dass du noch einmal zu mir gekommen bist ... hoffentlich hat dich auf dem Weg hierher keiner gesehen. Aber dich in der Firma zu verstecken, ist die einzige Möglichkeit.«

»Verzeih!« Sein Ton war scharf. »Ich vergaß, dass Madame ja jetzt mit den Nazis sympathisiert. Da ist ihr ein Jude wohl nicht mehr fein genug.«

Im nächsten Moment hörte Franziska ein lautes Klatschen und zuckte unwillkürlich zusammen.

Danach war es eine Weile still.

»Ja, schlag mich nur«, sagte Matthias. »Etwas anderes fällt dir wohl nicht mehr ein.«

»Entschuldige«, bat Johanna leise. »Verzeih, das … es tut mir wirklich leid. Aber du hast mich gekränkt mit deinem Hohn.«

»Und dass *ich* gekränkt sein könnte, das kommt dir nicht in den Sinn?«, erwiderte Matthias. »Dass ich gekränkt und enttäuscht sein könnte?«

»Matthias, was zurzeit in diesem Land vor sich geht, das ist ohne Frage entsetzlich. Du hast jedes Recht, enttäuscht und gekränkt zu sein.«

»Ich meine nicht das *Land*, Johanna.« Matthias blieb unbarmherzig. »Ich meine *dich*.«

Franziska hörte Johanna nach Luft schnappen.

»Du, meine liebe Johanna, hast mich gewollt und gebraucht, solange ich stark war. Aber als die Angriffe anfingen, als man mich und meine Familie an den Pranger stellte, als ich nicht mehr Schulleiter sein durfte, da hast du zunächst geschwiegen und dann hast du dich von mir getrennt.«

»Das stimmt doch nicht … ich …« stammelte Johanna. Doch dann schwieg sie, denn er hatte recht. Hatte sie sich nicht genau diese Vorwürfe selbst gemacht? Hatte sie sich nicht genau das eingestanden? Sie fand Matthias nicht mehr anziehend – im Gegenteil: Er stieß sie sogar ab. Das hatte allerdings nichts damit zu tun, dass er Jude war, sondern damit, dass sie Männer nur dann interessant finden konnte, wenn sie wild und stark waren. Schwach sein war etwas für Frauen. Ein überholtes Rollenbild, in das sie sich selbst nicht im Mindesten fügte, nach dem sie aber gleichermaßen verlangte.

»Ich weiß, dass meine Worte unglaubwürdig klingen müssen«, begann sie zögernd. »Ich kann dich nur bitten, mir zu vertrauen. Ja, es stimmt, ich … liebe dich nicht mehr. Das hat aber nicht das Geringste mit deinem Judentum zu tun, das ist mir völlig egal. Aber ich habe dir genug aus meinem Leben erzählt, in all den Stunden, in denen wir uns so nah waren. Genug, damit du nun weißt, dass ich durch meinen Mann und die vielen Krisen, die er hatte, sehr durcheinander bin. Ich habe so dringend Halt gesucht, und den hast du mir gegeben. Ich schäme mich dafür, dass ich nicht da war, als du deinerseits Halt brauchtest. Aber so vieles war ähnlich wie mit Sebastian damals – so vieles in deinem Blick, in deinem Gesichtsausdruck. Ich konnte nicht anders.«

»Aber ich bin nicht Sebastian«, sagte er. »Du kannst unsere Situationen nicht vergleichen.«

»Irgendwie vielleicht doch«, widersprach Johanna. »Ihr wart beide in einer schrecklichen Lage. Und das hat euch beide fast zu Fall gebracht.«

»*Ich bin nicht gefallen!*«, Matthias brüllte es fast. »Sebastian war wirklich ein gebrochener Mann, das ja. Aber ich, ich war einfach nur traurig, wütend, enttäuscht und verletzt. Ich hätte dich gebraucht. Deine Wärme, deinen Halt. Stattdessen fühlte ich nur Kälte und Abneigung.«

»Es tut mir sehr leid«, wiederholte Johanna. »Und ich schäme mich dafür. Aber ich will es wiedergutmachen.«

»Willst du zu mir zurückkehren?«, spottete Matthias. »Mit dem Kind deines Mannes unter dem Herzen? Es ist ja offensichtlich, dass du guter Hoffnung bist, und dass ihr wieder zusammen seid, ist allgemein bekannt. Es gefällt dir wohl, dass dein Sebastian jetzt im Widerstand ist? Nicht mehr der Kranke und Schwache. Nun ist er wieder stark, nun schenkst du ihm deine Gunst. Ist es nicht so?« Es klang höhnisch.

»Nicht ganz«, korrigierte Johanna. »Ja, es gefällt mir, dass Sebastian gegen diesen Anstreicher kämpft – für die Werte des Christentums. Und ja, du hast recht, mir gefällt auch, dass er so stark ist. Dass ich mich dafür schäme, habe ich dir bereits gesagt. Aber ich erwarte kein Kind von ihm.«

Hinter dem Vorhang konnte sich Franziska gerade noch einen überraschten Aufschrei verkneifen. Ein Piepsen kam dennoch über ihre Lippen. Zu ihrem Glück wurde das Geräusch durch Matthias' Ausruf des Erstaunens überdeckt. »Verstehe«, schnaubte er. »Wer ist dann der Glückliche?«

»Niemand!«, erklärte Johanna. »Ich bin gar nicht schwanger.«

Franziska wagte wieder einen Blick durch den Vorhangspalt und beobachtete fassungslos, wie ihre Schwester ein kleines Kissen unter dem Kleid hervorzog. Auch Matthias hatte es offenbar die Sprache verschlagen, denn er starrte seine ehemalige Geliebte stumm mit offenem Mund an. »Was soll das, Johanna?«, fragte er schließlich. »Für wen spielst du diese Komödie?«

»Für meine Tochter und deinen Sohn«, erwiderte sie ruhig. »Das Leben ist manchmal schon ein sarkastischer Dramaturg, findest du nicht?«

»Susanne und Leopold?«

»Ja«, sagte Johanna nur.

»Aber Leopold ist doch … ich meine …«

»Auf dem Weg nach Frankreich, ich weiß. Aber wie du der Größe meines vorgetäuschten Bauchs sicherlich unschwer ansehen kannst, ist das mit der Zeugung schon etwas länger her.«

Unvermittelt musste sie kichern.

Matthias starrte sie nur an.

»Matthias«, Johanna trat einen Schritt auf ihn zu. »Matthias, ich …«

»Aber was soll das Ganze?«, rief er. »Warum spielst du schwanger, wenn doch deine Tochter schwanger ist?«

»Kannst du dir das wirklich nicht denken?«, fragte sie. »Du magst vielleicht nichts von der Liebe zwischen Susanne und Leopold gewusst haben, aber damit stehst du ziemlich alleine da. Einer Menge Menschen ist das bekannt.«

»Ja, und?«

»Verstehst du denn nicht?«, begehrte Johanna auf. »Eine Schwangerschaft vorzutäuschen, ist die einzige Möglichkeit, unser … Enkelkind vor dem Wahnsinn zu schützen, der sich in diesem Land abspielt. Und auch Susanne gilt es zu schützen – wegen der Nürnberger Gesetze, zum Beispiel. Und außerdem ist eine ledige Mutter auch heute noch eine Schande. Ich habe gesehen, wie Sophie leiden musste, als sie einen Franzosen liebte. Ich möchte Susanne gerne ersparen, dass sie … dass sie …« Sie brach ab.

»Dass sie schief angeschaut wird, weil sie einen Juden liebt. Das ist es doch, oder?«, fragte Matthias.

»Hör endlich auf mit deinem Selbstmitleid, das ist ja nicht mehr zu ertragen«, fauchte Johanna, die plötzlich die Geduld verlor. »Hier geht es nicht um deine oder meine Befindlichkeit und wer Jude ist und wer nicht. Hier geht es um ein Land, das augenscheinlich dem Irrsinn anheimgefallen ist. Es geht um unsere Kinder und es geht um ein ungeborenes Leben, das wir, verdammt noch mal, zu schützen haben.«

Matthias sagte lange Zeit gar nichts und auch Johanna schwieg. »Unser Plan ist, dass ich das Kind als meines ausgebe und es bei mir behalte, so lange die Situation ist, wie sie ist. Irgendwann wird sich alles wieder beruhigen. Und dann können Susanne und Leopold mit dem Kind endlich eine richtige Familie sein«, sagte sie schließlich.

»Glaubst du das wirklich?«, fragte er. »Glaubst du, all das wird irgendwann wieder zu Ende sein?«

»Ja«, sagte Johanna. »Ja, davon bin ich fest überzeugt. Ich hoffe nur, dass bis dahin keiner etwas merkt. Zu allem Überfluss muss ich nun auch noch die Kinderfrau für meine kleine Schwester spielen. Mademoiselle will jetzt unbedingt auch Firmenchefin werden, dabei hat sie keine Ahnung von nichts.«

»Sie ist jung, sie muss lernen«, versuchte Matthias Franziska zu verteidigen.

»Sie wird nicht lernen«, widersprach Johanna. »Meiner Schwester Franziska fehlt es leider an allem, was man für diesen Posten benötigt. An Durchsetzungsvermögen, an Intelligenz, an Einfühlungsvermögen, an Standfestigkeit, an Charakter.«

»Auch das kann man lernen. Manches davon zumindest.«

»Nein«, widersprach Johanna. »Das hat man, oder man hat es nicht. Aber es ist nicht zu ändern. In den nächsten Monaten habe ich sie jedenfalls erst mal als Assistentin am Hals. Mal schauen, wie ich sie wieder loswerde.«

Franziska hörte jedes Wort – sie kochte vor Wut. Wie konnte Johanna es wagen, sie derart bloßzustellen! Wie konnte sie ihr so ins Gesicht lügen! Schließlich war die Schwester, wenn sie nicht gerade wieder die Eiskönigin gab, dann und wann überaus freundlich gewesen und hatte ihr ein ums andere Mal versichert, wie froh sie um ihre, Franziskas, Unterstützung sei! Aber sie würde sich zu rächen und die Informationen, die sie nun hatte, sinnvoll einzusetzen wissen. Wie durch einen Schleier bekam sie mit, dass Johanna vorhatte, Matthias in der Firma zu verstecken. In ihr reifte der erste Teil eines teuflischen Plans.

11. KAPITEL

Konstanz, Bodensee, Mai 1939

Die Geburt war überraschend leicht, und als Susanne das kleine, zarte Mädchen in den Armen hielt, stand ihr Entschluss fest: »Ich werde sie nicht verlassen«, verkündete sie und strich ihrer Tochter über die winzig kleinen Fingerchen. »Schau nur, ihr Mund sieht aus wie eine kleine Rosenknospe«, sagte sie entzückt. »Ich werde sie Rosa nennen. Oder nein – wenn sie schläft, wirkt sie wie ein kleines Bienchen. Sie soll Melissa heißen. Das bedeutet Biene.«

»Ein sehr ungewöhnlicher Name«, befand Johanna streng. »Was, wenn das Kind später dafür gehänselt wird?« Das sagte sie nur, um sich um das zu drücken, was sie ihrer

Tochter mitteilen musste. Doch das hatte ohnehin keinen Sinn. Es musste raus, und das schnell. »Ich kann dich gut verstehen, Liebling«, begann sie und zog ihre Tochter und ihre Enkelin an sich. »Nur, schau mal, ich fürchte, du musst etwas wissen: Leopold ist nie bei Sophie angekommen. Wir sind beide sehr in Sorge.«

Susanne wurde blass. »Aber du hast doch gesagt, dass er sie erreicht hat. Und dass wir nur nicht telefonieren und schreiben können, weil die Zeiten so unruhig sind.«

»Ich habe gelogen, um dich zu schützen«, gestand Johanna. »Es tut mir leid. Aber deine Schwangerschaft war so instabil und deine unfreiwillige Gefangenschaft hat dich derart belastet – ich wollte kein Risiko eingehen. Und was hättest du auch machen sollen? Du hättest ihm ja schlecht in deinem Zustand nachreisen können, um ihn zu suchen.«

Susanne schloss die Augen. Sie war wütend auf ihre Mutter, jedoch viel zu erschöpft, um zu streiten. Außerdem hatte sie das Gefühl, dass jedes laute, harte Wort das kleine Wesen in ihrem Arm erschrecken würde. Deshalb öffnete sie die Augen wieder und sagte nur: »Ich hätte zwar lieber Bescheid gewusst, aber ich verstehe, warum du dich so entschieden hast.« Ihre Stimme bebte, als sie das sagte, und während sie ihrer Tochter ganz zart über die samtweiche Wange fuhr, tropfte eine Träne auf das kleine Mädchen. »Was soll ich nur tun?«, flüsterte sie verzweifelt. »Ich kann sie doch nicht einfach im Stich lassen! Ich kann doch jetzt nicht gehen! Sie ist doch noch so klein. Ich muss sie doch schützen.«

»Dann musst du bleiben«, sagte Johanna. »Es ist deine Entscheidung.«

»Aber was, wenn Leopold etwas zugestoßen ist?«, fragte Susanne. »Wenn er sich in einer hilflosen Lage befindet? Es ist ja schon so schrecklich, was man seinem Vater angetan hat. Was, wenn ihm das Gleiche passiert ist?«

»Leopold war ja schon in Frankreich, in Sicherheit«, erwiderte Johanna tonlos. Der Gedanke an Matthias verursachte ihr Übelkeit. Sie hatte ihn in der Firma versteckt und irgendjemand hatte ihn und sein Versteck verraten. Nur einen Tag, nachdem sie ihn bei sich einquartiert hatte, war ein höhnisch grinsender Andreas bei ihr aufgetaucht und hatte ihr ins Gesicht gesagt, dass sie ihm diesmal nicht entkomme und dass er genau wisse, wo sich Matthias aufhalte.

Dann hatte er unter ihrem Protest den Schrank geöffnet, dessen Rückwand lose war und den Eingang zu einem geheimen Zimmer verbarg, war hindurchgeschlüpft und Sekunden später mit dem bleichen, aber gefassten Matthias zurückgekehrt. Nie würde Johanna seinen Blick vergessen, er verfolgte sie bis in ihre Träume. Und nie würde sie aufhören, sich zu fragen, wer sie verraten hatte.

»Ich bin der Ansicht, dass ein kleines, neugeborenes Menschenkind seine Mutter sehr braucht«, sagte Johanna nachdenklich. »Aber Leopold braucht dich im Moment vermutlich tatsächlich mehr. Er weiß wahrscheinlich auch noch nicht, was mit seinem Vater geschehen ist. Ich glaube nur, dass deine Chancen, ihn zu finden, recht schlecht stehen. Und insofern wäre vielleicht wirklich allen mehr geholfen, wenn du bei deinem Kind bleibst.«

Nachdenklich beugte sie sich vor und strich dem kleinen Mädchen über die Wange. Melissa nuckelte im Schlaf. Wie in Trance starrte Susanne sie an. »Nein«, sagte sie dann heiser. »Nein, das, was du mir erzählt hast, hat alles verändert. Es zerreißt mir fast das Herz, meine kleine Melissa allein zu lassen. Aber ich kann Leopold nicht im Stich lassen. Nicht jetzt. Ich muss nach ihm suchen. Und wenn er das mit seinem Vater erfährt, muss ich bei ihm sein.«

Mit Tränen in den Augen beugte sie sich herab, um ihre Tochter zu küssen. »Ich muss ihr doch ihren Vati zurückbringen«, sagte sie rau. »Ich verspreche es dir, mein süßes, kleines Mädchen, ich werde ihn finden.«

»Ich passe gut auf sie auf und ich werde sie aus ganzem Herzen lieben. Was heißt ›werde‹: Ich liebe sie ja jetzt schon so sehr«, sagte Johanna hilflos. Hilflos auch, weil ihr bei Melissas Anblick so warm wurde. Ein Gefühl, das bis dahin nur noch eine ferne Erinnerung gewesen war.

»Ja, Mutter. Ich weiß, dass sie bei dir in den allerbesten Händen sein wird«, flüsterte Susanne. »Aber es bricht mir trotzdem das Herz.«

12. KAPITEL

Überlingen und Konstanz, Bodensee, 1. September 1939

Johanna erwachte mit einem Lächeln auf den Lippen – in ihrem alten Ehebett. Dass es so sein könnte, hatte sie nicht gedacht. Und vor allem hatte sie etwas Derartiges noch nie erlebt. Weder mit Sebastian noch mit Matthias. Vielleicht war es deshalb so intensiv, weil es Wiederbegegnung und Neuentdeckung in einem war. Jedenfalls war es wie ein Rausch. Schlaftrunken drehte sie sich zur Seite, in der Erwartung, Sebastian neben sich vorzufinden. Doch noch während sie die Hand nach ihm ausstreckte, wusste sie, dass er nicht da war. Kein romantisches Erwachen zu zweit – das passte nicht zu dem neuen Sebastian. Sie musste sich eingestehen, dass ihr genau das gefiel. Er strahlte Unabhängigkeit aus. Und er brauchte sie nicht. Was dazu führte, dass sie sich bewegen musste, wenn sie mit ihm zusammen sein wollte. Dass sie aktiv sein, auf ihn zugehen, ihn in gewisser Weise auch jagen musste.

Sie schlüpfte unter der Bettdecke hervor und kleidete sich sorgsam an: Ihr schmaler Rock war, wie man das in diesen Tagen trug, etwas über die Taille gearbeitet, was ihre schlanke Figur zur Geltung brachte, dazu trug sie eine Lingeriebluse in leuchtendem Rot, darüber einen Bolero. Obwohl es in Nazideutschland verpönt war, malte sie sich die Lippen an, warf ihrem Spiegelbild einen triumphierenden Blick zu und ging nach unten. Auf dem Weg dorthin dachte sie mit leichter Sorge an Melissa. Sie hatte die Kleine zum ersten Mal für längere Zeit mit dem neuen Kindermädchen allein gelassen, das sie vor allem deshalb eingestellt hatte, weil sie der Kleinen nicht zumuten wollte, ihre Kindheit ständig in der Fabrik in Konstanz, wo Johanna sich meistens aufhielt, wenn sie nicht gerade bei Sebastian war, zu verbringen, statt an der frischen Luft zu sein. Doch wahrscheinlich waren alle Sorgen unbegründet, Annie Schmieder war äußerst erfahren, hatte sechs jüngere Geschwister, machte einen überaus patenten Eindruck und hatte sich obendrein sofort unsterblich in die kleine Melissa verliebt. Nein, es gab sicher keinen Grund zur Sorge und sie konnte sich voll und ganz auf ihre neue alte Liebe konzentrieren.

Er war in der Küche und empfing sie mit finsterem Blick. Ihr Lächeln erwiderte er nicht. »Wir sind in Polen einmarschiert«, verkündete er knapp. »Dir ist klar, was das bedeutet?«

»Ja«, sagte Johanna. »Ja. Das bedeutet Krieg.« Bisher hatte sie das zu verdrängen versucht, doch jetzt gab es keine Möglichkeit mehr, all das zu ignorieren. Sie musste sich ihrer Angst stellen. Und der Ohnmacht, dieser schrecklichen, lähmenden Ohnmacht.

Schon als sie gestern am Bahnhof vorbeigefahren war, hatte sie überall Reservisten gesehen, mit Rucksäcken auf dem Rücken und Pappkartons in der Hand. Das war der Tag, nachdem Polen die Generalmobilmachung verkündet hatte. Und hochexplosiv war die Lage schon länger. Die Ereignisse überstürzten sich förmlich! Nach Bekanntwerden des zwischen Hitler und Stalin abgeschlossenen Nichtangriffspakts bekräftigte die britische Regierung ihr Beistandsangebot gegenüber Polen. Und auch Frankreich hatte ja, trotz Hitlers Beteuerungen, man hege keine feindlichen Gefühle, erklärt, im Falle eines Angriffs Polen zu unterstützen.

Sebastian knurrte: »Wenn du brav sein willst, dann fährst du sofort nach Konstanz.«

Johanna sah ihn fragend an. »Der *Führer*«, Sebastian sprach das Wort voller Verachtung aus, »der Führer hat einen Gemeinschaftsempfang in allen Firmen und Betrieben angeordnet. Da musst du wohl mitziehen. Verdienst ja nicht schlecht mit den Nazis.«

»Was soll das?«

Sebastian funkelte sie wütend an. »Du solltest dich besser beeilen. Um 10 Uhr wird die Reichstagsrede des Führers vom *Großdeutschen Rundfunk* übertragen. Du wirst sicher dafür sorgen wollen, dass alle deine Mitarbeiter das hören.«

Ihre Augen verengten sich zu Schlitzen. Sie wusste nicht, woher sie die Kraft nahm, denn sein Hohn und seine Verachtung trafen sie hart – vor allem, nachdem sie sich in der Nacht so nah gewesen waren. Vielleicht war es ja diese Nacht und die Stärke seiner Liebe, die sie hatte erleben dürfen, die ihr die Kraft verlieh. Jedenfalls durchquerte sie den Raum, bis sie ganz dicht vor ihm stand. Dann legte sie ihre Hand an seine Wange und strich mit dem Daumen sacht über seine raue Haut. Ein Flackern in seinem Blick zeigte ihr, dass ihn die Berührung nicht kaltließ. »Warum verachtest du mich, Sebastian? Was sollte ich deiner Meinung nach tun? Die Firma schließen? Du kennst meine Haltung gegenüber dem Regime. Aber findest du, es wäre richtig, aus purem Trotz zu schließen? Ist es das, was du willst?

Sie starrte ihn an, er starrte zurück. Stumm.

Er hat keine Worte, dachte sie. Er kann mir nichts entgegensetzen. Dann schnaubte er verächtlich, wandte sich ab und ging. Johanna blieb zurück, verletzt, aber mit einem Lächeln auf den Lippen. Früher hätte er sie nie einfach stehen lassen. Früher hätte er keine Ruhe gegeben, bis er sich ihrer Gunst sicher war. Gut, er hatte sich auch früher schon in sich zurückgezogen, aber, dachte Johanna, damals war das, um seine Wunden zu lecken. Es war ein leidender Rückzug gewesen, und den ersten hatte sie durchaus verstehen können, denn er ging auf seine schrecklichen Erfahrungen im Krieg zurück. Aber dann war dieses Selbstmitleid und eine damit einhergehende Weichlichkeit, die Johanna kaum ertrug, Teil seines Wesens geworden. Teil ihres Lebens. Irgendwann konnte sie das nicht mehr aushalten. Wollte nicht mehr die Starke in der Beziehung sein.

Sie wollte einen Mann mit Format, einen, der seine Meinung klar vertrat, der Haltung hatte. Sebastian hatte seine Haltung immer mehr verloren – sie war in Matthias' Arme geflohen. Matthias, der nun im KZ saß. Sie schüttelte den Kopf, ließ sich auf einem der Stühle nieder, die sie schon immer unbequem gefunden hatte, und blickte nachdenklich zu der Tür, durch die Sebastian hinausgegangen war. Doch blieb sie nicht lange sitzen, sondern stand rasch auf, um sich auf den Weg nach Konstanz zu machen. Sie musste am Gemeinschaftsempfang teilnehmen. Sie *musste* einfach. Sie war schließlich Leiterin einer großen Firma und außerdem, wenn auch mehr oder weniger gezwungenermaßen und nicht aus Überzeugung, Mitglied in der DAF. Und wenn ihr Betrieb keine Aufträge mehr erhielt, würden darunter vor allem die Arbeiter leiden. Dass Sebastian das einfach nicht verstehen wollte!

Johannas Sohn Robert verfolgte die Rede des Führers, die aus dem Volksempfänger bis in die letzte Ecke der Fabrikhalle drang, mit glühenden Wangen. Adolf Hitler schimpfte über die unerhörte Anmaßung, die die Polen gegenüber dem Deutschen Reich an den Tag legen würden. Damit sei es nun vorbei, verkündete er mit seiner merkwürdig barschen Stimme: »Seit 5.45 Uhr wird jetzt zurückgeschossen«, Bombe werde von jetzt ab mit Bombe vergolten. Robert nickte. Da hatte der Führer recht, das ging wirklich nicht anders. Unvermittelt begann sein Herz wild zu schlagen, er wollte unter jenen sein, die für ihr Vaterland kämpften und dann als Helden aus dem Krieg heimkehrten. Schließlich musste man dazu beitragen, dass die Weltordnung schnell wiederhergestellt wäre! Ein Eingreifen war notwendig, die Polen hatten es nicht anders gewollt, die ausgestreckten

Hände der Deutschen immer wieder zurückgeschlagen. Die Stadt Danzig, erklärte der Führer, »war und ist eine deutsche Stadt. Der Korridor war und ist deutsch.« Robert nickte abermals, als der Führer schnarrte: »Ein Wort habe ich nie kennengelernt, es heißt: Kapitulation. Ein November 1918 wird sich niemals mehr in der deutschen Geschichte wiederholen!«

Aus dem Radioapparat war Applaus zu hören. Die Abgeordneten im Reichstag spendeten Beifall. Auch Robert applaudierte, ebenso wie zahlreiche andere Mitarbeiter, die anschließend die Nationalhymne sangen. Er warf einen Blick zu seiner Mutter. Sie sang mit. Na also. Dann war das ja richtig. Und auch sein Onkel Andreas, der selbstverständlich in Uniform gekommen war, sang. Sie würden stolz auf ihn sein, wenn er ihnen mitteilte, dass er freudig an Hitlers Seite in den Krieg ziehen wolle.

Robert ließ seinen Blick schweifen und bemerkte, dass manche der Arbeiter schwiegen. Er musterte sie verächtlich von oben bis unten. Sie hatten nicht verstanden, dass es heute um alles ging. Sie hatten die Bedeutung des Tages nicht begriffen und nicht die Verpflichtung, die einmalige Gelegenheit zu ergreifen, diesen ungeheuren Fehler der Geschichte zu korrigieren! Die deutsche Schmach! Hatte man ihm nicht erzählt, wie siegesgewiss und jubelnd sie alle in den Krieg gezogen waren, damals, 1914? Und dann der verlorene Krieg. Die ungeheuren Reparationszahlungen. Was hatte er gehungert als Kind! Doch dann war alles besser geworden. Das war nur Hitler zu verdanken! Seine Mutter hatte viele Aufträge, es ging ihnen gut. Der Mann konnte etwas – sicher auch die Schmach ausbügeln. Das hatte er selbst gesagt.

Diejenigen, die nicht an Hitler glaubten, würden es später bitter bereuen, da war er sich sicher. Robert Bigall war froh, dass er nicht zu den Zweiflern gehörte. Sondern zu den deutschen Volksgenossen, die nicht lange zauderten und zagten. Die loszogen, Deutschland zu verteidigen!

13. KAPITEL

Konstanz, Bodensee, 2. bis 5. September 1939

Am 2. September meldete Robert Bigall sich zum Dienst in der Waffen-SS. Weder Johanna noch Sebastian wussten etwas davon. Er war nicht allein. Scharenweise strömten die jungen Männer zur Wehrmacht und zur Waffen-SS. Sie alle sahen es als ihre Bestimmung und ihre Pflicht an, das Vaterland zu verteidigen. Und hatte er, Robert, seine Mutter nicht einmal dabei belauscht, wie sie zu Tante Sophie sagte, der Krieg habe Sebastian zerstört? Robert hatte kein sonderlich gutes Verhältnis zu seinem Vater – oder besser: er hatte gar keines. Sebastian bemerkte ihn schlichtweg nicht. Und das seit vielen Jahren. Auch darüber hatte Mutter mit Sophie gesprochen und dem Krieg die Schuld daran gegeben. Dem Krieg und dem Feind. Deshalb waren die Feinde seines Vaters schon immer seine Feinde gewesen. Es war also auch eine persönliche Rache, die Robert

Bigall ins Feld trieb. Wenn er siegreich heimkehrte, dann würde sein Vater sicherlich ungemein stolz auf ihn sein und ihn endlich, endlich beachten.

Lange, überlegte Robert, würde der Krieg nicht dauern, ein Grund mehr, sich schnell zu melden, bevor wieder alles vorbei war. Die deutschen Truppen stießen in einem unglaublichen Tempo in Polen vor!

Robert sollte recht behalten – zwar nicht damit, dass der Krieg nicht lange dauern würde. Aber die Tatsache, dass er sich freiwillig gemeldet hatte, brachte ihm wirklich die Aufmerksamkeit seines Vaters ein. Wenn auch nicht in der Weise, die er sich erhofft hatte: Drei Tage, nachdem er sich gemeldet hatte, tauchte Sebastian in der Fabrik auf. Der Einberufungsbefehl war zu ihm nach Überlingen geschickt worden, weil Robert dort gemeldet war. Er packte seinen Sohn grob am Arm und zog ihn von den Maschinen weg, an denen Robert seinen Dienst verrichtete. Ein verhasster Dienst übrigens und noch ein Grund mehr, hier wegzukommen. Nachdem er in der Schule nicht so erfolgreich gewesen war, wie seine herrische und ehrgeizige Mutter sich das vorstellte, hatte sie dafür gesorgt, dass sie ihn nach seinem Reichsarbeitsdienst in die Firma stecken konnte – mit den knappen Worten, er könne eines Tages sehr wohl ihr Nachfolger werden, gemeinsam mit Susanne, aber dann müsse er das Handwerk von der Pike auf lernen und zeigen, was in ihm stecke. Und dieses Handwerk langweilte ihn ganz außerordentlich.

»Komm mit«, spie Sebastian ihm nun entgegen und zerrte ihn – vor den Augen der Arbeiter! – ins Büro seiner Mutter.

Johanna blickte überrascht auf, als sie ihren ehemaligen Mann und Jetzt-Geliebten mit ihrem Sohn im Schlepptau zur Tür hereinkommen sah. Ihr Herz begann heftig zu klopfen und sie würde sich später oft fragen, ob es so wild schlug, weil sie Sebastians Anblick so in Aufruhr versetzt hatte oder wegen des drohenden Unheils, das unübersehbar im Raum stand.

»Was weißt du davon?«, spie er ihr entgegen und schleuderte den Brief auf den Tisch. »Hast du ihn dazu ermutigt, ja?«

Johanna funkelte ihn wütend an. Erst dann nahm sie den Brief genauer in Augenschein und wurde blass. »Sein Einberufungsbefehl? Das muss ein Irrtum sein! Sein Jahrgang ist doch noch gar nicht …« Mit einem Blick, der verriet, dass sie die Wahrheit langsam zu ahnen begann, schaute sie ihren Sohn an – in seine leuchtenden Augen. Ungläubiges Entsetzen packte sie. »Robert?«, fragte sie tonlos.

»Ich habe mich freiwillig gemeldet.« Verärgert stellte er fest, dass seine Stimme zu beben begann. Er schielte zu seinem Vater hinüber. Dass der ihn so wütend ins Büro seiner Mutter gezogen hatte, verstand er zwar immer noch nicht, aber wahrscheinlich war es nur die Aufregung gewesen. Es war ja auch etwas Besonderes, wenn der eigene Sohn zu den Ersten gehörte, die sich freiwillig meldeten. *Natürlich* war es seine Pflicht, in den Krieg zu ziehen. Da gab es gar keine Frage. Und auf so einen Sohn, der selbstverständlich seinem Vaterland zur Hilfe eilte, konnte ein Vater schon stolz sein. Er war doch stolz, oder nicht? Das Verhalten, das er an den Tag legte, war ausgesprochen merkwürdig, dachte Robert.

In diesem Moment traf ihn eine schallende Ohrfeige. »Wie kannst du es wagen!«, brüllte Sebastian. »Wie kannst du es wagen, dich diesen Verbrechern anzuschließen!«

»Sebastian!«, rief Johanna. »Nicht so laut! Wenn dich jemand hört!« Sie war aufgesprungen und legte ihre Hand auf Roberts Arm, als wolle sie ihn vor seinem Vater schützen. Der junge Mann schüttelte sie ärgerlich ab.

»Und wenn mich jemand hören würde!«, brüllte Sebastian weiter. »Wäre das schlimmer als die Tatsache, dass unser Sohn in den Krieg zieht? Ich weiß, was das bedeutet, Johanna! Ich habe das erlebt. Aber dir ist wieder nur der Ruf der Firma wichtig.«

»Das stimmt nicht – ich …« Sie fand keine Worte. Sie begriff noch gar nicht richtig, was Robert ihnen da soeben eröffnet hatte. Und sie war sicher, dass es eine Möglichkeit gab, ihn davon abzuhalten, in den Krieg zu ziehen. Aber das musste man ruhig und besonnen angehen! Wenn Sebastian derart herumbrüllte, war die Gefahr groß, dass ihn jemand hörte. Um den Ruf der Firma ging es ihr dabei nicht. Aber um Sebastians Sicherheit. Sie liebte diesen neuen, wütenden Mann, aber sie wusste oder ahnte, dass tief in ihm noch eine zerbrechliche Seele steckte. Und sie wusste, dass sein Bruder Andreas ihn nach wie vor hasste. Es wäre ihm ein Leichtes, ihn zu verhaften. Ob Sebastians harter Panzer dann nicht ganz schnell wieder zerbrechen würde?

Sie schenkte ihm einen traurigen Blick, sagte aber nichts, um sich zu verteidigen, sondern wandte sich stattdessen ihrem Sohn zu. »Robert«, sagte sie sanft. »Warum hast du das getan?«

»Es ist meine Pflicht«, erwiderte er leise und längst nicht mehr so siegesgewiss wie zuvor. »Es ist unser aller Pflicht.«

Johanna brach in Tränen aus und wandte sich ab.

14. KAPITEL

Paris, Frankreich, September 1939

Sophie machte sich große Sorgen. Sie wartete auf ihre Nichte Susanne. Es war nun schon Monate her, dass deren Verlobter Leopold überraschend doch noch aufgetaucht war, nachdem Sophie ihn schon für verschollen gehalten und Johanna alarmiert hatte. Leopold war voller Angst um seinen Vater, seine Mutter und seine Schwester gewesen, die sich geweigert hatten, mitzukommen. Vor allem auch deshalb, weil die Thannbergs nicht genug Geld hatten, um alle gehen zu können. Sie hatten ihm fast den ganzen Rest gegeben, und er fühlte sich nicht zuletzt deshalb verpflichtet, sie nachzuholen. Aus diesem Grund hatte er nur kurz in Paris Station gemacht, auch, um Sophie zu bitten, Susanne, die bereits in Überlingen abgereist war, auszurichten, er sei nach Südfrankreich gegangen, nach Marseille, und wolle dort versuchen, Arbeit zu finden und sich nach einer Weiterreisemöglichkeit nach Amerika zu erkundigen. Leopolds großer Traum war, mit seinen Eltern und seiner Schwester dorthin auszuwandern. Und wenn sich Susanne erholt hatte, würde sie mit dem Kind nachkommen und sie könnten dort alle miteinander ein friedliches, glückliches Leben verbringen.

Dreimal hatte er sich bei Sophie inzwischen schon gemeldet und nach Susanne gefragt. Doch sie kam einfach nicht. Tagein, tagaus wartete sie – inzwischen befand sich das Deutsche Reich mit Frankreich im Krieg. Für Sophie war dieser Zustand ohnehin kaum zu ertragen, sie weinte bitterlich in Pierres Armen. »Warum schon wieder, Pierre?«, schluchzte sie. »Warum denn nur schon wieder?«

Der Krieg hatte die frisch Verliebten damals, 1914, getrennt. Erst 1923 hatten sie sich wiedergefunden und Sophie war mit Pierre nach Frankreich gegangen. Hass und Ablehnung waren ihr aus der Bevölkerung entgegengeschlagen. Das hatte sich seither freilich noch verstärkt, und auch die Emigranten, die seit 1933 so zahlreich nach Frankreich gekommen waren – auf der Flucht vor einem Deutschland, das nicht mehr ihres war – wurden nun als Feinde angesehen, wurden dem Land zugerechnet, aus dem sie ja geflohen waren, das also auch ihr Feind war. Dank ihrer Zeitung hatte sie gute Verbindungen und bekam manche Dinge vor allen anderen mit. So erfuhr sie in der Nacht vom 1. zum 2. September von der Verhaftung von 160 Emigranten, die sich politisch engagierten. Darunter war Hermann Mauthen, Mitglied des literarischen Kreises, dem sie angehörte. Und auch die Dichterin Amalia Müllerschön hatten sie verhaftet und in die Strafanstalt gebracht. Überall in der Stadt hingen riesige Plakate, auf denen die Einwanderer aufgefordert wurden, in die *camps de concentration* zu gehen. Der Anblick dieser Plakate traf sie jedes Mal wie ein giftiger Pfeil mitten ins Herz, denn nicht nur Hermann Mauthen und Amalia Müllerschön, immer mehr Menschen um sie herum verschwanden, vermutlich wurden sie in den großen Pariser Sportarenen interniert.

»Ich verstehe das nicht, Pierre«, schluchzte sie. »Diese Menschen sind doch nach Frankreich gekommen, weil sie aus genau dem Deutschland, das jetzt mal wieder Frankreichs Feind ist, geflohen sind. Warum werden sie verfolgt?«

Pierre presste die Lippen zusammen und schüttelte den Kopf. Die Situation überforderte ihn restlos, er wusste nicht weiter, und das kam bei ihm äußerst selten vor. Er hatte Angst um Sophie, seine Sophie. Schließlich war sie ja auch Deutsche, selbst wenn sie mit ihm verheiratet war. Und da sie beide keineswegs angepasst, sondern äußerst kritisch eingestellt waren, suchte man vielleicht nur nach einer Möglichkeit , ihnen zu schaden. Es wäre ein Leichtes, einen Vorwand zu finden, um Sophie zu verhaften. Er könnte sie dann nicht schützen. Dieser Gedanke brachte ihn fast um den Verstand.

»Sie suchen nun alle Hilfe bei Heinrich Mann«, sagte Sophie.

Pierre nickte. »Er hat ja einen tschechischen Pass und wird deshalb nicht verhaftet. Außerdem ist er älter als 66 Jahre. Aber ob er den anderen helfen kann? Ich glaube eher nicht.« Er runzelte die Stirn. »Ich hoffe nur, dass es Leopold gut geht, dort unten in Marseille. Wir haben lang nichts mehr gehört.«

Sophie nickte betrübt. »Ich halte es nicht aus, das einfach so hinzunehmen. Wir können doch etwas tun, Pierre. Wir können schreiben, die Geschichten dieser deutschen Emigranten aufschreiben und den Lesern so klarmachen, dass diese Menschen ebenfalls Deutschlands Feinde sind. Und damit auf der Seite Frankreichs stehen. Es geht doch nicht um Nationalität, es geht um Einstellungen.«

»Doch, Liebste«, erwiderte Pierre und strich ihr traurig über die Wange. Ihr Gesicht hatte durch die deutlich hervortretenden Wangenknochen etwas so Zerbrechliches und gleichermaßen Willensstarkes. »Es geht *immer* um die Nationalität. Und ich möchte auch nicht, dass du darüber schreibst.«

»Warum denn nicht?«, begehrte Sophie auf. »Jemand muss die Dinge doch benennen!«

»Aber nicht du!« Er blieb standhaft. »Du bist eine hervorragende Schreiberin, die Welt hätte wirklich etwas davon. Doch in erster Linie bist du meine Frau. Meine Frau, die ich liebe und um die ich Angst habe. Du bist eine Deutsche, Sophie, wir sollten momentan nicht gerade auf dich aufmerksam machen.« Er holte tief Luft und stieß dann hervor: »Ich möchte nicht, dass du in einem *camp de concentration* landest.«

Sophie sah ihn erschrocken an. Daran hatte sie noch gar nicht gedacht, hatte sich nicht als Migrantin, als Ausländerin gefühlt. Sie lebte doch schon so lange hier, war mit einem Franzosen verheiratet. Ein Gefühl kalter Angst breitete sich in ihr aus. Es kam schnell und schoss bis in die Fingerspitzen. »Aber ich bin doch kein Flüchtling«, sagte sie leise, »ich bin doch deine Frau.«

»Ich bin mir nicht sicher, ob dir das noch lange helfen wird«, knurrte Pierre. »Die Lage ist unüberschaubar und ich möchte ungern irgendetwas riskieren. Sophie, ich habe Angst um dich.«

Sie stand mit gesenktem Kopf vor ihm, er starrte auf ihren blonden Scheitel. Dann richtete sie sich auf und straffte die Schultern. »Ich will nicht einfach so einknicken«, sagte sie. »Ich habe auch Angst. Aber ebenso habe ich eine Verpflichtung.«

»Du kannst niemandem helfen, wenn du interniert bist«, beharrte Pierre. »Und du kannst dann auch nicht nach Susanne suchen, die hier wahrscheinlich irgendwo herumirrt.«

Sophie sah ihn nachdenklich an, und er erkannte in ihrem Blick, dass er sie erreicht hatte.

»Du hast recht, mon amour«, erklärte sie. »Ich werde nicht öffentlich kämpfen. Aber dafür im Verborgenen. Umso gründlicher.«

15. KAPITEL

Warschau, Polen, September 1939

Roman Omozik versuchte, seine Unruhe zu unterdrücken und so gut wie möglich einen Alltag aufrechtzuerhalten. Zum Glück hatte man ihn noch nicht eingezogen – er arbeitete in einem Betrieb, der für die Rüstung produzierte. Aber der Vormarsch der Deutschen war mehr als beunruhigend, Krakau eingenommen, seine Stadt eingeschlossen. Dennoch: Es galt, weiterzumachen, als sei die Welt nicht aus den Fugen geraten. Er dachte daran, dass er neulich erst mit Kasia ins Kino gegangen war, ihre kleine Tochter war zum ersten Mal allein bei seinen Eltern geblieben, seiner alten, treuen Mutter und seinem immer so fleißigen Vater. Kasia war ziemlich nervös gewesen und hatte ihm alle zwei Minuten zugeflüstert: »Ob sie wohl weint?« Doch als sie nach Hause kamen – der Heimweg durch die verdunkelten Straßen war etwas ungewohnt, denn sie waren schon lange nicht mehr abends aus gewesen – hatte die Kleine fest geschlafen, ihren alten Stoffbären im Arm. Und kürzlich war er gemeinsam mit Stanislaw, seinem besten Freund, beim Länderspiel gewesen, Polen gegen Ungarn. Da hatte er sich gewundert, dass die Stimmung eigentlich nicht sonderlich anders war, als bei anderen Länderspielen. Das Einzige, was auf die veränderte Situation hinwies war, dass viele der Männer Uniform trugen.

Auch Kasia war unruhig. Stundenlang hatte sie neulich anstehen müssen, um das schwarze Papier zu bekommen, mit dem man die Fenster bei Einbruch der Dunkelheit bekleben sollte. Sie hatte sogar vor dem Geschäft in der Swietokrzyska-Straße gewartet, um Gasmasken für sie alle zu bekommen – und das bereits vor zwei Wochen.

Roman versuchte sich einzureden, dass ein Angriff Deutschlands auf Warschau problemlos abzuwehren sei und dass die Alliierten sicherlich schnell Hilfe leisten würden – schließlich gab es doch das Bündnis mit Frankreich und das Bündnis mit England!

Er hoffte, dass bald alles wieder vorbei sein würde. Und dann käme das nächste Frühjahr und er könnte endlich, endlich mit dem Bau des Hauses beginnen, um sich und seiner kleinen Familie ein eigenes Heim zu schaffen. Doch mit jedem Tag bekam sein Optimismus einen größeren Riss. Und immer öfter blubberte so etwas wie Panik in ihm auf.

Das Grauen kam am 24. September, und der Feind aus der Luft: Eine Bombe nach der anderen ließen die Deutschen auf Warschau herabregnen. Sprengkörper trafen Häuser, Brücken, Straßen. Eine Pause war den gepeinigten Menschen nicht vergönnt, ununterbrochen peitschte die tödliche Fracht vom Himmel. Krankenhäuser und Bahnhöfe wurden getroffen, es gab kein Wasser mehr und keinen Strom. Am folgenden Tag kamen die deutschen Soldaten und zerstörten, was noch nicht in Schutt und Asche lag. Es war ein Bild unendlichen Leids. Bis Warschau am frühen Morgen des 27. September kapitulierte, waren 30.000 Menschen ums Leben gekommen – darunter auch Romans gesamte Familie. Die Bombe hatte das Haus getroffen, während er bei der Arbeit war, die man als kriegswichtig einstufte, weshalb man ihn auch nicht eingezogen hatte. Im Keller seiner Firma, einem Hersteller für Metallprodukte, hatte er mit den anderen Männern Schutz gesucht, außer sich vor Angst um seine Lieben. Zwei seiner Kollegen hatten ihn mit Gewalt davon abhalten müssen, nach draußen zu stürzen, um bei ihnen zu sein. Und dann stolperte er durch die zerstörte Stadt, die in dichten Rauch gehüllt war, kaum fähig, sich zu orientieren, weil da, wo einst Häuser gewesen waren, nur noch Schutt lag.

Doch schließlich fand er die Straße, in der das Haus seiner Eltern gestanden hatte. Die Nachbarn saßen auf großen Trümmersteinen auf der Straße, mit trübem, gebrochenem Blick. Sie bemerkten ihn gar nicht, als er wild schreiend zu graben begann. Nach seinen Eltern, nach seiner Frau und nach seiner Tochter. Er fand seine Mutter, seinen Vater und Kasia, die Gesichter weiß vom Staub, und er brach schluchzend über ihnen zusammen, umarmte und küsste die toten Leiber, um dann weiterzugraben, nach seinem kleinen Mädchen. Doch dessen Körper war wohl zu winzig, als dass er ihn in den Trümmern hätte finden können. Oh, wie gerne würde er bei ihnen sein, vergraben, verschüttet, alles, nur den rasenden, glühenden Schmerz nicht aushalten müssen!

Er grub verzweifelt, bis ihn Soldaten der deutschen Wehrmacht grob an der Schulter packten und gefangen nahmen. Sie stießen ihn in Richtung Westen durch die zertrümmerte, geschundene Stadt. Romans Leben war zu Ende. Sein Polen gab es nicht mehr. Und der lange Marsch nach Deutschland hatte begonnen.

16. KAPITEL

Ein Gut in der Nähe von Neidenburg, Ostpreußen,
Anfang Oktober 1939

Luise war am Rande ihrer Kräfte. Sie fühlte sich einsam,
überfordert, und sie fragte sich, wofür sie eigentlich Tag für
Tag kämpfte. Sie war ganz allein. Die Männer, die sie auf
ihrem Gut beschäftigt hatte, waren allesamt in den Krieg
gezogen. Imke, ihre beste, mütterliche Freundin war letzten Herbst gestorben. Und mit den anderen Neidenbur-
gern hatte sie nicht wirklich viel Kontakt. Solange sie eine
Mission hatte, die nämlich, das zerstörte Gut ihrer Eltern
wiederaufzubauen, in den ersten Jahren nach dem Krieg,
da war sie noch voller Tatendrang gewesen. Da hatte auch
Sophie noch bei ihr gewohnt, und eine Zeit lang hatte Luise
Sophies Sohn Raphael bei sich beherbergt. Doch Sophie
lebte nun schon seit 15 Jahren in Frankreich, und auch zu
Johanna hatte Luise kaum noch Kontakt. Johanna hatte nie
Zeit und war, wie Luise bei einem ihrer letzten Besuche am
Bodensee erschrocken festgestellt hatte, extrem herrisch
und egoistisch geworden.

Ja, Luise war vereinsamt. Sehr sogar. Dann und wann
hatte sie eine Liebesbeziehung gehabt – aber die waren alle
gescheitert. Und irgendwann hatte die blond gelockte Schönheit mit den strahlend blauen Augen die Nase vollgehabt
von Männern und sich ganz auf die Umsetzung ihrer Idee
konzentriert, in den Fremdenverkehr einzusteigen und ihr
Gutshaus in eine kleine Pension umzubauen. Ferien auf dem
Land. Wenn das für die Städter keine Attraktion wäre! Zu

dieser Zeit war sie eigentlich noch ganz guter Dinge gewesen, wie immer, wenn sie eine Aufgabe hatte. Es etwas zu tun gab. Sie nähte und renovierte, richtete Zimmer des Gutshofs liebevoll her, und als die Gäste dann kamen – Luise hatte recht behalten, sie kamen scharenweise –, umsorgte sie sie, schloss teilweise sogar Freundschaften. Sie hatte sich über die Kinder gefreut, die über den Hof tollten und, wie Luise als Kind, an den wilden Sträuchern Unmengen von Brombeeren pflückten, um dann mit dunkelrot verschmierten Mündern zum Abendessen zu erscheinen. Doch es war nur ein gestohlenes, bestenfalls geliehenes Glück. Sie nahm am Leben anderer Teil, war Zaungast und tat so, als gehöre sie dazu. Sie gab sich mehr in die Begegnung mit ihren Gästen hinein, als das normal und gesund gewesen wäre, stellte fest, dass sie nach deren Abreise darauf wartete, dass die Besucher Kontakt hielten, weil sie die Begegnung vielleicht als ebenso bereichernd empfunden hätten wie sie, Luise. Aber die allermeisten meldeten sich nie mehr. Sie waren in ihr ausgefülltes Alltagsleben zurückgekehrt, und mit der Zeit kamen auch immer weniger Gäste. Woran es lag? Luise versuchte nicht einmal, das herauszufinden.

Sie führte ihr Gut, aber sie war einsam. Einsam in ihrer Heimat. Heimat, ein Thema, das sie ihr Leben lang verfolgte. Die Heimat war ihr wichtig, und Luise hatte eigentlich gelernt, dass man eine Heimat weder an einem Ort noch in einem anderen Menschen finden konnte, sondern nur in sich selbst. Aber in ihr selbst war es eben leer, so unsagbar leer und dunkel. Insofern hatte es vielleicht sein Gutes, dass all ihre Arbeiter an die Front gezogen waren. So musste sie von Früh bis Spät schuften und hatte keine Zeit für düstere Gedanken.

»Frau Seiler!« Von fern rief jemand ihren Namen. Hastig wischte sie sich die Hände an ihren Röcken ab – sie war gerade im Kuhstall gewesen – und eilte nach draußen. Dort standen zwei Uniformierte, die Luise vom Sehen her kannte, zwischen sich einen mürrisch dreinblickenden, ausgemergelten Mann mit strohblonden, raspelkurzen Haaren und ausgesprochen ausgeprägten Wangenknochen.

»Sie hatten einen Zwangsarbeiter angefordert. Hier haben Sie einen.« Der größere der beiden Uniformierten gab dem Polen einen Schubs und der Mann stolperte ihr entgegen. Luise starrte die Männer an. »Ich … ich … habe keinen … Arbeiter …« stammelte sie.

Der Große zuckte die Achseln. »Wie auch immer. Jetzt haben Sie einen. Über die Richtlinien sind Sie ja informiert«, schnarrte er.

»N… Nein«, sagte Luise, doch es war zu spät. Die Männer waren bereits auf dem Rückweg zu ihrem Wagen. Luise und der Fremde starrten sich an, und sie erschrak über das, was sie in seinen Augen las. Dieser Mann, dachte Luise, ist durch die Hölle gegangen. Es war eine Mischung aus Verachtung und Hass, die ihr entgegenschlug. Es war wie ein Déjà-vu. Sie sah sich selbst in ihm. Sah sich als junge Frau, gerade hatten die Russen ihre Eltern ermordet und sie, die russische Kriegsgefangene, sollte nun mitten unter ihnen leben. Auch dieser Fremde, das spürte sie instinktiv, hatte Menschen verloren, die er liebte und um die er trauerte. Sie verstand seinen Hass und sie wusste, wozu dieser Hass einen Menschen befähigen konnte. Doch sie wusste auch, dass es möglich war, ihn zu überwinden.

Zaghaft lächelte sie Roman an, der das Lächeln mit einem finsteren Blick quittierte. »Ich bin froh, dass Sie da sind«, sagte sie. »Hier gibt es viel Arbeit. Aber jetzt kommen Sie erst einmal mit. Sie haben sicher Hunger.«

Flüchtig fragte sie sich, wo er schlafen sollte. Sicher doch in einem der Zwangsarbeiterlager? Aber davon hatte keiner etwas gesagt und es wurde schon Abend. Gut, sie würde ihm das Pförtnerhäuschen herrichten, ganz allein im Haus mit einem fremden Mann – Gäste hatte sie derzeit keine –, das fühlte sich doch recht komisch an und sie vermutete, dass so etwas auch verboten war.

Als sie vor ihm her in die Küche ging, spielte ein leichtes Lächeln um ihre Mundwinkel. Die Leere fühlte sich schon nicht mehr ganz so leer an. Luise hatte wieder jemanden, um den sie sich kümmern konnte.

17. KAPITEL

74 Jahre später
Überlingen, Bodensee, August 2013

»Weißt du schon was Neues aus Frankreich?«, fragte Alexandra neugierig. Ihre Schwangerschaft machte ihr bei der Hitze zu schaffen, sie hatte ihre Beine deshalb auf den Couchtisch im Aufenthaltsraum des Alten Schulhauses gelegt. Zita und sie waren allein, alle Gäste waren zu Ausflügen aufgebrochen oder nahmen am Strand oder im Garten ein Sonnenbad, sodass sie sich diese lässige Haltung erlauben konnte.

»Nicht wirklich viel«, sagte Zita. »Mia schreibt immer nur ganz knappe Nachrichten, offenbar sind sie die ganze Zeit mit Susanne zusammen und die erzählt alles, was es zu erzählen gibt.«

»75 Jahre sind ja auch eine lange Zeit – die kann man nicht in ein paar Stunden mit Worten überbrücken«, erwiderte Alexandra nachdenklich. Sie nahm einen Schluck von der selbst gemachten Limonade, die Zita ihnen hingestellt hatte, und schloss genießerisch die Augen. »Es ist schon verrückt, wie einen diese Familie in ihren Bann ziehen kann. Weder du noch ich sind Teil von ihr – du noch eher, weil du mit Philippe zusammen bist.«

»Ja«, bestätigte Zita nachdenklich und strich mit dem Finger sanft über die drei Frauengesichter, die ihr von dem vergilbten Fotopapier entgegenlächelten. »Sophie, Luise und Johanna. Und dann Susanne. So starke Frauen in einer Zeit …, die wir … kaum fassen können.«

»Seit ich mit Ole zusammen bin und gleichzeitig so viel über die Vergangenheit dieser Familie erfahre, frage ich mich, wie man es ertragen kann, einen Menschen zu lieben, im Krieg von ihm getrennt zu sein, zu wissen, dass er an der Front ist, und über eine lange, lange Zeit nichts zu hören.« Alexandra drehte ihre dicken roten Locken zu einem Strang und steckte sie am Hinterkopf fest, so, wie die Frauen auf den Fotos sie trugen. Hochgesteckte Haare, da waren sie noch jung gewesen, in den ersten beiden Jahrzehnten des 20. Jahrhunderts. Später, das hatte Alexandra auf anderen Fotografien gesehen, war die Haarpracht dem Bubikopf und der gepflegten Welle gewichen. Luise, Sophie und Johanna waren immer mit der Mode gegangen, wobei dieser Charakterzug bei Johanna ganz besonders ausgeprägt schien.

Zita nickte. »Es gab damals keine Handys, keine SMS, und die Zeiten waren so unruhig. Wie sie das nur ertragen haben? Ich versuche, von ihnen zu lernen.«

»Wie meinst du das?«

»Ich bin mir nicht sicher, ob ich das in Worte kleiden kann«, begann Zita. »Denn es umfasst so viele Ebenen. Nehmen wir mal meine Beziehung zu Philippe. Wie du weißt, war unser Frankreichurlaub nicht unbedingt harmonisch.«

»Ja, du hast es erzählt. Ich finde, er hat sich ziemlich danebenbenommen«, sagte Alexandra, doch Zita schüttelte den Kopf.

»Das fand ich zuerst auch, ich war sehr wütend. Doch inzwischen sehe ich das anders.«

Alexandra sah sie fragend an.

»Ich habe zu schnell versucht, ihn in irgendwelche Formen zu pressen. Auch deshalb, weil ich mich der Familie so zugehörig fühle.«

»Das ist ja auch verständlich«, verteidigte Alexandra ihre Freundin vor ihr selbst. »Immerhin bist du wegen der Geschichte mit dieser Familie fast einem Mordanschlag zum Opfer gefallen.«

»Ja, aber dennoch ist es nicht meine Geschichte. Ich darf das nicht verwechseln. Ich muss darauf achten, dass ich meine eigene Geschichte lebe«, sagte Zita, nicht wissend, dass Luise ein dreiviertel Jahrhundert zuvor mit einem ganz ähnlichen Problem gekämpft hatte.

»Es ist doch trotzdem deine eigene Geschichte«, beharrte Alexandra.

»Schon, nur wo hört meine eigene Geschichte auf und

wo fängt die dieser Familie an? Ich verstehe Philippe, dass ihn das Tempo, mit dem ich vorgedrungen bin, erschreckt hat. Ich war so … es hat sich für mich so natürlich angefühlt, aber er musste glauben, ich wolle ihn einengen.«

»Hast du mit ihm darüber gesprochen?«

»Andeutungsweise«, erwiderte Zita. »Es ist ganz merkwürdig, noch vor ein paar Tagen hätte ich bestimmt den unwiderstehlichen Drang gehabt, ihm mitzuteilen, dass ich das jetzt lockerer sehe und ihn verstehe, um ihm seine Angst zu nehmen, um ihn enger an mich zu binden. Diesen Drang habe ich nun verloren. Er wird es schon merken.«

»Eine sehr gelassene Haltung«, sagte Alexandra beeindruckt.

»Und das Beste ist: Ich muss mich nicht dazu zwingen, das kommt von ganz tief innen«, erklärte Zita. »Ich glaube, je mehr ich mich mit der Vergangenheit beschäftige, desto klarer wird mir, wie gut wir es haben und wie klein unsere Sorgen sind. Im Kopf wusste ich das zwar schon immer, aber inzwischen bestimmt es mein Handeln.«

Lächelnd blickte sie auf die drei Fotografien hinab und sagte: »Danke, Johanna, Luise und Sophie.«

18. KAPITEL

74 Jahre zuvor
Konstanz, Bodensee, 20. November 1939

»Wir können froh sein, dass wir uns damals entschieden haben, die Produktion auf die Uniformstoffe umzustellen«, murmelte Johanna.

»Oh ja«, stimmte Franziska sogleich zu und sah von dem Aktenstapel auf, über dem sie gerade saß. »Da können wir wirklich froh sein. Es war deine Idee, Johanna. Was würde die Firma nur tun, wenn sie dich nicht hätte.«

Johanna musterte ihre Schwester misstrauisch. Franziska verhielt sich ausgesprochen merkwürdig. Sie war sich fast sicher, dass sie sie verspottete, andererseits schwang nie auch nur der Hauch von Sarkasmus in ihrer Stimme mit. Immer, wenn sie derlei Dinge sagte, und das tat sie oft, strahlte Franziska ihre Schwester an wie ein Weihnachtsbaum mit unverschämt vielen Kerzen. Johanna musste sich eingestehen, dass Franziskas Verhalten sie verunsicherte und dass sie immer öfter darüber nachdachte, warum die kleine Schwester dieses oder jenes tat. Vielleicht war es ja nur Mitgefühl, das Franziska zu solchen merkwürdigen und unecht wirkenden Aussagen verleitete? Weil sie von Susanne seit deren Abreise immer noch nichts gehört hatten? Weil sie zu spüren glaubte, dass Johanna außer sich war vor Sorge, wenn sie sich ihren Kummer auch nicht anmerken ließ? Und weil auch Robert …

Seufzend beugte sie sich über die kleine Melissa, die in ihrer Wiege am Fenster fest schlief. Eine Wiege, in der schon ihre Mutter gelegen hatte – die jetzt spurlos verschwunden war. Die Angst klumpte sich in Johannas Magen zusammen und ein bitterer Geschmack beherrschte ihren Mund. Ablenkung!, schrie ihr Kopf. Sie musste sich aufs Geschäft konzentrieren! Nur nicht an Susanne denken und nicht an Robert. Und Franziskas merkwürdiges Verhalten sollte sie am besten auch ignorieren.

»Ich beziehe mich auf die Verordnung über die Verbrauchsregelung für Spinnstoffwaren«, verkündete sie. »Hätten wir nicht auf Kriegsuniformen umgestellt, würden wir jetzt gehörige Probleme haben. Geld hatten die Menschen schon vorher keins. Aber die Kleiderkarte bietet eine zusätzliche Hürde.«

»Ich verstehe nicht, was du meinst«, ließ ihre Schwester sie wissen. »Dieser Begriff ist zu kompliziert für mich. Kannst du ihn mir erklären?«

Wieder ein misstrauischer Blick von Johanna. Und wieder nichts, das ihren Verdacht, es könne sich um Sarkasmus oder Spott handeln, untermauerte. Franziska blickte sie aus riesigen blauen Augen arglos an.

»Die Reichskleiderkarte«, sagte Johanna ungeduldig. »Sie wird heute verteilt. Du musst doch davon gehört haben! Wir sind natürlich auch betroffen. 35 Teilabschnitte muss man für einen Mantel geben, und die Reichskleiderkarte hat nur 100 Teilabschnitte. Sie muss fast ein Jahr lang reichen. Nun ja, ich kann mir meinen alten sicherlich mit etwas Pelz am Kragen aufpeppen.« Sie bemerkte erstaunt, dass sie plapperte. Aus Unsicherheit. Sie, die kühle, selbstsichere Johanna, ließ sich derart aus der Fassung bringen, nur weil ihre kleine Schwester sich merkwürdig verhielt. Es lag bestimmt daran, dass sie sich derart um Susanne und Robert sorgte.

Doch Franziskas Erwiderung auf ihren Monolog überraschte sie. Die Schwester reagierte nicht mit weit aufgerissenen, blauen Kulleraugen und einem gehauchten »wie recht du hast«, sondern sie rümpfte die Nase und sagte nun in einem Tonfall, den Johanna eigentlich für sich beansprucht hatte, von oben herab: »Ich finde, du hast genug Kleider, Johanna. Da gibt es andere Menschen, die sich wirklich Gedanken machen müssen.«

»Da hast du recht, Franziska«, erklärte Johanna nach einer kurzen Pause, die sie brauchte, um ihre Überraschung zu verarbeiten. Sie entschied sich zur Offenheit. Offenheit, eine Tugend eigentlich, die sie nun als Waffe einsetzte, um wieder Oberwasser zu gewinnen. »Du hältst mich für oberflächlich, stimmt's?«, fragte sie. »Aber weißt du – meine Tochter ist verschwunden, mein Sohn ist im Krieg und mein Mann aufständisch, nur die kleine Melissa ist mir geblieben.« Sie blickte zärtlich zur Wiege hinüber. »Gerade deshalb muss ich manchmal oberflächlich sein. Wenn wir uns nicht auch an die schönen Dinge erinnern, nicht auch über Fellkragen am Mantel nachdenken würden, dann würden wir all das nicht überstehen.«

Johanna lächelte, als sie weitersprach, nun waren ihre Worte an das kleine Mädchen in der Wiege gerichtet, sie sprach durch sie zu der verschollenen Tochter Susanne, Franziska und ihre seltsamen Stimmungen waren plötzlich ganz weit weg. Sie setzte die Offenheit nun auch nicht mehr als Waffe gegen ihre Schwester ein, sondern sprach aus dem Herzen zu ihrer Enkelin, die alle für ihre Tochter hielten. »Mode und die Schönheit der Frauen haben mich schon immer fasziniert. Ich erinnere mich noch gut daran, wie ich Sebastian seinerzeit schockiert habe. 1923 war das, mitten in der Inflation, und wir hatten nichts – naja, oder fast nichts.« Sie strich dem Säugling über das Köpfchen und fuhr fort: »Da habe ich all meine alten langen Kleider im Stil der damaligen Zeit umgearbeitet. Knielang. Das war ein Skandal damals, kannst du dir das vorstellen?« Johanna lachte leise. »Weißt du, ich liebe die schönen Dinge einfach. Die Kreationen von Robert Piguet oder die herrlichen Zigeunerkleider von Coco Chanel. Wie schade, dass sie ihren Salon in Paris geschlossen hat. Ich war einmal dort, als ich Sophie besucht habe … Irgendwann, mein kleines Mädchen, fahren wir beide gemeinsam nach Paris und ich werde dir die schönsten Stoffe zeigen.«

Inzwischen hatte Johanna Franziskas Anwesenheit tatsächlich fast vergessen, und so schrak sie zusammen, als sie aufblickte und deren kalten, berechnenden Blick auf sich spürte. Zum ersten Mal seit Langem hatte sie das Gefühl, Franziska wirklich zu sehen. Und was sie da sah, das gefiel ihr ganz und gar nicht.

19. KAPITEL

Überlingen, Bodensee, November 1939

Im November machte Sophie das eigentlich Unmögliche möglich und reiste, aller Vernunft und allen widrigen Umständen zum Trotz, an den Bodensee. Sie war, ebenso wie Johanna, außer sich vor Sorge, weil Susanne immer noch nicht in Frankreich angekommen war, und wollte sich nun unter vier Augen mit der Freundin und Nichte darüber beraten, was man tun könnte, um die junge Frau zu finden.

Jetzt hielt sie eine verzweifelte Johanna in den Armen, Sophie konnte in ihr lesen wie in einem Buch. Sophie gegenüber vermochte sie ihre gespielt oberflächliche Haltung nicht aufrecht zu erhalten. Sophie war Sophie. Sie sagte nur »Ach, Johanna«, zog sie enger an sich und ließ sie weinen.

Die beiden Frauen redeten die ganze Nacht. Von Johanna und wie sie geworden war, von Sophies Einsamkeit in Frankeich, von Matthias und Sebastian. Und immer wieder überlegten sie, wie es gelingen könnte, Susanne zu finden. Johanna konnte nur schwer akzeptieren, was Sophie sagte. Dass es nämlich schlicht keine Möglichkeit gebe, Susanne ausfindig zu machen. »Die Zeiten sind wirr, Johanna. Wir müssen darauf vertrauen, dass sie eines Tages bei mir ankommt.«

»Wenn du das so siehst, warum bist du dann nicht in Frankreich geblieben?«, fragte Johanna, die in ihrer Verzweiflung angriffslustig wurde.

Sophie nahm ihr die harschen Worte nicht übel. Sie wusste, welche Sorgen Johanna gerade hatte und welches Leid sie durchmachte. Also zuckte sie nur die Schultern und sagte: »Wenn Susanne gerade jetzt bei uns ankommen würde, wäre Pierre ja da. Ich vermute, es war einfach der Versuch, dieser lähmenden Untätigkeit etwas entgegenzusetzen.«

Johanna legte ihren Kopf an Sophies Schulter und nahm ihre Hand. »Verzeih«, bat sie, »es tut mir leid.«

»Ist schon gut.« Sophie strich der anderen über die dunklen Haare und murmelte: »Ich bin offen gestanden sogar froh, dass Susanne nicht mehr hier ist. Und dass ihr diese Geschichte mit ihrem Kind so gemacht habt.«

Johanna richtete sich erstaunt auf und sah sie mit großen Augen an. »Warum?«

Sophie sagte nachdenklich: »Es ist wegen Franziska. Ich habe sie in den zwei Tagen, in denen ich hier bin, beobachtet. Sie gefällt mir nicht. Sie gefällt mir sogar ganz und gar nicht.«

»Ich verstehe, was du meinst«, gestand Johanna. »Mir wird sie auch zunehmend unheimlicher.«

»Ich finde Franziska nicht nur unheimlich«, sagte Sophie, »ich spüre instinktiv, dass eine große Gefahr von ihr ausgeht. Ich kann dir nicht sagen, woher dieses Gefühl kommt, aber ich bin mir sicher, dass ich es mir nicht einbilde.«

»Vielleicht spioniert sie die Familie im Auftrag aus? Und auch die Firma?«, überlegte Johanna. »Matthias ist kurz nach ihrem Arbeitsantritt in der Firma verhaftet worden. Aber woher sollte sie denn wissen …?«

»Lass mich raten. Du hast Matthias in dem geheimen Raum hinter dem Schrank versteckt.« Als Johanna nickte, fügte sie hinzu: »Und da fragst du noch, woher sie es wissen sollte? Sie hat als Kind genauso wie du in dem geheimen Zimmer gespielt.«

Johanna nickte betroffen. »Du hast recht. Sie könnte Matthias tatsächlich entdeckt und verraten haben, wenn auch unklar bleibt, wie sie überhaupt davon erfahren hat, dass er sich dort aufhielt. Wie froh ich bin, dass sie nicht weiß, dass unsere kleine Melissa eine Halbjüdin ist.« Sie betrachtete ihre schlafende Enkeltochter und fragte dann beunruhigt. »Glaubst du, dass Franziska etwas mit Susannes Verschwinden zu tun hat?«

Eher um ihre Nichte, die ihr schon seit Jahrzehnten so eine enge Freundin war, zu beruhigen als aus echter Überzeugung, schüttelte Sophie den Kopf. »Nein, das glaube ich nicht«, sagte sie. »Und wir wissen ja auch gar nicht, ob sie wirklich etwas getan hat oder ob wir uns das alles nur einbilden.« Doch das ungute Gefühl ließ Sophie nicht los.

Am Abend, als Johanna zu Bett gegangen war, zog sie das silberne Notizbüchlein hervor und schrieb:

Altes Schulhaus, Überlingen, Deutsches Reich 1939

Franziska! Wach auf! Erkenne Dich! Erschrick vor Dir und beginne, den anderen, nämlich Deinen Weg zu suchen. Das ist nicht Dein Weg, den Du zu gehen im Begriff bist. Es ist ein schrecklicher, dunkler Weg, der dich verschlingen wird. Der uns alle verschlingen wird. Komm zurück, ich flehe Dich an!

20. KAPITEL

Ein Gut in der Nähe von Neidenburg, Ostpreußen,
15. März 1940

Das Zusammensein mit Roman hatte etwas Bedrückendes. Der Pole sprach kaum ein Wort, man merkte jeder seiner Bewegungen an, dass er zum einen ungemein viel Wut und zum anderen ungemein viel Trauer in sich trug. Und er ließ sie nicht daran teilhaben. Natürlich nicht, warum hätte er das auch tun sollen! Sie gehörte zum Feind, zu denen, die ihm und seiner Familie das angetan hatten. Was sie ihnen genau angetan hatten, das wusste Luise nicht. Er sprach nur in Andeutungen darüber, und sie war, anders als früher, im ersten Krieg, nicht sonderlich gut informiert über das politische Weltgeschehen. Sie konnte sich jedoch vorstellen, dass es etwas Ähnliches war wie das, was sie selbst erlebt hatte, damals, als die Russen gekommen waren und ihre Eltern ermordet hatten.

Sie nahm an, dass er sehr gut Deutsch konnte. Er tat zwar so, als beherrsche er die Sprache nur oberflächlich, doch sprach sie kontinuierlich mit ihm und sie war sich fast sicher, dass er alles verstand. Seltsamerweise fühlte sie sich ihm gerade durch seine Wut und Verbissenheit sehr nah. Als könne sie ihn von innen spüren, als wäre sie er. Das war eine andere Nähe als die künstliche, verzweifelte, die sie zu ihren Gästen stets aufzubauen versucht hatte. Das hier war ungemein ergreifend und gleichzeitig ganz still und unaufgeregt.

»Ich habe dieses Gut Stein für Stein wieder aufgebaut«, begann sie leise ihre Erzählung. Sie starrte auf seine Hände, die den ihren so nah waren und geschickt ihre Arbeit verrichteten, und bemerkte, dass er für den Bruchteil einer Sekunde in seiner Arbeit innehielt, als sie zu sprechen begann. Das wertete sie als Zeichen, dass er tatsächlich verstand, was sie sagte.

»Ich war noch ganz jung, als die Russen kamen, keine 20. Sie kamen über Nacht, ich war frisch verliebt in einen jungen Soldaten, den man bei uns einquartierte. Er hat uns noch gewarnt und gesagt, wir müssen sofort gehen.« Ihre Stimme bebte, selbst nach all den Jahren noch. Sie nahm ihn überdeutlich wahr. Dass er sie verstand, war nun gar keine Frage mehr, auch wenn er es sie nicht merken ließ, sondern ruhig und still weiterarbeitete. »Wir wohnten damals in Neidenburg, mitten in der Stadt. Die Eltern fuhren noch einmal hier heraus zum Gut, wo meine Großmutter lebte. Sie wollten sie nicht allein zurücklassen, sie wollten sie holen. Ich sollte in Neidenburg warten. Ich habe gewartet. Den ganzen Tag und die ganze Nacht. Ich habe umsonst gewartet. Die Russen haben sie ermordet, hier in diesen Mauern.« Sie deutete auf das Gut, und sein Blick folgte ihrer Geste. »Sie haben alles abgebrannt. Ich bin in russische Gefangenschaft geraten. Aber nach dem Krieg, da bin ich zurückgekehrt, um alles wieder aufzubauen. Das war ich ihnen schuldig, verstehst du?«

Kurz trafen sich ihre Blicke, flackernd und unsicher, er schaute als Erster weg. Wieder senkte er den Kopf und vertiefte sich in seine Arbeit. Wortlos.

»Als sie mich nach Russland verschleppt haben … ich habe sie so sehr gehasst. Dieses Volk hatte meine Eltern und meine Großmutter ermordet und ich sollte nun mit ihnen leben? Mitten unter ihnen? Das war für mich unmöglich, aber ich musste es tun, ich hatte keine Wahl, und irgendwann habe ich aufgehört, mich gegen sie zu stellen. Ich habe begriffen, dass es nichts bringt, ein Volk zu hassen. Dass die vielen Menschen, die das Volk sind, überhaupt nichts dafür können, wenn irgendwelche Herrscher einen Krieg angezettelt haben. Ich habe begriffen, sie leiden genauso wie ich auch.«

Sie hielt inne und zerkrümelte die harte Erde zwischen ihren Händen, die von der vielen Arbeit ganz rau und rissig geworden waren.

»Mir ist klar, dass du mich hassen musst«, platzte sie heraus. »Ich weiß nicht, was dir geschehen ist, aber ich vermute, es ist ungefähr das Gleiche, was mir damals widerfuhr. Ich weiß, wie sich das anfühlt. Und dann bekommst du durch den Austausch mit den anderen Zwangsarbeitern ja auch noch mit, wie schlecht meine Landsleute sie behandeln und wie schrecklich es in den Lagern zugeht. Ich ... es tut mir leid, ich schäme mich dafür, und es ist mir egal, wenn ich mich mit diesen Worten vielleicht strafbar mache, weil ich nicht genügend Distanz wahre. Allein schon die Tatsache, dass wir am gleichen Tisch essen, ist ja seit diesem verdammten Polenerlass eigentlich schon verboten. Ich will dir nur sagen ... wenn du irgendwann darüber reden willst ... dann bin ich für dich da. Ich glaube, ich kann dich verstehen. Wirklich.«

Er stand auf, klopfte sich die Hände am Hosenboden ab, ohne ihr auch nur einen Blick zu schenken. Dann ging er fort, sie blieb zurück, auf dem harten Märzboden kauernd, und starrte ihm ratlos und enttäuscht hinterher.

21. KAPITEL

Paris, Frankreich, März bis Juni 1940

Für Frankreich begann eine unruhige, eine atemlose Zeit: Am 20. März trat der französische Ministerpräsident Daladier zurück. Man warf ihm eine unentschlossene Kriegspolitik vor, die Kritik seines Parlaments war so heftig, dass er die Vertrauensfrage stellte. Zwar waren 239 der Abgeordneten auf seiner Seite, 303 enthielten sich jedoch der Stimme. Im April eroberte die deutsche Wehrmacht in einem Blitzkrieg Dänemark und Norwegen, im Mai begann der Westfeldzug, was in Frankreich zu einer neuen Welle von Internierungen, Übergriffen und Verdächtigungen gegenüber den Immigranten führte.

Zunächst drang die deutsche Wehrmacht in die neutralen Staaten Niederlande, Luxemburg und Belgien vor, doch kurz darauf kam der Überraschungsangriff auf Frankreich durch die Ardennen – zahlreiche Streitkräfte der Alliierten waren ja nun damit beschäftigt, Belgien und die Niederlande zu verteidigen. Am 20. Mai erreichten die Truppen den belgisch-französischen Kanal. Sechs Tage später wurden die Soldaten der Alliierten in einer riesigen, groß angelegten Aktion aus Dünkirchen evakuiert. Das britisch-französische Heer hatte sich hierher zurückgezogen.

Am 31. Mai schließlich gab der Führer den Befehl für die »Schlacht um Frankreich«.

Die Ereignisse hatten einen riesigen Flüchtlingsstrom gen Süden zur Folge, auch in Paris wurde man unruhig. Unzählige warteten an den Bahnhöfen tagelang auf die

Züge, die viel zu selten fuhren und viel zu wenige Waggons hatten.

Sophie hatte sich auf Pierres Wunsch ganz aus der Öffentlichkeit zurückgezogen, und so zum Nichtstun verdammt zu sein, tatenlos zusehen zu müssen, machte sie schier wahnsinnig. Aber sie sah ein, dass es nötig war. Wenn Pierres Blatt auch mutig weiterhin für die intellektuellen Exilanten Partei ergriff – eine Vorgehensweise übrigens, mit der Pierre sich selbst in Gefahr brachte –, so hetzten die meisten französischen Zeitungen gegen die *réfugiés allemands*, und obwohl Sophie schon lange in Frankreich lebte, spie man ihr dieses Wort entgegen, sobald sie sich auf der Straße blicken ließ.

Es war schon so weit, dass sie Magenschmerzen bekam, wenn sie nur die Haustür hinter sich zuzog, und sie war froh, dass das Hausmädchen die täglichen Besorgungen machte. Manchmal aber packte sie der Trotz und sie ging ganz bewusst nach draußen, um hocherhobenen Hauptes in dem Viertel, in dem sie lebte, spazieren zu gehen. Heute war so ein Tag: Sie hatte beschlossen, sich beim Konditor ums Eck ein Stück Kuchen und eine Tasse Tee zu genehmigen. Die Blicke, die sie trafen, als sie eintrat, waren scharf wie Dolche. Dies war immer ein Café für die Pariser Elite gewesen und nie eines, in dem sich die Literaten und Exilanten trafen. Früher war sie oft hier gewesen, doch das war inzwischen eine ganze Weile her. Sie fühlte sich fremd, versuchte, sich nicht einschüchtern zu lassen, dennoch wurden die Magenschmerzen schlimmer und sie betete stumm, dass man sie bedienen und nicht vor die Tür setzen würde. Dass ihr doch diese Schmach erspart bleiben möge. Sie hatte Glück, die Bedienung, ein junges Mädchen, schien sie nicht zu kennen und nahm lächelnd ihre Bestellung auf. Sobald sie diese aufgegeben hatte – in fließendem, akzentfreiem Französisch, wie sie es schon lange beherrschte, begann man an den umliegenden Tischen zu tuscheln. *Réfugié*, war das Wort, das die Unterhaltungen beherrschte, man schielte aus den Augenwinkeln zu ihr herüber, nur Claudette und Michelle, die beiden vermeintlichen Freundinnen von früher, musterten sie mit offenem Hass. Sophie dachte an die Tage, an denen sie bei ihnen gesessen und mit ihnen geplaudert hatte. Aber ganz dazugehört hatte sie nie. Das hatten sie ihr immer zu spüren gegeben. Das Gespräch am Nachbartisch wurde nun in übertriebener Lautstärke fortgesetzt. Man unterhielt sich über das, was in diesen Tagen überall die Runde machte. Dass Flüchtlinge ihre Vermieter ermordet hätten. Dass Flüchtlinge in Holland die, die ihnen einst geholfen hatten, an die Nazis verraten hätten. Und dass das Gleiche nun ja auch von den *réfugiés* in Frankreich zu erwarten sei.

Das Mädchen brachte den Tee und den Kuchen, eine *tarte au citron*, der Tee schmeckte bitter, die *tarte* nach Pappe. Sophie lauschte den bedrohlichen Worten und der Knoten im Magen wuchs. Sie fühlte sich seltsam hilflos und ausgeliefert.

Inzwischen fürchtete sie jeden Tag, verhaftet zu werden. Die Männer, die interniert wurden, mussten ins Stadion Buffalo kommen, die Frauen wurden ins Vélodrome d'Hiver gebracht. Verpflegung musste man sich selbst mitbringen: Für zwei Tage sollte sie reichen, außerdem hatten die zu Internierenden Geschirr mit sich zu führen.

Als die deutsche Wehrmacht im Norden das Land bedrohte, wurden die Gefangenen in der letzten Maiwoche nach Südfrankreich gebracht: 2.364 Frauen erreichten am 23. Mai 1940 das Lager Gurs, die Männer kamen nach St. Cyprien und Les Milles.

Sophie aß, so schnell sie konnte, würgte alles herunter, um dann rasch, ganz rasch von diesem Ort fliehen zu können, den sie nur aufgesucht hatte, um zu beweisen, dass sie sich nicht so leicht unterkriegen ließe. Sie war stolz auf sich, stolz, dass sie es geschafft hatte, ihrer Angst etwas entgegenzusetzen. Und gleichzeitig war sie wie gelähmt. Sophie hatte das Gefühl, nicht mehr über ihr eigenes Leben bestimmen zu können.

22. KAPITEL

Auf dem Weg nach Paris, Frankreich, Juni 1940

Robert war in einem Rausch, befand sich im Siegestaumel, wie so viele seiner Kameraden. Was waren sie doch für ein großartiges Heer! Sie, die deutschen Soldaten, waren angetreten, die Schmach ihrer Väter zu rächen! Und auch *sein* Vater, da war er überzeugt, würde eines Tages stolz auf ihn sein! Seit am 10. Mai der Westfeldzug begonnen hatte, feierten sie einen Sieg nach dem anderen. Die Niederländer und die Belgier hatten gar nicht gewusst, wie ihnen geschah, so schnell waren sie überrannt worden! Ob sie neutral waren oder nicht, spielte, wie Robert fand, keine Rolle.

Neutralität! Wenn er das schon hörte! So etwas gab es in diesen Tagen nicht. Entweder man kämpfte für das Deutsche Reich oder man war dessen Feind. Basta. Ende der Diskussion. Wie die Karnickel waren schließlich auch die Franzosen gerannt, völlig wehrlos gegen die unglaubliche Menge an Panzern, Flugzeugen und Infanterie. Ja. Robert war stolz, ein Deutscher zu sein, Mitglied der Deutschen Wehrmacht, wichtig für sein Land!

Die eingekesselten Truppen hatten die Alliierten ja von Dünkirchen sogar auf die britischen Inseln retten müssen! Das deutsche Heer hatte gesiegt, Kontinentaleuropa war fest in seiner Hand.

Bald wäre der Krieg vorbei – Robert stellte sich seine Zukunft in den leuchtendsten Farben vor. Als gefeierter Held würde er nach Hause zurückkehren, seine Mutter würde begreifen, dass seine Lehrzeit an den Maschinen ein für alle Mal zu Ende wäre. Einen Mann, der für sein Vaterland im Feld gestanden hatte, konnte man nicht behandeln wie einen Schulbuben. So ein Mann war in der Lage, einen Betrieb zu leiten. Sofort. Selbstverständlich würde er, wie auch seine Mutter das tat, eng mit dem Führer zusammenarbeiten. Außerdem gedachte er, schnell zu heiraten. Eigentlich gefiel ihm Anne ganz gut, das Lehrmädchen in der Schneiderei mit den blonden Zöpfen und den blauen Augen. Aber Anne wäre selbstverständlich nicht standesgemäß. Nein, er müsste schon zusehen, dass er unter seinesgleichen blieb. Sobald er vom Krieg zu Hause wäre – und das war ja nicht mehr lang hin – würde er auf Brautschau gehen!

23. KAPITEL

73 Jahre später
Paris, Frankreich, August 2013

»Der größte Fehler meines Lebens war, dich zu verlassen«, sagte Susanne, und dicke Tränen fielen auf ihre Hände, die mit denen ihrer Tochter verschlungen waren. »Hätte ich gewusst, dass es so lange dauern wird, bis ich deine Hände wieder in meinen halte – nie, niemals wäre ich gegangen. Du warst doch das Kostbarste, was ich hatte.« Auch Melissa weinte nun und in Mias Augen standen ebenfalls Tränen. »Aber ich hatte solche Angst um deinen Vater. Und mein Wunsch nach einer kleinen Familie, mein Wunsch danach, dass du in der Geborgenheit dieser Familie aufwachsen sollst, war so groß, und deshalb musste ich deinen Vater suchen.«

»Was ist passiert, nachdem du Überlingen verlassen hattest?«, fragte Mia leise.

Susanne schüttelte den Kopf. »So genau weiß ich das gar nicht mehr«, sagte sie. »Es war alles so wirr. Ich wollte über die Schweiz nach Frankreich einreisen, aber als ich die erste Grenze hinter mir gelassen hatte, war ich plötzlich überzeugt davon, dass es falsch wäre, dich zu verlassen, und ich bin zurückgekehrt.«

»Du bist *zurückgekehrt*?«, fragte Melissa erstaunt.

Susanne nickte. »Ich wollte dich mitnehmen«, sagte sie. »Dich zu mir holen. Es war so einfach gewesen, in die Schweiz einzureisen, dass ich mir sicher war, es würde auch mit einem kleinen Säugling spielend gelingen.«

»Und was ist dann passiert?«, fragte Melissa. Hat Mutter … deine Mutter es verhindert? Dass du mich mitnimmst, meine ich?«

Susanne schüttelte den Kopf. »Nein«, sagte sie. »Nach meiner Rückkehr habe ich bei Mutter zu Hause niemanden vorgefunden, weder dich noch sie. Zu meinem großen Schreck war aber Franziska da.«

»Warum bist du erschrocken?«, fragte Mia. »Wusstest du da schon, dass sie … böse ist?«

»Nein«, erwiderte Susanne. »Ich bin nur erschrocken, weil doch alle glauben sollten, dass ich schon längst bei Sophie in Frankreich wäre. Jedenfalls hat Franziska mir gesagt, dass meine Mutter zu meinem Vater gefahren sei und das Baby mitgenommen habe. Sie hat auch behauptet, Johanna habe ihr alles erzählt und ich solle erst mal hereinkommen, sie werde sich um mich kümmern. Ich weiß bis heute nicht, warum sie in der Wohnung war, aber ich bin fast sicher, dass Johanna nichts davon wusste. Damals aber glaubte ich ihr. Und ich dachte, wenn Mutter ihr genug vertraut, um ihr alles zu erzählen, dann kann ich es auch. Ich war so ausgehungert nach jemandem, dem ich mich anvertrauen, den ich um Rat fragen konnte, zumal ich vor meiner Flucht ja auch schon ziemlich einsam gewesen war, Mutter hatte keine Zeit, sich um mich zu kümmern.« Sie ließ den Kopf sinken und starrte betrübt vor sich hin. »Ich betrachtete Franziska als Verbündete. Das war der Fehler meines Lebens.« Sie barg das Gesicht kurz in den Händen und fuhr dann fort: »Franziska redete die ganze Zeit auf mich ein und machte mir klar, dass es wahnsinnig wäre, mit dir zusammen nach einem verschwundenen Juden zu suchen. Sie warnte mich, dass ich dich damit in Gefahr bringen würde. Aber sie sagte, sie habe gute Beziehungen zu Menschen, die mir helfen könnten. Sie gab mir eine Adresse, dort solle ich mich melden, dort könne man mir sagen, wie ich Leopold finden kann. Man würde mir danach ein Heim geben, und dann könne ich dich sofort zu mir holen. Ich war so naiv, ihr all das zu glauben, aber es war so schön, es zu tun. Ich weiß es noch heute, wie erleichtert ich war, dass es so einfach sein könne, wie sie mir das ausmalte.«

Ihre Augen waren ganz dunkel, während sie sprach.

»Es war eine Konstanzer Adresse. Als ich klingelte, öffnete das Dienstmädchen. Sie ließ mich ein, als ich nach der Hausherrin fragte, und kurz darauf stürmte die Gestapo das Haus.« Ein trockenes Schluchzen entrang sich ihrer Kehle und sie schlug die Hand vor den Mund. »In dem Haus hatten sich Kommunisten versteckt, die am nächsten Tag über die Schweizer Grenze gebracht werden sollten«, sprach die alte Frau weiter, nachdem sie sich wieder einigermaßen gefasst hatte. »An diesem Abend trafen sie sich im Keller des Hauses mit ihren Fluchthelfern. Ich wusste davon ebenso wenig wie das Dienstmädchen. Trotzdem wurden wir beide als Fluchthelfer verhaftet. Später habe ich dann herausgefunden, dass Franziska mich verraten hat.«

»Wie konntest du das herausfinden?«, fragte Melissa.

»Die Kommunisten, die mit mir verhaftet wurden, haben anschließend mit mir Kontakt gehalten. Sie hatten ein Netzwerk und kamen schnell dahinter, dass ein Andreas Bigall die Verhaftung veranlasst hat. Und der hat sich wohl vor irgendwem damit gebrüstet, wie ›sauber‹ seine Familie ist. Dass seine Schwägerin für den Führer produziert und deren Schwester ihre Augen und Ohren überall hat und ihm Kommunisten ans Messer geliefert habe.«

»Diese miese …«, begann Mia, schluckte die Worte dann aber hinunter, weil ihre Mutter ihr einen warnenden Blick zuwarf. Deshalb sagte sie rasch: »Dabei war die Familie ja gar nicht so *sauber*, immerhin war sein eigener Bruder Mitglied der Bekennenden Kirche.«

»Was ist nach der Verhaftung mit dir geschehen?«, fragte Melissa.

»Ich wurde in ein Gefängnis gebracht und verhört«, antwortete Susanne. »Es war schlimm, ich möchte darüber nicht sprechen. Auch nach all den Jahren nicht.«

Ihre Stimme bebte, Melissas Hand in ihrer zitterte und sie griff mit ihrer freien Hand nach Mias.

»Natürlich«, sagte sie leise. »Du musst natürlich über nichts sprechen, was du uns nicht erzählen willst.«

»Es dauerte viele Monate, bis ich wieder freikam, setzte die alte Frau ihre Erzählung mit brüchiger Stimme fort. »Man teilte mir mit, dass man mich beobachten werde. Deshalb war der Weg zu dir nun verstellt. Ich wollte keinen, aber wirklich keinen dieser boshaften, hartherzigen Männer auf deine Spur bringen, verstehst du?«

Melissa nickte beklommen.

»Also habe ich beschlossen, nach deinem Vater zu suchen. Anders gesagt: Ich war nun entschlossener denn je, denn ich hatte am eigenen Leib erfahren, wie entsetzlich grausam diese Nazis waren.«

»Aber wie konntest du fliehen, wenn du doch unter Beobachtung standest?«

»Weißt du, Mia, mein Kind«, antwortete die Großmutter, »es gibt Dinge, die sich im Rückblick nicht logisch erklären lassen. Und es gibt Momente im Leben, in denen alles so verwirrend ist und so durcheinander geht, dass man es nie ganz lösen kann. Ich kann nur versuchen, die grobe Geschichte zu erzählen: Im Gefängnis ist man ja nie ganz allein, und so sehr die Nazis es auch versuchten, den

Widerstand und den Willen vieler Menschen, sich zu wehren, den konnten sie nicht brechen. Ich habe im Gefängnis Menschen kennengelernt, zu denen ich auch danach noch Verbindung hatte, wie ich ja schon erzählte. Die Kommunisten, die mit mir verhaftet wurden, aber auch andere. Ich kam frei und wusste erst einmal nicht, wohin. Als ich durch die Straßen irrte, war plötzlich Maria neben mir, die eine Zeit lang mit mir im Gefängnis gesessen hatte, aber bereits Wochen vor mir freigelassen wurde. Sie nahm mich mit zu sich nach Hause.«

»Aber ging das denn so einfach?«, fragte Mia.

»Wir waren sehr vorsichtig«, sagte Susanne. »Maria hat mir nur einen Zettel in die Manteltasche gesteckt mit einer Adresse, an der ich mich einfinden sollte. Das habe ich dann mitten in der Nacht getan, nachdem ich ganz lange kreuz und quer durch Konstanz gelaufen bin und mir ziemlich sicher war, dass mir niemand gefolgt ist.«

»Und dann?«

»Dort haben sie mir erst einmal zu essen und zu trinken gegeben und ich habe, glaube ich, zwei Tage lang geschlafen.«

Sie schwieg kurz und fuhr dann fort: »Inzwischen ist das für mich ganz weit weg. Es kommt mir vor, als sei das gar nicht mir, sondern einem ganz anderen Menschen passiert. Und doch ist es mir so nah, jetzt, wo ihr beide endlich bei mir sitzt.«

»Wie lange warst du dort?«, wollte Melissa wissen.

»Das kann ich gar nicht genau sagen. Wir haben dann auch sehr viel geredet. Von dir habe ich nicht gesprochen. Man wird misstrauisch durch solche Begegnungen und Erfahrungen. Ich wusste, dass die anderen auch nicht alles sagten, jeder vertraute dem anderen und misstraute ihm zugleich. Es hat lange gedauert, bis ich wieder gelernt habe zu vertrauen, und ich hatte solche Angst, dass man dich mit mir irgendwie in Verbindung bringt und dass dir etwas zustößt.« Der Blick der alten Frau begann zu flackern. Mia stand auf, trat hinter ihre Großmutter und umschlang sie. Melissa legte ihren Kopf an die Schulter der Mutter. Lange verharrten sie so und lauschten auf die Atemzüge der anderen und das überlaute Ticken der Wanduhr.

»Aber ich habe ihnen von Leopold erzählt«, sprach Susanne weiter, nachdem sie sich wieder einigermaßen gefasst hatte. »Von Leopold und von meinem festen Entschluss, ihn zu finden. Ich hatte ein Foto von ihm und zeigte es ihnen. Und ich sagte ihnen, ich wisse, dass er in Frankreich sei. Sie besorgten mir falsche Papiere, und auch wenn ich an der Grenze vor Angst fast gestorben bin, ist es mir doch problemlos gelungen, über die Schweiz nach Frankreich einzureisen. Dort allerdings wurde ich nicht sonderlich freundlich empfangen.«

»Durftest du denn überhaupt einreisen?«

»Ich bin über die grüne Grenze, wie man heute so schön sagt. Ich weiß nicht, ob sie mich legal hätten einreisen lassen.«

»Woher wusstest du, wohin du gehen musst?«

»Ich war nicht allein. Mithilfe meiner Konstanzer Freunde hatte ich mich einer Gruppe angeschlossen, die nach Frankreich wollte. Was eigentlich irrsinnig war, denn zu jener Zeit war die Vichy-Regierung bereits an der Macht und die kollaborierte mit den Deutschen und lieferte alle aus, die sich dem NS-Regime widersetzten. Und zu denen gehörte ich ganz offiziell.«

»Und außerdem waren die Deutschen ja nun die Feinde der Franzosen«, stellte Mia fest.

»So ist es«, nickte Susanne. »Die *réfugiés allemands* wurden in Konzentrationslager gesteckt. Während viele versuchten, Frankreich wieder zu verlassen, reiste ich ein, um deinen Vater zu suchen.«

»Und du hast ihn gefunden.« Es war eine Feststellung, keine Frage, denn so viel hatte Philippe von seiner Großmutter ja in Erfahrung bringen können, dass Susanne und Leopold ein gemeinsames Leben gehabt hatten.

»Ich habe ihn gefunden, ja«, bestätigte Susanne. »Und was er mir erzählt hat aus dem Konzentrationslager, aus dem er wie durch ein Wunder entkommen ist, war entsetzlich. Ich konnte das aufgrund meiner Erfahrungen in der Haft so gut nachfühlen, auch wenn es natürlich ganz anders war.« Sie schluckte und sagte dann: »Es begann schon mit den einfachsten Dingen wie den sanitären Einrichtungen. Sie waren grauenhaft. Leopold erzählte, dass es zwei Waschanlagen aus Holz gab, die für 1.600 Menschen reichen sollten. Und dann hatten sie auch noch ganz selten Wasser.«

Melissa und Mia wechselten einen betroffenen Blick. »Und mit den Latrinen muss es auch schlimm gewesen sein«, fuhr Susanne mit ihrem Bericht fort. »Da gab es nämlich keine Tür. Leopold hat erzählt, dass er am Anfang noch einen der anderen Häftlinge bat, Wache zu stehen, aber irgendwann sei ihm das egal gewesen.«

»Wie war es denn von der Stimmung her? In Frankreich, meine ich?«, wollte Mia wissen.

»Es war ganz merkwürdig«, sagte Susanne. »Alle flohen nach Südfrankreich in jenen Tagen, und deshalb waren überall Flüchtlinge, die das Land verlassen wollten. Sie hatten vor, mit dem Schiff nach Amerika oder nach Afrika zu fahren. Oder mit dem Zug nach Spanien.«

»War es denn nicht ungeheuer gefährlich, sich dort aufzuhalten? Die Polizei war ja überall.«

»Sicher«, sagte Susanne. »Es gab viele Razzien und Verhaftungen und auch ich wurde ein paarmal kontrolliert. Aber ich hatte einen gefälschten Pass, mit Schweizer Nationalität.«

»Ach, das war ja ein kluger Schachzug«, rief Mia aus und Susanne lächelte.

»Wie und wann hast du Leopold dann gefunden?«

»Im August. Dank eines Mannes namens Varian Fry«, erwiderte die alte Frau und setzte sich zurecht.

24. KAPITEL

73 Jahre zuvor
Paris, Frankreich, Juni 1940

Als Robert erfuhr, dass Paris kampflos übergeben worden war, kannte sein Jubel keine Grenzen. Sie waren Sieger, sie waren Helden und er gehörte mit dazu. Überall liefen die Menschen zusammen, um die Einnahme der französischen Hauptstadt und die überlegene Wehrmacht zu feiern. In Kürze, da war man sich sicher, würde ganz Frankreich kapitulieren. Es gab nur einen kleinen Wermutstropfen in Roberts unfassbarem Glück: Dass er nicht dabei gewesen war. War es denn zu fassen? Die schillernde Hauptstadt Frankreichs hatte sich den Deutschen einfach so vor die Füße geworfen. Und er hatte es nicht erlebt. Stattdessen hatte seine Einheit den Befehl, sich marschbereit zu halten, alles musste gepackt werden. Wohin es gehen sollte, wusste Robert nicht – ebenso wenig wie seine Kameraden.

Umso größer war sein Glück, als er erfuhr, dass er unter jenen Soldaten sein würde, die als Besatzer nach Paris einmarschieren sollten. Die Aufregung war groß, Fahrzeuge wurden poliert, Uniformen gerichtet. Der lange Weg schien ihnen unfassbar kurz, schon stellten sie ihre Autos auf dem Place de la Concorde ab, wo die Truppenverbände mit prachtvollen Paraden ihren Sieg feierten und ihre Macht demonstrierten.

Die französische Regierung war nach Bordeaux geflohen und suchte dort fieberhaft nach einer Lösung. Doch das stellte sich als schwierig heraus. Auch den Vorschlag, den der englische Premierminister Winston Churchill den Franzosen zwei Tage später unterbreitete, dass man doch eine politische Union gründen und somit weiter gegen das Deutsche Reich kämpfen könne, lehnte die Regierung ab. Der Überlegung Englands, Briten und Franzosen in einer gemeinsamen Staatsbürgerschaft zusammenzuführen, stand man ebenfalls äußerst skeptisch gegenüber. Die Briten, mutmaßten die Franzosen, sähen darin lediglich eine gute Gelegenheit, sich die französische Flotte einzuverleiben.

Ministerpräsident Paul Reynaud wollte zwar weiter gegen das Deutsche Reich kämpfen, als er aber keine Rückendeckung bekam, reichte er umgehend seinen Rücktritt ein.

Robert befand sich noch immer in Paris, als Reynauds

Nachfolger Philippe Pétain dem Deutschen Reich ein Waffenstillstandsangebot unterbreitete – das war in der Nacht vom 16. auf den 17. Juni.

Das verstärkte Roberts Hochstimmung noch. Er war in Paris! Wenn das Mutter wüsste! Und Vater! Er kam als Sieger, und die Pariser begegneten ihm freundlich. Die Unterkunft in einem wunderschönen Hotel war eine Wohltat nach den harten Tagen an der Front. Zwar musste er sich das Zimmer mit zwei anderen Soldaten teilen, aber das minderte den Genuss kaum.

»Schade, dass wir irgendwann wieder fortmüssen«, fand sein Zimmernachbar Hans Belin, der ihm in der Zeit an der Front so etwas wie ein Freund geworden war.

Robert grinste und ließ sich auf sein unverschämt weiches Bett fallen. »Aber diese Zeit werde ich genießen, das kannst du mir glauben.«

Er schnappte sich den *Kleinen Führer durch Paris für Deutsche Soldaten*, der auf dem Nachttisch bereitlag, und blätterte darin. »Ich bin wirklich beeindruckt, wie freundlich wir hier empfangen werden und wie gut alles für uns vorbereitet ist«, murmelte Belin.

Robert, der sich als Sohn aus gutem Hause gern vor den anderen aufspielte, gab sich weltmännisch. »Paris ist immer so. Und wir sind eben die neuen Herren. Ich finde das ganz normal.«

»Warst du denn schon mal in Paris? Das hast du gar nicht erzählt«, mischte sich Friedrich, der dritte Soldat, der sich mit ihnen das Zimmer teilte, ins Gespräch.

Robert wand sich. »Nein«, gestand er dann. »Hat mich nie interessiert. Ich hätte gekonnt, wenn ich gewollt hätte. Meine Mutter hat ja eine Textilfabrik. Macht jetzt Uniformen und Armbinden und Fahnen und so«, erklärte er wichtigtuerisch. »Aber vor dem Krieg, da hat sie Mode hergestellt. Und da hat Paris natürlich eine große Rolle gespielt.« Dass seine Tante Sophie in der Stadt lebte und mit einem Franzosen verheiratet war, verschwieg er lieber.

»Wir haben auch einen Stadtplan bekommen«, begeisterte sich Friedrich und hielt ein kleines Heft in die Höhe. »Hier ist sogar die Metro eingezeichnet.«

Belin nahm ihm den Plan aus der Hand. »Zeig mal.« Er blätterte darin herum, dann breitete sich ein Grinsen auf seinem Gesicht aus. »Schaut euch das mal an!«, rief er. »Ich wusste doch, wir sind im Paradies angekommen, und das nicht nur wegen dem feinen Hotel mit den weichen Betten und diesem komischen Ding da.« Er deutete auf das Bidet.

Robert trat neben seinen Kameraden, sah ihm über die Schulter und wurde auf der Stelle rot. Die Wehrmacht hatte alle Bordelle aufgeführt, die zu besuchen deutschen Soldaten gestattet war. Und auch die, die verboten waren.

»Na, da weiß ich doch, was wir mit unserem ersten Abend in der Hauptstadt anfangen«, verkündete Belin und erhob sich.

»Ich bin dabei!« Friedrich sprang auf.

»Prima, dann los!« Belin, schon in der Zimmertür, bemerkte, dass Robert noch keine Anstalten machte, sich ihnen anzuschließen, und fragte: »Was ist los? Kommst du nicht mit?«

»Ich …«, stammelte Robert.

»Alter Freund! Sag bloß, du hast noch nie …«

Robert hatte sich schon wieder gefangen. »Natürlich«, erklärte er von oben herab. »Und das mit mehr als nur mit einer.« Er grinste und sagte dann überheblich: »Ich weiß nur nicht, ob ich Lust habe, mit einer Französin … sie gehört ja immerhin zum Feind.«

»Solange es keine Jüdin ist, habe ich da keine Bedenken«, kommentierte Belin und rülpste unflätig. »Außerdem habe ich allzu lange keine Frau gehabt. Und jetzt los. Sonst sind die anderen vor uns da.«

Fabienne zog ihn völlig in ihren Bann. Sie erkannte sofort, dass Robert noch unschuldig war, und es gelang ihr, ihn so zu verführen, dass er trotz seiner Unerfahrenheit nicht sofort explodierte – das gestattete sie ihm nicht. Sie zog sich immer wieder zurück, um sich ihm dann von Neuem zu nähern. Trotzdem ging es schnell, beim ersten Mal. Doch sie liebten sich insgesamt dreimal in dieser Nacht. Für Robert war es so berauschend, dass er sicher war, es müsse Liebe sein. Und deshalb war er wie vor den Kopf gestoßen, als sie ihm bedeutete, er müsse jetzt gehen, der nächste Kunde warte. Regelrecht fassungslos, als aus der zärtlichen und leidenschaftlichen Geliebten plötzlich eine kalte Geschäftsfrau wurde, die ihn aus grünen, katzenartigen Augen ansah und ihr Geld wollte. Mit einem Gefühl der Beklemmung zählte er ihr die Scheine in die Hand. Er war im Himmel gewesen und nun fühlte er sich irgendwie schmutzig.

Als er am nächsten Tag mit seinen Freunden durch Paris flanierte und all die Eindrücke in sich aufsog, war er in Gedanken nur bei ihr. Und als Belin und Friedrich verkündeten, am Abend wieder das Bordell aufsuchen zu wollen, schloss er sich dankbar an, sonderte sich jedoch ab, als die beiden erklärten, nun eines der Freudenhäuser besuchen zu wollen, die deutschen Soldaten offiziell verboten waren. Zwar spotteten seine Freunde etwas, als er darauf bestand, wieder zu dem Mädchen vom Vorabend zu gehen, und sie provozierten ihn, indem sie sagten, sie müssten sie auch einmal ausprobieren, wenn sie so gut wäre. Aber letztendlich ließen sie ihn in Ruhe, und so stand er wieder vor ihr und blickte in ihre grünen Augen, die so kühl waren, bis sie begann, ihn zu lieben. Dann hatte er das Gefühl, dass sie mit ihrer ganzen Seele bei der Sache war.

Am dritten Abend bat er sie, ihn zu heiraten. Dank seiner Erziehung und der engen Bindung seiner Mutter zu Tante Sophie sprach er gut Französisch. Sie brach in schallendes Gelächter aus, doch als sie sah, wie sehr sie ihn verletzte, setzte sie sich auf seinen Schoß und schlang die Arme um seinen Hals. »Mein armer, kleiner *Boche*«, flüsterte sie. »Es passiert oft, dass sich die Männer in mich verlieben. Gerade die, für die ich die erste Frau bin. Aber ich bin nicht die Richtige für dich. Glaube mir.« Sie strich ihm über das Haar wie eine Mutter ihrem Kind. »Unsere Völker mögen sich nicht. Und das, was ich tue, ist auch nicht unbedingt ehrenhaft. Was glaubst du, was deine Eltern sagen würden, wenn du mit einer wie mir ankämst.«

»Aber die Franzosen begegnen mir hier alle freundlich«, widersprach er. »Wir haben gewonnen, ihr verloren. Jetzt sind wir eure Besatzer, nach dem letzten Krieg wart ihr unsere. Das ist doch ganz normal.«

»Die Franzosen sind nur freundlich, weil sie keinen Ärger wollen. Und weil Hass nichts bringt«, korrigierte sie ihn. »Selbst wenn ich deine Gefühle erwidern würde – wir würden uns beide unglücklich machen. Außerdem kann ich hier auch nicht so einfach weg.« Ein Schatten fiel über ihr Gesicht, als sie das sagte. »Sie lassen mich nicht ohne Weiteres gehen.«

»Wenn es nur das ist«, sagte er eifrig, »dann kämpfe ich dich frei. Wenn du meine Gefühle erwiderst, finde ich einen Weg, das verspreche ich dir. Mein Onkel und meine

Tante haben sich auch geliebt und lieben sich noch. Trotz Krieg. Er gehörte zur französischen Besatzung nach dem letzten Krieg.«

Sie schüttelte den Kopf. »Geh jetzt«, forderte sie ihn sanft auf. »Und komm nicht wieder. In einem anderen Leben hätten wir vielleicht zusammen glücklich werden können.«

»Aber ...«

»Dieses andere Leben beginnt möglicherweise noch in diesem. Wenn zwei Menschen wirklich zueinander gehören, werden sie auch zusammenkommen. Du musst nur auf das Schicksal vertrauen. Jetzt ist der falsche Zeitpunkt. Aber wenn es so sein soll, werden wir uns wiederfinden. Und wenn du nach dem Krieg immer noch an mich denken solltest, weißt du ja, wo ich bin.«

»Der Krieg ist doch vorbei«, sagte er.

»Nein«, widersprach sie. »Der Krieg ist noch lange nicht vorbei.«

25. KAPITEL

73 Jahre später
Überlingen, Bodensee, August 2013

»Das ist ja merkwürdig!«, rief Zita.

Philippe schmunzelte. »Diesen Ausruf höre ich von dir mittlerweile beinahe täglich. Und zwar immer dann, wenn du in dieser Schublade wühlst.«

Zita war immer noch damit beschäftigt, die Schublade mit Briefen, Tagebuchaufzeichnungen und alten Fotos durchzusehen, die sich, sorgfältig verschlossen, in Franziskas Kommode befunden hatte. Inzwischen war noch der Inhalt einer zweiten Schublade hinzugekommen: Sie hatten den zierlichen Damensekretär aufgebrochen, der ebenfalls verschlossen gewesen war.

Zita lachte nicht. Sie stand auf und ging zu ihrem Freund, der in der Küche des Alten Schulhauses stand und für sie beide das Abendessen vorbereitete. Er hatte vor, sie zu verwöhnen. Es sollte Quiche geben, Mangoldsalat, Kaninchenkeule mit Beilagen und zum Nachtisch zweierlei Mousse au Chocolat.

»Sieh mal.« Sie hielt ihm das Papier unter die Nase.

»Ich will es nicht anfassen.« Er streckte ihr seine teigverklebten Hände entgegen. »Lies es mir vor.«

Zita tat, wie ihr geheißen.

Sehr geehrtes Fräulein Bigall,

es ist meine traurige Pflicht, Ihnen die Nachricht zu übermitteln, dass Ihre Frau Mutter, Ihr Herr

Vater und Ihre kleine Schwester Melissa beim Bombenangriff der Amerikaner auf Überlingen, der am 22. Februar stattfand, ums Leben gekommen sind.

Ich darf Ihnen mein tief empfundenes Mitgefühl und Beileid aussprechen.

Hochachtungsvoll, Albert Spreng, Bürgermeister

»Ich verstehe das nicht«, murmelte Zita. »Melissa jedenfalls ist definitiv nicht tot, sondern sie erfreut sich bester Gesundheit. Und auch Sebastian und Johanna sind erst viel später gestorben. Wir wüssten doch, wenn sie bei einem Bombenangriff ums Leben gekommen wären. Das hätte deine Großmutter uns erzählt.«

Philippe runzelte die Stirn. »Sie ist *ganz sicher* nicht bei dem Bombenangriff gestorben.«

»Aber warum schreibt der Bürgermeister Susanne dann so einen Brief? Ob es ein Irrtum war? Aber so etwas schreibt man doch nicht, ohne sich sicher zu sein.« Philippe legte den Teigschaber weg und ging zum Waschbecken, um sich die Hände zu waschen. »Das Essen muss warten«, erklärte er. »Wir rufen Mia an.«

Mia ging sofort an den Apparat. »Hallo!«, sagte sie. »Ich wollte euch auch gerade anrufen.«

»Wir haben einen Brief gefunden, den der Bürgermeister an Susanne geschrieben hat und in dem steht, dass Melissa, Johanna und Sebastian bei einem Bombenangriff ums Leben gekommen seien«, platzte Zita heraus.

»Was?«, rief Mia. »Das ist ja unglaublich! Moment.« Zita und Philippe hörten, wie sie ihre Mutter über die Sachlage informierte, dann einen ungläubigen Ausruf. »Ich schalte mal auf laut, ja?«, sagte Mia. »Wir sind grade in unserem Hotelzimmer angekommen.«

»Ja«, erwiderte Zita.

»Liest du uns das mal vor?«, bat Mia.

Zita las: »Sehr geehrtes Fräulein Bigall, es ist meine traurige Pflicht, Ihnen die Nachricht zu übermitteln, daß Ihre Frau Mutter, Ihr Herr Vater und Ihre kleine Schwester Melissa beim Bombenangriff der Amerikaner auf Überlingen, der am 22. Februar stattfand, ums Leben gekommen sind. Ich darf Ihnen mein tief empfundenes Mitgefühl und Beileid aussprechen. Hochachtungsvoll, Albert Spreng, Bürgermeister.«

»Das gibt es ja nicht«, kommentierte Melissa. »Ich erinnere mich natürlich an den Bombenangriff. Es war schrecklich. Ich saß mit Mutter ... *Groß*mutter im Keller und habe die Detonationen gehört. Ich hatte furchtbare Angst. Aber weder Mutter ... ich muss sie einfach immer noch so nennen, auch, wenn sie meine Großmutter war, noch mir ist etwas zugestoßen. Und Vater war gar nicht da. Ich weiß nicht, wo er war. Im Krieg, vermute ich.«

»*Deshalb* hat Susanne – Großmutter – zu uns gestern gesagt, sie hätte geglaubt, du seist tot«, rief Mia. »Ich wollte ja noch genauer nachfragen, habe mich aber nicht getraut, ich wollte sie nicht drängen .... Aber warum schreibt der Bürgermeister einen solchen Brief, wenn es doch nicht stimmt?«

»Das fragen wir uns auch«, mischte Philippe sich ins Gespräch.

»Und noch etwas frage ich mich«, sagte Zita plötzlich. »Was macht der Brief in Franziskas Schublade? Nach allem, was ich weiß, war Susanne doch nie wieder in Überlingen. Und wenn der Brief an sie ging, muss er ja eigentlich auch noch bei ihr sein.«

»Doch, sie war in Überlingen, ganz oft«, widersprach Mia. »Sie hat wohl bei Johannas wirklichem Tod von der ganzen Sache erfahren, das war 1994. Danach ist sie immer wieder nach Überlingen gekommen und hat im Alten Schulhaus gelebt.«

»Was?«, rief Zita. »Als Gast sozusagen?«

»Ja«, bestätigte Mia.

»Aber warum hat sie denn nicht gesagt, wer sie ist?«, fragte Zita. »Warum hat sie sich euch nicht zu erkennen gegeben?«

»Sie hat sich nicht getraut«, sagte Melissa leise. »Sie hat gesehen, dass wir ein glückliches und intaktes Leben führen, und sie hatte auch erfahren, dass ich in dem Glauben aufgewachsen war, Johanna sei meine Mutter. Das wollte sie uns nicht kaputtmachen.«

»Aber Franziska war ja auch ständig da. Hat sie sie denn nicht erkannt?«, fragte Philippe.

»Das haben wir sie auch gefragt, aber das war wohl nicht der Fall«, erwiderte Mia. »Ist ja auch klar, die beiden haben sich seit Jahrzehnten nicht gesehen. Da verändern sich Menschen.«

»Aber dennoch bleibt die Frage, wie der Brief ins Alte Schulhaus kam«, beharrte Zita. »Susanne wird den Brief ja kaum in Franziskas verschlossene Schublade gelegt haben, als sie zu Gast war. Das macht keinen Sinn.«

»Ich werde sie morgen auf den Brief ansprechen«, versprach Mia, aber Melissa hatte Einwände: »Lass sie in ihrem Tempo erzählen und in ihrer Reihenfolge«, bat sie. »Ich glaube, das alles ist für sie gar nicht so einfach, sie muss das ja auch erst verarbeiten. Sie wird schon von selbst darauf zu sprechen kommen. Und so lange müssen wir uns gedulden.«

26. KAPITEL

73 Jahre zuvor
Paris, Frankreich, Juni 1940

Der Waffenstillstand wurde am 22. Juni 1940 ausgerechnet in Compiégne unterzeichnet. Genüsslich rieben die Vertreter des Deutschen Reichs den Franzosen die Schmach unter die Nase und hoben hervor, dass sie nun am Ende doch gesiegt hatten. Obendrein verhandelte man im selben Salonwagen, in dem 1918 der französische Marschall Ferdinand Foch dem so geschlagenen Deutschen Reich die Waffenstillstandsbedingungen unterbreitet hatte, die das Deutsche Reich knechten sollten.

Mit dem nun geschlossenen Waffenstillstandsabkommen wurde Frankreich in eine besetzte und eine unbesetzte Zone unterteilt. Der besetzte Teil kam unter deutsche Militärverwaltung. Die französische Regierung im unbesetzten Frankreich sollte mit dem Deutschen Reich kollaborieren.

Der Vertrag bedeutete für die verfolgten Deutschen eine eklatante Verschlechterung, denn er besagte auch, dass diejenigen, die sich in Frankreich oder seinen Kolonien aufhielten, auf Verlangen an das Deutsche Reich ausgeliefert werden mussten. Die Panik, die diese Regelung bei den Betroffenen auslöste, war beinahe mit Händen zu greifen. Hunderte versuchten noch, von Marseille aus zumindest bis nach Spanien zu fliehen. Wem das nicht gelang, der wurde interniert und, wenn diese das anordnete, an die Gestapo ausgeliefert. Die Konzentrationslager liefen beinahe über. Der deutsche Geheimdienst arbeitete gut und verlässlich und spürte viele der verzweifelten Menschen in ihren Verstecken auf. Sie waren aus Deutschland vor dem Regime geflohen, weil sie verfolgt wurden. Dann wurden sie auch in ihrem Gastland verfolgt – weil man sie zum Feind, den Deutschen, rechnete. Und nun wurden sie im Auftrag der Deutschen von den Franzosen gejagt. Die ganze Welt, so schien es den verzweifelten Menschen, war ihnen auf den Fersen.

Für Sophie war eines klar: Dass sie helfen musste. Sie hatte einen Plan und ließ sich nicht davon abbringen. Doch Pierre war dagegen.

»Es ist zu gefährlich, Sophie.« Fast schon gebetsmühlenartig wiederholte er diese Worte, mit denen er seiner Frau, die er so innig liebte, klarmachen wollte, dass er sich um sie sorgte. Sehr sogar.

»Gefährlich oder nicht, Pierre, ich muss das Risiko eingehen. Ich kann diese Entwicklung nicht mehr einfach so hinnehmen. Früher habe ich noch geschrieben und darüber veröffentlicht. Jetzt kann ich nicht einmal mehr das. Ich muss etwas tun, muss mich wehren.«

Pierre seufzte und ließ sich auf dem geblümten Sofa nieder, das in der Mitte ihrer großzügigen und herrschaftlichen Pariser Stadtwohnung stand. Wenn er in all den Jahren etwas gelernt hatte, dann, dass er gegen den starken Willen seiner Frau nicht ankam. Und genau das liebte er ja eigentlich auch so an ihr. Neben vielem anderen.

»Aber was willst du tun?«, fragte er.

»Wir sind viele und deshalb sind wir stark«, erklärte Sophie. »Und es gibt noch viel mehr Menschen, die sich uns anschließen würden. Wir müssen das nur organisieren. Mit Flugblättern auf uns aufmerksam machen, damit die, die in ihrem stillen Kämmerlein hadern, wissen, dass sie nicht alleine sind. Dass es Menschen gibt, die genauso denken wie sie.«

»Und an wen willst du deine Appelle richten? An die Franzosen? Oder an die Deutschen?«

»An beide«, verkündete Sophie und ihre Augen leuchteten dabei so, dass Pierre sich in diesem Moment dazu entschied, ihr in allem zu helfen und sie in all ihren Plänen zu unterstützen. Natürlich hatte er Angst um seine Frau, aber das kannte er ja schon. Seine lebenslustige, intelligente Gattin war immer stiller geworden und er hatte gespürt, dass sie zunehmend unter den Anfeindungen der Pariser Gesellschaft litt. Nun hatte sie wieder Kraft gefunden, seine Sophie. Die Kraft, in den Kampf zu ziehen, war zwar nicht unbedingt die, die er sich wünschte, aber wenigstens war sie wieder bei sich, war sie selbst.

»Die ganzen Emigranten aus Deutschland. Wer, wenn nicht sie, sollten gegen das Naziregime kämpfen? Aus unserem Freundeskreis gibt es auch etliche – ach, ich könnte dir so viele nennen, die bestimmt dabei wären oder die schon dabei sind.«

»Ihr dürft bei all dem eines nicht vergessen«, warnte Pierre. »Alle Emigranten und vor allem die Juden und Kommunisten werden jetzt verfolgt. Und zwar in ganz Frankreich. Gesuchte werden von der französischen Polizei an die Gestapo ausgeliefert.«

»Genau deshalb kämpfen wir ja«, sagte Sophie. »Wir spielen kein Spiel, Pierre. Wir kämpfen um das Leben dieser Menschen. Und vielleicht finden wir dabei ja auch Susanne und Leopold. Dass wir von beiden immer noch kein Lebenszeichen haben, bedrückt mich sehr. Ich weiß gar nicht, was ich Johanna sagen soll.«

»Johanna weiß, dass du nichts dafür kannst. Außerdem

kannst du momentan ohnehin nicht ohne größte Schwierigkeiten mit ihr in Kontakt treten«, wandte Pierre ein.

»Das ist mir klar«, erwiderte Sophie. »Aber verstehst du, Pierre, gerade wir beide müssten kämpfen. Schon einmal hat ein Krieg uns auseinandergerissen, hat beinahe unser Leben zerstört, so lange waren wir getrennt. Wir haben einander nicht aufgegeben, sondern gekämpft, nach einander gesucht, aneinander geglaubt, auch, wenn du zwischenzeitlich mit einer anderen Frau verheiratet warst.«

Nach all den Jahren konnte sie das einfach so sagen, ohne jedes bisschen Bitterkeit oder Zorn. Aber damals war sie wütend gewesen darüber, dass er während des Krieges einer anderen das Jawort und sie aufgegeben hatte. Pierre sah seine Gattin an, der die hellen Locken jetzt in einer weichen Welle bis auf die Schultern fielen, und verglich sie mit der erzürnten jungen Frau mit den hochgesteckten Haaren und dem weißen Sommerkleid, die ihm damals, 1923, erklärt hatte, sie fühle sich von ihm hintergangen. Er hatte eine enorme Kraft hinter diesem Zorn gespürt und diese Kraft, ja, fast diesen Zorn, fühlte er auch jetzt wieder und er war froh, dass er sich nicht gegen ihn richtete. Sie stand vor ihm, mit erhobenen Händen, wie es ihre Art war. Wenn sie wütend war, wenn etwas sie bewegte, hatte Sophie noch nie sitzenbleiben können. Doch als er nun die Arme nach ihr ausstreckte, seufzte sie, ließ die Hände sinken, ein Lächeln flog über ihr Gesicht, sie kam zu ihm, setzte sich auf seinen Schoß und schmiegte sich an ihn. »Lass uns gemeinsam kämpfen, Pierre. Du und ich. Das sind doch auch deine Ideale. Auch deine Ziele.«

Sie barg ihr Gesicht an seiner Halsbeuge und sog seinen Duft ein. Er schloss die Augen. Sie so nah, so dicht bei sich zu haben, das brachte ihn auch nach all den Jahren noch um den Verstand. Und er dachte einmal mehr, dass er zu den glücklichsten Menschen der Welt zählte, weil er seine Liebe gefunden hatte und mit ihr leben durfte.

»Wir können die Flugblätter doch ganz wunderbar auf unserer Druckmaschine herstellen«, fuhr sie nun fort. »Wer, wenn nicht wir, ist dazu in der Lage.«

»Und wer, wenn nicht wir, wird als Erstes unter Verdacht geraten, zumal unsere Zeitung der Regierung nie geschmeckt hat und wir nie angepasst waren«, konterte Pierre. »Wir müssen sehr vorsichtig sein, Sophie. Ich könnte die Flugblätter zwischen der normalen Zeitung mitlaufen lassen. Aber was, wenn wir während des Drucks durchsucht werden? Ich kann das dann nicht mehr stoppen.«

Sophie nahm sein Gesicht zwischen ihre Hände und gab ihm einen Kuss auf die Nase. »Mon amour«, sagte sie sanft, »mon amour, wer sagt denn, dass wir in der Druckerei herstellen müssen? Was ist mit der alten Druckmaschine, die du vor fünf Jahren ausrangiert hast? Die steht doch voll funktionsfähig im Keller, oder nicht?«

Pierre lächelte. »Was habe ich für eine kluge Frau«, sagte er. Und dann: »Also gut, Sophie. Ich bin an deiner Seite. Unter zwei Bedingungen: Erstens werden wir den Keller so umbauen, dass der Raum, in dem die Druckmaschine steht, nur sehr schwer zu finden ist. Ich denke daran, eine Wand zu ziehen und diese mit einem schweren Möbelstück oder einem Schrank zu verdecken.«

»Einem Schrank«, fiel Sophie ihm ins Wort. »In der Fabrik in Konstanz gibt es auch so einen Schrank, durch dessen Rückwand man in ein verborgenes Zimmer gelangen kann. Wer weiß, für welche Zwecke Johanna ihn heute verwendet«, fügte sie traurig hinzu und sagte dann leise: »Ach, Pierre, sie fehlt mir so sehr. Ebenso wie Luise.«

»Du wirst sie bald wiedersehen, das verspreche ich dir«, murmelte er dicht an ihrem Hals. »Ich habe aber noch eine zweite Bedingung: Du musst mir die Namen derer nennen, die uns unterstützen. Ich will bei jedem dieser Namen sicher sein, dass ich demjenigen zu hundert Prozent vertrauen kann.«

Neun Namen flüsterte Sophie ihrem Mann ins Ohr und bei jedem dieser Namen nickte er zufrieden. »In Ordnung«, sagte er dann. »Lass uns gemeinsam kämpfen.«

27. KAPITEL

Neidenburg, Ostpreußen, August 1940

Seit ihrem Gespräch war nichts mehr wie vorher. War Roman ihr gegenüber schon immer extrem ruppig und befangen gewesen, so wich er ihr jetzt aus und vermied es, auch nur in ihre Richtung zu schauen. Die gemeinsamen Mahlzeiten wurden eine Qual. Hinzu kam, dass sich die Lage seit dem Polenerlass extrem verschärft hatte, was nicht unbedingt dazu beitrug, die Stimmung zu verbessern. Roman durfte seit März weder mit dem Fahrrad noch mit den öffentlichen Verkehrsmitteln fahren, und sie sollte auch darauf achten, dass er nach Einbruch der Dämmerung nicht mehr verschwand. Luise lachte bitter auf. Wie, bitte schön, hätte sie das verhindern sollen! Er war in den Abendstunden immer unterwegs, seit er bei ihr war, und sie wusste, dass er sich dann mit seinen Landsleuten traf, die auf den umliegenden Höfen oder im Lager lebten.

Doch all diese Vorschriften quälten sie nicht so sehr wie seine Ablehnung. Luise kannte diese ausweichende Haltung schon von den Feriengästen, denen sie zu aufdringlich erschienen war. Das waren die, die dann nie mehr wiederkamen. Aber bei ihm schmerzte sie die Zurückweisung besonders, weil sie sich ihm auf eine ganz natürliche Weise nahe gefühlt und weil sie ihm so viel anvertraut hatte. Sie ertrug das Zusammensein mit ihm kaum noch, und so war sie extrem erleichtert, als entfernte Verwandte, von deren Existenz sie bisher noch nicht einmal etwas geahnt hatte, bei ihr Schutz suchten: Mutter Margarete und Tochter Ilse Meierbach. Ostpreußen galt als sicher in jenen Jahren. Mit dem Ausbruch des Krieges waren die Gebiete an der deutsch-französischen Grenze zum Kampfgebiet erklärt worden, darunter auch Ottenheim, die Heimat der Familie Meierbach. Aus Ottenheim wurden zwar zunächst nur Frauen mit kleinen Kindern evakuiert, Mutter und Tochter Meierbach blieben daher, bestellten weiter ihre Felder, brachten die Ernte ein und tatsächlich schien zunächst auch nichts zu passieren. Doch in der Nacht vom 15. auf den 16. Mai wurde Ottenheim beschossen, im Juni schließlich evakuiert. Viele kamen in der Umgebung unter, Mutter und Tochter Margarete und Ilse Meierbach fühlten sich jedoch ungut behandelt und reisten weiter bis nach Ostpreußen zu Luise.

Die empfing die Familie Meierbach freundlich, aber distanziert. Sie wollte nicht den gleichen Fehler wieder machen, nicht immer wieder aufs Neue zu viel von sich zeigen und geben, um dann zurückgestoßen zu werden. Sie behandelte die Frau und das Mädchen, das schon bald erwachsen sein würde, wie Gäste. Beobachtete, wie sie nach den Schrecken der Evakuierung den Frieden genossen und nach der Enge des zerbombten Dorfs die weite, heile Welt. Dankbar nahm sie das Hilfsangebot von Margarete Meierbach an, gemeinsam erledigten sie die tägliche Hausarbeit, auch auf den Feldern und im Stall halfen die Landwirtin und ihre 16-jährige Tochter mit.

Die Welt veränderte sich. Sehr sogar. Und das beunruhigte ihn. Es hatte ihn gerettet, dass er gestorben war. Innerlich gestorben, gemeinsam mit seiner Frau und seinem Kind und seinen Eltern von den Deutschen ermordet. Es war doch nur sein Körper gewesen, den sie danach gefangen nahmen und auf den Weg nach Deutschland schickten. Nur sein Körper, seine Seele war doch mit ihnen gegangen, in den ewigen Himmel. Dadurch hatte er sie ja auch nicht verloren, war immer noch bei ihnen.

In diesen Glauben hatte Roman sich geflüchtet. Er hatte keinen Schmerz gefühlt, keine Emotionen gehabt. Willenlos und gefühllos war er gewesen, seit all das geschehen war. Zumindest was den Schmerz anging. Den hatte er nicht gefühlt, nur unbändige Wut und unbändigen Hass. Sie hatten ihn erst in ein Lager gebracht, dann zu dieser Frau, die er anfangs nur schemenhaft wahrnahm. Abends hatte er sich manchmal mit anderen Männern getroffen, die sie aus seinem Land verschleppt hatten, auch in ihren Körpern wohnten keine Seelen mehr.

Und dann hatte die Frau, an deren Namen er sich nicht erinnern konnte, die er noch nie richtig angesehen hatte, plötzlich angefangen zu sprechen. Sie hatte eine Geschichte erzählt, ihre Geschichte, die doch eigentlich die seine war. Es war nicht einmal so sehr der Inhalt dessen, was sie gesagt hatte, was ihm so sehr zu schaffen machte, als vielmehr der Klang ihrer Stimme. Und der Ausdruck ihrer Augen, wenn er auch nur kurz, ganz kurz, gewagt hatte, hineinzublicken. Beides hatte etwas in ihm angerührt, das er kaum ertragen konnte. Denn seit sie zu ihm gesprochen hatte, begann er wieder zu fühlen. Und in dem Moment, als sie von ihren Eltern erzählte, von dem Mord an ihnen und von dem unglaublichen Verlust, in diesem Moment traf ihn sein eigener Schmerz mit voller Härte. Gnadenlos stand es ihm nun vor Augen: Es stimmte eben nicht, dass nur eine Hülle von ihm zurückgeblieben war, sondern in dieser Hülle schlug noch ein Herz, das nun beinah zu zerreißen drohte. Nachdem er von ihr weggegangen war, nach diesem eigenartigen Gespräch, war er stundenlang herumgeirrt. Er hatte harte Strafen dafür zu erwarten, dass er seiner Arbeit fernblieb, aber das war ihm völlig egal. Irgendwann war er in einem kleinen Waldstück an einem Bach gelandet und taumelnd auf die Erde gesunken. Dort, auf dem ostpreußischen Boden, war die Trauer um seine Familie mit aller Macht aus ihm herausgebrochen. Er hatte geweint, geschrien, um sich geschlagen, alles getan, um dem unerträglichen Schmerz des Verlustes zu entkommen. Es war ihm nicht gelungen.

Ermattet war er nach Stunden zurückgekehrt – seitdem kostete es ihn jeden Morgen aufs Neue Kraft, aufzustehen und zur Arbeit zu gehen. Und das Zusammensein mit ihr war ohnehin eine Qual, sie war es schließlich, die all das in ihm hervorgerufen hatte.

Doch irgendwann stellte er fest, dass sie ihm fehlte. Nein, eigentlich nicht irgendwann, sondern mit der Ankunft der

Familie aus der Roten Zone. Nun ging es selbstverständlich nicht mehr, dass er mit ihr an einem Tisch saß. Er konnte gut genug Deutsch, um den, man könnte fast schon sagen Streit zwischen Luise und Margarete Meierbach verstehen zu können. Die Flüchtlingsfrau hatte es als Zumutung und Gefahr empfunden, dass er bei ihnen auf dem Hof lebte. »Was, wenn er uns mitten in der Nacht ermordet?«, hatte sie Luise gefragt. Und diese hatte nur kühl geantwortet: »Er wohnt, wie dir nicht entgangen sein dürfte, im Pförtnerhaus und nicht im Hauptgebäude. Trotzdem: Um jeder Gefahr vorzubeugen, schlage ich dir vor, die Tür zu deinem Zimmer abends sorgsam zu verschließen und zusätzlich einen Stuhl unter die Klinke zu stellen, damit er sie nicht herunterdrücken kann.«

Margarete hatte Luise fassungslos angesehen und es hatte offensichtlich eine Weile gedauert, bis ihr der Spott bewusst wurde. Dann hatte sie gezwungen gelächelt und gesagt: »Na, wenn du meinst. Du kennst ihn besser.«

»Genau«, hatte Luise knapp geantwortet. »Ich wohne schon seit einer ganzen Weile mit ihm auf dem Hof, und wie du siehst, bin ich noch am Leben.«

Bei Margarete hatte das zu einem erneuten missbilligenden Kräuseln ihrer Mundwinkel geführt, bei Roman auf seinem Lauschposten zu einem – ja – zu einem Lächeln.

Und er stellte fest, dass er ihre Nähe nun bewusst suchte und sich auf die gemeinsamen Stunden freute. Auch, wenn sie eigentlich immer nur schweigend nebeneinander arbeiteten.

Nicht erst seit sie ihm ihre Geschichte erzählt hatte, wusste er, dass sie ein guter Mensch war. Anfangs hatte er versucht, sie zu hassen. Aber das wollte ihm nicht gelingen. Weil sie war, wie sie war, wegen dem, was sie tat. Auch wenn er nicht viel mit den anderen Polen sprach, so hörte er ihnen doch zu, wenn sie einmal die Gelegenheit hatten, sich zu treffen, was seit dem Polenerlass immer seltener der Fall war. Er wusste von den grauenhaften Zuständen in den Lagern. Er wusste auch, wie schrecklich die Arbeit dort war. Und nicht überall hatten es die gut getroffen, die in der Landwirtschaft waren. Von seinen Kameraden erfuhr er, dass sie die schlimmsten, härtesten Arbeiten durchführen, zwölf bis 14 Stunden schuften mussten und kaum je etwas zu essen bekamen. Manche hatten auch ihre Frauen und Kinder dabei, und sie schilderten, wie schwer auch sie arbeiten mussten, wie schrecklich es war, zusehen und nichts dagegen tun zu können. Wenigstens leben eure Frauen und Kinder noch, dachte er dann, aber er sagte nie etwas.

Manchmal brachte er ihnen heimlich etwas mit, Brot, Käse, solche Dinge. Und fühlte sich sogleich schuldig, weil er sich ja an ihrem Eigentum vergriff. Weil er Luise übervorteilte. Luise, die sich immer mehr und immer öfter in seine Gedanken stahl, wenn er sich auch dagegen wehrte, weil er Angst hatte, dass er im Begriff war, sich zu verlieben. Und das wäre Verrat an seiner toten Frau gewesen.

28. KAPITEL

Konstanz, Bodensee, August 1940

Johanna schnaubte. Dass auf ihren Maschinen keine feinen Seidenstoffe, sondern die groben Materialien für die Kriegsuniformen hergestellt wurden, tat ihr immer noch und immer wieder weh – wenn sie sich auch eingestehen musste, dass das Geschäft für sie durchaus einträglich war. Dennoch hätte sie so gerne wieder einmal ein neues, teures Kleid getragen. Nicht, dass sie keine Kleider gehabt hätte, nein, ihr Schrank war voll von den prachtvollsten Roben – aber so konnte man sich ja dieser Tage nicht mehr blicken lassen. In allen Zeitschriften wurde das Umarbeiten der Kleider propagiert. Johanna verzog ärgerlich die Lippen, als sie an den Aufruf des Reichsinnenverbands des Damenschneiderhandwerks dachte, der ein »vorbildliches Sparkleid aus Kunstseide mit verschiedenen Westen« vorstellte, »die das Modell für jedes Alter kleidsam machen.« Johanna fand es einfach nur furchtbar. Sie war überrascht, wie sehr ihr der Luxus fehlte, den sie in den vergangenen Jahren hatte genießen können. Sie hatte das Kind und die Firma und ihren verlorenen Luxus. Stellte Felduniformen her. Und das in einem Jahr, in dem eine Elsa Schiaparelli derart hinreißende Kollektionen präsentierte, die auch noch praktisch waren: Bezaubernde Jacken mit riesigen Taschen. Kleider, an die kleine Schürzen angebracht waren. Das sah schick und elegant aus und hatte dabei trotzdem so viel Nutzen. Die Frauen, die so viele Lasten zu tragen hatten in jenen Tagen, hatten nun die Möglichkeit, die Dinge, die sie brauchten, immer bei sich zu haben. Gut gefiel Johanna auch das »transformable Kleid«, das mit einem Band die Möglichkeit bot, ein kniekurzes Kleid in ein bodenlanges zu verwandeln, auch das Dekolleté ließ sich mit nur wenigen Handgriffen vergrößern.

Warum sie sich in einer Situation wie dieser gerade daran aufhängte und ihrem verlorenen Luxus nachtrauerte, verstand sie selbst nicht. Sie hatte doch wahrlich genug andere Sorgen! Susanne war und blieb verschollen, um Sophie stand sie sich angesichts der Umstände die größten Ängste aus, Luise hatte nicht mehr auf ihre Briefe geantwortet, seit sie mitgeteilt hatte, ihr stehe jetzt auf ihrem Hof ein polnischer Zwangsarbeiter zur Seite. Johanna hatte nichts gegen polnische Zwangsarbeiter. Aber sie kannte Luise gut genug, um zu wissen, dass die Freundin in ihrer Einsamkeit manchmal gar zu einnehmend war. Sie hatte Angst, dass Luise sich vollkommen auf diesen jungen Mann fixierte, dabei war jeglicher persönliche Kontakt strengstens untersagt und konnte sogar mit dem Tod bestraft werden. Auch von Matthias hatte sie nichts mehr gehört, seit sie ihn ins Konzentrationslager gebracht hatten, und Johanna schob den Gedanken an ihn, sobald er sich aufdrängte, auch immer rasch beiseite. Zu unerträglich war das, was sich dort abspielen könnte und was sie lediglich erahnen konnte. Und zu heftig ihr eigenes schlechtes Gewissen. Zwar konnte sie nichts für seine Verhaftung. Aber sie hatte ihn im Stich gelassen, als er sie am dringendsten brauchte.

Und dann war da Sebastian. Ihr wilder, ungestümer Mann, den sie immer seltener zu Gesicht bekam, obwohl sie sich doch gemeinsam um Susannes Kind, das offiziell ihrer beider Kind war, kümmern sollten. Wann immer es ging, fuhr Johanna mit der Kleinen nach Überlingen und achtete dann vor allem darauf, gesehen zu werden, um die Lüge aufrechtzuerhalten. Natürlich hatte das auch gleich die Klatschtante Elsa Kleinschmitt auf den Plan gerufen, die sich darüber ausgelassen hatte, wie faszinierend es doch sei, dass der Herr Pfarrer und sie nach all den Jahren wieder zusammengefunden hatten und dass ihnen nun auch noch das Glück neuen Lebens geschenkt worden sei. Johanna hatte nicht einmal so getan, als freue sie sich, Elsa Kleinschmitt zu sehen. Sie hatte das Tratschweib noch nie gemocht und konnte sich nicht einmal zu einem Lächeln durchringen.

Sebastian. Nachdem Robert in den Krieg gezogen und Susanne verschwunden war, hätten sie eigentlich zusammenstehen sollen. Doch er ging seiner eigenen Wege. Johanna war inzwischen wieder bis über beide Ohren in ihren Exmann verliebt, bekam ihn jedoch einfach nicht zu fassen, was seinen Reiz freilich noch erhöhte. Er kam und ging, wie es ihm passte, er schlief mit ihr und verließ sie wieder, er flüsterte ihr Zärtlichkeiten zu, um im nächsten Moment kalt und abweisend zu sein. Sie wusste nie, was er gerade tat.

Wahrscheinlich trauerte sie deshalb so um eine Bagatelle wie den verlorenen Luxus, weil das von all ihren Verlusten und Ängsten am einfachsten zu ertragen war, weil es ihr half, ihre wirklichen Sorgen nicht allzu sehr an sich herankommen zu lassen.

29. KAPITEL

Paris, Frankreich, August 1940

Er dürfe wiederkommen, wenn der Krieg vorbei sei, hatte sie zu ihm gesagt. Robert war fest entschlossen, genau das zu tun, ebenso, wie er der festen Überzeugung war, dass der Weg zu einem endgültigen Frieden nicht mehr weit wäre. Was sollte auch noch groß passieren! Deutschland hatte einen großartigen Sieg errungen. Gut, die Engländer machten noch ein wenig Ärger, doch auch das würde bald ein Ende haben, schließlich konnte sich die Wehrmacht nun mit ganzer Kraft den Engländern widmen, da von Frankreich aus keine Gefahr mehr drohte. Die Engländer, dachte Robert, würden sehr bald klein beigeben. Ihnen war doch sicher klar, dass der Krieg für sie nicht mehr zu gewinnen war. Und Robert stand mit seiner Meinung nicht alleine da – im ganzen Reich glaubte man genau das, ebenso wie man der Ansicht war, das Deutsche Reich habe den Krieg gar nicht begonnen, sondern sich nur gewehrt. Des Polenproblems hatte man sich schließlich annehmen müssen. Und dann hatten Frankreich und England sofort den Krieg erklärt. Das war doch nun wirklich nicht die Schuld des Deutschen Reichs! Aber sie hatten der ganzen Welt gezeigt, dass man sich die Deutschen besser nicht zum Feind machte! Und nun waren sie strahlende Sieger. Das war nun mal der Lauf der Dinge. Ein zufriedenes Lächeln spielte um Roberts Mundwinkel. Ja, sie waren Sieger und das Ziel, das er sich gesteckt hatte, als er in den Krieg gezogen war und von seinem Vater eine Ohrfeige kassiert hatte, das war nun auch erreicht.

Mit der Mildtätigkeit eines echten Helden, eines ganz Großen, brachte Robert seinem Vater nun auch Verständnis entgegen. *Natürlich* hatte er ihn nicht gern in den Krieg ziehen lassen, wollte er seinem Sohn doch die Peinlichkeit ersparen, die er selbst erlebt hatte: als Verlierer aus einer Schlacht heimzukehren. Aber nun hatten sie den Feind ja geschlagen, der ihren Vätern einst Schmach und Pein zugefügt hatte. Sie hatten die Rechnung beglichen, sie hatten wiedergutgemacht. Robert war der tiefen Überzeugung, dass es nur noch Frieden geben würde und dass Deutschland darin eine zentrale Rolle spielte. Die Weltordnung war wiederhergestellt und in dieser neuen Weltordnung würden die Sieger sich nehmen dürfen, was sie wollten. Und wenn er, Robert, gedachte, eine französische Prostituierte zu heiraten – wer sollte sich ihm noch entgegenstellen! Trotzdem – Hilfe könnte er durchaus gebrauchen. Von einer, die die Liebe ebenfalls über politische Ereignisse gestellt und einen Franzosen geheiratet hatte: Sophie. Er beschloss, seine Großtante aufzusuchen.

30. KAPITEL

Sie waren zu zwölft. Sophie, Pierre und zehn weitere Frauen und Männer, die gemeinsam im Keller des hochherrschaftlichen Hauses Flugblätter verfassten und sie anschließend verteilten.

»Wir sollten mit kleinen, pointierten Botschaften anfangen. Wir sollten versuchen, die deutschen Soldaten zu erreichen«, sagte Sophie nachdenklich. »Aber keine allzu langen Texte, die sie einstecken und lesen müssen. Denn das würde ja bedeuten, dass sie sich dazu entscheiden, ein Flugblatt aufzuheben und mitzunehmen. Das trauen sich vielleicht viele nicht.«

Pierre nickte. »Aber eine kurze Botschaft – ein Satz, sodass ein einziger Blick reicht, um den Sinn zu erfassen.«

Bernadette, eine junge, quirlige Französin mit wilden Locken, die fließend Deutsch sprach, sagte: »Ja, an die deutschen Soldaten müssen wir ran, unter den Franzosen finden wir ohnehin viele Mitstreiter.«

Sie überlegte kurz und erklärte dann: »Hitler muss fallen.«

Die anderen sahen sie verständnislos an. »Natürlich muss er das«, sagte Martin, ein schmächtiger Mann mit Nickelbrille, der ein wenig besserwisserisch wirkte, etwas von oben herab. »Der Ansicht sind wir alle.«

Bernadette lachte fröhlich. »Ich meine, dass wir das auf die Zettel drucken könnten.«

»Das ist gut!« Sophie klatschte in die Hände. Unwillkürlich musste Pierre lächeln. Sie hatte die mädchenhafte

Art zurückgewonnen, die er immer so an ihr geliebt, die sie aber in der letzten Zeit verloren hatte. Doch plötzlich fiel ein Schatten über ihr Gesicht. »Dieses Regime reißt so viel auseinander, so viele Familien, Freundschaften, Liebespaare. Wir sollten auch das auf die Zettel schreiben. Dass die Menschen an ihre Familien denken sollen.«

»*Denkt an eure Familien*«, sagte eine junge, schüchterne Frau, die neu im Kreis war und deren Namen sich Sophie nie merken konnte. »Eine wichtige Botschaft.«

»Stellt sich die Frage, worauf und in welchem Format wir drucken sollen«, schaltete sich Pierre ins Gespräch ein und bemerkte, dass Sophie einen der jungen Männer, die gerade Tabak hervorgeholt hatten, um sich eine Zigarette zu drehen, befremdet anstarrte.

Sie wird ihn doch jetzt nicht schelten, weil er im Haus raucht, dachte er noch, als seine Frau ausrief: »Zigarettenpapier! Natürlich, Pierre, das ist es. Wir müssen auf Zigarettenpapier drucken.«

»Eine hervorragende Idee!« Bernadette sprang in ihrer Begeisterung auf. »Zigarettenpapier ist hauchdünn. Wir könnten es … segeln lassen.« Sie breitete die Arme aus und schaukelte hin und her. »Man kann es wunderbar streuen, auf vorbeifahrende Fahrzeuge zum Beispiel. Und darauf stehen dann unsere Botschaften. Und die Soldaten wissen nicht, wer sie verbreitet hat. Sie müssen davon ausgehen, dass es einer von ihnen war. Das verunsichert sie.« Sie umarmte Sophie spontan, die die Umarmung erwiderte, und wieder freute sich Pierre über ihren Elan, ihre Ausgelassenheit. Doch genau das bereitete ihm zugleich auch Sorgen: Es ging hier nicht um einen Kindergeburtstag, sondern um Leben und Tod. Er hatte das Gefühl, dass Sophie sich blind in die Sache hineinstürzte, um von ihren eigenen

Ängsten und Sorgen abzulenken. Doch riss er sich zusammen und nickte aufmunternd, als seine Frau ihn stirnrunzelnd fragte: »Können wir auf Zigarettenpapier drucken? Geht das mit unserer Maschine?«

»Natürlich«, beruhigte er. »Unsere Druckmaschinen waren schon immer hervorragend.«

»Ich habe noch eine andere Idee«, sagte Martin. »Mich stört an der Sache nämlich, dass die Soldaten die Zettel in einem Moment finden, in dem sie beobachtet sind und nicht reagieren können.«

»Deswegen sollen es ja kurze Botschaften sein, die sie mit einem Blick erfassen und die sich im Kopf festsetzen«, hielt Pierre dagegen.

»Schon, aber ich würde sie trotzdem gerne auch ›im Innern‹ erreichen, wenn ihr versteht, was ich meine. Ich möchte, dass sie die Zettel zusätzlich in einem Moment finden, in dem sie allein sind.«

»Wie soll das gehen? Und wann ist ein Soldat schon mal allein?«, wandte Pierre stirnrunzelnd ein. »Nie, selbst in der Nacht nicht, die Soldaten nächtigen zu mehreren in ihren Zimmern.«

Martin grinste breit, ein seltener Gesichtsausdruck bei ihm, der auch gar nicht so recht zu ihm passen wollte. »Allein sind sie auf dem Klo«, verkündete er.

Die anderen starrten ihn an.

»Nun schaut mich nicht so an«, sagte Martin beinah verlegen. »Ich finde die Idee wirklich gut.«

»Sie ist hervorragend«, bestätigte Pierre.

Bernadette war nicht überzeugt: »Und du willst die Zettel dann einfach so auf einer Toilette in einem, sagen wir mal, Soldatenwohnheim deponieren?«, fragte sie spöttisch. »Das wird nicht funktionieren, denn erstens: wie kommst du da rein?

Zweitens: Wenn das jemand sieht, der nicht unserer Ansicht ist, spült er all unsere schönen Zettel kurzerhand runter.«

Hineinzukommen ist tatsächlich ein Problem«, gestand Martin. »Ich bin aber überzeugt, dass wir bald jemanden finden, der uns hier unterstützt. Aber für die andere Sache habe ich gleich eine Lösung. Zigarettenpapier ist sehr dünn, das kann man wunderbar in Klopapierrollen wickeln.«

»Mensch, das ist genial«, rief Sophie, und auch Pierre und die anderen nickten anerkennend.

Ermutigt durch den Zuspruch, redete Martin eifrig weiter: »Ich würde die Zettel aber nicht nur in den Toiletten von Soldatenheimen deponieren, sondern auch in Cafés.«

Das Mädchen, dessen Namen sich Sophie nicht merken konnte, nickte. »Das ist gut«, befand sie. »Wir müssen nur aufpassen, dass wir da nicht ganz schnell auffliegen. Es wird sich herumsprechen, dass in Klopapierrollen Botschaften versteckt sind, und dann wird man die öffentlichen Toiletten verstärkt überwachen.«

»Ja«, bestätigte Pierre. »Wir müssen das gut verteilen. Einer sollte höchstens zwei Toiletten übernehmen, um möglichen Beobachtern nicht aufzufallen.«

»Und wir dürfen uns nicht zu lange in den Toiletten aufhalten. Wenn wir dort erst anfangen, die Papiere einzuwickeln, dauert das viel zu lange.«

»Nein, wir sollten die Rollen hier schon präparieren und dann vor Ort einfach austauschen«, bestätigte Sophie. »Und wir brauchen noch viel mehr Leute. Ich würde auch sagen, dass es nicht ausreicht, den Soldaten die Botschaften zukommen zu lassen. Wir müssen sie für unsere Zwecke gewinnen.«

»Das ist zu riskant«, widersprach Pierre. »Die Gefahr, dass wir uns dadurch einen Spitzel ins Haus holen, ist riesig.«

»Wir müssen ja nicht gleich alles verraten. Und wir müssen den Leuten vorher natürlich auf den Zahn fühlen«, sagte Sophie. »Aber wir dürfen uns auch nicht allzu sehr von unserer Angst leiten lassen. Sonst verharren wir in Ohnmacht.«

»Und wie sollen wir an die deutschen Soldaten herankommen?«, fragte Martin. »Wir können sie ja schlecht einfach auf der Straße ansprechen und ihnen vorschlagen, die Seiten zu wechseln.«

»Nein«, murmelte Pierre. »Das muss schon wesentlich subtiler vor sich gehen – das müssen die jungen Damen übernehmen.«

Er musterte Bernadette, Anne und Henriette, auch das Mädchen ohne Namen bezog er mit ein. »Die deutschen Soldaten werden Kaufhäuser besuchen und sich nicht zurechtfinden, wenn sie kein Französisch sprechen. Dann könntet ihr ganz zufällig da sein und ihnen helfen. Vermutlich werden sie euch um einen Spaziergang bitten oder zum Tee einladen – und da könnt ihr ihnen ein bisschen auf den Zahn fühlen.«

Bernadette nickte eifrig, das namenlose Mädchen errötete, Anne und Henriette beugten sich gespannt vor. »Das ist eine gute Idee«, meinte Anne, die die Diskussion bisher schweigend verfolgt hatte.

Henriette fiel ihr ins Wort. »Die Frage nach dem nächsten Schritt stellt sich aber auch hier: Wenn wir den Eindruck haben, dass sie zum Widerstand bereit sind – wie weit gehen wir? Wir können sie ja nicht einfach so hierher einladen.«

»Auf keinen Fall«, bestätigte Pierre. »Und ihr dürft auch weder euren richtigen Namen noch eure Adresse nennen. Ihr müsst mit äußerster Vorsicht vorgehen und ein enormes Gespür entwickeln. Verabredet euch an immer wieder anderen Plätzen, immer in der Öffentlichkeit, seid eine geraume Zeit vorher da und beobachtet, ob euch irgendetwas komisch vorkommt. Nur wenn ihr sicher seid, dass alles in Ordnung ist, geht ihr dann auch zum Treffpunkt.«

Das namenlose Mädchen schluckte. »Ich weiß nicht, ob ich das kann«, piepste sie. »Ich will mich ja so gerne wehren und ich finde das alles falsch, was in diesem Land passiert. Aber ich denke, ich werde so aufgeregt sein, dass ich alles verrate. Ich habe … ich habe mit Männern noch nicht so viel Erfahrung.«

Sophie setzte sich neben sie und legte ihr einen Arm um die Schulter. »Dann solltest du diese Aufgabe auch nicht übernehmen«, sagte sie. »Jeder macht nur das, womit er sich wohlfühlt. Das finde ich sogar ganz, ganz wichtig. Wir werden für dich noch etwas finden. Jeder hat seine Stärken und seine Schwächen. Meine Schwäche ist zum Beispiel, dass ich mir keine Namen merken kann. Verrätst du mir deinen noch mal?«

»Dénise«, sagte das Mädchen schüchtern.

»In Ordnung, Dénise. Ich glaube, dass du unglaublich flinke Finger hast. Würdest du es übernehmen, die Zigarettenpapiere in die Klopapierrollen zu wickeln? Da braucht man wirklich viel Geschick, wenn man das so machen möchte, dass es nicht auffällt.«

Dénise strahlte. »Ja. Ja, das kann ich gerne tun.«

»Weißt du eigentlich, warum ich dich so liebe?«, fragte Pierre, als sie wieder allein waren.

Sophie, die in der Küche stand und für sie beide das Abendessen bereitete – dem Mädchen hatten sie vorsichtshalber wegen des geheimen Treffens freigegeben – blickte lächelnd über die Schulter. »Weil ich so unbeschreiblich jugendlich bin, obwohl ich die 40 bereits überschritten habe?«, fragte sie scherzhaft.

»Deshalb natürlich vor allem.« Er trat an sie heran, um sie von hinten zu umarmen. »Aber wie du vorhin mit der armen Dénise umgegangen bist, allein dafür hätte ich dich sofort heiraten können. Wenn ich nicht schon mit dir verheiratet wäre, natürlich.«

Sophie kostete von der Soße, die sie aus den wenigen Zutaten, die ihr zur Verfügung standen, gezaubert hatte, und drehte sich dann zu ihm um. Ganz nah war ihr Gesicht an dem seinen, sie konnte seinen Atem spüren.

»Dénise ist wirklich eine Arme«, sagte sie nachdenklich. »Und eine, die ich sehr bewundere. Vielleicht mehr als alle.«

»Weil es sie viel mehr Mut kostet als die anderen?«, fragte er.

Sophie nickte. »Ja, genau. Natürlich kostet es uns alle viel Mut und natürlich ist es von jedem Einzelnen großartig. Aber für sie ist das was ganz Besonderes.«

Pierre sah ihr in die Augen. »Du bist wunderschön, vor allem, wenn du dich in andere Menschen hineinfühlst«, sagte er leise. »Dann entwickelst du eine so versonnene Tiefe … was bin ich doch für ein glücklicher Mann. Trotzdem …«

»Ja?« Sophie klang alarmiert. Ein *Trotzdem* in diesem Zusammenhang konnte nichts Gutes verheißen.

»Keine Sorge«, lachte Pierre. »Es ist nichts Schlimmes, was mir durch den Kopf geht, aber es gibt da etwas, mit dem ich seit heute Mittag ringe. Seit wir uns im Keller mit den anderen getroffen haben.«

Sie sah ihn fragend an.

»Jeder tut und gibt für die Sache das, was er kann. Das hast du vorhin selbst gesagt.«

»Ja«, bestätigte Sophie beunruhigt und auch ein wenig ungeduldig. So herumzudrucksen, das passte gar nicht zu ihrem Mann.

»Das Liebste, was ich habe, bist du, Sophie. Und ich bin schrecklich eifersüchtig, allein schon der Gedanke bringt mich um.«

»Wovon in aller Welt redest du?«, rief Sophie, stellte die Flammen am Herd ab, sah ihren Mann eindringlich an und fragte streng: »Um was geht es hier?«

Pierre holte tief Luft. »Ich finde, du solltest dich auch in den Kaufhäusern aufhalten, wie Anne und Henriette«, verkündete er dann feierlich.

Sophie lachte hell auf. »*Das* meinst du. Und ich dachte schon sonst was. Aber meinst du nicht, ich bin zu alt?«

»Erstens bist du nicht alt, meine Liebe, und zweitens sollten wir nicht nur die ganz jungen Soldaten ansprechen, sondern auch die, die schon etwas … reifer sind. Traust du dir das zu?«

»Natürlich«, schmunzelte Sophie. »Wenn du versprichst, dass du die armen Herren dann nicht mit den Kuchenga beln aus der Geschirrabteilung bedrohst, sofort.«

Pierre stimmte in ihr Lachen ein. Trotzdem. Ganz wohl war ihm bei der Sache nicht.

31. KAPITEL

73 Jahre später
Überlingen, Bodensee, und Paris, Frankreich, August
2013

Am späten Abend schickte Mia eine SMS an Zita.
Kannst du mal Varian Fry googeln? Ich habe hier in
Frankreich so schlechtes Internet und mein Datenvolumen
ist sofort aufgebraucht, wenn ich mich allzu lange im Netz
aufhalte, schrieb sie an ihre Freundin.
Klar, tippte Zita zurück. *Ich schaue gleich nach. Muss nur*
mit Philippe noch unseren abendlichen Rundgang machen.
Danke.

Es dauerte eine Stunde, bis Zita und Philippe Zeit hatten,
sich um Mias Bitte zu kümmern.

»Puh«, sagte Zita, zog ihre Schuhe aus und legte die
Beine auf den bequemen Sitzhocker, der dem Kamin gegen-
überstand. »Ganz schön anstrengend, die Hotelbranche.
Wer hätte das gedacht.«

Philippe setzte sich auf den Hocker, nahm ihre Füße
auf seinen Schoß und begann zu massieren. »Ich nehme an,
dass du nichts gegen eine medizinische Fußmassage hast?«

»Nicht das Allergeringste«, beteuerte Zita. »Auch wenn
du mich vermutlich auslachst wegen meinem Gestöhne.
Denn gegen das, was ihr Mediziner gerade in eurer Zeit als
Assistenzärzte zu leisten habt, ist das ja der Witz.«

Philippe grinste nur und widmete sich stumm der Mas-
sage von Zitas Füßen. Die seufzte wohlig und griff nach

dem iPad, das in Reichweite auf dem Couchtisch lag. »Dann wollen wir mal sehen, was wir für Mia herausfinden können. Sie macht es ja wieder sehr spannend. Schreibt nur, dass wir was recherchieren sollen, aber hält mit Informationen darüber, wie es in Frankreich läuft, hinter dem Berg.«

»Wahrscheinlich hatte sie bisher keine Zeit, uns gebührend zu informieren«, gab Philippe zu bedenken. »Sie hat doch noch geschrieben, dass sie zu ihrer Großmutter gehen. Das ist erst ein paar Stunden her.«

»Ha, ich hab was«, unterbrach ihn Zita, die die Suche während des Gesprächs bereits gestartet hatte. »Der hat sogar einen Wikipedia-Eintrag.« Sie zitierte: »Varian Mackey Fry, geboren am 15. Oktober 1907 in New York City; gestorben am 13. September 1967 in Redding, Connecticut, war ein US-amerikanischer Journalist und Freiheitskämpfer im Zweiten Weltkrieg in Frankreich. Er führte in Marseille ein Rettungsnetzwerk, das etwa 2.000 Menschen ermöglichte, vor den Nationalsozialisten zu fliehen.«

»Und was hat der nun mit Mias Großmutter zu tun?«

»Keine Ahnung«, versetzte Zita. »Ich schreib ihr das mal.«

Varian Fry ist richtig, tippte sie. *Das ist ein Freiheitskämpfer, der hat unzähligen Menschen aus Frankreich zur Flucht verholfen.*

Mia antwortete umgehend. *Danke.*

Jetzt spann uns doch nicht so auf die Folter, zeterte Zita über Handy. *Was ist los bei euch? Was hat Varian Fry mit deiner Familie zu tun? Was hast du herausgefunden?*

Zu kompliziert zum SMSen, schrieb Mia zurück. *Du musst dich noch etwas gedulden. Sind jetzt im Hotel, Großmutter und Mutter sind total erschöpft, aber morgen zum Frühstück sind wir wieder bei ihr.*

»Varian Fry war unsere Rettung«, sagte Susanne nachdenklich. »Er war ein amerikanischer Schriftsteller und er leitete eine Hilfsorganisation.« Sie runzelte die Stirn und dachte angestrengt nach. »Ich glaube, sie hieß ›Emergency Rescue Commitee‹. Ja, ich bin mir sicher, dass sie so hieß. Ihr Ziel war, gerade Schriftstellern und Musikern zu helfen, Südfrankreich zu verlassen und in die USA einzureisen.«

»Meine Freundin in Deutschland hat mir gestern noch geschrieben, dass er auch Lion Feuchtwanger und Golo und Heinrich Mann bei der Flucht geholfen hat«, sagte Mia.

Susanne nickte. »Die Manns sind mit uns zusammen geflohen.«

»Ihr seid *gemeinsam mit Heinrich Mann* geflohen?«, fragte Melissa fassungslos.

»Ja«, erwiderte Susanne schlicht. »Varian Fry kam Mitte August 1940 nach Marseille. »Da war ich gerade eine Woche da. Ich hatte ein Foto von eurem Großvater, und auch wenn es sehr riskant war – vermutlich habe ich uns beide damit in Gefahr gebracht –, so habe ich es doch jedem gezeigt, der mir begegnet ist. Und einer der Männer hat mir dann gesagt, er wisse, wo Leopold sich befinde und ich solle dann und dann dort und dort sein.«

»Aber konnte der Soldat dir denn vertrauen? Du hättest ja eine … Verräterin und hinter Leopold her sein können.«

Susanne lächelte still. »Er hat mein Bild seinerseits überall herumgezeigt. Er wusste, dass ich ihm nachkommen wollte, und hoffte, dass ich ihn in Marseille suchen würde. Das war logisch in jenen Tagen. Alle waren in Südfrankreich.«

»Wie war das, plötzlich wieder vor ihm zu stehen?«, fragte Melissa. »Nach all der Zeit und all den Gefahren?«

Wieder einmal traten Susanne die Tränen in die Augen. »Es war unbeschreiblich«, sagte sie leise. »Wir mussten ja ganz vorsichtig sein, konnten und durften uns nicht um den Hals fallen. Wir taten nichts, mit dem wir hätten auffallen können. Also standen wir scheu und befangen voreinander, so war uns auch zumute, und sahen einander einfach nur an. Wir mussten uns in Geduld üben. Ich wohnte im ›Hotel Normandie‹, aber da konnte ich ihn als alleinstehende Frau nicht einfach so mit hinnehmen.«

»Und wie habt ihr die Bekanntschaft von Heinrich Mann gemacht?«

»Nur durch Zufall«, sagte Susanne. »Wir waren in der gleichen Gruppe wie sie. Und wenn ich mich recht entsinne, wohnten die Manns im selben Hotel wie ich. Frau Mann war immer so traurig.«

Nachdenklich strich sich Susanne durchs Haar und fuhr dann fort: »Ich wusste nie so recht, ob ich Fry vertrauen kann. Erst hieß es, wir würden am nächsten Tag fliehen, dann wurde die Flucht wieder verschoben. Warum, erfuhren wir nicht. Das war schon sehr belastend, nie zu wissen, wie es weitergehen soll. Aber wenigstens waren wir zusammen. Das war die Hauptsache. Mehr wollten wir in diesem Moment gar nicht, wobei unser Glück nie vollkommen und immer ein wenig schmerzhaft war, weil wir eben ohne dich nicht vollständig waren.« Susanne lächelte Melissa liebevoll an und fuhr dann fort: »Ich bin aus dem ›Hotel Normandie‹ ausgezogen. Mutter hatte mir noch eine stolze Summe zugesteckt, bevor ich mich auf den Weg nach Frankreich gemacht habe. Davon habe ich uns ein gemeinsames Zimmer im ›Hotel du Louvre et de la Paix‹ gebucht.« Fast mädchenhaft sah sie aus, als sie sagte: »Wir haben uns als Ehepaar ausgegeben und meinen Namen als Familiennamen verwendet, nicht seinen, der als jüdischer hätte erkannt werden können.«

»Aber hat denn niemand Ausweise verlangt? Und war es nicht gefährlich, deinen Namen zu nennen? Warst du nicht auch auf einer Liste mit gesuchten Namen? Hätten sie dich nicht auch ausliefern können?«, bestürmte Mia ihre Großmutter mit Fragen.

»Mia«, mahnte Melissa leise. Doch Susanne lachte nur. »Lass sie doch. Ich freue mich, wenn das Kind Interesse an unserer Familiengeschichte hat.« Sie wandte sich ihrer Enkeltochter zu, deutlich erholter als am Vorabend, als sie einen sehr müden Eindruck gemacht hatte. »Rückblickend haben wir sicher viele Fehler gemacht und wir hatten bestimmt mehr Glück als Verstand. Aber in diesen Tagen, da haben wir auch nicht so viel über richtig und falsch nachgedacht. Dazu blieb gar keine Zeit. Und dazu war alles viel zu verwirrend und aufregend. Fry tauchte immer mal wieder bei uns auf, der Plan war, dass er uns hilft, bis nach Lissabon zu kommen. Von dort aus sollten wir selbst schauen, wie wir weiterkommen.«

Wie am Vortag saßen sie im Garten und Susanne pflückte nachdenklich eine Rose, die am Rand der Terrasse blühte, hielt sie an die Nase und sog ihren Duft ein. Dann fuhr sie fort, die prachtvolle gelbe Blüte noch immer in ihren Händen haltend.

»Irgendwann lernten wir dann eben auch die Manns kennen. Wann genau und unter welchen Umständen, das weiß ich nicht mehr. Aber ich erinnere mich gut daran, dass die Situation Nelly Mann sehr zusetzte.«

»Und wann seid ihr dann schließlich geflohen?«

»Das wiederum weiß ich noch ganz genau«, sagte Susanne. »Es war am 12. September, einem Donnerstag. Wir fuhren mit einem Zug, und als es Nacht war, kamen wir in Cerbère an. Dann wurde es gefährlich, wir wurden durch die Grenzpolizei aufgehalten. Fry hatte noch einen Mann dabei, der ihm half, und der ging mit unseren Pässen weg und wir mussten warten. Oh, wie lang mussten wir warten! Leopold und ich hielten uns die ganze Zeit über an den Händen oder sahen uns sehnsüchtig dein Foto an.« Sie wandte den Blick von der Rose in ihren Händen ab und Melissa zu. »Wie oft haben wir es betrachtet und uns so schrecklich nach dir gesehnt und uns gesorgt. Jeden Abend haben wir gebetet, dass es dir gut geht und dass du glücklich bist.«

Sie reichte ihrer Tochter die gelbe Blüte, Melissa nahm sie, dankbar, ihr Gesicht nun ihrerseits in der Blume verbergen und sich so einen Moment fangen zu können. Sie wollte nicht ständig in Tränen ausbrechen, andererseits hätte ihr das wohl kaum jemand verübelt, weder die wiedergefundene Mutter noch die Tochter.

»Wartet einen Moment«, bat Susanne. Sie stand auf und ging ins Wohnhaus, um nur wenige Minuten später mit einem vergilbten, abgegriffenen Foto zurückzukehren. »Ich habe es gehütet wie meinen Augapfel. Immer«, sagte sie und legte das Kinderfoto vor ihrer Tochter auf den Tisch. Es zeigte das kleine Mädchen, wie es mit großen, neugierigen Augen in die Kamera blickte, fein gekleidet in weiße Spitzen. Vorsichtig strich Melissa über das zerknitterte Papier. »Wir haben uns im Flüsterton darüber unterhalten, dass wir dich nachholen würden, in ein besseres Leben, und haben uns ausgemalt, was wir alles mit dir gemeinsam unternehmen würden, als man uns informierte, dass wir eine Nacht an der Grenze bleiben müssen, es gab irgendwelche Schwierigkeiten«, fuhr die alte Dame mit ihrer Erzählung fort. »Am nächsten Morgen kamen wir wieder, aber der Beamte erlaubte uns die Fahrt nicht. Doch er hatte noch einen Kollegen bei sich, der uns in einem unbemerkten Moment zuraunte, wir sollten doch versuchen, zu Fuß über die Berge zu fliehen. Das haben wir dann auch getan. Wobei es noch eine kleine Diskussion gab. Wir wollten unbedingt sofort aufbrechen, Heinrich und Golo Mann auch. Aber Nelly Mann, Heinrichs Frau, war dagegen. Sie hatte sich in die Vorstellung verrannt, dass Varian Fry ein Spion wäre, und sie war überzeugt, er wolle sie in eine Falle locken.« Plötzlich musste Susanne kichern. »Jetzt, wo ich darüber spreche, wird alles wieder lebendig. Es kommen so viele Erinnerungen hoch. Auch, dass Varian Fry dann zu ihr gesagt hat, dass er Deutsch verstehe. Jedenfalls«, fuhr Susanne fort, sei die Flucht dann doch weitergegangen. »Fry nahm unser Gepäck mit dem Zug mit, für ihn war das ja kein Problem, und wir sind über die Berge gegangen.

Auf der spanischen Seite, am Bahnhof von Portbou, wollten wir uns wiedertreffen. Das war unser Plan. Es war ziemlich anstrengend«, blickte sie zurück. »Aber das war uns egal. Unser Weg führte über einen Friedhof und ich weiß noch genau, dass wir an einem Denkmal für jene vorbeikamen, die im Ersten Weltkrieg gefallen sind. Dann ging es durch wildes Gestrüpp, es roch ganz intensiv nach Rosmarin und Thymian, überall blühten Blumen und es war unglaublich heiß. Wir erreichten ein Plateau und konnten das Zollgebäude der Spanier schon sehen. Irgendwann kamen wir dann tatsächlich an dem Bahnhof an und Fry war ungemein erleichtert. Wir haben die Nacht dort verbracht und abends noch zusammen gefeiert, dass uns der erste Teil der Flucht so gut gelungen war.« Sie lächelte in Erinnerung daran. »Anschließend sind wir weitergefahren nach Barcelona und von dort aus nach Lissabon geflogen. Oder nein, wir *wollten* nach Lissabon fliegen«, sie runzelte angestrengt die Stirn, als müsse sie ihre Gedanken sortieren. »Es ist alles so lange her, manches ist noch so greifbar und so präsent und anderes ist so weit weg, dass ich es gar nicht mehr zusammenbringe. Ich glaube, es gab keine Flüge mehr, deshalb flogen nur Heinrich und Nelly Mann und wir anderen fuhren mit dem Zug nach Madrid und flogen von dort aus nach Lissabon. Genau erinnere ich mich hingegen noch daran, dass wir dort schon wieder warten mussten. Alle wollten ausreisen, die verfügbaren Plätze in den Flugzeugen und auf den Schiffen reichten bei Weitem nicht aus. Bis zum 4. Oktober mussten wir uns gedulden, dann sind wir an Bord eines griechischen Schiffes gegangen. Leopold und ich teilten uns eine Kabine, und nach zwei Wochen waren wir in Amerika. In Sicherheit!«

Am Abend trafen sich Zita, Philippe, Alexandra und Ole im Alten Schulhaus. Mia hatte endlich die Möglichkeit und die Ruhe gefunden, mit ihren Freunden über Skype in Verbindung zu treten, und erzählte ihnen, was sie bisher von Susanne erfahren hatte.

»Das ist ja unglaublich«, staunte Alexandra, die Journalistin. »Deine Großmutter ist an der Seite von *Heinrich Mann* aus Frankreich geflohen! Ich fasse es nicht!«

Mia schmunzelte. »Ich finde es auch unglaublich«, bestätigte sie.

»Das war dann ja gerade noch rechtzeitig«, ließ sich Zita vernehmen.

»Wie meinst du das?«, wollte Mia wissen.

»Zita hat die ganze Nacht recherchiert und über Frankreich im Oktober 1940 gelesen«, brummelte Philippe und gab seiner Freundin einen Kuss auf die Schläfe. »Mich hat sie dabei keines Blickes gewürdigt.«

»Ich habe auch viel herausgefunden«, verteidigte sich Zita. »Zum Beispiel, dass es ab Oktober 1940 auch in Frankreich antijüdische Maßnahmen gab und dass es den Juden nun auch hier buchstäblich an den Kragen ging.«

Ole schüttelte den Kopf. »Es ist einfach unfassbar, was damals mit der Welt los war. Ich kann es immer wieder aufs Neue nicht glauben, wenn ich mich damit befasse. Möge sich so etwas niemals wiederholen.«

»Habt ihr eigentlich auch etwas über das Notizbuch herausgefunden?«, fragte Alexandra.

»Wir haben es ihr noch nicht gezeigt, weil wir ihre Erzählung von der Flucht nicht unterbrechen wollten.«

»Mir ist immer noch nicht klar, warum Franziska das Büchlein unbedingt haben wollte«, sagte Zita.

»Na, Susanne könnte, nachdem sie von Franziska verraten worden war, alles hineingeschrieben haben.«

»Aber das konnte Franziska ja nicht wissen«, wandte Alexandra ein.

»Aber sie konnte es sich denken«, erwiderte Ole.

»Trotzdem«, beharrte Alexandra. »Dass sie deshalb einen Mordanschlag auf Zita begeht? Selbst wenn nach all den Jahren herausgekommen wäre, dass sie ihre Nichte an die Nazis verraten hat – wer würde ihr da heute noch einen Strick draus drehen?«

»In dieser Hinsicht kann ich aufklären«, ließ Mia sich vernehmen. »Ich habe da mit meiner Mutter drüber gesprochen, weil mir genau diese Frage keine Ruhe gelassen hat. Für sie ist die Sache ganz klar: Meine Großtante hatte einen an der Klatsche.«

»Was für eine Erkenntnis!«, spottete Zita. »Da wäre ich gar nicht drauf gekommen.«

Mia musste lachen. »Ich meine, speziell im Hinblick auf

Kriegsverbrechen«, konkretisierte sie. »Meine Mutter hat mir erzählt, dass sie sich immer fürchterlich aufgeregt hat, wenn von jemandem die Rede war, der wegen seiner Vergehen im Krieg angeklagt wurde.«

»Wie – aufgeregt?«, fragte Philippe. »Hat sie dann geschimpft oder wie darf man sich das vorstellen?«

»Wohl nicht, nein«, sagte Mia. »Schade, dass Mutter schon schläft, sonst könnte sie euch das selbst erzählen. Es war eher so, dass sie dann ganz unruhig und nervös wurde. So, als käme jeden Moment jemand herein, um sie zu verhaften. Sie hat wohl auch gar nicht begriffen, dass da nach der Schwere der Straftaten geurteilt wurde. Meine Mutter meinte, sie hätte in dieser Hinsicht jegliche Fähigkeit, klar zu denken, verloren.«

»Hm«, machte Zita. »Und dann hatte sie so große Angst davor, nach all den Jahren verhaftet zu werden, dass sie deshalb den Mordanschlag auf mich verübte? Irgendwie scheint mir das ziemlich weit hergeholt.«

Mia schüttelte den Kopf. »Nicht, wenn man meine Urgroßtante kannte. Sie war keine rationale Frau, wie ihr ja alle wisst. Sie hat nicht logisch oder vernünftig gehandelt, sondern immer nur nach ihren Gefühlen. Und die sind im Laufe der Zeit immer mehr durcheinandergeraten. Von außen war es unmöglich, zu verstehen, was gerade in ihr vorging.«

»Da hat sie recht«, stimmte Alexandra zu. »Ich kannte sie ja auch eine ganze Weile lang. Sie galt in ganz Überlingen als etwas verrückt. Oder nein, eher: als *ziemlich* verrückt. In negativer Hinsicht.«

Die fünf Freunde schwiegen, jeder hing ein paar Augenblicke lang seinen Gedanken nach, dann sagte Mia: »Auch die Frage, wer das Notizbüchlein bei eBay eingestellt und

Sophies Adresse eingegeben hat, ist immer noch nicht geklärt.«

»Ich bin sicher, wir werden das alles aufklären«, meinte Alexandra zuversichtlich. »Wir haben schon so viel Licht ins Dunkel gebracht, da ist das doch ein Klacks.«

32. KAPITEL

73 Jahre zuvor
Paris, Frankreich, Oktober 1940

Nachdem er den Entschluss gefasst hatte, dauerte es noch zwei Monate, bis er sich überwinden konnte, seine Großtante Sophie aufzusuchen. Robert wusste selbst nicht, was ihn eigentlich davon abhielt, gleich hinzugehen. Oder doch, eigentlich wusste er das sehr genau, wollte es sich aber nicht eingestehen, weil das, was er sich da einzugestehen hatte, für ihn selbst nicht sonderhaft schmeichelhaft war. Er traute sich nicht. Er, Robert Bigall, strahlender Angehöriger der siegreichen deutschen Wehrmacht, hatte Angst vor seiner eigenen Tante. Nicht so sehr, weil er Sophie als besonders streng in Erinnerung hatte, im Gegenteil: Die paar Mal, die sie sich gesehen hatten, war sie äußerst umgänglich und fröhlich gewesen. Nein, es war mehr die Angst davor, den Grund seines Besuchs zu nennen. Dass er sich Zuspruch in seiner Liebe zu dem französischen … Freudenmädchen erhoffte. Was, wenn Sophie ihn auslachte? Seine romantischen Träume zerstörte? Sie seinen Eltern verriet und der Vater seine Nase rümpfte? Wo er doch als Held heimkehren wollte?

Seine Sehnsucht nach Fabienne wurde immer größer, er hatte aber kein Geld mehr, um sie zu besuchen. Und als er ihr einmal auf der Straße aufgelauert und sie angesprochen hatte, war sie richtig wütend geworden und hatte ihn angeschrien, wenn er sich noch einmal blicken lasse, werde das ernsthafte Konsequenzen für ihn haben. Also beobachtete er sie nur noch heimlich. Ihre dicken, roten Locken, die sich auf beinahe schon vulgäre Art und Weise über ihre Taille breiteten, eine Taille übrigens, die unverschämt schmal war im Vergleich zu ihren ausladenden Hüften. Und bei jedem Mann, den er hineingehen sah, fragte er sich, ob er zu *ihr* ginge, und konnte seine Eifersucht kaum ertragen. Mit seinen Kameraden konnte er darüber nicht sprechen, die waren, fand er, viel zu banal. Also stand er nun zum dritten Mal vor dem prachtvollen, stuckverzierten Haus nahe der Champs Elysées, und dieses Mal drückte er mutig auf den Knopf und klingelte. Beinahe sofort, als habe jemand nur auf das Klingeln gewartet, öffnete sich die Tür. Robert hatte das Mädchen erwartet und war verdutzt, als er direkt vor seiner Großtante Sophie stand. Die erkannte ihn nicht – kein Wunder, sie rechnete ja auch nicht mit ihm, schon gar nicht in Uniform, und es war mindestens acht Jahre her, dass sie ihn das letzte Mal gesehen hatte. Damals war er noch ein Kind gewesen. Heute war er ein Mann. Dennoch schien sie auf ihn gewartet zu haben – es war ausgesprochen merkwürdig. Zumal sie ihn siezte.

»Schön, dass Sie gekommen sind«, sagte sie. Bernadette hat Sie schon angekündigt. Kommen Sie einfach mit.«

»Aber ...«, setzte Robert an, doch sie hatte sich bereits umgedreht und war in Richtung Kellertreppe verschwunden. Ihm blieb nichts anderes übrig, als ihr zu folgen.

Es dauerte nicht lange, bis Sophie ihren Fehler erkannte und furchtbar erschrak. Kaum hatte sie die Kellertür geöffnet und zu seiner Vorstellung angesetzt, als Bernadette sie mit weit aufgerissenen Augen anstarrte und warnend den Kopf schüttelte. »Das ist er nicht«, formten ihre Lippen.

Sophie wurde blass und wandte sich zu ihm um, starrte ihm ins Gesicht. So etwas wie Erkennen breitete sich auf ihren Zügen aus. »Robert?«, fragte sie vorsichtig, und als er nickte, noch einmal »*Robert?*«, nun eindringlicher und schloss ihn dann in die Arme. »Mein Gott *Robert*, wie lang ist es her. Du musst entschuldigen, dass ich dich nicht erkannt habe – aber du bist so furchtbar erwachsen geworden, und dann noch die Uniform! Und ich wusste ja auch gar nicht, dass du überhaupt in Frankreich bist, auch, wenn ich die Überlegung zumindest hätte anstellen können.« Über seine Schulter fing sie Pierres warnenden Blick auf, der ihr sagen wollte: Du plapperst, weil du unsicher bist, Sophie, und das fällt auf.

Sie war froh, als ihr Mann sich ihnen näherte und Robert zur Begrüßung väterlich auf die Schulter klopfte. »Robert, mein Junge. Willkommen. Ein ganz schön merkwürdiger Empfang, richtig?« Er grinste jungenhaft und sagte dann: »Unsere Freundin Bernadette, die wie eine Tochter für uns ist, hat einen neuen Freund, einen Soldaten. Den wollte sie uns heute vorstellen. Sophie dachte natürlich, du seist er.«

In diesem Moment klingelte es wieder. Sophie und Pierre wechselten einen besorgten Blick. Die Situation war brenzlig, sehr sogar. Sophie hatte sich wieder gefangen und übernahm das Kommando. Immerhin, sagte sie sich, hatte die Versammlung in einem der normalen Kellerräume stattgefunden und nicht in jenem, in dem die Druckmaschine stand und den man nur durch den Schrank erreichte. »Bernadette, willst du deinem Freund nicht die Tür öffnen?«, sagte sie nun. »Und Robert, du kommst jetzt erst mal mit mir in die Küche. Du bist sicher hungrig und durstig.«

»Aber …«, setzte Robert zum zweiten Mal an, doch wieder hatte er keine Chance, sie zog ihn einfach mit sich.

Fünf Minuten später saß er in Sophies gemütlicher Küche und sah ihr beim Zubereiten seiner Mahlzeit zu. »Hast du kein Mädchen?«, fragte er, mehr, um überhaupt etwas zu sagen als aus echtem Interesse. Zwar fand er es befremdlich, eine Frau von Sophies Stand selbst Küchenarbeiten verrichten zu sehen – seine Mutter hatte er noch nie dabei beobachten können –, aber im Grunde war es ihm herzlich egal, ob nun sie oder ein Mädchen Essen zubereitete. Eigentlich hatte er auch gar keinen Hunger. Er spürte zwar ein seltsames Ziehen in der Magengrube, aber das lag sicherlich zum einen daran, dass er mit Sophie ja über seine unglückliche Liebe sprechen wollte, zum anderen fand er die Vorgänge im Haus äußerst merkwürdig, ja, beunruhigend. Wenn eine Freundin ihren neuen Freund vorstellen wollte, dann schleppte man den doch nicht in den Keller! Sie hatten ihn auch alle ganz verschreckt angestarrt, was sicherlich nicht nur daran lag, dass er ein anderer war als der, den sie erwartet hatten. Aus den Augenwinkeln hatte er zahlreiche Blätter herumliegen sehen. Er wusste, dass Sophie und Pierre eine Zeitung hatten. Wahrscheinlich war sie, von wem auch immer, verboten worden und sein Großonkel und seine Großtante druckten heimlich weiter? Wenn es so wäre, dann wären sie möglicherweise eine Gefahr für Deutschland! Und dann müsste er das melden, oder? War ein Mann seinem Vaterland mehr verpflichtet oder seiner Familie? Aber wer sagte denn überhaupt, dass sie gegen das Vaterland arbeiteten? Sophie lebte zwar in Frankreich, war aber Deutsche. Sie würde doch nicht …

»Wie schön, dich zu sehen«, sagte seine Großtante nun und stellte eine Tasse heißen Tee, ein belegtes Brot und ein Stück von dem Kuchen vor ihn, den das Mädchen gestern ohne viele Zutaten gebacken hatte. »Wie geht es dir? Du siehst bekümmert aus!«

Sie durfte nichts von seinen Gedanken merken, dachte Robert panisch. Was würde sie von ihm denken! Deshalb platzte er viel direkter, als er es eigentlich beabsichtigt hatte, heraus: »Ich habe mich verliebt, Tante Sophie. In eine Französin. Du musst mir helfen.«

Sophie und Robert sprachen lange miteinander, während die Widerständler unten im Keller versuchten, ihre Sorgen vor dem »Neuen« zu verbergen. Der Plan war nämlich aufgegangen, Bernadette hatte dem deutschen Soldaten im Kaufhaus ihre Hilfe angeboten und er hatte sie anschließend zu einem Spaziergang gebeten. Dabei hatte sie festgestellt, dass der junge Mann dem Gedankengut der Widerständler, das Bernadette ihm zunächst sehr vorsichtig und versteckt, dann etwas mutiger nahegebracht hatte, durchaus aufgeschlossen gegenüberstand. Und nachdem sie ihn noch zwei weitere Male getroffen hatte und sich nun sicher sein konnte, hatte sie ihn eingeladen.

Oben war Sophies Angst darum, dass Robert Verdacht geschöpft haben könnte, verflogen. Sie bemerkte, wie leicht er zu beeinflussen war. Unsicher und stotternd brachte er die Geschichte von seiner Liebe zu einer Prostituierten vor, und auch wenn Sophie sicher war, dass diese Liebe keine Zukunft, keine Chance haben würde, versuchte sie doch, ihm Mut zuzusprechen. Er müsse an die Liebe glauben, denn die versetze bekanntlich Berge, Pierre und sie seien das beste Beispiel. Es gebe nur einen Haken: Solange Hitler an der Macht und Frankreich besetzt sei, gebe es für eine solche Liebe wenig Chancen, und die Gefahr, dass Fabiennes Gefühle irgendwann in Hass umschlagen würden, sei groß. Wenn er sie wirklich liebe, sagte Sophie ernst, dann müsse er um sie kämpfen, und um sie zu kämpfen, das bedeute, gegen Hitler zu kämpfen. Sie merkte, wie sehr ihm ihre Worte zusetzten. Dass sie sein Weltbild damit zerstörte, auch das Bild, das er von sich selbst gehabt hatte, wo er doch als strahlender Held heimkehren wollte. Und so war es nicht weiter erstaunlich, dass er nicht wirklich darauf einging, ihr nicht wirklich zustimmte, sondern den Führer verteidigte und sagte, es sei kein Wunder, dass sie so spräche, wo sie doch quasi zum Feind übergelaufen sei. Dann erinnerte sie ihn sanft daran, dass auch seine Liebste zum »Feind« gehörte und merkte, wie sehr es in ihm arbeitete. Als er ging, war sie sicher, dass er Dritten gegenüber keine Bemerkung über die Vorgänge im Keller machen würde. Er hatte sie auch nicht mehr danach gefragt, war viel zu sehr mit sich selbst und seiner Liebe beschäftigt.

Sie hoffte, dass er wiederkommen würde. Voller Zweifel. Damit sie ihn auf ihre Seite ziehen und mit ihm gemeinsam kämpfen könnte.

33. KAPITEL

Ein Gut in Neidenburg, Ostpreußen, Februar 1941

Luise und Roman sprachen immer noch nicht viel miteinander. Doch das bedeutete nicht, dass sie einander nicht kannten und sich nicht vertrauten. Dieses Kennen war mehr instinktiv, als dass es durch viele Worte oder gar durch Taten zustande gekommen wäre. Es war ein erspürtes Kennen. Luise hatte sich lange schon eingestanden, dass Roman ihr mehr, viel mehr bedeutete, als es erlaubt war. Viel mehr auch, als »nur« eine verwandte Seele in ihm zu finden, dass sie mehr verband als die Schmerzen, die sie beide hatten erdulden müssen und die einander glichen. Und ihr war auch klar geworden, dass das diesmal nichts, aber auch gar nichts mit dem Mechanismus zu tun hatte, dem sie sonst erlag: dass sie vor der Einsamkeit fliehen wollte und sich deshalb umso mehr an ihr Umfeld klammerte. Nein, das hier war anders. Eben weil es so anders war, musste sie auch gar nicht aktiv werden. Sie musste nur einfach sein lassen, was war. Ihn genießen, in jeder Sekunde. Zunehmend gesellte sich in dieses Genießen zwar ein schmerzliches süßes Ziehen und das Verlangen nach mehr, und oft musste sie sich zusammenreißen, um ihm nicht sacht über die Wange zu streichen, eine Geste, die ihr, obwohl sie sie noch nie gemacht hatte, ganz vertraut schien – aber sie vermochte es, diese Berührungen in ihren Gedanken zu belassen. Ihr war klar, dass Roman viel zu sehr in der Trauer um seine tote Frau verhaftet war, als dass er eine solche Intimität hätte zulassen können.

Doch dann, an einem kalten Februartag, kamen die Soldaten. Deutsche Soldaten. In langen Zügen marschierten sie in die Nähe der russischen Grenze – und Luise fühlte sich in ihre Jugend zurückversetzt. Wie schon damals, musste sie auch jetzt wieder Soldaten bei sich einquartieren. Und plötzlich war jene Nacht, diese schreckliche, grauenvolle Nacht, wieder zum Greifen nah. Siegfried, der ihr an der Scheunenwand seine Liebe gestand, bevor er weiterzog. Die Eltern, die ermordet und verbrannt wurden.

Sie spürte, dass Roman ihre Qualen ahnte, als sie wie eine Marionette Körbe um Körbe an Verpflegung in die Halle schleppte, wo die Soldaten an großen Tischen saßen und alles in sich hineinstopften, was sie bekommen konnten. Und diese Soldaten verhielten sich keineswegs so, wie die drei jungen Männer, die damals, vor dem ersten großen Krieg, bei ihnen eiquartiert gewesen waren. Siegfried und seine beiden Kameraden, die Namen hatte sie längst vergessen, die hatten wohlerzogen an ihres Vaters Tisch gesessen und geplaudert. Und Siegfried hatte ihr schöne Augen gemacht. Diese Männer hier waren keineswegs wohlerzogen, sondern unflätig. Einer von ihnen griff Luise an den Hintern, und als sie ihn wütend anblitzte, lachte er nur schallend. Erst, als sie kühl verkündete, sie werde sein Verhalten seinem Offizier melden, riss er sich zusammen. Viel schlimmer als die Angriffe gegen sie selbst fand sie aber, dass sie Roman beleidigten und kränkten.

»Polenschwein, haben sie dir dein Haus kaputt geschossen?«, höhnte einer. »Schade nur um dein Weib, sie war bestimmt hübsch.«

»He, Polacke, polier mir die Schuhe!«, forderte ein anderer und streckte sein Bein so plötzlich vor Roman aus, dass dieser beinahe strauchelte. Roman tat, als hätte er nicht verstanden, und ging an dem Mann vorbei. Luise beobachtete, dass ein Nerv an seinem Kiefer unkontrolliert zuckte. Sie kannte ihn gut genug, um zu wissen, dass das ein Zeichen dafür war, wie sehr er innerlich kochte. Hilflos blickte sie zu ihm hinüber. Wie gern hätte sie eingegriffen und ihn verteidigt. Aber sie konnte und durfte nicht. Man würde sich an ihm und ihr rächen. Sie brächte sie beide in Gefahr.

»Du sollst mir die Schuhe polieren, hab ich gesagt.« Der Mann war aufgestanden und hatte Roman am Kragen gepackt.

»Was ist denn hier los?«, donnerte ein Offizier und bahnte sich seinen Weg von dem Bereich, in dem die Offiziere saßen, zu dem Soldaten, der Roman derart malträtierte. Der ließ den Polen sofort los, so rasch, dass Roman das Gleichgewicht verlor.

Der Offizier fing ihn auf und nickte ihm kühl und unverbindlich zu. »Meier, ich warne Sie«, sagte er nicht minder kühl zu seinem Soldaten. »Noch so ein Vorfall und Sie müssen mit Konsequenzen rechnen, haben Sie mich verstanden?«

Der Mann nickte mit hochrotem Kopf und setzte sich wieder.

Luise wechselte einen Blick mit Margarete. So distanziert die Frauen sich anfangs begegnet waren, inzwischen hatte sich zwischen ihnen eine echte Freundschaft entwickelt. Und Luise hatte in letzter Zeit schon manches Mal darüber nachgedacht, dass es sicher gut war, eine Beziehung eher leise aufzubauen. Dass aus kleinen Gesten oftmals sehr viel mehr erwuchs.

Margarete zog die Augenbrauen hoch und in ihrem Blick lag Sorge. Dann kam sie auf Luise zu. »So wie diese Herren sich benehmen, ist mir nicht ganz wohl dabei, die Nacht mit ihnen unter einem Dach zu verbringen«, sagte sie. »Was haben die sich nur dabei gedacht, eine Horde von Soldaten bei einer alleinstehenden Frau mit zwei weiblichen Einquartierten unterzubringen!«

»Wahrscheinlich nichts.« Luise ging in Richtung Küche. »Da denken die gar nicht darüber nach. Aber ich werde nachher mit dem Offizier sprechen und ihn auffordern, für unseren Schutz Sorge zu tragen.«

Margarete nickte. »Das wäre mir lieb. Ich mache mir auch ein wenig Gedanken um Ilse. Sie ist hübsch anzusehen und ich will nicht …«

»Ich spreche mit ihm«, fiel Luise ihr ins Wort.

»Natürlich können wir für Ihre Sicherheit garantieren, gnädige Frau«, sagte der Offizier wenig später. »Ich wollte ohnehin noch mit Ihnen besprechen, wie wir unsere Männer unterbringen wollen. Wenn Sie einverstanden sind, würde ich vorschlagen, dass wir drei Offiziere hier im Haus in Ihren Gästezimmern nächtigen. Die Soldaten würden wir im Stall einquartieren.«

Luise atmete auf. Sie hatte befürchtet, dass man von ihr erwartete, alle Soldaten im Haus unterzubringen.

»Wir können für Ihre Sicherheit garantieren«, wiederholte der Mann. »Und wir danken Ihnen für all die Mühe, die Sie auf sich genommen haben, um uns bei der Verpflegung zu unterstützen.«

»Sie haben ja alles selbst mitgebracht, wir haben es nur zubereitet«, erwiderte sie verlegen.

»Und seien Sie versichert, der Krieg ist bald vorbei«, fügte er hinzu.

Sie nickte nur stumm, konnte aber ein Gefühl des Unbehagens nicht unterdrücken. Vor allem aber wurde sie das

Bild nicht los, wie der Soldat Roman ein Bein stellte und ihn beleidigte.

Auch in der Nacht, als sie in ihrem Bett lag und versuchte, Schlaf zu finden, stand ihr das Bild vor Augen. Irgendwann ertrug sie es nicht länger. Sie schlug die Bettdecke zurück und trat ans Fenster. Draußen regnete es in dicken Schnüren. Durch den Regenschleier konnte sie zum Pförtnerhäuschen hinüberblicken, in dem Roman untergebracht war. Kurz entschlossen warf sie sich einen warmen Mantel über und schlich die Treppe hinab. Unten blieb sie lauschend stehen: Weder aus den Zimmern, in denen die Offiziere schliefen, noch aus den Räumen von Margarete und ihrer Tochter war ein Mucks zu hören.

Leise stieg sie mit bloßen Füßen in die dreckigen grünen Stiefel, die in dem kleinen Raum rechts der Eingangstür neben Spaten und anderen Geräten standen. Dann stapfte sie entschlossen in den Regen hinaus und auf das Pförtnerhäuschen zu.

Die Tür war verschlossen, aber sie hatte ihren Schlüsselbund dabei. Mit zitternden Fingern und trotz des wärmenden Mantels mittlerweile bis auf die Haut durchnässt, suchte sie den richtigen Schlüssel heraus und steckte ihn ins Schloss. Mit einem Knarren öffnete sich die Tür. Sie trat ein – und stand direkt vor ihm. »Sind Sie verrückt!«, flüsterte er. »Wenn Sie einer der Soldaten gesehen hat! Eine deutsche Frau, die nachts einen polnischen Zwangsarbeiter besucht. Das kann uns beide das Leben kosten.«

Sieh an, er spricht ja tatsächlich fließend Deutsch, dachte sie flüchtig.

»Bitte, gehen Sie hinein in die Stube. Ich habe Feuer

gemacht. Sie sind ganz nass«, sagte er. »Ich bleibe noch kurz hier am Fenster stehen, um mich zu vergewissern, dass niemand Sie gesehen hat.«

»Mich hat niemand gesehen, ich bin ganz sicher«, erwiderte sie, während ihre Zähne klappernd aufeinanderschlugen. »Die Ställe der Soldaten liegen zur anderen Richtung hin, die Zimmer der Offiziere auch. Und bei dem Wetter wird niemand draußen herumschleichen. Selbst wenn: Er hätte mich in dem Regen nicht erkannt.«

Roman, der immer noch in die Nacht hinausblickte, nickte zögernd. »Sie haben recht. Der Regen ist so stark, dass man keinen Meter weit blicken kann, außerdem sind weder Mond noch Sterne zu sehen.« Langsam drehte er sich um und durchmaß mit wenigen Schritten den Raum, der sie trennte.

Ganz dicht vor ihr blieb er stehen. Sie triefte immer noch vor Nässe. »Warum sind Sie gekommen?«, fragte er. Doch er kannte die Antwort schon – ohne ein weiteres Wort zu sagen nahm er sie in die Arme und küsste sie.

Es dauerte nur Sekunden, bis er Luise aus ihren nassen Kleidern geschält hatte, und sie schämte sich plötzlich vor seinen Blicken. Zum ersten Mal wurde ihr klar, dass er jünger war als sie, viel jünger, und sie fragte sich, ob sie schön genug sei, um vor ihm zu bestehen. Doch er zerstreute ihre Sorgen mit seiner rückhaltlosen, staunenden Zärtlichkeit.

Nachdem sie sich geliebt hatten, ihr Kopf lag geborgen an seiner Brust, murmelte er: »Ich habe mir das so oft gewünscht. Und ich hatte solche Angst. Angst, dass es sich wie Verrat anfühlen würde. Es ist ja grade mal etwas mehr als ein Jahr her.«

Mit dunklen Augen sah sie zu ihm auf, ein wenig ängstlich, ob er damit nun das Ende von etwas einläuten wollte, das gerade erst begonnen hatte. Doch im gleichen Moment wusste sie, dass sie sich keine Sorgen machen musste. Dass es für ihn ebenso richtig war wie für sie auch.

»Ich weiß, dass Kasia sich für mich freuen würde. Sie würde wollen, dass ich glücklich bin. Sie würde wollen, dass ich wieder … liebe.«

Ihr schossen die Tränen in die Augen. Dass er zu ihr sprach, so viel und so offen, das war noch ganz ungewohnt. Sie kannte ja seine Stimme nicht einmal wirklich. Nie hatte er mehr als ein, zwei Worte mit ihr gewechselt, und sie hatte lediglich geahnt, dass er gut Deutsch sprach. Und nun redete er mit einer Zärtlichkeit und Ruhe mit ihr, als setze er lediglich ein Gespräch fort, das sie am gestrigen Abend unterbrochen hatten. Und dann sagte er gleich derart bedeutsame Worte. Ihre Kehle war wie zugeschnürt. Er hatte von Liebe gesprochen, wie gern wollte sie erwidern, dass auch sie ihn liebe, aber sie brachte es nicht über die Lippen, war mit einem Mal seltsam befangen, umschlang ihn nur fester mit Armen und Beinen, presste ihr Gesicht an seinen Hals und sog seinen fremden und zugleich so vertrauten Duft tief, ganz tief in sich ein.

Sie gewöhnten sich an die Soldaten auf ihrem Hof. Es war ein ständiges Kommen und Gehen, und zu ihrer Erleichterung benahmen sich die Männer inzwischen besser als am Tag ihrer Ankunft. Luise und Margarete behandelten sie äußerst respektvoll und Roman musste sich zumindest keine Übergriffe mehr gefallen lassen. Was vielleicht auch daran lag, dass sie dafür sorgte, ihn weitgehend außerhalb ihrer Reichweite einzusetzen. Das war nicht allzu schwierig. Es gab viel auf den Feldern zu tun. Roman und sie waren meist draußen, allerdings nie allein, Margarete und ihre Tochter halfen kräftig mit und sie behandelten Roman zwar respektvoll – auch Margarete, die am Anfang die Nase gerümpft hatte –, nie jedoch hätten sie etwas von der Liebe, die sie verband, mitbekommen dürfen. Es war und blieb verboten, eine Sünde, man hätte ihn gehängt und sie wahrscheinlich auch. Manchmal sprachen sie von diesen Dingen, wenn sie Nacht für Nacht zu ihm schlich, aber meistens schwiegen sie oder gaben sich ihrer Liebe hin, flüsterten Worte der Zärtlichkeit, wollten sie doch in den Armen des anderen der bedrohlichen Welt dort draußen entfliehen.

34. KAPITEL

Paris, Frankreich, Juni 1941

Im Juni 1941 hatte Sophies und Pierres Bewegung ungemein viel Zulauf bekommen. Aus dem Exil sprach Charles de Gaulle über »Radio London« zu den Widerständlern in seinem Land und machte ihnen Mut. Dass französische Saboteure von den Deutschen hingerichtet wurden, schürte ihre Wut und ihren Wunsch zu kämpfen. Sie griffen nun zu den Waffen, sie kämpften gegen das Naziregime und sie kämpften gegen die französische Regierung in Vichy, die mit den Nazis kollaborierte. Deutsche und Franzosen, Seite an Seite im Untergrund, während die Wehrmacht Tag für Tag durch die von ihr besetzten Städte marschierte, mit knallenden Stiefeln, zu Marschmusik, im Gleichschritt. Zack, zack, zack.

Robert war längst Teil der Widerstandsgruppe geworden – und zwar ein äußerst engagierter. Fast schon naserümpfend dachte er an die Zeit zurück, in der er voller Stolz mitmarschiert war. Sicher, auch jetzt marschierte er mit – aber er tat dies mit einem inneren Lächeln, überheblich blickte er auf seine Kameraden herab, die immer noch dem Führer treu ergeben waren. Im Gegensatz zu ihnen hatte *er* nun begriffen, welchem Irrtum er all die Jahre aufgesessen war. Nie hatte er bessere Argumente gehört, nie sich zugehöriger gefühlt als bei der gemeinsamen Arbeit in der Résistance. Und nie war er wichtiger gewesen, doch darum ging es ihm nicht mehr. Es ging nicht um ihn allein und schon gar nicht darum, seinem Vater irgendetwas zu beweisen. Es ging einzig und allein um die Sache. Robert hatte die Seiten gewechselt. Er war erwachsen geworden. Und er hatte sich von Fabienne unabhängig gemacht. Natürlich besuchte er sie noch und er war auch nach wie vor in sie verliebt. Aber das war nicht mehr die Hauptsache seines Lebens. Die Hauptsache war der Widerstand, dem er sich doch eigentlich ihretwegen angeschlossen hatte. Und je unabhängiger er von ihr wurde, desto interessanter wurde er gleichermaßen für sie. Hatte sie ihn für seine Anhänglichkeit fast verachtet, blickte sie nun zu ihm auf, sehnte seine Besuche herbei und begann, sich vor dem Geschlechtsakt mit anderen Männern zu ekeln.

Wenn er sie besuchte, spürte sie stets, dass er nicht wirklich bei ihr war, in seinen Gedanken. Ihr Gefühl trog sie nicht. Robert dachte beinah ununterbrochen darüber nach, wie er es bewerkstelligen könnte, an Waffen für die Résistance zu kommen. Neulich hatte er einfach seine Pistole versteckt und seinen leeren Waffengürtel gegen den vollen eines Kameraden vertauscht. Kein Verdacht war auf ihn gefallen, aber es hatte einen riesigen Aufstand gegeben. Und die eine Waffe reichte nicht aus. Er bräuchte mehr, viel mehr. Denn es gab noch so viel zu tun.

35. KAPITEL

Ein Gut in der Nähe von Neidenburg, Ostpreußen, Juni 1941

Der Führer machte sich Sorgen. In den USA war Ende des vergangenen Jahres Präsident Franklin Roosevelt wiedergewählt worden und Amerika unterstützte England mit Rüstungsgütern. Zwar gelang es den deutschen U-Booten, unzählige Schiffe mit amerikanischen Lieferungen für England zu zerstören – aber für Adolf Hitler war klar: Es würde nicht mehr allzu lange dauern, bis die USA kriegsbereit wären. Sollte es so weit kommen, bräuchte das Land Rohstoffe. Und Rohstoffe gab es im Osten, in der Sowjetunion. Schließlich unterstützte Stalin Deutschland und schickte Züge voller Nahrungsmittel und Rohstoffe für die Rüstung. Doch das reichte dem Führer nicht mehr. Er beschloss, den Deutsch-Sowjetischen Nichtangriffspakt zu brechen und die Sowjetunion mit dem »Unternehmen Barbarossa« zu erobern. Eine sechswöchige Schonfrist bekamen die Russen noch, denn Mussolini brauchte in Afrika Hitlers Unterstützung, dann jedoch konnte »Barbarossa« starten. Stalin war zwar von seinen Geheimdiensten mehrfach gewarnt worden, hatte die Warnungen jedoch in den Wind geschlagen und Deutschland weiterhin mit Weizen, Öl und Chrom versorgt – sogar noch einen Tag, bevor die ersten Soldaten ohne Kriegserklärung die russische Grenze überschritten. Unter den drei Millionen Soldaten und 600.000 Verbündeten, die in einem endlos langen, schwer bewaffneten Zug ins Land einzogen, waren auch die, die auf Luises Gutshof einquartiert gewesen waren.

Luise registrierte den Abzug mit Erleichterung. Die Liebesbeziehung mit Roman wurde immer intensiver, sie waren einander mittlerweile so vertraut, dass es schwierig wurde, sich nicht durch kleine Gesten zu verraten, die bemerken ließen, wie nah sie sich standen. Mittlerweile waren einige Liebesbeziehungen zwischen deutschen Frauen und polnischen Zwangsarbeitern an die Öffentlichkeit gelangt. Und das, was den Liebenden blühte, ließ Luise beinah erstarren vor Angst.

In einer entsetzlichen Nacht vor einigen Wochen hatte sie sich deshalb von ihm getrennt. Er hatte auf dem Sessel gesessen, sie vor ihm gekniet, den Kopf weinend in seinem Schoß vergraben, er hatte ihr übers Haar gestrichen, ein ums andere Mal. Das war gewesen, nachdem sie zwei Ortschaften weiter einen polnischen Zwangsarbeiter an einem Baum aufgehängt hatten – sein »Verbrechen« war das gleiche, das Roman beging: Er hatte eine deutsche Frau geliebt. Roman hatte der Hinrichtung zusehen müssen, ebenso wie alle anderen Zwangsarbeiter. Wenn er die Augen schloss, sah er das Bild des Mannes noch vor sich, eines Mannes, der zwar kein Freund gewesen war, denn außer Luise ließ er keinen Menschen so nah an sich heran, dass er ihn Freund hätte nennen können. Doch er hatte viel mit diesem Mann erlebt, der nun an dem höhnisch schönen Frühlingstag am Baum hatte hängen müssen, die entsetzliche Stille skurrilerweise unterbrochen von Vogelgezwitscher.

Roman war wie gelähmt gewesen, sein Blick gebrochen und verzweifelt, als er ihr am späten Abend die Tür geöffnet hatte. Stumm hatte er sie in die Arme gezogen, lange waren sie einfach nur dagestanden. Dann hatten sie sich voller Verzweiflung geliebt, und anschließend hatte er ihr alles im Detail erzählt. Da war sie vor ihm auf die Knie gefallen und hatte schluchzend seine Hüften umschlungen. Sie hatte gesagt, dass sie sich trennen müssten, weil sie es nicht ertrüge, ihn an den Tod zu verlieren. Es gehe ihr nicht um sich selbst, hatte sie beteuert, nicht darum, verachtet und verspottet zu werden, nicht darum, die Haare geschoren zu bekommen und in ein Konzentrationslager eingeliefert zu werden, wenn alles herauskäme. Es gehe ihr einzig um ihn. Und dass sie ihn lieber loslassen wolle, als ihn an einem Baum hängen zu sehen.

Er hatte gemurmelt, dass er hingegen lieber stürbe, als sie nicht mehr berühren, nicht mehr umarmen, nicht mehr küssen, ihr nicht mehr nahe sein zu dürfen. Hatte sie daran erinnert, dass er schon einmal alle verloren hatte, die er liebte. Seine Eltern. Seine Frau. Seine Tochter. Dass er eine neue Liebe gefunden hatte und dass er in diese neue Liebe auch die Toten mit einschloss. Aber dass er, wenn er diese neue Liebe verlieren würde, sterben wolle. Dann, sagte er ganz ruhig, werde er seinem Leben ein Ende setzen, wenn sie nicht bei ihm bliebe. Sie hatte noch mehr geweint, seinen Schoß mit ihren Tränen durchnässt, und dann hatte sie festgestellt, dass sie ohnehin nichts dagegen tun konnte, dass sie ihn liebte und dass sie diese Liebe nicht einfach stoppen konnte. Dass sie machtlos war. Also hatte sie nachgegeben und begonnen, ihn zu liebkosen und wenig später liebten sie sich erneut und in diesem Akt lag eine enorme Kraft, fast schon eine Art Ergebenheit, weil sie sich einfach nicht gegen ihre Liebe wehren konnten. Und auch nicht gegen die Gefahr, mit der sie verbunden war. Das machte sie stark und hilflos zugleich.

Sie ließen dieses Mal auch alle Vorsicht außer Acht. Erst als sie seine ruhigen Atemzüge neben sich hörte, dachte sie voller Schrecken daran, dass er nicht aufgepasst und sich tief in ihr ergossen hatte, voller Hingabe an den Moment, und so musste es auch sein. Aber so war es eben auch höchgradig gefährlich. Wobei: In all den Jahren mit Siegfried hatte sie kein Kind empfangen, hatte sich eigentlich schon damit abgefunden, dass sie unfruchtbar war. Dass sie dennoch normalerweise Vorsicht walten ließen, zumal in ihrem fortgeschrittenen Alter, war vielleicht eine übertriebene Maßnahme, die der gefährlichen Situation geschuldet war, versuchte sie sich zu beruhigen. Doch es wollte ihr nicht zur Gänze gelingen, in dieser Nacht voller Liebe und Leid.

Am nächsten Tag waren ihre aufkeimenden Sorgen vergessen, denn der nächste Tag war der, an dem die Soldaten zum Aufbruch rüsteten, Teil der 1.500 Kilometer langen

Front wurden. Hitler ließ seine Soldaten in drei Richtungen marschieren: Gegen Leningrad, gegen Moskau und gegen Kiew. In langen Kolonnen zogen sie gen Osten und hinterließen eine Spur der Verwüstung in der auf diesen Überfall nur sehr unzureichend vorbereiteten Sowjetunion. Ganz einfach war der Vormarsch nicht, Asphalt gab es keinen, die Staubwolken machten den Soldaten zu schaffen. Doch nicht überall wurden die Deutschen mit Geschützdonner empfangen – mancherorts, im ehemaligen Baltikum, bejubelte man die Einmarschierenden als Befreier: Frauen standen winkend mit Blumensträußen am Straßenrand.

36. KAPITEL

Ein Dorf in Russland, Juli 1941

Irina weinte, als sie ein Streichholz nahm und das Haus ihrer Tante anzündete, die vor zwei Wochen gestorben war. Deshalb war Irina von Leningrad, ihrer Heimat, in die Nähe der deutschen Grenze gereist – um den Nachlass zu ordnen. Sie dachte nun, dass ein gnädiger Gott die Tante zu sich genommen und ihr dadurch erspart hatte zu sehen, wie die Deutschen über ihr Land herfielen. Wieder einmal. Irina tat das, was um sie herum alle Menschen taten. Sie zündeten ihre Häuser und Felder an und flohen in den Osten. Stalin hatte befohlen, dem vorrückenden deutschen Feind nur verbrannte Erde zu hinterlassen, nichts, mit dem er sich stärken, nichts, mit dem er seine Vorräte auffüllen könnte.

Als Stalin am 3. Juli den Großen Vaterländischen Krieg ausrief und zu seinem Volk sprach, setzte er darauf, dass die Deutschen mit den endlosen Weiten unbefestigter Straßen Probleme haben würden. »Genossen, Bürger, Brüder und Schwestern! Männer unserer Armee und Marine! Hitlers verbrecherischer Angriff auf unser Vaterland geht weiter. Die Rote Armee kämpft heldenhaft, schon sind die besten Divisionen des Feindes vernichtet«, versicherte Stalin, doch der deutsche Feind rückte immer weiter vor. Stalin befahl nicht nur den Bauern, ihre Häuser zu zerstören, er ließ auch ganze Fabriken in das Gebiet hinter dem Ural verlegen.

Irina schluckte hart. All ihre Ängste waren Realität geworden. Wie froh war sie gewesen, als sie vom deutsch-sowjetischen Nichtangriffspakt gehört hatte. Aufgrund ihrer Freundschaft mit Johanna und Luise, die sie kennengelernt hatte, als die beiden deutschen Frauen im Ersten Weltkrieg in russische Gefangenschaft geraten waren, fühlte sie sich Deutschland besonders nahe – zumal sie einst auch einen deutschen Soldaten geliebt hatte. Auch wenn sie schon lange keinen Kontakt mehr zu den Freundinnen hatte und ihr Freund im letzten großen Krieg gefallen war – sie dachte oft und gern an Luise und Johanna – seit in Deutschland Krieg herrschte, auch mit zunehmender Sorge –, aber doch froh darüber, dass es zumindest zwischen Deutschland und Russland keine militärische Auseinandersetzung gab.

Bis jetzt. Es schmerzte sie ungemein, so sehr, dass sie das Haus ihrer Tante beinahe emotionslos in Flammen setzte. Was war ein brennendes Haus schon im Vergleich dazu, dass nun schon wieder Krieg herrschte zwischen Russland und Deutschland?

Mit dem Anzünden ihrer Häuser und Felder hatte ihr Volk ja Erfahrung, dachte sie bitter, schließlich hatten sie so schon im Jahr 1812 erfolgreich gegen Napoleon gekämpft und dessen Truppen an der Beresina vernichtend geschlagen.

Nun standen auch die Deutschen an der Beresina – und überquerten sie, rückten weiter auf Moskau vor. Die Schlacht um die letzte große Stadt vor Moskau, Smolensk, dauerte acht schreckliche, blutige Wochen, dann befahl Hitler seinen Truppen, nach Süden abzuschwenken. Die an Rohstoffen reiche Ukraine hielt er für wichtiger als den zweifellos symbolträchtigen Sieg über Moskau. Seinen Soldaten gelang es, 600.000 Rotarmisten einzukesseln und gefangen zu nehmen.

Trotz aller Freundschaft zu Deutschland verzog Irina angewidert den Mund, als sie davon erfuhr, dass die Ukrainer die Deutschen teilweise mit weit geöffneten Armen empfingen und sie als Befreier begrüßten. Zu Essen gab es genug für die Deutschen, doch alle anderen mussten leiden. Die so »gastfreundliche« ukrainische Bevölkerung hungerte, die Judenverfolgungen begannen auch hier. Die Menschen mussten mit Schaufeln ausgestattet in die Wälder ziehen, sich ihre eigenen Gräber zu schaufeln.

Später gab es Massenerschießungen und rollende Gaskammern. Nun bekam Irina Angst: Nicht um sich selbst, sondern um ihren Iwan, der Jude war. Sie liebten sich nun schon seit drei Jahren, Iwan hatte sie nicht zum Haus ihrer Tante begleitet, sondern war in Leningrad geblieben. Sie hätte alles dafür gegeben, in diesen Stunden bei ihm zu sein.

Sie blieb nicht, bis das Haus ganz niedergebrannt war. Als auch der Dachstuhl in Flammen stand, kehrte sie dem Gebäude den Rücken, den Koffer mit den Wertgegenständen ihrer Tante fest in der Hand und machte sich auf den Weg nach Hause. In die Stadt, in der der Mann lebte, den sie liebte.

37. KAPITEL

Konstanz, Bodensee, September 1941

Der erste Mensch, der Johanna mit einem gelben Judenstern auf der Brust begegnete, war Aaron Weiss, ein würdevoller, alter Herr, ein Geschäftspartner ihres Vaters, der obendrein mit ihm im Ersten Weltkrieg gekämpft und das Eiserne Kreuz aus seinem Kampf für das Vaterland heimgebracht hatte. Aaron Weiss war Textilhändler und hatte ein gut gehendes Geschäft an der Marktstätte. Während der Blütezeit seines Unternehmens, dem eine Schneiderei angegliedert war, hatte er täglich unzählige Ballen Stoff von der Gerstett'schen Textilfabrik bezogen.

Johanna hatte lange nicht mehr an den alten Herrn gedacht, aber als er ihr nun auf der Straße entgegenkam, war sie entsetzt darüber, wie alt, einsam und traurig er wirkte.

Beinah hätte sie den Mann nicht wiedererkannt, der früher einen fast provozierend aufrechten Gang gehabt hatte. Ein schöner Mann war er gewesen, Johanna war, immer wenn sie ihn gesehen hatte, der Begriff »prachtvoll« durch den Kopf geschossen, auch wenn sie fand, dass dieser Begriff nicht zu einem Menschen passte. Und sie hatte oft genug ihre Mutter beim Klatsch mit den Freundinnen belauscht und wusste daher, wie beliebt und begehrt Aaron Weiss bei der Damenwelt gewesen war. Wie lang war das her? 20 Jahre? 30? Bei dem Mann, der hier nun den Bürgersteig entlangkam, handelte es sich um einen gebrochenen Menschen, der viel älter wirkte, als er war. Rasch wechselte sie die Straßenseite, sodass sie sich begegnen mussten. »Herr Weiss«, sagte sie warm und griff nach seiner Hand. »Wie schön, Sie zu sehen. Ich freue mich.«

Er blickte auf, sah sie mit grauem, flackerndem Blick an. »Fräulein Johanna!« Ein zitterndes Lächeln schlich sich auf sein Gesicht. »Ich meine natürlich Frau Bigall, entschuldigen Sie bitte. Für mich werden Sie immer das kleine Mädchen bleiben, das in meinem Atelier mit den Stofffetzen spielt. Sie sollten mir nicht die Hand geben und nicht mit mir sprechen. Wenn man mit mir spricht, bringt man sich in Gefahr.« Seine Stimme war ein bitteres Krächzen und Johanna spürte einen dicken Kloß im Hals.

»Was reden Sie da für einen Unsinn«, sagte sie beklommen.

»Hätte nie gedacht, dass ich meine Nähkünste einmal brauchen würde, um einen Judenstern aufzunähen«, fuhr er fort.

In Johannas Kopf bohrte sich eine übereifrige, schnarrende Stimme, eine Stimme, die sie im Radio gehört und die verkündet hatte: »Der deutsche Soldat hat im Ostfeldzug den Juden in seiner ganzen Widerwärtigkeit und Grausamkeit kennengelernt. Dieses Erlebnis lässt den deutschen

Soldaten und das deutsche Volk in seiner Gesamtheit fordern, dass den Juden in der Heimat die Möglichkeit genommen wird, sich zu tarnen und damit jene Bestimmungen zu durchbrechen, die dem deutschen Volksgenossen die Berührung mit dem Juden ersparen.« Mit diesen Worten hatte man die Judensterne begründet und Johanna war aufgefordert worden, sie herzustellen. Sie hatte diesen Auftrag nicht hinterfragt, ebenso wenig wie bei den Hakenkreuzfahnen und Armbinden.

Sie hatte produziert, um Menschen zu kennzeichnen. Ohne mit der Wimper zu zucken. Johanna schämte sich mit einem Mal. »Es tut mir so leid«, sagte sie leise.

Aaron Weiss hob mit einer Geste, die gebieterisch war und so gar nicht zu diesem gebrochen wirkenden Mann passen wollte, die Hand. »Kein Mitleid«, sagte er mit einer gewissen Schärfe in der Stimme. »Wenigstens das: kein Mitleid.«

»Entschuldigung«, murmelte Johanna beklommen. »Ich wünsche Ihnen alles Gute.«

Am Abend traf sie sich mit Sebastian und weinte sich in seinen Armen aus. »Hast du es nun endlich begriffen, mein Liebling?«, fragte er und das Wort klang fremd aus seinem Mund. Er hatte sie noch nie »Liebling« genannt, seit er sich so verändert hatte.

»Ich glaube, begriffen habe ich es schon lange. Schon als … Matthias … als sie Matthias geholt haben.«

Sie hielt den Atem an, wartete darauf, dass er sie von sich stieße, als sie den verbotenen Namen seines einstigen Rivalen aussprach. Doch außer einem sekundenbruchteillangen Zögern in der streichelnden Bewegung auf ihrem Rücken ließ er sich nichts anmerken. »Aber ich habe es nicht zu mir durchdringen lassen. Ich … es war zu persönlich. Und ich war zu sehr damit beschäftigt, schockiert über das zu sein, was ich in diesem Moment über mich selbst erkannt habe. Wieder einmal ging es nur um mich, nicht um die anderen. Wann bin ich so egoistisch geworden, Sebastian?«

Sie fragte das nicht in der Hoffnung, dass er ihr die Absolution erteilen möge, fragte nicht, weil sie dachte, er würde ihr Gewissen erleichtern, indem er ihr sagte, sie sei nicht egoistisch. Sie meinte das ernst. Sie hatte mit Sebastian eine Ebene erreicht, in der sie alle Masken fallen lassen und sich ihm mit all ihren Ecken und Kanten zeigen konnte und wollte. Er blickte ohnehin auf den Grund ihrer Seele, tiefer, als sie selbst es konnte, während sie umgekehrt den Eindruck hatte, ihn überhaupt nicht mehr zu kennen.

»Du hast früher zu viel gegeben und bist enttäuscht worden, Johanna«, sagte er. »Das hat dich hart gemacht. Und daran habe auch ich einen Anteil. Du musstest lernen, dass du dich nur auf dich selbst verlassen kannst und dass du dir dabei keine Gefühle erlauben darfst.«

»Ich schäme mich«, murmelte sie. »Ich schäme mich, weil ich so schwach bin.«

»Du bist nicht schwach.« Er küsste sie auf den Scheitel. Sie saßen auf einem Schaffell auf dem nackten Boden, im Kamin loderte ein Feuer. Es war warm und es war intim, und wenn ihnen in diesem Moment der Sinn danach gestanden hätte, wäre es auch erotisch gewesen, doch Johanna war zu sehr in ihrer Scham gefangen. Noch, zumindest.

»Du bist eine der stärksten Frauen, die ich kenne.«

»Sicher, im täglichen Leben erreiche ich viel«, bestätigte sie. »Aber ich bin im menschlichen Sinne nicht stark. Ich habe … ich habe mich zu Matthias geflüchtet, als du am Boden lagst und mich brauchtest. Und als *Matthias* durch die schrecklichen Zustände in unserem Land am Boden lag und mich gebraucht hätte, da habe ich ihn ebenfalls fallen lassen.«

»Nicht, weil er Jude war, sondern weil du Schwäche bei Männern nicht ertragen kannst«, stellte Sebastian fest.

»Das macht es nicht besser«, erwiderte sie.

»Doch, Johanna, das macht es besser. Wenn du Matthias verlassen hättest, weil er Jude ist, könnte ich dich nicht mehr lieben. Dass du ihn aufgrund einer Situation, in der er schwach war, verlassen hast, ist meine Schuld, nicht deine.«

Er nahm ihr Gesicht zwischen seine Hände und flüsterte: »Du warst noch so jung, mein Liebling, so jung, als ich aus dem Krieg heimkehrte und mich in meine eigene Welt zurückgezogen hatte. Hochschwanger und mit einem Mann geschlagen, der den Verstand verloren hat.« Er küsste sie und die Berührung seiner Lippen war ungemein sinnlich. »Und dann, in der Inflation, habe ich dich im Stich gelassen. Du warst es, die dafür sorgen musste, dass die Kinder nicht verhungern. Du hast unser Kind verloren, weil ich nichts anderes zu tun hatte, als mich um die Masernepidemie zu kümmern, und dir nicht verbot, es auch zu tun, obwohl du schwanger warst.« Die Tränen liefen ihr jetzt über die Wangen und er küsste sie fort. »Verzeih mir«, flüsterte er, »ich habe dir so viel angetan. Weißt du, dass ich mich damals so sehr um die Mitglieder meiner Gemeinde gekümmert habe, war mein Weg aus der Krise. Wenn ich mich auf die anderen fixierte, konnte ich meine seelischen Verletzungen vergessen. Ich hoffte, so könnten sie heilen.«

»Aber warum hast du mich nicht mitgenommen auf deinem Weg?«, flüsterte sie und blickte ihm in die Augen, die nur wenige Zentimeter von ihrem Gesicht entfernt waren.

»Du hast mir Angst gemacht«, sagte er rau. »Du hattest mich in meinen schlimmsten Momenten gesehen, jedes

Zusammensein mit dir hat mich an all das erinnert. Und dann warst du immer so stark – ich habe mich neben dir wie ein Waschlappen gefühlt. Und genau der war ich ja auch, genau deswegen bist du dann ja in Matthias' Arme geflüchtet.«

»Du bist so anders geworden, Sebastian«, sagte sie. »So stark und so kämpferisch. Was ist passiert?«

Er ließ sich auf den Rücken fallen und zog sie mit sich.

»Der Bruch kam mit meiner letzten Predigt in Überlingen«, sagte er. »Du erinnerst dich?«

»Ja«, murmelte sie. »Wie könnte ich das vergessen. Ich habe dich so bewundert in diesem Moment.«

Sebastian hatte der Gemeinde den Marsch geblasen, ihr gesagt, dass er alle Scheinheiligkeit und alle Lippenbekenntnisse satthabe und sein Amt niederlege. Danach hatte er seine Gemeinde, Überlingen und auch Johanna verlassen. Ein Jahr blieb er untergetaucht, dann stand er eines Tages wieder vor ihrer Tür, weil er Sehnsucht nach seinen Kindern hatte. Johanna war damals schon nach Konstanz umgezogen und ins Unternehmen ihres Vaters eingestiegen. Ihre Beziehung blieb eisig, Sebastian lebte nun in Schlesien, kam nur regelmäßig, um die Kinder zu sehen. 18 Jahre war das jetzt her.

»Ich habe mich gleich zu Beginn der Bekennenden Kirche angeschlossen«, erzählte er. »Der gemeinsame Kampf gegen die menschenverachtende Ideologie der Nationalsozialisten, Seite an Seite mit Menschen, die so glauben und handeln wie ich, hat mich stark gemacht. Und das Wissen, dass wichtig ist, was ich tue, und dass ich gebraucht werde.«

Sebastian hatte irgendwann seine Pfarrei in Schlesien verlassen. Als sein Vater starb, hatte er viel Geld geerbt und davon das Alte Schulhaus gekauft, in dem er so viele Jahre mit Johanna gelebt hatte und das die Stadt nun veräußerte. Seitdem war er häufig in Überlingen, häufig aber auch unterwegs. Johanna wusste nie, wann er da war, beobachtete, dass er viel schrieb. Ihren Fragen wich er aus.

»Warum hast du dieses Haus gekauft?«, fragte sie nun.

»Weil es dir wichtig ist, Johanna«, erwiderte er schlicht. »Es ist das Haus deiner Kindheit. Und deswegen ist es auch mir wichtig, deshalb habe auch ich es lieb gewonnen.«

Er zog sie an sich, um sie zu küssen, mit ihr zu verschmelzen auf dem Boden des Hauses ihrer Kindheit.

Die Einführung des Judensterns war der Auftakt zu einem noch düstereren Kapitel der deutschen Geschichte. Die jüdische Bevölkerung durfte nun ihren Wohnort nicht mehr verlassen, im Monat darauf wurde ihr auch das Auswandern verboten, dann kamen die Massendeportationen. Johanna war überrascht, an so vielen Menschen einen Judenstern zu sehen. Männer und Frauen trugen ihn, von denen sie nie gedacht hatte, dass sie Juden seien. Es hatte für sie nie eine Rolle gespielt. Und es spielte für sie persönlich immer noch keine Rolle.

Wobei – doch! Es spielte eine Rolle: Es traf sie jedes Mal bis ins Mark, wenn sie einen solchen Judenstern erblickte. Sie musste davon ausgehen, dass sie in ihrer Firma produziert worden waren. Auf diese Weise leistete sie Hilfestellung für etwas, das sie zutiefst ablehnte. Jeder, der einen Stern trug und dem sie begegnete, war auf dem Weg in die Hölle. Sie beobachtete aber auch, dass es Menschen gab, die den Juden mit ausgesuchter Höflichkeit und sehr bewusster Herzlichkeit begegneten, ihnen sogar etwas zusteckten. Eine Zigarette, Schokolade, Geld.

Immer öfter dachte sie an Matthias in jenen Tagen, Matthias, von dem sie seit seiner Verhaftung nichts mehr gehört hatte. Sie wusste nicht, dass er schon tot war. Dass sie ihn ermordet hatten. Matthias war nach Auschwitz deportiert worden und hatte zu jenen gehört, die in den Kellern von Block 11 mit Zyklon B getötet wurden. Nach diesen »Probevergasungen« zogen die Nazis die neue Tötungsmethode professionell auf und richteten Gaskammern ein. Das Massenmorden hatte eine neue Dimension bekommen.

Sie konnte nichts tun, um all diesen Menschen zu helfen. Sie war nicht wie Sebastian, sie war nicht mehr die Kämpferin von einst. Sie hätte die Produktion der Judensterne gestoppt, wenigstens das, wenigstens etwas, um nicht auch noch an diesem Grauen beteiligt zu sein und sei es nur mit der Herstellung der diffamierenden Sterne.

Doch es war zu spät. Alle Judensterne, die die Nationalsozialisten bestellt hatten, waren ausgeliefert und an diese armen, armen Menschen verteilt. Und, das war ihr auch klar, so einfach hätte sie sich dem Auftrag auch gar nicht widersetzen können. Es hätte Konsequenzen gehabt, hätte sie das getan. Harte Konsequenzen. Trotzdem oder gerade deshalb, fand sie, hätte sie es tun müssen.

Johanna hatte das dringende Bedürfnis, sich die Hände zu waschen, um den Schmutz dieses Geschäfts fortzuspülen. Sie wusste jedoch: Diese symbolische Handlung würde nichts ausrichten.

38. KAPITEL

Konstanz, Bodensee, September 1941

Manchmal quälte sie das schlechte Gewissen. Das war dann, wenn sie die kleine Melissa im Arm hielt, in die himmelblauen Augen des Säuglings blickte und sich klarmachte, dass dieses kleine Mädchen seine Mama sehr lange Zeit nicht sehen und bei einer Frau aufwachsen würde, die immer nur ihre Firma im Kopf hatte. Und ihren Mann, dem sie hinterherlief, dass es schon peinlich war, wie Franziska, mittlerweile übrigens stolzes Mitglied der NS-Frauenschaft, fand. Wäre sie an Johannas Stelle gewesen, nicht wissend, wo sich die eigene Tochter aufhält, sie hätte nicht so unbelastet leben können. Und dafür, für diesen Mangel an Sorge um ihre Tochter, verachtete sie ihre Schwester. Gleichermaßen begann sie sich selbst zu verachten, weil sie Susanne verraten hatte, um ihrer Schwester zu schaden. Immer klarer wurde ihr auch, dass das, was sie getan hatte, Folgen in alle Ewigkeit haben würde. Wenn Susanne nach dem Krieg zurückkehren sollte, wäre die Gefahr groß, dass es herauskäme. Das musste sie unbedingt verhindern. Und dazu war sie auch entschlossen, zumal es dann auch mit Johannas Vertrauen vorbei wäre. Denn wenn die Ältere damals, als sie, Franziska, sich hinter dem Vorhang versteckt hatte, vor Matthias auch noch so verächtlich von ihr gesprochen hatte: Mittlerweile vertraute sie ihr immer mehr an und Franziska erhielt zunehmend tiefe Einblicke in die Firma.

Da sie auch noch ehrlich in die kleine Melissa vernarrt war und sie ihr gerne abnahm, hatte sie sich für Johanna inzwischen zu einer unentbehrlichen Stütze entwickelt. Ein Status, den sie nicht zu verlieren gedachte.

Nein, so leid es ihr tat: Eine Rückkehr von Susanne musste sie um jeden Preis verhindern. Die kleine Melissa würde ihre Mutter nie wiedersehen. Umso dringender brauchte sie eine zärtliche, liebevolle Bezugsperson. Und die wollte sie, Franziska, ihr sein.

39. KAPITEL

Paris, Frankreich, Spätherbst 1941

Bekanntmachung: Ausschreitungen unverantwortlicher Elemente, die sich in meinem Befehlsbereich in der letzten Zeit ereignet haben veranlassen mich, die Bevölkerung in ihrem eigenen Interesse vor weiteren Unbesonnenheiten nochmals mit allem Nachdruck zu warnen. Ich war gezwungen anzuordnen, daß nunmehr die TODESSTRAFE grundsätzlich in allen Fällen unnachsichtig angewandt wird, in denen das Gesetz sie vorsieht. Dies gilt vor allem bei UNBEFUGTEM WAFFENBESITZ, SPIONAGE UND SABOTAGE sowie bei GEWALTTATEN jeder Art.

»Hast du Angst?«, fragte Pierre Sophie, als sie das Plakat, das riesig groß an einer Hauswand hing, studierte.

Sie schüttelte den Kopf. »Mir ist etwas mulmig, aber Angst habe ich nicht. Ganz einfach deshalb, weil es keine Alternative zu dem gibt, was wir tun. Und wir sind viele und wir werden immer mehr.«

Pierre nickte. Die Bewegung hatte mächtig Zulauf. Sie waren auf dem Weg nach Hause, wo zahlreiche Mitglieder der Résistance dabei waren, Flugblätter herzustellen. Auch Robert war es gelungen, zwei seiner Kameraden als Mitstreiter zu gewinnen, außerdem hatte er der Gruppe zwei weitere Waffen bringen können, ohne dass der Verdacht auf ihn gefallen war. Als Sophie und Pierre im Keller ankamen, war er gerade im Begriff zu gehen.

»Ich muss los«, sagte er, nahm die von Dénise säuberlich vorbereiteten Klopapierrollen entgegen und schenkte dem schüchternen Mädchen ein strahlendes Lächeln. Dénise errötete und ließ vor lauter Aufregung die Klopapierrollen fallen, die sich durch die Ungeschicklichkeit teilweise wieder entrollten und den Inhalt offenbarten. Zettel, auf denen *Schluss mit dem Krieg* und *Deutschland muss leben, deshalb muss Hitler fallen* stand, rutschten heraus.

»Pass doch auf, wie kann man nur so ungeschickt sein«, giftete Martin, der am Schreibtisch daneben Flugblätter fertigte.

Dénise schossen die Tränen in die Augen.

»Nicht so schlimm«, sagte Robert und kniete nieder, um die Zettel mit ihr zusammen wieder aufzuheben und in die Rollen einzuwickeln. »Mir fällt auch ständig was herunter. Solange das nicht auf der Straße unter den Augen der Nazis passiert, ist alles gut.«

Dénise lächelte zaghaft, und der Blick, den sie Robert

zuwarf, beunruhigte Sophie. Dénise war ganz offensichtlich über beide Ohren in ihren Neffen verliebt. Dass dessen Herz jedoch immer noch an dem Mädchen im Freudenhaus hing, wenn auch lang nicht mehr so stark wie zu Beginn, wusste Sophie aus zahlreichen Gesprächen.

Jetzt hatten die beiden alles wieder aufgehoben, Robert erhob sich mit einem Grinsen und steckte insgesamt drei Klopapierrollen unter seine Jacke. Mehr war nicht möglich, das wäre aufgefallen.

Ein Quartier der Deutschen Wehrmacht befand sich im »Lycée Jean de la Fontaine«. Obwohl er nun bestimmt schon zum zehnten Mal Toilettenrollen in die Klos schmuggelte, raste sein Herz heftig, als er das Gebäude betrat. Und das, dachte er, war auch gut so, denn es verhinderte, dass er sich irgendwann zu sicher fühlte und dadurch nachlässig wurde. Die ersten beiden Rollen wurde er ohne Schwierigkeiten los. Dann ging er in die dritte Kabine, um die letzte Rolle zu befestigen. Plötzlich wurde vor der Toilette Lärm laut, ein Unteroffizier stürzte herein, entriss ihm die Rolle und brüllte: »Hab ich Sie erwischt, Sie Verräter! Sie sind verhaftet.«

Robert reagierte blitzschnell. Er zückte seine Waffe, drückte sie dem Mann auf die Brust, riss ihm seinerseits die Klopapierrolle aus der Hand und ging rückwärts in den Flur. Direkt neben dem Eingang zu den Toiletten führte eine Treppe nach unten. Sobald Robert die Tür zwischen sich und den Unteroffizier gebracht hatte, knallte er diese zu und stürzte die Treppe hinunter.

»Stehenbleiben!«, brüllte der Mann, der sich inzwischen von seiner Überraschung erholt hatte, doch Robert rannte. Um sein Leben, wie er dachte.

Er entkam durch die Hintertür, bog rechts ab, dann links, raste durch einen Hauseingang und wieder durch eine Hintertür. Dann verbarg er sich hinter einem Busch und wartete. Bestimmt eine halbe Stunde. Erst als er sicher sein konnte, dass ihn niemand mehr verfolgte, steckte er seine Waffe weg. Die Rolle mit dem Klopapier hielt er noch immer in der Hand.

Er dachte an seine Mutter. Und an seinen Vater. Vor allem aber dachte er an Fabienne. Doch dann schob sich ein anderes Bild vor das katzenhafte seiner Geliebten. Es war das Bild einer jungen, unscheinbaren Frau, die auf dem Boden kauerte und herausgefallene Zettel in Toilettenpapier wickelte. Mit zitternden Fingern, weil er in der Nähe war. Robert war sich seiner Wirkung auf Dénise sehr bewusst, und mit einem Mal schien sie ihm hundertmal schöner und bedeutsamer als Fabienne. Was konnte er in ihr schon berühren! Sie ließ ihn jedes Mal spüren, dass er einer von vielen war, nichts Besonderes. Immer noch, auch wenn sie ihm gegenüber sehr viel aufmerksamer und weicher geworden war. Eine Zeitlang hatte ihn das angetrieben, dazu, ihr zu zeigen, was er war, was er konnte. Ohne sie wäre er vermutlich nie zur Résistance gekommen. Doch inzwischen hatte er es satt, sich immer nur beweisen zu müssen. Er sehnte sich nach einem Menschen, der ihn um seiner selbst willen achtete.

Er schloss die Augen und wieder sah er ein schüchternes Lächeln in einem geröteten Gesicht.

40. KAPITEL

Leningrad, Russland, September bis Dezember 1941

Irina erreichte Leningrad, kurz bevor die Belagerung der Stadt durch die deutsche Heeresgruppe Nord begann, die 900 Tage dauern sollte. Und zum Glück fand sie Iwan gleich. Er war in seiner Privatbibliothek, die er aufgrund des Vermögens seiner Familie mit wahren Schätzen hatte füllen können und staubte Bücher ab, als wären die Deutschen nicht im Anmarsch. Irina fühlte sich wie in einer anderen Welt. Es war vollkommen surreal. »Irina!« Er schloss sie in seine Arme, hielt sie so fest, dass sie nach Luft schnappte.

Während des Angriffs am 8. September kauerten sie aneinandergeklammert unter dem Küchentisch. Wohl wissend, dass dieser nichts helfen würde, wenn eine Bombe das Haus träfe. Aber sie wollten die großzügige Wohnung nicht verlassen, sie schien ihnen mehr Schutz zu bieten als der Keller des Hauses. Was natürlich eine Illusion war.

In den Nächten schliefen sie unruhig, in der Nacht auf den 19. September gar nicht. Sie liebten sich voller Verzweiflung, und sie sagte ihm, dass sie schreckliche Angst um ihn hätte. Irina hatte von den Gräueltaten gehört, die die Deutschen Juden zufügten. Als die Bombenangriffe gegen 6 Uhr morgens losgingen und das Haus unter der Wucht, mit dem die tödliche Fracht das Nachbargebäude getroffen hatte, erbebte, liefen Irina Tränen übers Gesicht. Welche Hölle, dachte sie, welche Hölle das Leben doch war und nie aufhörte zu sein, so mutig und so oft man auch versuchte, sich aus ihr zu befreien.

Als echte Russin wusste Irina natürlich, dass die Hölle aus Eis bestand und dass sie in Form des russischen Winters kommen würde. Sie fürchtete diese eisige Hölle und sie hielt Iwan davon ab, allzu früh die Möbel zu verfeuern, um der eisigen Kälte etwas entgegenzusetzen. Erst bei minus 40 Grad gab sie nach, das war im Dezember. Die deutschen Soldaten hatten gerade den Herbstregen und den damit einhergehenden Schlamm besiegt, der knietief stand und alles verschlang, gierig alles verschluckte, nichts aus seinen Klauen ließ. Nicht die Panzer, nicht die Stiefel der Soldaten. Der Herbstregen war ihnen ein zäher Feind, aber ungleich viel schlimmer war der Frost. Der Frost, den sie zunächst so freudig begrüßt hatten, weil er den Boden festigte, ihnen wieder einen Grund gab, auf dem sie marschieren und fahren konnten. Endlich konnte sich die deutsche Wehrmacht wieder fortbewegen.

In Leningrad war Irina vor Angst um ihren Iwan inzwischen beinahe wahnsinnig. Zwei Männer hatte sie schon an den Krieg verloren. Dann hatte sie lang nicht mehr zu lieben gewagt, bis Iwan kam und ihm auf den Fersen folgte der Krieg, der jetzt tobte.

Bald schon erkannten auch die Deutschen, dass der Herbstregen ein Spaziergang gewesen war im Vergleich zu den 40 Grad unter Null. Da rieb sich manch einer der auf den Blitzkrieg spezialisierten Soldaten verwundert die Augen und fragte sich, wo denn der Sommer geblieben war, in dem sie doch hatten siegen wollen. Gegen die deutsche Wehrmacht kämpften nun Männer, die für den Kampf in Eis und Schnee bestens gerüstet waren: Sibirische Divisionen, ganz in Weiß gehüllt, sausten auf Skiern durch die Schneelandschaft und jagten deutsche Soldaten. Es war ein ausgesprochen bizarres Bild. Die Deutschen, gelähmt von der unglaublichen Kälte, waren hilflos gegenüber der Wendigkeit ihres Gegners. Tausende gerieten in Gefangenschaft und wurden nach Sibirien gebracht, erst Jahre später sollten sie wieder nach Hause zurückkehren. Manch einer von denen, die so siegesgewiss in den Kampf gezogen waren, sehnte sich den Tod herbei. Und zu vielen der Soldaten kam er auch, der Tod.

Den sibirischen Kämpfern war es gelungen, Moskau zu retten, die deutsche Wehrmacht hatte um 200 Kilometer zurückweichen müssen.

Und während die verzweifelte Irina in Russland schweren Herzens ihre Möbel verfeuerte, um der Kälte wenigstens ein bisschen etwas entgegensetzen zu können, entließ in Deutschland ein zorniger Hitler zahlreiche Generäle, übernahm nun selbst das Oberkommando über die deutschen Truppen, rüstete wieder auf.

Am 7. Dezember schließlich griffen die Japaner Pearl Harbour an. Aus dem europäischen Krieg wurde ein Weltkrieg.

TEIL 2:
1944 - 1945

41. KAPITEL

Am 28. Januar verkündete Stalin die Befreiung der Stadt Leningrad und ließ zu Ehren der russischen Soldaten an der Leningradfront 24 Salven aus 324 Geschützen abfeuern. Irina hörte die Schüsse wie durch einen Schleier. Seit Tagen war sie nicht mehr zur Arbeit gegangen zu der man sie, ebenso wie Iwan, verpflichtet hatte. Es ging nicht mehr und man holte sie auch nicht. Die Welt war aus den Fugen, Irina und Iwan lagen im Sterben. Sterben? Sie war zu matt, um auch nur den Kopf zu heben. Zu matt sogar, um sich zu vergewissern, dass Iwan noch lebte. Wie lange lagen sie schon so in dem kargen, kalten Zimmer? Eng umschlungen in dem Versuch, sich gegenseitig zu wärmen unter all ihren Kleidern und Decken – und das waren nicht viele. Waren es Tage? Oder Wochen? Sie wusste es nicht, wusste lediglich, dass sie sterben würden. Nur wie, das war noch nicht klar. Würden sie erfrieren oder verhungern? Was war schlimmer? Die Kälte oder der Hunger? Sie konnte die Gefühle nicht mehr trennen, nicht mehr zuordnen. Woher kamen die Schmerzen, woher die Schwäche? Aus dem hungernden Magen? Von der Kälte? Oder war ihr Herz gebrochen?

Sie hatten so gekämpft, in den 900 Tagen der Belagerung. Um ihr Leben gekämpft. Dass Iwan Jude war und die Nazis ihm gefährlich werden konnten, war lang schon zur Nebensache geworden. Auch die Bomben und der ständige Artilleriebeschuss waren letztendlich nicht so schlimm wie die Kälte und der Hunger. Den ersten Winter hatten sie überstanden, indem sie ihre Möbel und die Bücher aus Iwans Bibliothek verfeuerten. Worte, die Menschen in einer anderen, einer noch funktionierenden Welt geschrieben hatten, gingen nun in Flammen auf, um für einen kurzen Moment zu wärmen. Da Iwan vor Ausbruch des Kriegs geplant hatte, seine Bibliothek zu renovieren, hatte er jede Menge Tapetenleim auf dem Speicher gehabt, den hatten sie gegessen. Später hatten sie dann Ratten gefangen – der anfängliche Ekel war fast nur noch schemenhaft vorhanden, als sie die Tiere verspeisten. Was war Ekel schon im Vergleich zu dem nagenden Hunger! Die Menschen starben reihenweise und Irina hatte gehört, dass manch ein Hungernder in seiner Verzweiflung sogar seine Mitmenschen aufgegessen hatte.

Sie wusste nun mit absoluter Sicherheit, dass sie in der Hölle war. Ihr ganzes Leben lang schon, denn die ganze Welt war eine Hölle. Das kleine bisschen flüchtiges Glück, das man zwischendurch erlebte, war nur dazu da, um den Verlust nachher noch schmerzhafter zu machen, das Leid noch größer. Selbst ihre Liebe zu Iwan schien ihr nun eine Last. Wäre sie allein, ihre Angst wäre viel, viel kleiner gewesen. Um sich selbst sorgte sie sich nicht, hatte keine Panik vor Hunger und Not, vor Bomben und dem Feind. Aber zu sehen, wie *er* litt, tat unendlich weh.

Wie lang war es nun schon her, dass sie Ratten gegessen und Möbel und Bücher verfeuert hatten. Nun gab es nichts mehr, das sie essen, nichts mehr, das sie verfeuern konnten. Sie hatten sich niedergelegt, um zu sterben. Zwei ausgemergelte Gestalten, aneinandergeklammert.

In ihrem Delirium bekamen sie nicht mit, dass die Russen gleich zu Beginn des Jahres 1944 eine Großoffensive gegen die deutsche Heeresgruppe Nord begannen und damit durchaus erfolgreich waren: Immer weiter drang die Sowjetische Armee gegen die deutschen Stellungen vor, eroberte nacheinander Nowgorod, Luga und Staraja Russa. Vor allem aber gelang es ihnen, den deutschen Blockadering, mit dem die Soldaten die Stadt eingeschlossen hatten, zu durchbrechen und Leningrad zu befreien. Damit wurde die 900-tägige Belagerung beendet – eben dieses Ereignis verkündete Stalin am 28. Januar und ließ zur Feier des Tages Salven abfeuern.

Für Iwan war es zu spät: Als Stalin die Befreiung feierte, schloss er für immer die Augen und auch Irina war dem Tod viel näher als dem Leben. Einem Leben voller Kämpfe und Wirren, dem Leben einer Frau, die dreimal geliebt und ihre Männer dreimal an den Krieg verloren hatte.

Würde sie nun ebenfalls sterben dürfen? Es wäre eine Gnade des Schicksals. Dann wäre Irina endlich aus ihrer Hölle befreit.

42. KAPITEL

Ein Gut in der Nähe von Neidenburg, Ostpreußen, Februar 1944

Luise wusste auf ihrem Gut in Ostpreußen nichts von der Todesnähe ihrer russischen Freundin – seit vielen Jahren hatten die beiden Frauen keinen Kontakt mehr. Zwar hatte sie immer wieder voller Sorge an Irina gedacht, die ihres Wissens nach in Leningrad lebte, aber das war vor allem im vergangenen Winter gewesen, als die Blockade begann.

Inzwischen war Luise voll und ganz mit ihren eigenen Sorgen beschäftigt: Sie war wieder schwanger. Schon drei Jahre zuvor hatte sie ein Kind von Roman empfangen, Frucht einer Nacht, jener Nacht, in der sie sich voller Verzweiflung geliebt hatten, nachdem ein anderer polnischer Zwangsarbeiter an einem Baum erhängt worden war – weil er, wie ja auch Roman, eine deutsche Frau liebte. Drei Monate hatte sie dieses Kind unter ihrem Herzen getragen, Monate geprägt von der Angst vor der Zukunft und der brennenden Frage, wie sie dieses kleine Wesen schützen sollte. Aber auch Monate des tiefen, reinen Glücks. Es war die Krönung ihrer Liebe – ein Kind, ein Wesen, das ihrer Verbindung entsprungen war. Luise und Roman sprachen viel darüber, was es zu bedeuten hatte, dass das Kind ausgerechnet in dieser schlimmen Nacht zu ihnen kam. Es sei ein Zeichen, dass das Leben über den Tod siege und die Liebe über den Hass, hatte Luise gesagt. Roman hatte da eher gezweifelt und gefürchtet, dass das als Warnsignal zu verstehen sei – dafür, wie sehr sie sich durch ihre Liebe in Gefahr brächten. Roman war rasend vor Angst um sie und das Kind – denn dass es außer ihm keinen Mann auf dem Gut gab, war bekannt. Und eine Geschichte von einer heimlichen Liebe zu einem Soldaten ließe sich nicht erfinden, da Margarete und ihre Tochter ständig vor Ort waren. Und auch, wenn sich die Frauen inzwischen besser verstanden – eine dahingehende Beziehung, dass Margarete für Luise gelogen hätte oder sie sich ihr hätte anvertrauen können, war völlig undenkbar.

Dann war das Kind gegangen. Im dritten Monat hatte Luise gerade auf dem Feld gearbeitet, als sie mit einem Mal ein scharfer Schmerz durchfuhr. Blutungen und schlimme Krämpfe hatten eingesetzt. Zum Glück war sie in diesen Stunden mit Roman allein, Margarete hätte sofort durchschaut, dass Luise eine Fehlgeburt erlitt.

So war nur Roman bei ihr. Er zog sie in den Schutz der Büsche und hielt sie in den Armen, während sie die Frucht ihrer Liebe verlor. Sie hielten sich und trauerten um ihr Kind und mit ihm um all die Menschen, die davor schon gestorben waren. Dann traten sie den Rückweg an. Luise konnte kaum laufen, doch sie verzichtete darauf, sich auf ihn zu stützen. Die Gefahr, dass man sie vom Haus aus sehen würde, war zu groß, Berührungen zwischen Deutschen und Polen streng verboten.

Danach bekam Luise Fieber – Margarete, der gegenüber sie behauptete, es handle sich um eine Grippe, pflegte sie aufopferungsvoll. Ein Arzt, der sie hätte durchschauen können, war zum Glück nicht vor Ort, lang schon war er ins Lazarett abkommandiert worden, um den schwer verletzten Soldaten zu helfen.

Seither waren drei Jahre vergangen. Jahre, in denen sie sich alle aneinander und an das Leben auf dem Gut gewöhnt hatten. Auch Margarete behandelte Roman inzwischen wie ein Familienmitglied. Die Idylle störte lediglich Franzl, der Freund von Margaretes Tochter Ilse. Die junge Frau war inzwischen 19 Jahre alt und das, was der Führer sich unter einer vorbildlichen deutschen Frau vorstellte: blonde Zöpfe, blaue Augen, rote Wangen, propper und ein wenig drall. Dieses Frauenbild entsprach auch Franzls Ideal, einem jungen Soldaten aus dem Dorf, der in Russland kämpfte, Ilse aber immer, wenn er auf Heimaturlaub war, den Hof machte und, wenn er sich auf dem Gut aufhielt, stets seine Blicke zwischen Luise und Roman auf anzügliche Weise schweifen ließ. Sein Verhalten war unverschämt, aber Luise wagte ihm nichts entgegenzusetzen, um nicht noch mehr Aufmerksamkeit auf die Sache zu lenken.

Er war ihr unheimlich, sie empfand ihn als Bedrohung und war froh, dass er sie aufgrund seiner zahlreichen Einsätze nicht allzu häufig mit seiner Anwesenheit beehrte.

Und nun also wieder. Nachdem sie all die Jahre nicht schwanger geworden war, wuchs nun, da sie die 40 überschritten hatte, zum zweiten Mal ein Kind unter ihrem Herzen. Ein Kind der Liebe in einer Welt der Kälte, des gegenseitigen Hasses, der Gefahren und der Verdächtigungen. Seufzend legte sie die Hand auf ihren Bauch. Sie war unendlich glücklich und zugleich unendlich verzweifelt.

43. KAPITEL

Paris, Frankreich, 1. Februar 1944

Am 1. Februar 1944, dem Tag, an dem der Vorsitzende der französischen Exilregierung in Algier, General Charles de Gaulle, die französischen Widerstandskämpfer der Résistance in den »Forces francaises de l' Interieur« (FFI) vereinte und General Marie Pierre Koenig zum Oberkommandierenden der Widerstandsarmee berief, wurde Pierre von der SS verhaftet. Mit schweren Fäusten trommelten sie an die Tür, Sophie und Pierre, die im Wohnzimmer über den Druckfahnen einer Widerstandszeitung saßen, die sie für die Résistance herausbringen wollten, schraken zusammen und sahen sich entsetzt an. Jeder konnte die Angst in den Augen des anderen lesen. Von den anderen Mitgliedern der Widerstandsbewegung war zum Glück niemand da an jenem Tag. Auch das war ein Grund, warum Sophie und Pierre die Druckfahnen mit nach oben ins Wohnzimmer genommen hatten und nicht wie sonst in den gut versteckten Kellerräumen arbeiteten. Eine Leichtsinnigkeit, die sich sofort rächte. »Schnell, in die Küche. Tu so, als ob du das Essen zubereiten würdest«, zischte Pierre und schob die Druckfahnen unter den riesigen Teppich, der die alten, lackierten Dielen bedeckte. Sophie nickte und eilte aus dem Zimmer. Pierre ging nach unten, um zu öffnen. »Sie wünschen?«, fragte er mit hochgezogenen Brauen.

Die beiden Männer, die sich nicht einmal vorstellten, schoben ihn grob zur Seite. »Sie produzieren in diesem Haus verbotene Schriften«, spie der eine ihm entgegen. Er hatte ausgesprochen scharfe Gesichtszüge, was sich in Kombination mit dem wabbeligen Doppelkinn und den streichholzkurzen Haaren ausgesprochen unvorteilhaft ausnahm.

»Was erlauben Sie sich!«, erwiderte Pierre empört.

»Sie sind doch der Herausgeber dieser Zeitung.« Er hielt Pierre die letzte gedruckte Ausgabe unter die Nase.

»Falsch«, korrigierte Pierre. »Der war ich, bis Sie die Zeitung verboten haben. Seither bin ich gewissermaßen arbeitslos.«

»Dafür leben Sie hier aber gut«, höhnte nun der Zweite.

»Familienerbe.« Pierre blieb höflich, kühl und distanziert.

»Wir wurden darüber informiert, dass in diesem Haus verbotene Schriften produziert werden.«

»Dann wurden Sie falsch informiert.«

Der Mann mit dem Doppelkinn stieß ihn grob beiseite. »Genug jetzt.« Sie polterten die Treppen hinauf und in die Küche, wo Sophie gerade damit beschäftigt war, Kartoffeln zu schälen. Eine Tätigkeit, die eigentlich verdächtig war, denn solche Arbeiten übernahm normalerweise das Dienstmädchen. Doch wenn sich jemand dazu äußern sollte, würde sie einfach sagen, das Mädchen habe heute frei – was auch stimmte, aber sie hatte vorgekocht. Sophie schrie auf, als die Männer den Raum betraten.

»Verzeihung, Madame«, höhnte der erste und dann begannen die beiden, alles aus den Schränken herauszuzerren. Sie schlitzten Stühle auf, kippten Kleinmöbel um, zertrümmerten Geschirr. Pierre und Sophie protestierten – auch, um durch ihre Empörung davon abzulenken, dass sie rasend waren vor Angst. Sie beteten, dass die Männer nicht auf die Idee kommen würden, den Keller zu durchsuchen. Dort stapelten sich jede Menge Flugblätter und Zeitungen. Vor allem aber waren die Druckfahnen unter dem Teppich eine große Gefahr. Es war fast klar, dass die Männer sie finden würden, und tatsächlich brauchten sie dafür keine zehn Minuten. »Was haben wir denn da!«, rief das Doppelkinn triumphierend und hielt Pierre die Druckfahnen unter die Nase. »*Deutschland muß leben, deshalb muß Hitler fallen«*, las er vor. »Das verstehen Sie also darunter, dem Verbot, eine Zeitung herauszubringen, Folge zu leisten.«

Pierre wollte gerade zu einer Antwort ansetzen, als sie ihn schon die Treppe hinunterstießen. Sophie klammerte sich an ihn, wollte die Männer daran hindern, ihn mitzunehmen, doch vergeblich. Sie schleuderten sie grob zurück, sie landete auf dem Boden und blieb schluchzend liegen.

Pierre Didier wurde zum Tode verurteilt. Doch bevor sie ihn umbringen würden, wollten sie ihn noch eine Weile quälen. In der Gestapo-Zentrale in der Rue des Saussaies hielten sie ihn fest und versuchten, seinen Willen zu brechen. Namen wollten sie von ihm, Namen gab er ihnen nicht. Die Schmerzen, die sie ihm zufügten, waren nicht zu ertragen, dennoch tat er ihnen weder den Gefallen zu schreien noch zu weinen oder sonst eine Gefühlsregung zu zeigen. Er rief sich Sophies Bild vor Augen, ihr schönes, ebenmäßiges Gesicht, dem ihre lebhafte Art einen ganz eigenen Zauber einhauchte. Innerlich sah er sie immer an, sie war immer bei ihm. Wenn sie ihn folterten, streichelten ihre Hände über die gepeinigten Stellen und machten den Schmerz erträglich, wenn er seinen Peinigern ins Gesicht blickte, sah er sie nicht, weil ihr Antlitz zwischen ihm und dem seiner Feinde war. Sie schützte ihn, sein Engel, seine Sophie. Er sprach kein Wort mit ihnen, schwieg immer nur und das machte sie wahnsinnig.

Und dann gelang ihm die Flucht. Ein junger, schwächlich wirkender SS-Mann sollte ihn wieder einmal zu einem Verhör bringen. Lammfromm ging Pierre neben ihm her, der Mann wirkte entspannt, denn Pierre machte nicht den Eindruck, als könne er ihm großen Ärger bereiten. Genau das hatte er beabsichtigt. Wenn er auf die anderen auch apathisch wirkte, so hatte er in den letzten Tagen doch alles um sich herum sehr scharf beobachtet. Er wusste, dass sie an einem zerbrochenen Fenster vorbeikommen würden, das nach hinten zeigte, wo das Gebäude nicht allzu sehr bewacht war. Als sie es passierten, fuhr Pierre herum und versetzte seinem Bewacher mit aller Kraft einen Fausthieb ins Gesicht. Der junge Mann brach stöhnend zusammen, knallte mit dem Kopf auf den Fliesenboden und rührte sich nicht mehr. Pierre sprang durchs Fenster und rannte. Er wusste, dass ihm keine Sekunde Zeit blieb. Und er wusste, dass er Sophie holen müsste. Ohne Zweifel würden sie seine Frau nach seiner Flucht verhaften und foltern, in der Hoffnung, dass er dann zurückkäme, um sie zu retten – oder in der Hoffnung, sie würde ihnen ein mögliches Versteck verraten. Er durfte auf keinen Fall riskieren, dass sie Sophie in die Finger bekämen. Wenn sie ihr das antäten, was er in den letzten Tagen durchgemacht hatte, dann würde weder sie noch er das überleben.

Er raste durch die Stadt und war dankbar, dass er sie mit all ihren Winkeln und Schleichwegen so gut kannte. Zu Hause angekommen und betend, dass sie da war, riss er die Tür auf und brüllte: »Sophie!«

Zu seiner Erleichterung kam sie sofort die Treppe hinuntergeeilt. »Pierre! Pierre!«, schluchzte sie. »Ich bin so froh!«

Er stieß sie von sich, als sie ihm um den Hals fallen wollte, eine Bewegung, die ihn schmerzte, die ihm widernatürlich schien, die jedoch lebensnotwendig war. »Wir müssen sofort weg«, schrie er, packte sie an der Hand und rannte mit ihr aus dem Haus.

»Aber mein Mantel ...«

»Keine Zeit.«

Aus dem Augenwinkel sah er, wie ein dunkles Auto um die Ecke bog. »Merde«, fluchte er und zog Sophie hinter die

Gartenmauer des Nachbargebäudes, wohl wissend, dass sie verloren wären, wenn die Nachbarin sie dabei sähe, denn die gehörte zu jenen, die die »Boche« von Anfang an abgelehnt hatten. Ob sie nun gegen die deutschen Besatzer kämpften oder nicht, spielte für sie sicher überhaupt keine Rolle.

Mit angehaltenem Atem und zitternd vor Kälte und Angst beobachte Sophie neben ihrem Mann, wie zwei SS-Männer den Wagen verließen und gegen die Tür hämmerten. Das Mädchen öffnete, wurde grob beiseitegestoßen, dann waren die drei Deutschen im Haus. Hoffentlich tun sie ihr nichts, dachte sie noch, während Pierre zischte: »Rasch! Wir müssen uns beeilen«, und sie hinter sich her um die nächste Straßenecke zog.

Sie folgte ihm durch mehrere Straßen und Winkel und keuchte: »Wo gehen wir hin?«

»Zu Dénise. Dort werden sie uns nicht finden. Wenn jemand gänzlich unverdächtig ist, dann sie.«

»Aber was ist, wenn sie unser Haus seit Längerem beobachtet haben?«, fragte sie bang. »Wenn sie sie gesehen und identifiziert haben? Wenn sie längst wissen, dass Dénise mit uns gemeinsame Sache macht?«

Immer noch im Dauerlauf, schüttelte Pierre den Kopf. »Das glaube ich nicht. Wenn sie schon Namen hätten, dann hätten sie mich nicht so … ausgiebig verhört«, erklärte er.

Kurz darauf standen sie schwer atmend vor Dénises Haus. Sie öffnete beinah sofort. »Ich habe euch schon durchs Fenster gesehen«, rief sie besorgt. »Kommt herein. Du bist ja ganz durchgefroren, Sophie. Und Pierre, dass du wieder frei bist …! Robert ist auch hier.« Sie errötete. Zwar war Dénise in den Jahren im Widerstand deutlich selbstsicherer geworden und Roberts Liebe hatte sie erblühen lassen, doch haftete ihrem Wesen immer noch etwas

Scheues an. Sie ging den beiden voran ins Wohnzimmer, wo sie von einem ebenso besorgten wie begeisterten Robert empfangen wurden.

»Pierre! Sophie! Was ist passiert? Wie bist du ihnen entkommen?«

»Wir erzählen gleich alles«, versprach Pierre. »Aber lasst mich erstmal die Vorhänge zuziehen.«

»Ich mache euch einen heißen Tee. Oder wollt ihr eine Suppe?«, bot Dénise an. Sie hatten zwar alle nicht viel in jenen Tagen, und wenn Pierre und Sophie Suppe äßen, müsste sie auf ihr Abendessen verzichten, aber wie oft war sie schon von den beiden verköstigt worden! Da verstand es sich von selbst, sich nun ebenfalls gastfreundlich zu zeigen.

Doch Sophie winkte ab. »Mir reicht ein Tee«, sagte sie. »Ich habe vorhin gegessen. Aber Pierre kann sicherlich etwas zu essen gebrauchen.«

Die nächste Viertelstunde war Dénise damit beschäftigt, Sophie Decken zu bringen, in die die frierende Freundin sich sofort einhüllte, sowie Tee und Suppe zuzubereiten. Dann saßen alle miteinander in dem kleinen Wohnzimmer der Wohnung, die Dénise von ihrer verstorbenen Großmutter geerbt hatte. Pierre vermied es, von seinen Verhören durch die Gestapo zu sprechen. Klar war für alle: Sophie und Pierre konnten keinesfalls zurückkehren, das war viel zu gefährlich. Mehr noch: »Die haben dich jetzt auf dem Kieker, Pierre«, warnte Robert, der immer wieder durch den Vorhangspalt auf die Straße spähte und nach Verfolgern Ausschau hielt. Erst, als draußen die Dunkelheit hereinbrach, ohne dass sich jemand blicken ließ, entspannte er sich etwas. »Du kannst im Grunde genommen nicht mehr auf die Straße. Sophie schon eher, aber auch das halte ich für gefährlich. Wir sollten es nicht riskieren.«

»Ich kann mich ja schlecht für die nächsten Jahre hier verstecken«, brummte Pierre. »Und das will ich auch nicht, gerade jetzt … es gibt so viel zu tun.«

»Man merkt, dass du unter Schock stehst, lieber Onkel«, grinste Robert und zog die verlegene Dénise, die keinen Platz mehr gefunden hatte, weil alle Stühle belegt waren, auf seinen Schoß. »Was machen wir denn in solchen Fällen, hm?«

Pierre runzelte die Stirn »Natürlich. Die Identität ändern.« Er wandte sich Sophie zu. »Wir müssen abtauchen, in den Untergrund, Liebes«, sagte er. »Du kennst das Prozedere ja.«

Sie nickte, war aber blass. »Raphael wird sich um uns sorgen.«

»Ja«, bestätigte Pierre. »Und der Gedanke, unserem Sohn Kummer zu bereiten, macht mich wahnsinnig. Aber wir können nicht mit ihm in Kontakt treten, unter keinen Umständen. Das ist zu gefährlich.«

»Vielleicht könnte Dénise …«, begann Sophie.

Pierre schüttelte den Kopf. »Das ist noch zu früh. Wir müssen damit rechnen, dass sie ihn beobachten.«

»Wenn, dann würde es Sinn machen, wenn ich Kontakt mit ihm aufnähme«, überlegte Robert. »Ich bin schließlich sein Cousin und obendrein noch Mitglied der deutschen Besatzung.«

»Es ist ja längst bekannt, dass deutsche Soldaten der Résistance angehören«, hielt Pierre dagegen. »Gerade du solltest das nicht tun. Nein, Sophie«, er legte seiner Frau eine Hand auf die Schulter. »Raphael muss das eine Weile aushalten. Aber ich gehe nicht davon aus, dass er es überhaupt mitbekommt, schließlich ist auch er an der Front.«

»Aber wenn etwas mit ihm ist, erfahren wir es nicht, wenn wir untergetaucht sind.« Sophie wollte sich nicht beruhigen.

»Ihm ist in all den Jahren nichts passiert, außerdem ist er als Mediziner nicht direkt in der Schusslinie«, versuchte Pierre seine Frau zu beruhigen.

»Ihr habt ja recht, entschuldigt«, sagte Sophie. Sie konnte nicht verhindern, dass ihre Stimme bebte. »Es ist einfach etwas viel.«

»Du musst dich doch nicht entschuldigen«, sprang Dénise ihr bei. »Ich wüsste nicht, wie ich mich verhalten würde, wenn ich in eurer Lage wäre.«

»Ich kümmere mich morgen darum, dass ihr eine neue Identität bekommt«, versprach Robert. »Das dürfte nicht allzu schwierig sein. Als Erstes müssen wir euer Aussehen verändern. Und diese Nacht müsst ihr wohl hier auf dem Sofa verbringen.«

»Das ist kein Problem«, versicherte Pierre und sah Sophie dann mit einem unsicheren Grinsen an, mit dem er auch versuchte, die enorme Anspannung zu verbergen, unter der er stand. »Wie hättest du mich denn gern?«

»Genauso, wie du bist«, flüsterte sie und fügte hinzu: »Du solltest dir den Schnauzbart abnehmen, das macht unheimlich viel aus.«

Robert nickte. »Ansonsten das übliche: Andere Haarfarbe, anderer Haarschnitt, Brille. Das gilt übrigens auch für dich, Tante Sophie. Ich fürchte, dein schönes helles Haar wirst du gegen dunkle Haare eintauschen müssen.«

Sophie zuckte die Achseln. »Solange es der Sache dient …«

»Ich gehe und besorge die Dinge, die wir brauchen«, verkündete Robert. »Außerdem schlage ich vor, dass wir gleich morgen Abend aufbrechen.«

»In Ordnung«, sagte Pierre. »Dann nehmen wir mal für eine Weile Abschied von unserem jetzigen Leben.«

Sophie schluckte. Der Kampf im Widerstand war härter und forderte mehr Opfer, als sie gedacht hatte.

Pierre beobachtete sie unauffällig. Er musste mit einem Mal an den Moment denken, in dem sie sich zum Widerstand entschlossen hatten. Er wusste noch genau, was er damals gedacht hatte, als sie begeistert und mit erhobenen Händen vor ihm stand. *Das ist kein Spiel, Sophie.*

Das war seiner Frau schon lang klar.

Doch jetzt traf sie der Ernst dessen, auf was sie sich eingelassen hatten, mit voller Härte.

44. KAPITEL

Ein Gut in der Nähe von Neidenburg, Ostpreußen,
25. März 1944

Auf Berlin regnete es Bomben, im Rahmen der Kinderlandverschickung wurden viele Kinder aufs sichere Land gebracht, – darunter auch der fünfjährige Manfred und die siebenjährige Margot, die in Begleitung ihrer schwangeren Mutter Hannelore auf Luises Gut kamen. Luise freute sich über den Zuzug, bot er doch eine willkommene Gelegenheit, sich von ihren eigenen Sorgen abzulenken. Mittlerweile war sie im vierten Monat schwanger, lang würde sie das nicht mehr verbergen können. Und was dann geschehen würde, wagte sie sich nicht vorzustellen.

»Du musst behaupten, du hättest ein Techtelmechtel mit einem der Soldaten gehabt, die hier durchgezogen sind«, drängte Roman. »Es sind ja in letzter Zeit immer wieder welche in der Stadt gewesen, seit der Krieg mit Russland begonnen hat. Sie müssen nicht unbedingt hier einquartiert gewesen sein.«

»Margarete würde mir das nie abnehmen«, erwiderte Luise mutlos.

»Aber sie weiß nicht, was du nachts machst. Du könntest dich nachts mit ihm getroffen haben.«

Sie zuckte die Achseln. »Ich will es versuchen, will mir aber nicht zu viele Hoffnungen machen. Vielleicht wird sie ja jetzt durch die neuen Gäste abgelenkt.«

»Es tut mir weh, dich so verzagt zu sehen. Und es macht mir Angst«, gestand Roman. Wie so oft waren sie gemeinsam auf dem Feld und arbeiteten einträchtig – und auch bedrückt – nebeneinander. »Das ist doch nicht meine Luise.«

»Ich habe das Gefühl, dass alles vorbei ist«, sagte sie und konnte nicht verhindern, dass ihr Tränen übers Gesicht liefen. »Ich weiß jetzt, was lähmende Angst bedeutet. Ich kann mich kaum noch bewegen vor lauter Sorgen. Vielleicht, wenn ich ganz still halte, vielleicht bemerkt mich dann keiner, vielleicht tut mir dann keiner was. Mir und dem Kleinen. Aber da bist ja immer noch du … der Gedanke daran, dich und das Kind nicht schützen zu können, macht mich rasend.«

Es kostete ihn fast übermenschliche Anstrengung, sie nicht in seine Arme zu ziehen und ihr zu versichern, dass alles gut werde. Doch wieder einmal siegte die Vernunft: Die Gefahr, gesehen zu werden, war viel zu groß.

Luise entschied sich zur Flucht nach vorn. Sie würde Margarete erzählen, dass sie schwanger war, sie ins Vertrauen ziehen, dem Schein nach zumindest. Die Ältere war nicht sehr scharfsinnig, insofern hoffte sie, dass es nicht allzu schwierig werden würde. Die Gelegenheit ergab sich gleich am nächsten Morgen, als sie gemeinsam mit Margarete die frisch gewaschenen Gardinen in den Gästezimmern aufhängte, die die Familie Seuten beziehen würde.

»Ich fände es besser, wenn du auf die Leiter steigen würdest«, verkündete Luise. »Und dafür habe ich einen Grund.«

Margarete sah sie fragend an.

Luise setzte sich auf das Bett, das sie zuvor frisch bezogen hatten, und klopfte neben sich auf die Matratze. »Ich möchte dir etwas anvertrauen«, sagte sie. »Außer dir weiß es keiner, aber du bist mir eine so wichtige und liebe Freundin geworden …«

Luise hatte keine Angst davor, dass sie sich mit diesen Worten, wie früher bei anderen Menschen so oft, der anderen zu stark aufdrängte. Im Gegenteil: Margarete gegenüber hatte sie immer große Zurückhaltung walten lassen und in der letzten Zeit verstärkt das Gefühl gehabt, dass die andere sich eine stärkere Nähe zwischen ihnen beiden wünschte. In der Tat leuchteten Margaretes Augen auch sogleich auf und sie ließ sich neben Luise nieder.

»Es ist eine schreckliche und gleichermaßen schöne Geschichte. Eine, für die ich mich sehr schäme, die mich aber zugleich sehr glücklich macht.«

»Ich kann es mir denken«, sagte Margarete. »Wenn du nicht auf die Leiter steigen möchtest und das mit etwas zu tun hast, für das du dich schämst, das dich aber zugleich glücklich macht, dann ist es unschwer zu erraten: Du bist schwanger.«

Luise nickte. »Ja. Und das, obwohl ich nicht verheiratet bin. Es ging so schnell, wir wollen ja heiraten, aber ...«

»Er musste wieder an die Front, nicht wahr? Für unser Vaterland kämpfen«, erwiderte Margarete verständnisvoll und legte ihre Hand auf die der anderen. Luise hob den Blick und sah sie an. Margaretes schmales Gesicht, das von vielen hellbraunen Kringellocken umgeben war, zerfloss fast vor Verständnis.

Auch wenn sie es immer geahnt hatte, begriff Luise doch erst jetzt, wie sehr die andere sich nach ihrer Nähe gesehnt hatte. Und noch etwas wurde ihr in diesem Moment klar: dass sie sich ganz umsonst gesorgt hatte. Margarete mochte sich zwar an Roman gewöhnt haben, sie würde aber nie den Verdacht hegen, dass Luise eine Beziehung mit ihm hätte. Das war verboten und deshalb existierte es in Margaretes einfacher Welt nicht. Auch bezweifelte Luise, dass die andere Roman überhaupt als Mann wahrnahm – sie vermutete, dass er in seiner Rolle als Zwangsarbeiter gewissermaßen geschlechtslos für sie war.

Sie senkte den Kopf wieder und nahm nun auch Margaretes andere Hand, um die Stimmung des vertrauensvollen Miteinanders noch zu verstärken. Gleichzeitig schämte sie sich, weil sie sie nach Strich und Faden belog, als sie sagte: »Er ist ein Soldat aus Berlin. Ich habe ihn kennengelernt, als ich unser Gemüse auf den Markt in die Stadt gebracht habe. Er ... er hat Obst bei mir gekauft und mich zum Essen eingeladen. Ich habe mich gleich in ihn verliebt.«

»Wie romantisch!«, rief Margarete und ihre blauen Augen strahlten.

»Romantisch und leichtsinnig«, versetzte Luise. »Er hat mir am selben Abend einen Heiratsantrag gemacht und dann … na ja, dann habe ich mich abends noch mal hinausgeschlichen, um zu ihm zu gehen. Das war, als ihr alle schon im Bett wart. Und da … da ist es eben passiert. Ach, Margarete, ich schäme mich so. Und ich bin ja auch schon so alt, zu alt für ein Kind.«

Die Ältere schlang ihre Arme um Luise und zog sie an sich. »Du musst dich nicht schämen«, tröstete sie. »Die Zeiten ändern sich, der Krieg macht aus alten Regeln neue.«

»Aber was soll ich denn jetzt tun?«, fragte Luise und diese Verzweiflung war ebenso echt wie die Frage. »Ich meine – eine ledige Mutter, eine Soldatenbraut …«

»Du könntest sagen, dass ihr noch geheiratet habt, bevor er an die Front musste«, schlug Margarete vor.

»Das geht nicht, hier kennt jeder jeden. Es würde sehr schnell herauskommen«, hielt Luise dagegen.

»Na ja, immerhin seid ihr ja verlobt und, wie ich schon sagte, ich glaube, dass sich da einiges ändern wird oder schon verändert hat. Es wird viele ledige schwangere Frauen geben in diesen Tagen.«

Luise hatte sich inzwischen aus der Umarmung gelöst und lächelte Margarete an. »Danke, dass du mir Mut machst.«

»Ach, keine Ursache«, winkte Margarete ab und errötete ein wenig. »Wenn ich ehrlich bin, freue ich mich sehr auf das Kindchen. Und wenn du Hilfe brauchst: Ilse habe ich ja auch groß bekommen.«

Luise umarmte sie spontan und das Gefühl der Scham, das sie dabei empfand, war beinahe übermächtig.

45. KAPITEL

Westfrankreich, 29. März 1944

Pierre und Sophie Didier, die nun Jean und Jade Marchand hießen, waren nach ihrer Flucht aus Paris gen Westen gereist, in Richtung Atlantik, wo sie bei anderen Résistance-Kämpfern Unterschlupf fanden. Man konnte ihre Hilfe dringend gebrauchen, ihre neue Aufgabe war, Sabotageakte gegen deutsche Militärtransporte und Militäreinrichtungen vorzubereiten und durchzuführen. Ihre Ziele waren Hochspannungsleitungen, Eisenbahnen, Straßen und Kanäle.

»Wir haben denen schon einiges durcheinandergebracht«, brummte Adrien, ein junger Widerständler, der stets eine Zigarette im Mundwinkel stecken und eine schiefe Kappe auf dem Kopf sitzen hatte. »Zum Beispiel ist es uns gelungen, die Stromversorgung eines riesigen Betriebs lahmzulegen, der für die deutsche Kriegsindustrie arbeitet.« Im nächsten Moment verfinsterte sich sein Gesicht. »Aber das reicht natürlich bei Weitem nicht, es gibt noch unglaublich viel zu tun.«

Die Gruppe der Saboteure arbeitete eng mit Spionen zusammen, die die Résistance dabei unterstützten, herauszufinden, wann deutsche Militärzüge welche Strecken passieren würden. Nur wenige Tage, nachdem Pierre und Sophie alias Jean und Jade an ihrer künftigen Wirkungsstätte angekommen waren, erfuhren sie von einem geglückten Sabotageakt in Nordfrankreich: Es war den dortigen Kämpfern der Résistance gelungen, einen deutschen Militärzug auf dem Weg nach Amiens zu stoppen: Als dieser in der Nacht auf den 2. April Ascq durchquerte, explodierten die Sprengsätze, was eine Entgleisung der Züge zur Folge hatte.

Sie erfuhren jedoch auch von der grauenhaften Rache der SS: Unbeteiligte Zivilisten wurden hingerichtet. Die Deutschen machten kurzen Prozess: Gleich auf dem Bahnhof begann ihr Massaker, sie ermordeten den Bahnhofsvorsteher und zwei Gäste, um anschließend in die Stadt zu gehen, Mörder auf dem Weg zu weiteren Opfern. Keine Tür, kein Fenster war vor ihnen sicher: Sie drangen in Häuser ein, schleppten die Männer auf eine Wiese – und nicht nur Männer, sondern auch einen elfjährigen Jungen – und erschossen kaltblütig die Dorfbewohner, die von dem Anschlag weder etwas gewusst noch irgendetwas damit zu tun hatten. Die Männer der SS, es waren mehrere, fanden auch noch andere Menschen, die sie ermorden konnten, 120 Unschuldige mussten in jener Nacht sterben.

Auf ihrem kargen Matratzenlager, auf dem sie im Wohnzimmer eines Résistance-Mitglieds nächtigen durften, hielten Pierre und Sophie sich in jener Nacht in den Armen, verzweifelt aneinandergeklammert, fassungslos angesichts der Grausamkeit, mit der die SS vorging. Sie hatten Angst um ihr Leben. Doch ihnen kam in keinem Moment der Gedanke, sich aus dem Widerstand zurückzuziehen. Außerdem war es dazu ohnehin schon zu spät.

46. KAPITEL

Konstanz, Bodensee, April 1944

Seit sie Aaron Weiss vor zweieinhalb Jahren mit dem Judenstern begegnet war, hatte sich Johanna abgrundtief für ihre Firma geschämt. Eine Firma, in der sie für einen Krieg produziert hatte, der alles auseinanderriss. Sie hatte sich am Leid anderer Menschen bereichert, und dafür hasste sie sich jetzt selbst. Es dauerte eine Weile, bis sie sich dazu durchrang, nicht mehr mit der Wehrmacht zusammenzuarbeiten, nicht mehr für den Krieg zu produzieren.

Als sie den Entschluss dann aber gefasst hatte, war es erstaunlicherweise gerade Sebastian, der sie daran hinderte. »Ich finde es gut, dass du zu dir selbst zurückkehrst, Liebste«, hatte er ihr in einer ihrer leidenschaftlichen Nächte ins Ohr geflüstert. Nächte, die auch nach fünf Jahren nicht an Zauber verloren, was daran liegen mochte, dass er immer noch kam und ging, wann er wollte, dass sie ihn nie greifen, nie fassen, sich seiner nie sicher sein konnte. »Ich bin froh, dass du der kalten, egozentrischen Frau, zu der du in den letzten Jahren geworden bist, den Rücken kehrst.«

»Aber?«, fragte sie.

»Aber du bist auch nicht mehr mein romantisches Mädchen von Anfang 20, das für seine Überzeugungen alles in Kauf nimmt.« Er küsste sie.

»Wie meinst du das?«, fragte Johanna.

»Ganz einfach«, erwiderte er. »Je älter wir werden und je erfolgreicher wir sind, desto größer wird auch unsere Verantwortung unseren Mitmenschen gegenüber.«

Sie sah ihn fragend an.

»Es geht nicht nur um dich, Johanna«, sagte er. »Es geht auch um all deine Mitarbeiter. Und um Melissa.«

»Sie werden zur Not auch etwas anderes finden«, hielt sie dagegen. Aber was meinst du mit Melissa?«

»Johanna, dir ist doch klar, dass du die Fabrik nicht einfach schließen kannst, nur, weil dir der Sinn danach steht? Dein Betrieb ist als kriegswichtig eingestuft, du könntest dafür verhaftet werden. Und was würde dann aus der Kleinen?«

Johanna schwieg. Was er sagte, stimmte. Das hatte sie ausgeblendet, wieder einmal aus Selbstverliebtheit. Sie musste sich eingestehen, dass sie sich in ihrer neuen Rolle als Regimegegnerin gefiel und dass es vielleicht auch ein kleines bisschen darum ging, Sebastian zu beeindrucken. Aber es war, wie er sagte: In Konstanz waren fast alle Firmen, die nicht als kriegswichtig eingestuft wurden, jüngst geschlossen worden, darunter auch Textilbetriebe. Man würde sie vermutlich verhaften, wenn sie sich weigerte, für die Wehrmacht zu produzieren. Und die Frauen, die sie an den Maschinen einsetzte, müssten dann in einem anderen Betrieb arbeiten – und bei ihr gab es wenigstens humane Bedingungen, die sie dringend benötigten, um ihre Kinder zu ernähren. Vor allem aber durfte sie Melissa nicht im Stich lassen. Das war sie auch Susanne schuldig.

Sie seufzte und schmiegte sich eng in seine Arme. »Du hast recht«, murmelte sie. »Aber ich kann dir gar nicht sagen, wie sehr mir der Gedanke, für die Wehrmacht zu produzieren, widerstrebt.«

Sebastian blieb hart. »Du hast dich damals dafür entschieden, da kommst du nicht mehr raus. Wenn du die Uniformen nicht produzierst, werden es andere tun. Der Krieg wird nicht zu Ende sein, nur weil du nicht mehr herstellst.«

»Danke, dass du mir vor Augen führst, wie unwichtig ich bin«, sagte sie bissig.

»So meine ich es doch gar nicht, Johanna!«, lenkte er ein. »Ich wollte dir nur klarmachen, dass du mit der Schließung – und eine Schließung oder Enteignung hätte es zur Folge, wenn du nicht mehr für die Wehrmacht produzierst – nichts zum Frieden beitragen kannst.«

»Ich habe es verstanden«, sagte sie. »Aber es fällt mir schwer, gegen meine Überzeugung zu handeln.«

»Du hast auch gegen deine Überzeugung gehandelt, als du begonnen hast, für die Wehrmacht zu produzieren. Das zumindest hast du mir damals gesagt. Du hast es getan, weil der wirtschaftliche Aspekt wichtiger war als die Überzeugung. Jetzt ist der humanitäre Aspekt wichtiger als die Überzeugung.«

Johanna spürte Wut in sich aufsteigen. Wut, weil er anscheinend einfach nicht das Gute in ihr sehen und anerkennen wollte, dass es doch positiv war, wenn sie gegen den Krieg wäre. Doch sie schluckte ihren Zorn hinunter. Weil sie wusste, dass er recht hatte, und auch, weil sie nicht mit ihm streiten mochte – zu sehr genoss sie seine Nähe.

Deshalb sagte sie nur: »Gut, dann werde ich *diesen Weg* nicht gehen. Aber ich werde einen Weg *für mich* suchen, wie ich damit umgehen kann.«

Wenn Johanna über etwas nachdachte, inspiriert war, ein Thema bewegte, sich mit etwas beschäftigte, dann sprudelte sie nur so vor Ideen. Das war auch jetzt nicht anders. Schon am nächsten Morgen, während sie für die kleine Melissa das Frühstück bereitete, wusste sie, was sie zu tun hatte: Sie würde sich aus der Firmenleitung zurückziehen und Franziska selbige übertragen. Die würde sofort begeistert Ja sagen, denn Franziska drängte schon lange auf ihren Platz und Johanna empfand die Gegenwart ihrer kleinen Schwester zunehmend als unangenehm. Nicht nur das: Sie beobachtete schon lange, wie sehr sich die Schwester um Melissa bemühte, und das gefiel ihr ganz und gar nicht. Franziska hatte zwar noch nie etwas getan, was ihr, Johanna, oder der Firma geschadet hätte, aber sie hatte immer so etwas Lauerndes, fand Johanna, und sie hatte auch den Eindruck, dass Franziska sich Melissa regelrecht einverleibte. Johanna hatte immer das Bedürfnis, die Kleine an sich zu ziehen und hinter sich zu verstecken, wenn Franziska sich näherte. Doch sobald Melissa ihre Tante erblickte, lief sie auf sie zu und wich nicht mehr von ihrer Seite. Kein Wunder, Franziska verwöhnte das kleine Mädchen schließlich nach Strich und Faden, änderte nach Feierabend alte Röcke und Blusen für sie ab, um daraus wirklich reizende Kleidchen herzustellen, und steckte ihr Süßigkeiten zu – wo auch immer sie die herbekam. Das Ergebnis war, dass Melissa sie vergötterte. Was Johanna ganz und gar nicht gefiel.

Da war es doch ein guter Plan, Franziska stärker in der Firma einzubinden und mit Melissa mehr Zeit in Überlingen zu verbringen, wo sie auch Sebastian näher war. Johanna lächelte zufrieden. Sie liebte es, wenn sich Probleme schnell und effizient lösen ließen.

47. KAPITEL

Ein Gut in der Nähe von Neidenburg, Ostpreußen,
6. April 1944

Zu Ostern erhielt Franzl Heimaturlaub. Er kam am gleichen Tag, an dem auch die Familie aus Berlin eintraf – die früher, wie Luise beim Wiedersehen erkannte – schon einmal zu Gast auf ihrem Gut gewesen war. Sie hatte alle Hände voll zu tun. Gemeinsam mit Margarete hatte sie die inzwischen etwas verstaubten Gästezimmer für die Familie Seuten schön hergerichtet, außerdem seit Tagen für das Osterfest gebacken und gekocht. Dabei dachte sie wieder einmal, wie gut es war, autark zu sein, was die Versorgung mit Lebensmitteln anging. Sicher, sie bekam den Krieg auch in diesem Bereich zu spüren – aber lang nicht in der Härte, mit der er die Stadtbevölkerung traf. Und in der Tat gingen Hannelore Seuten und ihren Kindern die Augen über angesichts des prachtvollen Mahls. Manfred und Margot schlangen das Essen hastig in sich hinein, was ihre Mutter zwar tadelte, doch auch sie hatte offenbar Schwierigkeiten, ihre Gier nicht allzu offen zu zeigen. »Eine Idylle ist das hier«, schwärmte sie, während sie eine Kartoffel mit der Gabel zerteilte. »Ich hätte nicht für möglich gehalten, dass es hier selbst im Krieg so ... schön ist.« Sie blickte etwas verlegen in die Runde, fühlte sich ebenso unwohl wie die meisten am Tisch. Sie waren einander fremde Menschen, die an einer Tafel zusammengekommen waren, die die widrigsten Umstände zueinandergeführt hatten. Das galt zumindest für die beiden Flüchtlingsfamilien, wobei Margarete und ihre Tochter sich mittlerweile wie zu Hause fühlten und sich auch so verhielten. Margarete benahm sich wie eine Hausherrin, was Luise vielleicht geärgert hätte, wenn sie nicht so mit ihren Sorgen um das Kind, das sie unter dem Herzen trug, und um die Zukunft beschäftigt gewesen wäre. »Und ein neues Leben wächst auch heran«, plapperte Hannelore Seuten nun, wohl vor allem aus Verlegenheit, um das unangenehme Schweigen zu brechen. Wie schön, dass auch Sie guter Hoffnung sind. Wie ich mich für Sie freue, meine Liebe. Sie haben bei unseren letzten Besuchen immer so einsam gewirkt und ich habe immer zu meinem Hansjörg gesagt, Hansjörg, habe ich gesagt, die Frau Seiler, die hat es verdient, dass sie noch mal einen Mann findet, der sie auf Händen trägt. Ich freue mich so, dass das geschehen ist. Darf ich fragen, wer der Glückliche ist?«

»Das würde mich auch interessieren«, plapperte Ilse. Sie war aufgrund des Besuchs ihres Verlobten extrem unsicher und wollte sich aufspielen. »Wir haben hier ja seit Ewigkeiten keinen Mann gesehen, bis mein Franzl auftauchte.« Sie warf einen wohlgefälligen Blick auf ihren Zukünftigen. »Das einzige männliche Wesen, das hier auf dem Hof ist, ist unser polnischer Zwangsarbeiter.«

Luise schluckte hart. Weil Ilse so abfällig von ihm sprach, von ihm, der Tag für Tag hart schuftete, damit sie satt wurden. Ihm, den sie liebte. Vor allem aber schluckte sie, weil sie bemerkte, dass Ilses Freund sofort hellhörig wurde. Wie immer, wenn es um Roman ging. Er hatte so etwas Lauerndes, als warte er nur auf den kleinsten Fehler, um eine Rechtfertigung zu haben, ihn zu verhaften. Es stand außer Frage, wer Franzl war: ein feiger Nazi, der den großen nacheiferte, und alles tun würde, um sich in der Partei hochzuarbeiten. Dieses dumme Ding, dachte sie ärgerlich, aber sie lachte nur und sagte an Ilse gewandt: »Ich habe ihn auch nicht mit auf den Hof gebracht, insofern kannst du ihn gar nicht kennen.« Sie fand selbst, dass ihre Stimme ungewöhnlich schrill und hoch klang.

»Aber wie hast du ihn denn dann kennengelernt?«, bohrte Ilse weiter. »Du bist doch ständig auf dem Hof. Dass du einmal nicht da bist, das gibt es ja praktisch nicht.« Ihre Backen hatten sich vor lauter Eifer gerötet. Sie gefiel sich in der Rolle der kritisch Nachfragenden augenscheinlich ausgesprochen gut.

»Ilse«, mahnte Margarete peinlich berührt. »Nun höre doch auf, die arme Luise so zu bedrängen. Es geht dich überhaupt nichts an, wo sie ihren Verlobten kennengelernt hat.«

»Ist schon gut«, erwiderte Luise und dachte, wie lästig Ilse ihr war. Seit sie auf dem Gut offiziell ihr Pflichtjahr als Erntehelferin absolvierte, war sie, als Mitglied des BDM, noch überheblicher geworden. Doch Luise zwang sich zu einem Lächeln und fuhr fort: »Ich kann es ja verstehen, wenn sich ein junges Mädchen, das gerade frisch verliebt ist, für diese Dinge interessiert.« Sie wandte sich ihr wieder zu und sagte: »Ich habe ihn auf dem Markt kennengelernt: Er hat bei mir Gemüse gekauft – ich habe mich gleich in ihn verliebt. Und er sich in mich.«

»Wie aufregend!«, schmachtete Ilse. »Warum hast du denn nichts erzählt?«

»Weil es dich nichts angeht«, beschied sie ihre Mutter streng. »Und nun wollen wir von anderen Dingen sprechen. Wir kennen einander schließlich noch gar nicht.« Sie wandte sich den Neuankömmlingen zu. »Ich brenne darauf, Neuigkeiten aus der Hauptstadt zu erfahren, auch wenn ich fürchte, sie werden sehr traurig sein.«

Für den Rest der Mahlzeit – der Roman als Zwangsarbeiter natürlich nicht beiwohnte – drehte sich das Gespräch um Dinge, die in Luises Augen oberflächlich waren. Doch das änderte nichts daran, dass sie sich ausgesprochen unwohl fühlte. Und das lag an Franzls Blick, den sie ununterbrochen lauernd auf sich ruhen spürte.

48. KAPITEL

69 Jahre später
Paris, Frankreich, August 2013

Am nächsten Morgen entschieden sich Mia und Melissa, Susanne das Notizbüchlein zu zeigen. Angesichts der Reaktionen, die dieses kleine Buch bei den verschiedensten Menschen hervorgerufen hatte, hatten sie erwartet, dass Susanne hoch emotional reagieren würde, doch sie sagte nur: »Da ist es ja wieder. Ich werde es anscheinend einfach nicht los.«

»Wie meinst du das?«, fragte Melissa erstaunt.

Ihre Mutter drehte das Notizbüchlein nachdenklich in den Händen. »Ich wollte es nicht mehr haben«, sagte sie dann. »Ich wollte meinen Frieden schließen nach all dem, was in meinem Leben geschehen ist – all den finste-

ren Momenten, die ich in diesem Notizbüchlein niederge-
schrieben habe. Deshalb habe ich es verkauft. Im Internet.«

»*Du* warst das?«, riefen Mia und Melissa wie aus einem
Mund.

»Ja«, erwiderte Susanne knapp. Ich war das.«

»Ein so wertvolles Familienstück ...«, setzte Melissa an.

»Für mich war es eine Last«, erklärte die alte Frau.
»Etwas, das mich immer an all das Leid erinnert hat.«

»Aber warum hast du es gerade jetzt verkauft? Warum
über eBay? Und weshalb hast du als Absenderadresse das
Alte Schulhaus angegeben? Und den Namen von Sophie
Didier, die doch längst tot ist«, bestürmte Mia ihre Großmutter mit Fragen.

»Mia, langsam«, mahnte Melissa, die sich Sorgen machte,
dass Susanne sich zu sehr bedrängt fühlen könnte. Doch
wie schon am Tag zuvor, als Mia ihre Neugierde nicht hatte
im Zaum halten können, winkte Susanne auch diesmal ab.
»Ich beantworte die Fragen gerne«, versicherte sie. »Mia
hat das Recht, sie zu stellen. Der Reihe nach, wobei ich
die erste Frage nicht einmal wirklich beantworten kann.
Ich weiß nicht, warum ich das Buch ausgerechnet *jetzt*
verkauft habe. Seit dein Vater gestorben ist ...«, sie warf
Melissa einen Blick zu, »wovon ich dir später noch berich-
ten werde ..., war es mir immer eine Last. Früher war es
mir ein Freund, ein Talisman, ich habe in den dunkelsten Zeiten meines Lebens meine Sorgen hineingeschrieben. Aber genau daran hat es mich dann eben immerzu
erinnert.« Sie seufzte. »Der Entschluss, es zu verkaufen,
kam ganz spontan. Ich habe ein Paket geschnürt und es
zur Post gebracht.«

»Du hättest es aber auch zu einem Juwelier oder zu
einem Antiquitätenhändler hier in Paris bringen können«,

wandte Melissa ein. »Warum hast du den Weg über das Internet gewählt?«

»Ich wollte es aus meiner Nähe haben, weit fort«, erklärte Susanne.

Mia nickte. »Das leuchtet ein«, befand sie. »Und jetzt kommen wir an und legen es vor dir auf den Tisch.«

»Ich bin inzwischen davon überzeugt, dass ich genau das wollte, womit ich schon zu deiner nächsten Frage komme«, sagte Susanne. »Warum ich das Alte Schulhaus als Adresse angegeben habe? Aus dem gleichen Grund, aus dem ich auch einige der Seiten in dem Büchlein gelassen habe. Ich hatte das Gefühl, unsere Geschichte, die ganze schmerzvolle und verworrene Familiengeschichte, damit gewissermaßen nach außen abzugeben. An jemand Fremden. Es hätte natürlich sein können, dass sich niemand für den Inhalt dieses Büchleins interessiert, aber das glaubte ich eigentlich nicht. Ich dachte mir, wer ein solches Büchlein ersteigert, der hat ein Interesse an Worten und daran, welche Geschichte solch ein altes Stück mit sich bringt.« Nachdenklich runzelte sie die Stirn und sagte: »Ich wollte dem, der es bekommt, einen Hinweis geben, wo er weitere Informationen findet. Im Alten Schulhaus in Überlingen. Auf diese Weise würde das Buch zu euch gelangen und Franziska würde damit konfrontiert werden«, erklärte Susanne.

»Du konntest aber doch gar nicht wissen, dass Zita … also der oder diejenige, die es ersteigert, sich tatsächlich auf die Suche nach den Hintergründen und nach uns machen würde«, wandte Mia ein.

»Das meinte ich damit, als ich sagte, dass ich es gewissermaßen nach oben oder nach außen abgab«, erklärte Susanne. »Ich konnte es nicht wissen, aber ich dachte, wenn das Schicksal es so will, dann wird das auch passieren.«

»Du hättest das Buch doch direkt ans Alte Schulhaus schicken können. Man kann ein Schicksal ja auch beeinflussen«, sagte Mia.

»Ich glaube, genau das wollte Mutter nicht«, sprang Melissa ihr zur Seite. Und außerdem hätte es dann ja in Franziskas Hände fallen können.«

Susanne nickte. »Tatsächlich waren beides Gründe für mein Zögern. Vor allem aber hatte ich wirklich eine riesige Scheu davor, das Schicksal zu beeinflussen – aus dieser Scheu heraus habe ich euch ja auch nie angesprochen, wenn ich im Alten Schulhaus zu Gast war. So hatte ich das Gefühl, die Dinge in gewisser Weise laufen zu lassen. Das ist etwas, das ich im Krieg gelernt habe: Das Vertrauen, dass schon alles sich so fügen wird, wie es sein soll. Anders hält man es in solchen Jahren nicht aus.«

Aber Mia ließ nicht locker: »Hast du denn nicht irgendwann angefangen, an dieser Lebenseinstellung zu zweifeln? Es kann doch kein Schicksal wollen, dass eine Mutter über 70 Jahre von ihrer Tochter getrennt ist.«

»Doch«, erwiderte Susanne mit rauer Stimme. »Doch, ich habe häufig gezweifelt und oft auch mit dem Schicksal gehadert. Aber das eine ist der Kopf und das andere ist das Herz. Tief in mir drin bin ich der Ansicht, dass man das Schicksal nicht beeinflussen kann.«

»Doch. Du hättest es beeinflussen können«, beharrte Mia, gab ihrer Stimme aber einen weichen Klang, um nicht den Eindruck zu erwecken, sie wäre angriffslustig oder vorwurfsvoll. »Du hättest in dem Moment, in dem du erfahren hast, dass wir noch leben, zu uns kommen können.«

»Ich *konnte* nicht.« Susanne sah mit einem Mal ganz zerbrechlich aus. »Ich habe mich einfach nicht getraut.«

Sie schlug die Hände vor ihr altes Gesicht und begann bitterlich zu weinen.

Melissa warf Mia einen vorwurfsvollen Blick zu und zog ihre Mutter in die Arme.

49. KAPITEL

69 Jahre zuvor
Boston, USA, 8. April 1944

Susanne hatte das Lachen verlernt. Die Schnsucht nach ihrem kleinen Mädchen, ihrer kleinen Melissa, die sie in Deutschland zurückgelassen hatte, im Krieg, trieb sie um. Leopold versuchte nach Kräften, sie aufzuheitern. Doch es gelang ihm nicht. Tag für Tag stand Susanne am Meer und starrte über das Wasser in die Richtung, in der Deutschland lag. Nachts weinte sie herzzerreißend. Er hielt sie in seinen Armen und versuchte, die Tränen hinunterzuschlucken, die auch er angesichts ihrer Trauer und wegen seines eigenen Schmerzes fast nicht mehr zurückhalten konnte.

Sie führten ein völlig zurückgezogenes Leben in ihrer kleinen Wohnung an der Küste. Susanne schrieb ihre Sehnsucht und ihren Schmerz nieder, Tag für Tag, wie besessen, in winziger Schrift, in das kleine Büchlein, das sie von ihrer Tante Sophie bekommen hatte und das sie immer um den Hals trug. Und manchmal saß sie stundenlang einfach nur da und starrte die Fotografie ihrer kleinen Tochter an.

Leopold wusste nicht mehr, wie er mit ihr umgehen, was er ihrem Schmerz entgegensetzen sollte. Manchmal hatte er auch das Gefühl, dass ihr Schmerz zu Wut wurde, einer Wut, die sich gegen ihn richtete, weil sie ihre Tochter verlassen hatte, um ihn zu retten.

Ihre Wut – falls es denn Wut war – erzeugte in ihm eine Gegenwut. Sie hätte ihm ja nicht folgen müssen, schleuderte er ihr eines Abends entgegen, nachdem sie zwei Tage lang kein Wort mit ihm gewechselt hatte, ganz in ihrem Unglück versunken war, nichts essen wollte und nichts trinken, ihn immer nur mit leeren, dunklen Augen anstarrte. Sie bringe ihn mit ihrer Trauer um den Verstand, schrie er, und ob sie sich denn nicht vorstellen könne, dass die ganze Situation auch ihm an die Substanz gehe? Sein Vater sei im Konzentrationslager, und nach allem, was man höre, und nach allem, was er selbst erfahren habe, könne er ihm zuliebe nur hoffen, dass er tot sei, tot, um die Qual nicht länger ertragen zu müssen. Das Schicksal seiner Schwester sei auch ungewiss, ebenso das seiner Mutter. Er habe nicht fliehen wollen, schleuderte er seiner Verlobten entgegen. Er habe tun wollen, was ein guter Sohn seiner Familie schuldig war: Bei ihr bleiben und sie schützen. Für sie, Susanne, sei er geflohen, auf ihren drängenden Wunsch hin, und jetzt strafe sie ihn Tag für Tag mit ihrer Ablehnung.

Seine Worte, seine deutlichen Worte, drangen zu ihr durch, zerschnitten den dichten Nebel aus Trauer und Schuld, der sie umgeben hatte, seit sie zur Untätigkeit verdammt war. Solange sie noch zu tun gehabt hatte, mit ihrer

Suche nach Leopold etwa oder auch mit den Aufregungen der Flucht aus Frankreich, hatte dieser Aktivismus den Schmerz von ihr ferngehalten. Der Nebel hatte sich erst nach ihrer Ankunft in Amerika um sie gelegt. Als sie Tag für Tag in ihrer Wohnung saß, in Sicherheit, während ihr kleines Mädchen den Gefahren eines Krieges ausgesetzt war.

Sie hatte Leopold in dieser Zeit gar nicht richtig wahrgenommen, war gefangen gewesen in ihrem Schmerz und in ihrer Wut.

Nun aber drang er zu ihr durch und sie erkannte voller Schreck, dass sie nicht nur ihr kleines Mädchen im Stich gelassen, sondern auch den Mann schrecklich gekränkt und verletzt hatte, den sie über alles liebte. Sie wollte gerade aufstehen, zu ihm gehen, ihn umarmen, doch da setzte er zu einem Satz an, der sie zurückschleuderte, sie taumeln ließ. Leopold, der so lange seine Wut und seine Trauer zurückgehalten hatte, war nun, da sie endlich aus ihm herausbrach, nicht mehr in der Lage, sie zu steuern, auch nicht fähig, Susannes Reaktion wahrzunehmen und einzuordnen. Er bemerkte nicht, dass sie sich gerade zaghaft auf den Weg machte, zurück zu ihm. Er sah nur seinen eigenen Schmerz, als er ihr entgegenschleuderte: »Ich bin nicht nur dein Mann, Susanne, ich bin jetzt auch Vater. Vater eines kleinen, hilflosen Mädchens. Als Vater hätte ich von dir erwartet, dass du unsere Tochter beschützt. Dass du alles tust, was in ihrem Interesse ist. Eine gute Mutter hätte das getan.«

Susanne taumelte zurück. Blieb dann auf dem Bett sitzen, mit hängendem Kopf, schlang schließlich die Arme um die Beine und barg ihr Gesicht darin. Der endgültige Rückzug hatte begonnen.

50. KAPITEL

Überlingen, Bodensee, 27. April 1944

In Überlingen war Johanna in eine ähnliche Starre verfallen wie Susanne in den USA. Hatte sie sich anfangs noch mit Arbeit und Aktivitäten von der Sorge um ihre Tochter ablenken können, so gelang ihr das zunehmend schlechter. Die kleine Melissa war inzwischen fast fünf Jahre alt und ein regelrechter Wonneproppen. Sie plapperte den ganzen Tag fröhlich vor sich hin und sie sah ihrer Mutter auf frappierende Weise ähnlich. Johanna kramte immer wieder alte Kinderfotos von Susanne hervor und dachte, dass es genauso gut Melissa sein könnte, die ihr da aus dem Bild entgegenstrahlte. Das gleiche Grübchen am Kinn, wenn sie lächelte. Die gleiche Gesichtsform, die gleichen kugelrunden, leuchtenden Augen.

Melissa wuchs in dem Glauben auf, Johanna sei ihre Mutter. Sie war ein fröhliches kleines Mädchen und auch Sebastian, den die Kleine für ihren Vater hielt, vergötterte sie. Stunden um Stunden schaukelte er sie auf seinen Knien, was zur Folge hatte, dass das Kind vor Vergnügen quietschte. Und er beantwortete geduldig alle ihre Fragen.

»Warum gibt es Kirchen, Vati?«, fragte sie ihn, nachdem die beiden zusammen ein Gotteshaus besucht hatten.

»Dorthin gehen die Menschen, um Gott nahe zu sein«, erklärte Sebastian und schlang die Arme um seine Enkeltochter.

»Wohnt der liebe Gott denn in der Kirche?«, wollte Melissa wissen.

»Nein«, lachte Sebastian.

»Wo wohnt der liebe Gott dann?«

»Im Himmel«, erklärte er.

Melissa runzelte angestrengt die kleine Stirn. »Aber wenn der liebe Gott im Himmel wohnt, warum muss man dann in eine Kirche gehen, um nah bei ihm zu sein? Dann muss man doch in den Himmel gehen?«

Sebastian dachte nach und erwiderte dann: »Das stimmt, meine Kleine. Im Himmel ist man dem lieben Gott besonders nah. Und vielleicht hat man auf der Erde Kirchen gebaut, damit man sich in ihnen ein bisschen so wie im Himmel fühlt.«

»Dann ist es im Himmel wie in der Kirche?«

»Das weiß ich nicht«, gestand er ein. »Aber die Kirchen sind ein sehr stiller und besonderer Ort. Nur, weißt du, der liebe Gott ist immer bei dir, auch wenn du mal nicht in eine Kirche gehen kannst. Er ist immer um dich und beschützt dich.«

»Ist er jetzt gerade da?«, fragte Melissa aufgeregt und sah sich mit großen Augen um.

»Ja, er ist jetzt gerade da.«

»Aber ich sehe ihn nicht.«

»Man kann ihn nicht sehen.«

»Ist der liebe Gott unsichtbar?«

»Genau«, bestätigte Sebastian. »Deshalb kann er ja auch immer bei dir sein und dich beschützen.«

Johanna, die an ihrer Nähmaschine am Küchentisch saß, hatte ihre Arbeit schon seit einer Weile niedergelegt, um den beiden zuzusehen und zuzuhören. Es ist, dachte sie, als hole Sebastian bei seiner Enkelin all das nach, was er bei seinen eigenen Kindern verpasst hat. Der etwas weichliche Pfarrer von früher hatte sich nie groß um Robert und Susanne gekümmert. Der etwas wilde Revolutionär aber, der er jetzt war, begegnete seiner Enkeltochter mit einer Zärtlichkeit, die ihr die Kehle zuschnürte – weil sie sie so rührte.

Diese Rührung und Freude reichte jedoch nicht aus, um der gedrückten Stimmung, in der sie sich befand, etwas entgegenzusetzen. Sie sorgte sich um Susanne und auch um Robert, der nichts von sich hören ließ. Als sie ihre Kinder ständig um sich gehabt hatte, hatte sie sich eigentlich nie sonderlich für sie interessiert, gestand sie sich ein, vor allem in den letzten Jahren nicht, als die Firma so wichtig geworden war. Aber jetzt, wo sie fort waren, bemerkte sie mit einem Mal, wie sehr sie sie liebte. Dass sie ihr alles bedeuteten. Dass sie ihr Leben waren.

Auch die Sehnsucht nach ihren Freundinnen, Sophie und Luise, wurde nun beinah übermächtig. Johanna beschloss, am nächsten Tag nach Friedrichshafen zu fahren, zu der Bank, auf der Pierre und Sophie sich ihre Liebe gestanden hatten. Sie wollte an diesem für die beiden so wichtigen Ort verweilen und an all die denken, die der Krieg in alle Welt verstreut hatte. Sie hoffte, dort ein wenig Ruhe zu finden und vor allem: die Nähe zu Sophie wieder zu spüren.

Doch es blieb bei den Plänen. Sie würde sie nie in die Tat umsetzen: In der folgenden Nacht wurde Friedrichshafen von englischen Bombern angegriffen und in Schutt und Asche gelegt.

Von der Bank, auf der Pierre und Sophie sich ihre Liebe gestanden hatten, blieb nichts mehr übrig.

244

51. KAPITEL

In der Nähe von Tulle, Frankreich, Juni 1944

Sophie und Pierre hörten die Worte Charles de Gaulles über die BBC gemeinsam mit einer Gruppe anderer Partisanen in einem Keller in der Nähe des südfranzösischen Ortes Tulle, wo sie ein Radio aufgestellt hatten. Sein Befehl war unmissverständlich: »Die Entscheidungsschlacht hat begonnen! Nach endlosem Kampf, Zorn, Schmerz, kommt nunmehr der entscheidende, der so ersehnte Stoß. Wohlverstanden: dies ist die Schlacht um Frankreich und die Schlacht Frankreichs! (…) Die Söhne Frankreichs, wo sie auch seien, haben die einfache, heilige Pflicht, mit allen Mitteln zu kämpfen. (…) Es gilt, den Feind zu zerschlagen.« Ihre Aufgabe war klar: Sie sollten die Soldaten der SS-Panzerdivision »Das Reich« aufhalten. Um jeden Preis musste verhindert werden, dass die Division rechtzeitig in die Normandie gelangte, wo die Landung der Alliierten unmittelbar bevorstand.

Als die alliierte Invasion in der Normandie begann, marschierte die Widerstandsgruppe, der Pierre und Sophie angehörten, nach Tulle ein, um die Stadt von ihren deutschen Besatzern zu befreien. Sophie hielt sich im Hintergrund, Pierre feuerte in vorderster Front aus den Hauseingängen, ging in Deckung, feuerte wieder.

Sie waren erfolgreich: Binnen weniger Stunden gelang es ihnen, die Deutschen bis in die Waffenfabrik zurückzudrängen. Am Abend hatten sie gesiegt, und ein staubiger, verschwitzter Pierre nahm seine Sophie in die Arme. Ein Akademiker, ein Gelehrter, der zum Kämpfer geworden war.

»Weiter. Wir haben keine Zeit zu verlieren«, drängte Jean-Luc, der Seite an Seite mit ihnen gekämpft hatte. Pierre schüttelte den Kopf. »Heute Nacht passiert nichts mehr und wir brauchen ein bisschen Ruhe. Wir müssen unsere Kräfte schonen.«

Hand in Hand ging er mit Sophie durch die befreite Stadt. Es war eine seltsame Stimmung. Die Menschen trauerten um jene, die gefallen und verwundet waren und kümmerten sich um sie, aber es trieb sie auch auf die Straßen, sie liefen zusammen, lachten, tanzten, aus den Kneipen und Cafés drang Musik. Sie feierten die Freiheit, nicht wissend, dass sie bald wieder zu Ende sein würde, nicht ahnend, dass sich das Unheil schon am Horizont zusammenbraute, auch nicht wissend, dass es für viele von ihnen der letzte Abend ihres Lebens war.

52. KAPITEL

Leningrad, Russland, Juni 1944

Gott, dachte Irina, kannte einfach keine Gnade. Warum ließ er sie nicht gehen? Warum nahm er ihr wieder und wieder die Menschen, die sie liebte, und ließ sie zurück? Sie hatte Iwan doch in ihren Armen gehalten, sie war doch mit ihm gegangen, sie hatte das Licht und die Wärme doch schon gesehen, das herrliche Dahinschwinden gespürt! Ganz leicht war sie geworden, es hatte sich angefühlt, als löse sie sich auf in eine reine, warme, leuchtende Substanz, und das war ein herrliches, ein himmlisches Gefühl gewesen.

Und dann war sie wieder zu sich gekommen, er kalt und tot in ihren Armen. Und sie musste weiterleben. Wieder einmal.

Schuld waren nur die Deutschen, die all das Leid über ihr Land gebracht hatten. Die Sowjetunion hatte den Krieg schließlich nicht begonnen und die Deutschen waren einfach grausam. Ja, sie hatte einmal einen Deutschen geliebt, und ja, sie hatte auch zwei deutsche Freundinnen. Aber, dachte Irina, was waren diese drei Menschen schon in dieser Masse von Bestien?

Sie hatte Iwan zum Abschied geküsst, auf seine toten, kalten Lippen, und dann darüber nachgedacht, was es wohl zu bedeuten hatte, dass er ausgerechnet *Iwan* hieß, obwohl er jüdischer Abstammung war. Wo doch die deutschen Soldaten das russische Heer *Iwan* nannten? Es kam ihr wie ein Hohn vor, wie ein Spott auf diesen reinen, feinen Menschen, der gehen musste, sterben musste, jämmerlich erfrieren und verhungern, weil der Deutsche so grausam war! Oder war es im Gegenteil sogar ein Hinweis? Ein Auftrag an sie, zu kämpfen, wie sie das früher getan hatte? Um ihm, *ihrem* Iwan, seine Ehre zurückzugeben?

Ja, dachte Irina, so war es zu verstehen. Und sie würde diesen Auftrag erfüllen. In aller Gründlichkeit. Sie würde Iwan rächen. Handeln, nicht mehr fliehen, sich nicht mehr verstecken. Sie würde kämpfen, wie sie das schon früher getan hatte, mit den Bolschewiki, im letzten Krieg.

53. KAPITEL

Tulle, Frankreich, 8. und 9. Juni 1944

In den Morgenstunden schreckte Pierre hoch. Es wurde wieder geschossen. Leise, in der Hoffnung, Sophie möge von alledem nichts mitbekommen, erhob er sich von dem Matratzenlager, zog sich an und schlich nach unten. Pierre erkannte mit einem Blick, was geschehen war: Irgendwie war es dem Feind, den Deutschen, gelungen, die Straßensperren zu umgehen. Die Stadt war voller Soldaten. Pierre versuchte, gemeinsam mit einigen anderen Widerständlern zu retten, was zu retten war, aber er kämpfte auf verlorenem Posten, eilte dann zu Sophie, um sie aufzuwecken und zur Flucht zu bewegen. Wieder einmal. Doch es war zu spät. Viel zu spät. Schon drangen die Deutschen in das Haus, in dem sie untergekommen waren, ein und trieben ihn auf die Straße. Er war nicht der Einzige: Überall sah er Bewohner des Dorfes aus ihren Häusern kommen, mit erhobenen Händen, hinter ihnen bewaffnete deutsche Soldaten. Insgesamt 2.000 Männer trieben sie auf dem Hof der Waffenfabrik zusammen.

Als Sophie wenig später das Haus verließ, sah sie mit Schrecken, was auf den Bekanntmachungen stand, die überall angeschlagen waren. *Bürger von Tulle! 40 deutsche Soldaten wurden von den kommunistischen Banden auf abscheuliche Weise ermordet,* war dort zu lesen. Es gebe für sie und alle, die ihnen halfen, nur eine Strafe: Tod durch Erhängen. *40 deutsche Soldaten wurden ermordet. Dafür werden 120 Partisanen oder ihre Komplizen gehängt. Ihre Körper werden in den Fluss geworfen.*

Sophie schluchzte trocken auf. Sie hatte gesehen, wie sie Pierre verhafteten. Hatte zitternd hinter der Tür gestanden und hinausgeblickt, an sich halten müssen, um nicht nach vorne zu stürzen, um ihn zu verteidigen. Aber so viel hatte sie gelernt im Widerstand, dass das nichts bringen, sondern die Situation nur unnötig verschärfen würde.

Weinend ging sie zu ihrer Unterkunft zurück und beobachtete durch das Fenster, wie Soldaten von Haus zu Haus gingen und von der Bevölkerung Seile einsammelten, um diese dann an den Balkonen und Laternen zu befestigen. Nach dem, was auf dem Plakat stand, war unschwer zu erraten, was sie vorhatten. Sophie musste mit aller Kraft gegen ein überwältigendes Gefühl der Übelkeit ankämpfen. Die Männer gingen kühl und berechnend vor. Kein Wunder, hatte die SS-Panzerdivision »Das Reich« doch schon in Russland Erfahrung damit gesammelt, Menschen aufzuhängen. Ganze Dörfer hatte sie so ausgelöscht.

Es war Sophie unmöglich, weiter sitzen zu bleiben. Sie rannte zu der Waffenfabrik, in der die Dorfbewohner und Widerständler gefangen waren. Sie kam nicht zu ihnen durch, scheiterte schon an den drohenden Blicken der Wachen.

Es war 15.30 Uhr, als sie 120 der gefangenen Männer in der Waffenfabrik auswählten, an denen sie ihre Rache verüben wollten. Die Bewohner, darunter auch Sophie, wurden gezwungen, dem grausamen Schauspiel zuzusehen. Sie stand schluchzend und zitternd am Straßenrand und fürchtete bei jedem der Männer, die der Reihe nach herangeführt wurden, es könne sich um ihren Pierre handeln.

Auf der Terrasse des Cafés Tivoli soffen SS-Offiziere und verfolgten die Massenermordungen grölend und lachend. Neben Sophie brach eine Frau zusammen, als ihr Mann gehängt wurde. Sophie kauerte neben der Fremden nieder und barg das Gesicht der Französin in ihren Armen.

Sobald die SS-Männer die Bewohner des Dorfes getötet hatten, entfernten sie die Leichen und schmissen sie auf einen Lieferwagen, um sie zur städtischen Müllkippe zu fahren.

Auch in der nächsten und übernächsten Gruppe war Pierre nicht. Als die SS fast hundert Männer erhängt hatte, war es Abend geworden. Die Seile reichten nicht mehr aus. Die Aktion wurde abgebrochen. Pierre hatte überlebt – und wurde ins KZ gebracht.

Sophie zögerte keine Sekunde, bevor sie abdrückte. »Halt! Stehen bleiben!«, rief der deutsche Soldat, der angetreten war, sie und die anderen Widerstandskämpfer, die nach dem Massaker von Tulle im Wald Schutz gesucht hatten, zu ermorden. Mit kalter Miene blickte sie ihm in die Augen, als sie schoss. Sie dachte, dass es gut wäre, wenn es einen weniger gäbe von ihnen, von den Peinigern, von den Menschen, die keine mehr waren, sondern nur Leid und Elend brachten. Deutsche wie sie. Deutsche, die ihren Pierre verschleppt hatten. Seit sie das wusste, war jegliches Fühlen in ihr abgestorben. Sie war eine Maschine geworden.

Was blieb ihr noch, außer dem Kampf? Sie war verstummt, sprach nicht, kommunizierte nicht, aber innerlich war sie ganz klar. Und ganz kalt.

Die Résistance war erfolgreich. Es gelang ihr, einen Offizier der deutschen Schutzstaffel zu entführen – einen Hünen von einem Mann. Aber auch dieses Mal ließ die Vergeltung der Deutschen nicht lang auf sich warten: Angehörige des SS-Regiments »Der Führer« ermordeten schon am folgenden Tag 642 Einwohner des Dorfes Oradour-sur-Glane nordwestlich von Limoges und machten den Ort vollkommen dem Erdboden gleich. Nur eine Frau, fünf Männer und ein Kind überlebten das Massaker.

»Sie haben die Frauen in der Dorfkirche eingesperrt«, berichtete einer der Résistancekämpfer, der in Verbindung zu der anderen Widerstandsgruppe stand, am Abend grimmig. Sie hatten sich inzwischen im Wald nahe der Straße versteckt, auf der die Deutschen mit ihren Panzern fahren würden, und wollten sie aus dem Hinterhalt beschießen. »Die Männer haben sie in Scheunen gebracht und mit Maschinengewehren erschossen.«

Wenn sie früher Schreckliches gehört oder erlebt hatte – wobei nichts mit den Grausamkeiten vergleichbar war, deren Zeuge sie nun wurde –, hatte sich stets so etwas wie ein schützender Schleier über Sophies Gemüt gelegt, wohl, wie sie dachte, um erträglich zu machen, was sie hören und erleben musste. Jetzt gab es diesen Schleier nicht mehr. Mit voller Klarheit hörte sie, dass die SS, nachdem sie die Männer ermordet hatte, in die Kirche, in der die Frauen und Kinder eingesperrt waren, eindrang, durch Fenster und Türen schoss, um die Eingeschlossenen zu ermorden. Es gab kein Entkommen. Wer die Tortur überstand, wurde anschließend niedergeschossen, selbst wer sich tot stellte, hatte keine Chance: Nach dem Massaker brannten die Soldaten alles nieder.

Der Hass der Franzosen auf die deutschen Besatzer wuchs ins Unermessliche. Doch die, die am meisten hasste, war Sophie Didier, geborene Seiler, aus Deutschland. Die Partisanin mit dem Decknamen Jade.

54. KAPITEL

Ein Gut bei Neidenburg, Ostpreußen, August 1944

Deutsche Frau! Fremde dürfen nicht nach dir greifen!, schrie es ihr von dem Plakat entgegen, das eine blonde Frau mit einem Säugling zeigte. Und darunter, in leuchtendem Rot: *Halte Dein Blut rein! Du trägst das Erbe künftiger Geschlechter.*

Luises Hand zuckte zu ihrem gewölbten Leib. Sie trug *ihres* und Romans Erbe in sich. Sie liebte ihn und sie liebte dieses Kind. Und sie freute sich noch ein bisschen mehr darauf, seit Hannelore ihren kleinen Sohn zur Welt gebracht hatte.

Wie es aussah, schien alles gut zu gehen. Zwar hatte Ilses merkwürdiger Verlobter immer diesen komischen Blick, wenn er sie ansah, aber Franzls Heimaturlaub war zu Ende, und Margarete nahm ihr ihre Geschichte vom fremden Soldaten voll ab. Auch Ilse hatte ihre provokante und aufgeblasene Haltung, die sie während Franzls Anwesenheit an den Tag gelegt hatte, aufgegeben, schien sich wirklich auf das Kind zu freuen und hatte begonnen, Schühchen herzustellen.

Luise beschloss daher, in dieser Nacht wieder zu ihm zu gehen. So lange hatte sie nicht mehr in seinen Armen gelegen, sie glaubte, es vor lauter Sehnsucht nicht mehr aushalten zu können.

Als es dunkel war, schlich sie hinüber ins Pförtnerhäuschen. Stumm hielten sie sich in den Armen, dann strich er über ihren Bauch, küsste sein ungeborenes Kind durch ihre Haut. Sie liebten sich zärtlich und waren gerade eng aneinandergeschmiegt eingeschlafen, als sie durch Lärm an der Haustür aufschreckten. Jemand wummerte gegen die Tür, dann hörte man Holz splittern, schwere Stiefel polterten die Treppen hinauf. Luise und Roman zogen rasch die Decken enger um sich, um wenigstens ihre Nacktheit vor den fremden Blicken zu verbergen, und sahen erstarrt zur Tür, die in der nächsten Sekunde aufgestoßen wurde – und dann stand ein Soldat im Raum. Franzl. Ihm folgten zwei andere Männer, die unschwer als Angehörige der SS auszumachen waren.

»Habe ich es mir doch gedacht!«, polterte Franzl wie ein betrogener Ehemann. »Habe ich es mir doch gedacht, dass Sie, liebe Frau Seiler, mich angelogen haben und dass Ihr Bastard die Brut dieses Polen ist!«

Er holte aus und schlug Roman hart ins Gesicht. Die Haut platzte auf, Blut lief über seine Wangenknochen, doch Roman zuckte nicht mit der Wimper. Unter der Decke schob er seine Hand auf ihren Bauch, eine hilflose Geste, ein verzweifelter Versuch, sein Kind vor dem zu schützen, was da kommen würde.

Im nächsten Moment wurde er von den anderen beiden Männern aus dem Bett gezogen, nackt und bloß stand er vor ihnen. Luise schrie auf. »Sie ziehen sich sofort etwas an«, befahl der ältere der beiden SS-Männer. »Sie sind verhaftet. Und Sie, Gnädigste, kommen auch mit. Wir werden den Raum solange verlassen. Wenn sie versuchen zu fliehen, werden wir ihn erschießen.«

Zitternd stieg Luise aus dem Bett, nachdem die Männer gegangen waren. Minuten später trat sie draußen, vor dem Pförtnerhäuschen, zu ihnen. Bei ihnen stand auch die blasse Margarete, neben ihr eine verängstigt dreinblickende Ilse. Luise ging zu Margarete, um die Freundin zu umarmen. »Es tut mir so leid«, sagte sie. »So leid, dass ich dich angelogen habe.«

»Ich habe es die ganze Zeit über gewusst«, flüsterte Margarete ihr fast unhörbar ins Ohr. »Es war richtig, dass du es mir nicht gesagt hast, das hätte uns nur beide in Gefahr gebracht. Ich habe dir das ja damals sogar in den Mund gelegt, du erinnerst dich?«

Luise schluckte. Natürlich erinnerte sie sich. Der Moment stand so glasklar vor ihren Augen, als wäre er erst wenige Minuten her. Und sie hatte die andere für leichtgläubig und dumm gehalten!

»Was wird denn jetzt aus uns?«, flüsterte sie in Margaretes Armen.

»Was auch immer«, erwiderte die Ältere. »Du sollst wissen, dass ich für dich da bin. Und für das Kindlein.«

»Kommen Sie jetzt.« Der Mann fasste sie grob am Arm und stieß sie in den wartenden Wagen. »Für Plaudereien ist in Ihrem Leben kein Platz mehr.«

Luise und Roman wurden in die nur wenige Kilometer vom Gut entfernte Gestapo-Zentrale gebracht und getrennt voneinander verhört. Luise musste in einem kahlen Raum auf einem harten Stuhl Platz nehmen, die Fragen prasselten nur so auf sie ein.

»Sie haben es also mit diesem Polen getrieben, ja?«, spie der Mann ihr entgegen. Seine kalten blauen Augen schienen sie zu durchbohren.

Luise hielt dem Blick nicht stand, senkte ihn auf die Tischplatte.

»Sehen Sie mich an!«, herrschte der Mann. »Und beantworten Sie meine Frage.«

Luise hob den Kopf und sah ihm fest in die Augen. »Ich liebe diesen Mann«, verkündete sie.

»Ihr Gefühlsleben ist mir völlig egal. Ich will wissen, ob Sie es mit diesem Polen *getrieben* haben. Wobei sich diese Frage ja eigentlich von selbst beantwortet. Man hat Sie im Bett erwischt und schwanger sind Sie obendrein. Trotzdem will ich es aus Ihrem Mund hören: Haben Sie es mit ihm getrieben?«

»Ja«, sagte Luise.

»Wann? Wo? Wie oft?«

»Ich ... weiß nicht. Ein-, zweimal in der Woche.« Sie wollte dem Mann entgegenschleudern, dass ihn das überhaupt nichts angehe, aber ihr war klar, dass das keinen Sinn hatte. Sie würde nur riskieren, dass er noch wütender würde und womöglich etwas täte, das dem Kind schaden könnte. Also beschloss sie, auf seine peinlich intimen Fragen einfach ganz gelassen zu antworten.

»Seit wann?«

»Seit ... seit 1940.«

»Vier Jahre«, sagte der Mann und seine Stimme war seltsam tonlos. Vier Jahre, ein-, zweimal in der Woche.« Plötzlich erhob er sich und brüllte los, sodass Luise erschrocken zusammenzuckte. »Das heißt, Sie haben sich knapp 500 Mal der Rassenschande schuldig gemacht. Da hilft nur noch das Konzentrationslager, das ist Ihnen doch hoffentlich klar!«

Luises Lippen begannen zu beben.

»Aber ... mein Kind ...« Sie schloss ihre Hände schützend um ihren Bauch.

»Ihr Kind wird bei anderen Leuten besser aufwachsen!«

So schmerzhaft diese Worte waren und der Gedanke, dass sie nicht bei ihm sein durfte – Luise atmete innerlich auf. Sie hatte schon Angst gehabt, dass man es töten oder dass man auch diesen kleinen Menschen in ein Konzentrationslager stecken würde.

»Für eine Abtreibung ist es ja leider zu spät, über den achten Monat sind Sie wohl schon hinaus, so wie Sie aussehen.« Er maß sie mit abschätzenden Blicken.

Luise erschrak. Diese Ungeheuer hätten im *achten Monat* noch ein Kind abgetrieben?

»Sie werden nach Hause gebracht und können dort entbinden. Danach müssen Sie in ein Konzentrationslager. Ihren *Liebhaber* behalten wir hier. Und ich kann Ihnen versichern: Sollten Sie den Versuch machen, zu fliehen, wird es ihm schlecht ergehen. Und das wollen Sie doch nicht, oder?«

Tränenblind stolperte Luise wenig später hinaus. Sie musste zu Fuß nach Hause gehen, der Weg durch die finstere Nacht dauerte ewig. Dort angekommen, brach sie weinend in Margaretes Armen zusammen.

55. KAPITEL

Paris, Frankreich, August 1944

Sie kamen mit Fallschirmen und auf Schiffen und sie erreichten die französische Mittelmeerküste im Morgengrauen. Am 15. August landeten die Alliierten beinah zeitgleich an den Buchten von Antheór, Saint-Raphael, Saint-Tropez, und Cavalaire. Und es war kaum jemand da, der sich ihnen widersetzte. General Friedrich Wiese, der die an der Mittelmeerküste stehende 19. Deutsche Armee befehligte, hatte etliche seiner Männer schon in die Normandie geschickt, außerdem forderte der Kampf gegen die immer stärker werdende Résistance seinen Tribut. Schon einen Tag nach der Invasion begannen sich die Deutschen langsam aus Südfrankreich zurückzuziehen.

Am 16. August befahl Hitler den schrittweisen Rückzug und die alliierten Truppen stießen immer weiter nach Norden vor, ein deutscher Soldat nach dem anderen geriet in Gefangenschaft.

Ab dem 19. August 1944 kam neuer Schwung in den Widerstand gegen die Deutschen, die Résistance organisierte einen Aufstand, manch ein deutscher Soldat desertierte nun und schloss sich der Résistance an, die alliierten Verbände rückten immer weiter auf Paris vor. Dénise bekam Robert quasi nicht mehr zu sehen. Ununterbrochen war er in den Straßen unterwegs, um zu kämpfen. Sie selbst traute sich nicht hinaus, war sie doch immer eher im Hintergrund gut gewesen – so auch jetzt. Bei Dénise liefen die Fäden zusammen, hier hinterließen sich die Kämpfer der Résistance gegenseitig Botschaften, auch stand, trotz der Knappheit an Lebensmitteln, immer etwas zu essen und Getränke bereit – und eine Matratze und Decken sowieso –, damit sich die erschöpften Kämpfer ausruhen und stärken konnten. Durch die erhoffte bevorstehende Befreiung war die Pariser Bevölkerung mutig geworden und erhob sich gegen die deutschen Besatzer. Robert kämpfte aus Überzeugung für den Frieden, auch wenn er es paradox fand, für einen Frieden zu *kämpfen*. Er kämpfte für den Frieden und für die Liebe, wobei er dabei schon lang nicht mehr an Fabienne dachte. Die aufregende Frau mit den katzenartigen, grünen Augen hatte er seit einem Jahr nicht mehr gesehen. Das letzte Mal, als er bei ihr gewesen war, hatte sie ihn mit Vorwürfen empfangen, ihn gescholten, warum er sich nicht habe blicken lassen, ob er sich denn nicht an seine Versprechungen erinnere, sie herauszuholen, ihr eine Zukunft zu bieten.

Er hatte ihr das Geld auf den Tisch gelegt, ohne ihre Dienste in Anspruch zu nehmen, und war wortlos gegangen. Er fühlte sich bedrängt. Er konnte gar nicht mehr verstehen, was er einmal an ihr gefunden hatte. Sicher, mit ihr zu schlafen, war aufregend gewesen, in gewisser Weise viel aufregender als mit der unerfahrenen Dénise, die sich kaum zu bewegen traute, am Anfang zumindest. Und doch hatte ihm der Geschlechtsakt mit Dénise viel mehr Erfüllung gebracht als der mit Fabienne. Bei Dénise fühlte er eine Zusammengehörigkeit, die es mit Fabienne nie gegeben hatte, und einen Frieden, das Gefühl, dass er so sein konnte, wie er war, dass er nichts beweisen musste. Bei Fabienne hatte er sich immer klein gefühlt. Das hatte ihn angetrieben, ohne Frage, ohne sie wäre er vermutlich nie zur Résistance gekommen. Aber ein *Leben* mit Fabienne, da machte er sich nichts vor, wäre sicherlich ungemein anstrengend. Bei Dénise hingegen könnte er sich fallen lassen.

Am folgenden Tag wurde es ruhiger. Die deutschen Besatzer, dachte Robert, der ja eigentlich selbst einer war, schienen begriffen zu haben, dass sie auf verlorenem Posten kämpften. Der deutsche Stadtkommandant von Groß-Paris, General Dietrich von Choltitz, bot den Waffenstillstand an, der »bis zur deutschen Räumung von Paris«

gelten sollte. Damit waren die Kämpfe zwar nicht zur Gänze vorbei, aber die Lage entspannte sich zusehends und Robert lehnte sich erleichtert hinter dem Fenster des zerschossenen Hauses, aus dem heraus er gegen die Männer kämpfte, die kürzlich noch seine eigenen Kameraden gewesen waren, zurück.

Und dann, es war in der Nacht vom 24. auf den 25. August, befreiten amerikanische und französische Verbände Paris. Dénise und Robert, sie in ihrer Wohnung, er auf einem Posten, lauschten dem Glockengeläut aller Pariser Kirchen. Dénise weinte, Robert nahm seine Mütze ab, senkte den Kopf und sprach ein Vaterunser.

Früh am nächsten Morgen stand Dénise am Fenster, um die Szenen, die sich auf der Straße abspielten, zu beobachten. Ein Triumphzug marschierte durch die Straßen, an seiner Spitze General Charles de Gaulle. Die Wege waren dicht gesäumt von Menschen. Durch den Arc de Triomphe und von dort aus über die Champs Élysées fuhren französische Panzer, die auf die Kommandantur auf der Place de l'Opéra zusteuerten. Schlag halb eins sah Dénise die Tricolore auf dem Eifelturm wehen. Paris war befreit. Der gefangen genommene General Dietrich von Choltitz unterzeichnete auf der Polizeiwache auf der Île de la Cité die Kapitulationsurkunde. Für die deutschen Soldaten, die in den Kasernen zusammengetrieben wurden, begann der Weg in die Gefangenschaft.

Dénise weinte auch, als die Tricolore gehisst wurde. Vor Glück, aber auch vor Angst. Sosehr sie die Befreiung von Paris herbeigesehnt hatte – nun, da sie eingetreten war, fühlte sie eine Leere in sich aufsteigen, die ihr viel mehr Angst machte, als der Krieg es jemals vermocht hatte. Das Ziel war erreicht – und nun? Wie sollte es weitergehen? Wo wäre ihr Platz? Sie, das schüchterne Mädchen, war in ihre Rolle hineingewachsen in den vergangenen Jahren. Sie kannte ihre Aufgaben, sie wusste, dass sie wichtig waren, dass *sie* wichtig war, sie hatte einen Mann gefunden, den sie liebte – und davor, ihn wieder zu verlieren, hatte sie die allergrößte Angst. Dénise konnte ihre Unsicherheit ihm gegenüber vor allem auch deshalb überspielen, weil sie über ihre gemeinsame Sache ständig ein Gesprächsthema hatten – und zwar in einem Bereich, den sie durchschaute und verstand, in dem sie sich also sicher fühlte. Gäbe es die Résistance nicht mehr, dann, fürchtete die junge Frau, wäre auch ihre Beziehung mit Robert vorbei. Sicher, dachte sie, würde Robert zurück nach Deutschland gehen. Dass sie mit ihm ginge, wäre ausgeschlossen, sie hätte nie in einem Land leben können, in dem man sie als Feindin sah – und dass man das auch nach dem Krieg noch tat, dessen war sie sich sicher. Doch, vermutete sie traurig, Robert würde ohnehin kein Interesse mehr an ihr haben, jetzt, wo es keine gemeinsame Sache mehr gab. Sie glaubte nicht daran, dass sie stark genug war, um ihre Beziehung aus sich selbst heraus mit Inhalt zu füllen.

56. KAPITEL

Konzentrationslager Ravensbrück, September 1944

Luise verging beinahe vor Sehnsucht nach ihrem kleinen Jungen. Nur wenige Tage hatten sie ihr mit ihm gelassen, dann hatten sie sie geholt, ins Auto gestoßen, abgeführt. Sie wusste, dass er keine liebevollere Ersatzmutter hätte finden können als Margarete. Die Freundin hatte versprochen, das Kleine zu hegen und zu pflegen und ihm all ihre Liebe zu geben. »Ich habe etwas gutzumachen«, hatte sie zum Abschied gesagt. »Ich schäme mich so für Ilse.« In ihrer Stimme hatte unendliche Trauer mitgeschwungen, denn Margarete hatte ihre Tochter verloren. Nachdem Luise von ihrem Verhör zurückgekehrt war, hatte sie in der Nacht einen Streit zwischen den beiden Frauen belauscht. Ilse hatte Luise als Polenhure und als Schande für die deutsche Rasse bezeichnet. Dann hörte sie ein lautes Klatschen. Margarete hatte ihre Tochter geohrfeigt und sie gefragt, was sie sich eigentlich einbilde, die Frau, die sie in der größten Not aufgenommen hatte, so zu beleidigen und zu gefährden.

Am nächsten Tag war Ilse ausgezogen, kurz darauf hatte sie ihren Franzl geheiratet. Margarete war zur Hochzeit nicht eingeladen gewesen. Auch wenn sie es nicht zeigen wollte, konnte Luise ihr doch ansehen, wie weh ihr das tat. Sie hatte beinah ein schlechtes Gewissen, dass sie froh über Ilses Weggang war. So konnte sie sicher sein, dass es ihr kleiner Michael wirklich gut hatte auf dem Hof. Auch Hannelore versprach, sich um den kleinen Jungen zu kümmern, bot sogar an, ihn ebenfalls zu stillen und die kleine

Margot war ohnehin ganz vernarrt in den Säugling. Nein, ihm würde es gut gehen, da musste sie sich keine Sorgen machen.

Viele Frauen im KZ teilten Luises Schicksal. Wer »Rassenschande« begangen hatte, wurde aus dem ganzen Reich hier zusammengetrieben. Man schor ihnen die Haare, die grausamen, entwürdigenden Befragungen, denen Luise sich schon bei der Gestapo ausgesetzt gesehen hatte, wurden nun wiederholt. Vor allen anderen. Es waren Frauen, die fragten, SS-Frauen, aber sie standen den Männern in nichts nach. Im Gegenteil. Luise antwortete inzwischen beinahe emotionslos. Breitete die Momente, die bis auf die Geburt ihres kleinen Jungen die kostbarsten ihres Lebens waren, die Momente, in denen sie Roman so nahe gewesen war und reine, echte Liebe erfahren hatte, vor ihnen aus. Natürlich befragten sie sie auch zu Siegfrieds Tod. Ihr ehemaliger Mann sei damals unter den merkwürdigsten Umständen ums Leben gekommen, ging sie eine der Aufseherinnen harsch an. Luise spürte Angst in sich aufwallen. Sie würden doch nicht jetzt, nach all den Jahren, die Wahrheit herausfinden? Was, wenn doch? Dann würde sie ihren kleinen Jungen vielleicht nie, nie mehr wiedersehen? Einen Mord an einem Vaterlandstreuen, wie Siegfried es gewesen war, würden sie ihr garantiert nicht verzeihen.

Doch sie hatte Glück. Siegfrieds Geschichte gereichte ihr sogar zum Vorteil. »Ihr erster Mann war ein Held«, befand die Frau, die Luise an einen Wolf erinnerte. »Damals hatten Sie noch einen guten Geschmack. Ich kann allerdings nur schwer verstehen, warum Sie sich jetzt an einen *Polen* herangemacht haben.« Sie musterte die zarte Frau abfällig von oben bis unten. »Sie werden zum Holzhacken eingeteilt. Wenn Sie sich gut führen, sind Sie bald wieder draußen«, verkündete sie knapp.

Es war das Schreien der anderen Frauen, wenn ihnen die Haare geschoren wurden – was alle drei Monate geschah –, und das Kläffen der Hunde, das Luise noch jahrelang, auch als sie schon längst aus dem KZ entlassen war, hören würde. Und der Duft von frischem Blut, gepaart mit dem Geruch von feuchtem Waldboden. Jahrelang sollte sie später keinen Wald mehr betreten können, ohne an Brunhild zu denken, die junge Frau aus dem Schwarzwald, der sie sich auch deshalb so nah fühlte, weil ihre Art zu sprechen sie so sehr an den Dialekt erinnerte, den Sophie und Johanna manchmal sprachen, wenn sie unter sich waren. Den Siegfried gesprochen hatte und der bei Siegfrieds Mutter Amalia, die sie vor deren Tod noch hatte kennenlernen dürfen, besonders ausgeprägt gewesen war. Und Hannelores Sprache hatte ebenfalls diesen weichen Klang.

Auch Brunhild hatte einen polnischen Zwangsarbeiter geliebt, aber im Gegensatz zu Luise gab es für sie keine Hoffnung mehr. Denn nachdem man sie in ihrem Dorf verhaftet und ihr die Haare geschoren hatte, musste sie einen Tag lang auf dem Dorfplatz stehen – mit einem Schild um den Hals, auf dem geschrieben war: *Ich bin eine Volksverräterin – ich habe mich mit einem Polen eingelassen.* Danach hatte man ihren Liebsten aufgehängt.

Brunhild hatte einen Blick, über dem ein Schleier lag. Während die anderen Frauen im KZ sich offen nach ihren Kindern sehnten – eine jede bastelte Schuhe für ihr Kleines, Luises waren rot und wunderbar weich – saß sie immer nur mit leeren Händen da und rupfte an ihrer Nagelhaut. Brunhild sprach nicht viel, sie war stur und widerborstig, die

SS-Frauen holten sie oft ab, Luise und die anderen wussten, dass man Brunhild folterte, um ihren Willen zu brechen. Von Tag zu Tag glitt Brunhild mehr in ihre Welt ab, Luise war klar, dass die Kameradin sterben wollte. Oft hatte sie versucht, zu ihr durchzudringen, aber das war vergeblich. Brunhild gab auch zu, nicht mehr leben zu wollen. »Für wen denn?«, fragte sie apathisch.

»Für deinen kleinen Jungen«, sagte Luise und hatte Mühe, ihr Erstaunen zu verbergen. »Er ist doch noch so klein und hilflos. Er braucht dich doch!«

»Ich hasse diesen Jungen«, erklärte die Schwarzwälderin, während sie mit leerem Blick in die Ecke starrte. Er ist schuld, dass sein Vater tot ist. Er ist schuld, dass ich hier bin.«

»Aber das stimmt doch nicht!«, begehrte Luise auf. »Dieses arme kleine Menschenkind kann doch nichts für die kranke Welt, in die es hineingeboren wurde. Im Gegenteil. Man muss es vor ihr schützen. Das kannst nur du.« Sie musste an sich halten, um die andere nicht zu schütteln. »Dieses Kind ist die Frucht eurer Liebe. Das Einzige, was dir noch von ihm geblieben ist!«

Doch ihre Worte drangen nicht mehr zu Brunhild durch, die nun begonnen hatte, ihren Oberkörper sacht hin und her zu schaukeln und leise vor sich hinzusummen.

Luise packte das Grauen. Und dieses Grauen wurde noch viel schlimmer, als sie, wie jeden Tag, in den Wald mussten, um Holz zu hacken. Ewige Strecken hatten sie zu überwinden, bewacht von den Mannsweibern mit ihren Gewehren und von den gnadenlosen Hunden.

Und dann setzte Brunhild sich auf den Waldboden. Einfach so. »Aufstehen«, herrschte die Aufseherin und richtete ihre Waffe auf die Frau.

Brunhild blieb sitzen, summte vor sich hin, reagierte nicht.

»Brunhild!« Luise wollte zu ihr rennen, doch eine andere SS-Frau hieb ihr mit aller Kraft den Lauf ihres Gewehrs gegen die Schulter. Luise stöhnte. »Zurückbleiben«, schrie sie. »Weitergehen.«

Luise tat, wie ihr geheißen, wandte sich aber noch einmal um.

»Lasst sie den Hunden«, befahl eine der Frauen.

»Nein!«, brüllte Luise und wollte wieder zu Brunhild stürzen, und mit ihr einige andere Gefangene.

Wieder wurde sie aufgehalten. »Wer sich wehrt, dem blüht das gleiche Schicksal«, erklärte die Aufseherin knapp.

Brunhild schrie nicht, als die Hunde ihre Zähne in ihr Fleisch gruben.

Nur ihr Singen verstummte irgendwann.

57. KAPITEL

Konzentrationslager Hinzert, Deutschland, September 1944

Das Reich brauchte »Menschenmaterial«. Das war der Grund, warum man Roman nicht erhängte und ihn sich im

Konzentrationslager auch nicht zu Tode schuften ließ, sondern in ein anderes Lager brachte – nach Hinzert, wo polnische Zwangsarbeiter aus dem ganzen Reich hintransportiert wurden. Man wollte sie dort »rassisch begutachten«. Fiel das Ergebnis positiv aus, musste der Pole immerhin nicht sterben und auch nicht auf Dauer im Konzentrationslager bleiben, sondern hatte das zweifelhafte Vergnügen, als »E-Pole« eingedeutscht zu werden. Auch wenn sich alles in ihm dagegen sträubte, dem Volk dieser Verbrecher einverleibt zu werden, dem Volk, das seine Lieben so bestialisch ermordet hatte, war es doch zugleich seine Hoffnung. Und immerhin war dieses Volk auch das, dem Luise entstammte. Seine Luise, die sein Kind geboren hatte. Würde er der Prüfung standhalten, dürfte – nein, *musste* sogar, das war Vorschrift – , er sie heiraten und es gäbe eine gemeinsame Zukunft. Er würde, beschloss Roman, getrieben von der Sehnsucht nach Luise und seinem Kind, alles tun, um den Eindeutschungstest zu bestehen.

Dabei gab es oft Momente, in denen er seinen »Begutachtern« am Liebsten ins Gesicht gespuckt hätte. Die Sache war an Würdelosigkeit nicht zu überbieten. Splitternackt mussten sich die Polen auf einem Holzpodest vor den Barracken aufstellen und anstarren lassen.

Zwischendurch gab es Vernehmungen, und wenn Roman auch nur an sie dachte, begannen seine Hände unkontrolliert zu zittern. Die musste er bei den Verhören stets auf den Tisch legen, und immer, wenn er etwas sagte, was dem SS-Mann nicht passte, oder wenn er seiner Meinung nach nicht schnell genug antwortete, schlug der Mann gnadenlos zu. Immer und immer wieder, bis Blut floss. Es kostete ihn dann alle Kraft, keine Miene zu verziehen. Und es gelang ihm nur, indem er an Luise dachte und an das

Kind, von dem er nicht einmal wusste, ob es ein Junge oder ein Mädchen war. Aber das war auch nicht wichtig. Wichtig war, dass es lebte. Er hoffte, dass es ihm und Luise gut ginge, dass sie das kleine hilflose Wesen zu schützen vermochte. Er wusste, dass sie alles tun würde, was in ihrer Macht stand. Aber er wusste nicht, ob das ausreichend war.

Dass seine Eltern tot waren, war für die Deutschen, die sie ja selbst ermordet hatten, ein Problem. Denn für eine Eindeutschung war es notwendig, in Polen »Rassenforschung« zu betreiben. Zu seinem Glück fanden sie Onkel und Tante, die zwar zerfressen von Hass auf die Deutschen waren und den Gedanken, ihr Neffe könne einer von ihnen werden, schrecklich fanden. Aber sie hatten keine andere Wahl, als die angeforderten Informationen zu geben. Die fielen für Roman günstig aus, denn wie sich herausstellte, hatte er sogar einen deutschen Urgroßvater und – was für die Nazis besonders wichtig war – es floss kein Tropfen jüdischen Bluts in seinem Körper.

58. KAPITEL

Auf dem Weg nach Ostpreußen, Oktober 1944

Nach überraschend kurzer Zeit wurde Luise entlassen. Zu Fuß trat sie den weiten Weg nach Hause an, schlug sich durch Wälder, aß in ihrer Verzweiflung Rinde von den Bäumen, immer auf der Hut vor Soldaten, vor der Gestapo, vor Menschen, die ihr übelwollen könnten. Zweimal verbrachte sie die Nacht in abgelegenen Scheunen, zwei weitere Male hatte sie Glück und fand Asyl bei Bauernfamilien, die ihr zwar zurückhaltend, aber auch gastfreundlich begegneten, so wie auch sie, Luise, als Gutsherrin auf eine abgemagerte Frau mit kurz geschorenen Haaren und in Lumpen reagiert hätte. Luise dachte, dass die Menschen sie sogar erstaunlich offen empfingen, waren geschorene Haare doch ganz eindeutig das Zeichen für »Rassenschande«.

Sie wusste nicht, wie lange sie schon unterwegs gewesen war und wie oft sie sich verlaufen hatte, als sie endlich in Bereiche und Gebiete kam, die ihr vertraut vorkamen und in denen sie sich zumindest grob orientieren konnte.

Luise sah auf ihrem Weg viele Flüchtlinge. Unzählige Menschen irrten suchend herum, streiften durch die Felder, in der Hoffnung, etwas Essbares zu finden, etwas, das sie vor dem Hungertod bewahren würde. Nur waren die Felder jetzt weitgehend leer, teilweise auch vereist.

Auch ein Grollen war nun wahrnehmbar. Luise erkannte es und es beschwor Tage und Wochen herauf, die voller Leid und voller Qual gewesen waren. Das Grollen erinnerte sie an jene Tage, in denen die Russen im ersten Krieg eingefallen waren und ihre Familie ermordet hatten. Es kam von der Front, die jetzt nah war: Bereits am 22. Juni hatte die sowjetische Großoffensive begonnen.

Luise beschleunigte ihre Schritte. Es war wieder soweit. Die Russen kamen. Diesmal würde sie nicht zulassen, dass sie ihr das Wichtigste, das Liebste, nähmen.

Sie würde ihren kleinen Jungen zu schützen wissen. Und vielleicht, vielleicht würde auch Roman noch am Leben sein. Vielleicht wäre der Krieg bald vorbei und sie könnten gemeinsam glücklich werden. Irgendwann, dachte Luise, müsste ihr doch auch ein bisschen Glück beschieden sein.

Es war 2 Uhr morgens, als sie – völlig zerschlagen vor Müdigkeit und Hunger – zu Hause anlangte. Beim Anblick des Gutshauses sank sie schluchzend auf die Knie. Es stand noch. Es war nicht zerstört. Und es war auch weit und breit kein Soldat zu sehen. Luise küsste voller Inbrunst die Erde, die ihre Heimat war, dann erhob sie sich und ging wie betäubt auf das Haus zu.

Drinnen war es dunkel. Luise machte Licht und lauschte. Nichts war zu hören. »Hallo?«, rief sie in die Dunkelheit. »Hallo?« Und dann lauter, ungeduldiger und auch mit dem Hauch von Panik in der Stimme: »Hallo?« Sie würden doch nicht …

Doch ihre Sorgen waren unbegründet: Im ersten Stock wurde die Tür aufgerissen und Margarete trat heraus. Als sie Luise entdeckte, stieß sie einen Schrei aus, raste die Treppen hinab und zog die erschöpfte Frau in ihre Arme. »Oh, meine Liebe!«, rief sie. »Meine Liebe, Liebe, Liebe!« Ein ums andere Mal strich sie über Luises kurz geschorenes Haar. »Was haben sie nur mit dir gemacht?«, weinte sie. »Komm in die Küche, ich will dir erst einmal etwas zu Essen machen.«

Luise schüttelte den Kopf und befreite sich sanft aus der Umarmung. »Sei mir nicht böse, aber ich will zuerst nach meinen kleinen Jungen sehen. Ich habe mich so sehr nach ihm gesehnt, die ganze Zeit über.«

»Natürlich, wie dumm von mir!«, rief Margarete und fügte dann, etwas verlegen, hinzu: »Ich habe seine kleine Wiege neben mein Bett gestellt, ich hoffe, das ist dir recht.«

»Aber natürlich«, sagte Luise.

»Ich wollte nicht, dass er sich auch nur einen Moment lang einsam fühlt«, erklärte Margarete, während die beiden Frauen nebeneinander die Treppe hinaufstiegen. »Wo sie ihm doch so kurz nach seiner Geburt seine Mutter genommen haben.«

Leise traten sie in Margaretes Zimmer. Michael schlief friedlich in seinem Bettchen, die Hände, zu Fäusten geballt, lagen rechts und links neben seinem Gesicht auf dem Kissen.

Sofort rannen bei Luise die Tränen. Eine nach der anderen kullerte ihre Wangen herab, während Margarete unbeholfen ihren Rücken streichelte.

Luise meinte, sie müsse zerspringen vor Liebe, als sie den kleinen Jungen behutsam aus seinem Bettchen hob und an ihrer Schulter barg.

59. KAPITEL

69 Jahre später
Paris, Frankreich, August 2013

Altes Schulhaus, Überlingen, Deutsches Reich 1939

Franziska! Wach auf! Erkenne Dich! Erschrick vor
Dir und beginne, den anderen, nämlich Deinen Weg
zu suchen. Das ist nicht Dein Weg, den Du zu gehen
im Begriff bist. Es ist ein schrecklicher, dunkler Weg,
der dich verschlingen wird. Der uns alle verschlin-
gen wird. Komm zurück, ich flehe Dich an!

Susanne las die Zeilen, die auf einem Blatt aus dem alten
Notizbüchlein standen, stirnrunzelnd. Dass das Blatt einst
in dem Notizbuch gesteckt hatte, ließ sich unschwer erkennen. Es hatte die gleiche Form und man konnte auch noch
den Abdruck der Klemme erkennen, die es gehalten hatte.
Dann sah sie auf und lächelte. »Warum zeigt ihr mir ausgerechnet dieses Blatt?«

»Ich habe gestern mal versucht, die Zusammenhänge zu
rekonstruieren«, sagte Mia zögernd. »Wenn ich es richtig
zusammenkriege, dann hat Sophie den vorigen Eintrag
geschrieben. Sie blätterte und las dann vor:

Ich erwarte ein Kind!
Baum des Lebens
gewachsen
aus der reinen Substanz

des Herzens.
Wie soll es leben
In dieser Welt der Kälte?

»Richtig«, bestätigte Susanne. »Das hat Sophie geschrieben, damals, 1914, als Pierre nach Frankreich gehen musste. Sie hat mir die Seite sogar einmal gezeigt, als das Notizbuch noch ihr gehörte.«

»Aber wenn das ihre Schrift ist, dann muss sie *das* doch auch geschrieben haben!« Mia zeigte auf den Aufschrieb über Franziska. »Das ist ganz eindeutig die gleiche Schrift! War Sophie denn noch einmal in Deutschland? Sie lebte zu dieser Zeit doch schon längst in Frankreich.«

»Doch, sie ist noch einmal nach Überlingen gefahren«, sagte Susanne. »Sie fuhr los, nachdem ich verschwunden war. Mutter und Tante Sophie waren furchtbar in Sorge um mich, und Sophie dachte wohl, sie könne in Deutschland etwas ausrichten. Als wir uns viele Jahrzehnte später einmal hier in Paris trafen, erzählte sie mir, dass sie damals schon Franziska im Verdacht hatten. Es muss ein ganz eigentümliches Gefühl für die beiden gewesen sein. Sie konnten nichts wissen, es gab nichts, was Franziska belastet hätte, und doch waren beide sich absolut sicher. So ist das manchmal …«

»Und dort in Überlingen hat Sophie diese Worte dann also geschrieben?«, fasste Mia zusammen.

»Richtig«, bestätigte Susanne.

»Aber wie bist du an das Notizbuch gekommen? Wenn sie es doch noch hatte, als du schon verschwunden warst?«

»Sie hat es meiner Mutter gegeben, als Talisman für mich. Falls sie mich durch einen Zufall doch treffen sollte, sollte sie es mir geben.«

»Aber Johanna hat dich doch nicht mehr gesehen! Also konnte sie es dir auch nicht geben!«, rief Mia.

»Das ist richtig«, bestätigte Susanne. »Aber ich war noch einmal da.«

»Du warst noch einmal *zu Hause*?«, fragte Melissa fassungslos.

»Ja«, sagte Susanne rau. »Ich musste dich einfach noch einmal sehen. Nachdem ich endlich freigelassen worden war, wohnte ich für einige Tage bei Freunden, das habe ich ja schon erzählt. Bis wir die Flucht nach Frankreich wagen konnten, blieb mir noch etwas Zeit. Die anderen wollten alles vorbereiten. Ich habe das Haus die ganze Zeit über beobachtet, ich wusste ja, dass Franziska mich auf keinen Fall sehen dürfte.«

»Hast du dich hinter einem Busch versteckt oder wie darf man sich das vorstellen?«, fragte Mia fasziniert.

»Ganz genau.« Susanne stieß das laute, helle und überraschende Kichern aus, das Melissa und Mia nun schon einige Male gehört hatten. »Ich habe mich hinter einem Busch versteckt, oder besser gesagt, hinter mehreren, die dem Haus gegenüberstanden. Als in Mutters Schlafzimmer das Licht ausging, damals war sie ja noch öfter in Konstanz als in Überlingen, habe ich noch eine Stunde gewartet, dann bin ich leise hineingeschlichen, ich hatte noch meinen Schlüssel, und bin zu dir gegangen.« Sie sah Melissa liebevoll an. »Ich habe nicht gewagt, dich aus deinem Bettchen zu nehmen: Ich hatte Angst, dass du schreien würdest und Mutter dann aufwacht.«

»Was wäre daran so schlimm gewesen? Was hätte es gemacht, wenn deine Mutter dich gesehen hätte?«, fragte Melissa. »Sie muss sich ja schreckliche Sorgen um dich gemacht haben.«

»Hat sie … manchmal … von mir gesprochen?«, fragte Susanne und es lag so viel Sehnsucht und so viel Hoffnung in ihrer Stimme, dass Melissa beinah gelogen hätte, aber sie schüttelte wahrheitsgetreu den Kopf und sagte: »Nein. Nie.« Rasch fügte sie hinzu: »Uns allen war verboten, über dich zu sprechen. Für mich war die verschwundene ›große Schwester‹, für die ich dich hielt, immer ein Mysterium. Es war ganz klar, dass nicht über dich gesprochen werden durfte, weil etwas Schlimmes passiert war. Weil es Mutter … *Groß*mutter zu sehr verletzt hätte.«

»Aber warum hast du dich denn in jener Nacht nicht bei ihr gemeldet? Es wäre doch so einfach gewesen und du hättest sie vielleicht beruhigen können.«

Susanne schüttelte den Kopf. »Ich musste es den anderen schwören. Alle haben geschworen. Keiner durfte den Schwur brechen.«

»Aber sie war deine *Mutter*«, beharrte Mia. »Sie hätte dich niemals verraten!«

»Weißt du, Mia-Kind«, sagte Susanne, »ich war noch sehr jung, viel jünger als du jetzt. Da lässt man sich leicht einschüchtern und beeinflussen. Vor allem nach dem, was ich erlebt hatte. Ich wollte einfach noch einmal nach meinem kleinen Mädchen sehen.« Sie wandte sich Melissa zu. »Stundenlang habe ich an deinem Bett gesessen und dich einfach nur angesehen.«

Wieder konnte Melissa ihre Tränen nicht zurückhalten und Mia sah das Bild unvermittelt vor sich. Die beiden Frauen, mehr als 70 Jahre zuvor. Die eine ein Säugling in einer Wiege, die andere eine junge Mutter, die gehen musste.

»Und wie bist du denn nun an das Notizbüchlein gekommen?«, fragte sie wieder.

»Es lag auf meinem Schreibtisch. In einem Umschlag, auf dem ›Für Susanne‹ stand. Ich habe es mitgenommen.«

»Du hast es *mitgenommen*?«

»Ja«, sagte Susanne schlicht.

»Aber das muss Johanna doch bemerkt haben.«

»Hat sie auch, wie mir Tante Sophie später erzählte. Sie hat Franziska verdächtigt. Sehr viel später hat sie dann wohl ganz schrecklich mit Franziska gestritten. Sie hat ihr auf den Kopf zugesagt, dass sie das Notizbuch gestohlen habe, weil schlimme Sachen über sie drinstünden.«

»*Deshalb* war Franziska so wild auf das Notizbuch«, schlussfolgerte Mia. »Das habe ich nie verstanden, denn so schlimm waren die Notizen über sie doch nicht.«

»Ich habe dir ja schon erzählt, dass sie in dieser Hinsicht regelrecht paranoid war«, sagte Melissa zu Mia. »Und sie konnte ja auch nicht wissen, was tatsächlich über sie drinstand. Wahrscheinlich hat sie das Ganze in ihrer Vorstellung zu einem Monster aufgebauscht. Menschen tun manchmal die seltsamsten Sachen.«

Mia nickte und sagte dann: »Aber was ich immer noch nicht verstanden habe, ist, warum sich Sophie schuldig fühlte. Philippe, ihr Urenkel, hat mir erzählt, dass sie sich wohl ihr Leben lang Vorwürfe gemacht hat.«

»Ja. Das hat sie mir später auch erzählt und dafür gab es zwei Gründe«, erklärte Susanne. »Der eine war ganz einfach: *Sie* hatte damals vorgeschlagen, dass Leopold und ich zu ihr fliehen sollten. Hätte sie das nicht getan, wären wir vermutlich in Deutschland geblieben und wir wären nicht getrennt worden.«

»Und der zweite Grund?«

»Der ist komplizierter. Und ich muss gestehen, ich werde langsam hungrig, es wird Zeit fürs Mittagessen. Darf ich euch einladen? Ich kenne hier ein entzückendes kleines Restaurant. Dann kann ich euch die Geschichte dort erzählen.«

60. KAPITEL

69 Jahre zuvor
Vor dem Konzentrationslager Hinzert, Ende Oktober
1944

Wenige Wochen nach Luise trat auch Roman den Heimweg an. Mit einem geschundenen Körper, aber einem wild klopfenden, hoffnungsvollen Herzen. Einem polnischen Herzen, daran konnten sie nichts ändern, auch wenn sie aus ihm einen Deutschen gemacht hatten. Stundenlang hatte er gebetet und seine tote polnische Familie um Verzeihung angefleht dafür, dass er nun die Nationalität der Menschen hatte, die sie ermordet hatten. Aber gleichermaßen wusste er, dass sie ihn verstanden hätten, denn es war der einzige Weg, nicht erneut die Frau zu verlieren, die er von ganzem Herzen liebte, und ein Kind, das er noch nie gesehen, das sein Herz aber längst erobert hatte. Deshalb – nur deshalb und nur rein äußerlich – hatte er sich in Hinzert kooperativ gezeigt. Nicht, um noch schlimmerer Folter zu entgehen, nein, er hatte es einzig für Luise getan und für sein Kind. Er hatte im Lager eine Menge Männer erlebt, die ihn dafür verachteten, dass er sich mit dem Deutschen gemeinmachte. Im Gegensatz zu ihnen hatte er sich freiwillig dazu bereit erklärt, in die Wehrmacht einzutreten, hatte kooperiert, und sie hatten ihn zu einem Funktionshäftling gemacht, eine Art Aufseher über die anderen. Damit saß er zwischen den Stühlen. Die anderen Häftlinge verabscheuten ihn dafür. Und er verstand sie. Im Herzen war er ja wie sie.

Diese Männer rebellierten offen, ertrugen die Folter mit zusammengebissenen Zähnen und hatten natürlich keine Chance, eingedeutscht zu werden. Wäre es nur nach ihm gegangen – er wäre wie sie gewesen. Das entsprach seiner inneren Haltung, mit der er die deutschen Soldaten abgrundtief hasste. Aber es ging nicht um ihn. Es ging um Luise und um sein Kind. Und insofern ging es doch wieder um ihn. *Natürlich* ging es um ihn. Deshalb arbeitete er hart, denn auch die Fähigkeit, hart anzupacken, wurde beim Eindeutschungstest bewertet, und er trieb auch die anderen zu immer härterer, immer schwererer Arbeit an.

Dass es ihnen gut ging, Luise und dem Kind, dessen war er sich sicher. Man hätte ihn nicht diesem langwierigen, albernen und aufwändigen Rassentest unterzogen, in dem sie ihn regelrecht vermessen hatten – selbst die Länge der Nase hatten sie erhoben – und gleich obendrein noch die Heirat organisiert, wenn Luise gestorben wäre oder wenn es dem Kind nicht gut ginge. In seiner Akte wurde vermerkt: *Der Fremdvölkische ist nach dem hier vorliegenden rassebiologischen Gutachten des Rasse- und Siedlungshauptamtes eindeutschungsfähig. Die beabsichtigte Heirat ist daher zu ermöglichen, sofern die in meinem oben näher bezeichneten Schreiben angeführten weiteren Voraussetzungen vorliegen. Ich bitte, die zur Vorbereitung der Eheschließung erforderlichen Maßnahmen schon jetzt zu treffen, damit gegebenenfalls die Heirat, nach Entlassung des Fremdvölkischen erfolgen kann.*

Und nun war er also auf dem Weg zu Frau und Kind, der »Fremdvölkische« mit seinem deutschen Körper, in dem ein polnisches Herz schlug.

61. KAPITEL

69 Jahre später
Überlingen, Bodensee, August 2013

»Was ist eigentlich mit deinem Urgroßvater geschehen?«, fragte Zita an Philippe gewandt. Es war früher Abend, Alexandra hatte sich bereit erklärt, die Rezeption zu übernehmen, sodass sie endlich einmal Zeit für sich hatten. Es machte ihnen zwar beiden mächtig Spaß, während Melissas und Mias Abwesenheit das kleine Hotel zu leiten, aber es war auch sehr viel Arbeit, und vor allem der impulsive Philippe musste sich oft kräftig am Riemen reißen, um dem einen oder anderen kritikfreudigen Gast nicht gehörig die Meinung zu sagen.

»Oder weißt du davon nichts? Wurde auch darüber nicht gesprochen?«

»Vor Urgroßmutter Sophie wohl nicht«, sagte Philippe. »Aber mein Großvater hat mir die Geschichte oft erzählt. Wobei auch ihm der große Schmerz anzumerken war.« Philippe griff nach ihrer Hand und zog sie auf einen der großen Steine, die am westlichen Ende des Überlinger Ufers direkt am See lagen. »Bevor ich dir die Geschichte erzähle, möchte ich dich um Verzeihung bitten, Zita!«

Sie sah ihn überrascht an. »Wofür?«

»Dafür, wie ich mich in Paris verhalten habe. Ich habe dich verletzt und das tut mir leid.«

Als Philippe und Zita kürzlich in die Stadt der Liebe gefahren waren, um seinem kranken Großvater das Notizbuch zu zeigen und seine Großmutter hinsichtlich der Familiengeschichte auszufragen, war er ihr gegenüber ausgesprochen distanziert gewesen. Er hatte sie seiner Großmutter als »eine Bekannte« vorgestellt und ihr am Abend seine Wohnung gezeigt, als führe er irgendjemanden durch ein öffentliches Gebäude. Für Zita war das in doppelter Hinsicht hart gewesen: Natürlich würde sich jede Frau in einer solchen Situation zurückgewiesen fühlen, sie aber hatte außerdem noch eine ganz starke Bindung zu Philippe und seiner Familie entwickelt, hatte sich als Teil von ihnen gefühlt. Das hatte nichts mit ihm zu tun, sondern damit, dass sie das Notizbüchlein ersteigert hatte, damit, dass sie dadurch ganz tief in die Familiengeschichte der Seilers, Gerstetts, Bigalls und Didiers hineingeraten war und sich als Trägerin des Notizbuches zugehörig fühlte. Dass sie sich dann auch noch in einen Nachkommen von Sophie und Pierre Didier verliebte, schien ihr, die sonst eigentlich eine durch und durch pragmatische Person war, Schicksal zu sein. Insofern hatte sie seine Zurückweisung wie ein Schlag getroffen.

Jetzt nahm er ihre Hand und sagte: »Weißt du, ich … ich habe einfach nie erfahren und erlebt, dass man in der Liebe auch glücklich sein kann. Liebe, wie ich sie kenne, bringt nur Leid und Kummer.«

Sie wollte ihm widersprechen, doch er unterbrach sie und sagte: »Lass mich dir meine Geschichte erzählen, bitte. Das kostet mich viel Mut, und wenn ich es jetzt nicht mache, werde ich es vermutlich nie mehr tun.«

Sie drückte schweigend seine Hand, als Zeichen ihres Einverständnisses.

»Mein Vater hat eine zweite Familie«, stieß er hervor. »Aber nicht so, wie du jetzt vielleicht denkst. Es ist nicht so, dass ich jüngere Geschwister hätte und er sich nach einer Trennung von meiner Mutter eine neue Frau gesucht hat. Ich habe Geschwister, aber die sind *gleich alt wie ich*. Mein Vater hat 15 Jahre lang mit zwei Familien gelebt. Keine wusste etwas von der jeweils anderen.«

Zita saß still neben ihm und sah auf den See hinaus. Sie spürte, wie schwer ihm die Worte fielen, und wusste instinktiv, dass sie jetzt nichts sagen durfte. Einfach nur zuhören und verstehen.

»Meine Eltern haben sich nie gut verstanden, meine ganze Kindheit war geprägt von Streit, Hass und Geschrei. Und das Schlimmste für mich war, dass meine Mutter immer versucht hat, mich auf ihre Seite zu ziehen. Das war für mich furchtbar, denn ich liebte und liebe meinen Vater sehr, hatte aber gleichzeitig große Angst, dass meine Mutter denken würde, ich liebte sie nicht, wenn ich mich nicht, wie von ihr erwartet, auf ihre Seite schlüge.«

Zita schnürte es die Kehle zusammen. Armer kleiner Junge. Vorsichtig fuhr sie mit dem Daumen über seinen Handrücken.

Er sprach weiter. »Meine Mutter hat eines Tages die Personalausweise einer fremden Frau und zweier fremder Kinder in seiner Manteltasche gefunden. Sie hat ihn nicht damit konfrontiert, sondern die Frau ausfindig gemacht. Und so kam die ganze Geschichte heraus. Auch die andere Frau wusste nichts von seinem Doppelleben. Und meine Großeltern, Raphael und Adéle, übrigens auch nicht. Er hat uns alle belogen. Die ganze Zeit über.« Es klang bitter.

»Hast du noch Kontakt zu ihm?«

Philippe schüttelte den Kopf, hob einen Kieselstein vom Boden auf und warf ihn mit einer schwungvollen Bewegung ins Wasser. »Nein«, sagte er. »Meine Mutter hat mir damals mit Selbstmord gedroht, wenn ich den Kontakt zu ihm nicht abbrechen würde. Doch das wäre gar nicht nötig gewesen. Ich wollte nichts mehr mit ihm zu tun haben.«

Wütend funkelte er sie an. »Weißt du, wie oft ich ihn als Kind verteidigt habe? Auch vor mir selbst? Wenn er wieder mal an meinem Geburtstag nicht da sein konnte? An Weihnachten? Zu einem wichtigen Fußballspiel? Ich habe mir und auch Mama gesagt, selbst den Großeltern, dass das für Papa bestimmt noch schlimmer sei als für uns. Wir wären ja alle zusammen, Papa hingegen müsse immer nur arbeiten, arbeiten, arbeiten, um uns allen das Leben zu ermöglichen, das wir führten. Dabei war er die ganze Zeit über bei seiner anderen Familie. Selbst an meinem Geburtstag!«

»Hat er denn versucht, danach mit dir in Kontakt zu treten? Nachdem alles herausgekommen war?«, fragte sie vorsichtig.

Er schnaubte. »Oh ja, oft sogar. Er hat mir einen Brief nach dem anderen geschrieben. Ich habe sie alle ungelesen durch den Schredder gejagt.«

Wieder warf er einen Kiesel ins Wasser. »Verstehst du, ich möchte so etwas nie erleben. Ich möchte nie wieder so von einem Menschen betrogen werden, den ich liebe.«

Er sah sie eindringlich an. »Ich weiß, Zita, du wirst jetzt sagen, dass du mich liebst und dass du mich nie betrügen wirst, und das meinst du natürlich auch ehrlich in dem Moment. Aber kannst du mir sagen, was in zehn Jahren ist? Und ich habe nicht nur Angst vor dir, ich habe auch Angst vor *mir*. Was, wenn ich bin wie mein Vater?«

Sie schüttelte den Kopf, öffnete den Mund, um etwas zu sagen, doch wieder unterbrach er sie. »Oder wenn ich irgendwann feststelle, dass du doch nicht meine große

Liebe bist …« Er sah die Verletztheit in ihren Augen und zog sie an sich. »Nicht falsch verstehen, mein Schatz«, flüsterte er. »Ich liebe dich von ganzem Herzen und natürlich bin ich mir sicher, dass du meine große Liebe bist. Aber dessen muss sich mein Vater ja auch sicher gewesen sein, sonst hätte er meine Mutter nicht geheiratet.«

Er entließ sie aus seiner Umarmung, stand auf und trat ans Ufer. »Ich habe aufgrund dessen nie eine ernste Beziehung gehabt«, gestand er. »Ich habe mich nie einer Frau auch nur ansatzweise geöffnet. Und dann kamst du. Mit dem Notizbuch. So sehr mit unserer Geschichte verbandelt. Das macht mir gleichermaßen Angst, wie es mir eine Chance zu sein scheint.«

Sie war neben ihn getreten und er verschränkte ihre Finger mit seinen, als er flüsterte: »Vielleicht ist es ein Zeichen, dass das Buch nun im Besitz einer Frau ist, die nicht direkt Teil unserer Familie ist, die ich aber liebe und die damit eben doch dazugehört«, sagte er. »Vielleicht kannst du damit den Kreislauf verstehen und durchbrechen. Du trägst mit dem Notizbüchlein ja auch all die Last und das Leid mit dir. Denn was ich dir erzählt habe, ist noch nicht alles. Du wolltest wissen, was aus meinem Urgroßvater geworden ist.«

Sie nickte stumm.

»Pierre Didier ist im Kampf für die Résistance umgekommen« sagte er. »Es gab da dieses schreckliche Massaker bei Tulle.«

Zita schrie leise auf. »Ich habe davon gelesen«, sagte sie. Sie recherchierte viel in letzter Zeit, um ein Gefühl für all die Dinge zu bekommen, die sich damals abgespielt hatten. »Da sind doch so viele Menschen erhängt worden. War dein Urgroßvater darunter?«

Er schüttelte den Kopf. »Nein, sie haben nur etwa ein Sechstel aller Männer, die sie gefangen genommen hatten, erhängt. Aber die anderen wurden in ein Konzentrationslager gebracht und die meisten von ihnen ermordet. Darunter auch mein Urgroßvater.«

Zita kämpfte mit den Tränen. Es war ein eigenartiges Gefühl, wenn einem Geschichte, die man bisher nur aus Büchern kannte, mit einem Mal so nah kam. Erst vor zwei Nächten hatte sie von den Grauen in Tulle gelesen. Und nun erfuhr sie, dass Philippes Urgroßvater unter den Opfern gewesen war. Mehr noch: »Meine Urgroßmutter musste, wie auch die Bewohner von Tulle, zusehen, wie sie gehängt wurden«, sagte er. »Und bei jeder Gruppe von Gefangenen, die an die baumelnden Schlingen herangeführt wurden, musste sie fürchten, es sei mein Urgroßvater dabei.«

»Haben deine Urgroßeltern denn nicht in Paris gewohnt?«, fragte Zita. »Was haben sie in Tulle gemacht?« Eine banale Frage angesichts der Unglaublichkeit dessen, was sie erlebt hatten, aber Zita wollte es verstehen. Bis ins letzte Detail.

»Doch«, sagte Philippe »in dem Haus, in dem meine Großmutter heute noch wohnt. Dort, wo wir zusammen waren. Damals haben sie allerdings das ganze Gebäude bewohnt. Hochherrschaftlich.« Er lächelte. »Meine Urgroßeltern sind dann aber als Mitglieder der Résistance im besetzten Frankreich verfolgt worden. Sie haben andere Namen bekommen und falsche Pässe und sind geflohen, um im Untergrund weiterzukämpfen.«

»Wahnsinn«, staunte Zita. »Was für eine unfassbare Geschichte!«

»Und eine sehr tragische«, sagte Philippe traurig. »Eine, die sich bis in die Gegenwart auswirkt und auch Auswirkungen auf dich und mich hat. Meine Urgroßmutter hat sich nämlich nie von dem Grauen erholt, das sie erleben musste. Und auch nicht vom Verlust ihres geliebten Pierre.«

»Wie und wann hat sie denn von seinem Tod erfahren?«

»Das weiß ich nicht genau, aber sie war wohl lange im Ungewissen«, erwiderte Philippe. Irgendwann, nach der Befreiung von Paris, ist sie dann in ihr Haus zurückgekehrt und hat auf ihn gewartet. Er kam nicht, stattdessen kam die Nachricht. Sie ist daraufhin vollkommen zusammengebrochen.«

»Das kann ich mir vorstellen«, sagte Zita beklommen.

»Sie hat sich lange völlig abgeschottet und in dieser Zeit muss auch irgendetwas mit Susanne und Johanna gewesen sein, das sie sich vorgeworfen hat. Was es ist, habe ich auch noch nicht herausgefunden.«

»Aber irgendwann ist sie dann wieder auf euch zugegangen?«

»Ja«, sagte er. »Das war meinem Großvater Raphael zu verdanken. Der hat sie eines Tages einfach ins Auto geladen und ist nach Tulle gefahren.«

Sie schnappte nach Luft.

»Das war enorm mutig und gewagt. Aber es war richtig. Meine Urgroßmutter ist weinend und schreiend auf dem Dorfplatz zusammengebrochen, mein Großvater hat sie gehalten, bis es vorbei war. Danach hat sie stundenlang still geweint und anschließend hat sie alles erzählt. Von Anfang an.« Plötzlich musste er lachen. »Sie hat ihm in diesen Stunden sogar gesagt, dass sie sich zu Beginn des Kriegs sicher gewesen sei, er sei homosexuell, und dass sie damals beschlossen hat, ihm offen entgegenzutreten. Sie habe sich da wohl, meinte sie, von dem freiheitlichen Geist, der damals in der Stadt herrschte, leiten lassen.«

»Du hast vorhin gesagt, das hat etwas mit dir und mir zu tun …« setzte Zita an.

Er blieb stehen, nahm ihr Gesicht in beide Hände und sah ihr eindringlich in die Augen. »Ja, mein Schatz«, sagte er. »Ja, denn ich habe bei meinen Urgroßeltern eben auch gesehen, wie schmerzhaft Liebe sein kann, wenn dem anderen etwas geschieht. Und als Arzt, der jahrelang in der Notaufnahme gearbeitet hat, weiß ich, wie viel und wie schnell etwas passieren kann. Auch in friedlichen Zeiten. Verstehst du jetzt, warum ich solche Angst habe vor der Liebe?«

»Ja«, flüsterte sie. »Ja, ich verstehe es. Aber ich bin überzeugt, dass wir uns die Chance auf Glück nicht vor lauter Angst verwehren dürfen. Das wäre auch nicht im Sinne deiner Vorfahren. Jede Generation und jedes Paar muss seine eigenen Erfahrungen mit der Liebe machen, sich auf sie einlassen und dabei die Ahnen und Urahnen mitnehmen. Nur so, nur mit der Liebe, können die Geister der Vergangenheit gebannt werden.«

Sie legte ihre Arme um seinen Hals und schmiegte sich eng an ihn. »Wir schaffen das, mein Liebster. Das verspreche ich dir.«

62. KAPITEL

69 Jahre zuvor
Überlingen, Bodensee, 3. Oktober 1944

Im September wurde das Außenkommando Überlingen errichtet und rund 700 Häftlinge dort untergebracht. Nun, am 3. Oktober, stand Johanna am Fenster und blickte hinaus. Lange Züge von dünnen, erschöpft wirkenden Menschen zogen die Straße entlang. Sie zwang sich, hinzusehen. Die Häftlinge trugen Holzschuhe, weswegen jeder Schritt ein unnatürlich lautes Klappern zur Folge hatte. Jeder Schritt eine Anklage. Klapp, klapp, klapp. Sie trugen Sträflingskluft, blau-weiß gestreift. »Und wenn einer nicht mehr kann oder nach rechts oder links ausweicht, holt ihn der Bluthund«, flüsterte Johanna. In ihrer Stimme lag das Entsetzen, das sie empfand. Sie dachte an Matthias und dass er vielleicht unter ihnen wäre. Sie wusste ja nichts von seinem Tod, und auch wenn ihr klar war, dass es äußerst unwahrscheinlich war, dass er hier sein könnte, suchten ihre Augen ängstlich in den Reihen der Vorbeimarschierenden. Sie fand ihn nicht, zumal sie die Häftlinge schlecht erkennen konnte. Es war viel zu dunkel und die marschierenden Männer zu weit weg.

»Wohin bringen sie sie?«, fragte sie Sebastian bang. Er hatte am Küchentisch gesessen und geschrieben, war aber schon vor einer ganzen Weile aufgestanden, um gemeinsam mit ihr auf die Straße hinabzusehen. »In das Lager nach Aufkirch?«

Sebastian nickte.

Bei dem Lager handelte es sich um eine Außenstelle des KZ Dachau. Drei riesige Baracken erstreckten sich zwischen Überlingen und Aufkirch.

Von jetzt an konnte Johanna die Häftlinge täglich auf ihrem Weg zur Arbeit beobachten, viermal am Tag. Sie kamen und gingen immer um kurz vor sechs und um kurz vor und nach 18 Uhr, da war Schichtwechsel. In Vierer- oder Fünferreihen schleppten sie sich durch das winterliche Dunkel zu ihrer anstrengenden Arbeit, ein Gespensterzug, oftmals umwogt vom Überlinger Nebel. Dann leuchteten die Laternen, die jene Zwangsarbeiter tragen mussten, die ganz außen gingen, besonders gespenstisch.

»Was ist das für ein Licht, Mutti?«, fragte Melissa ängstlich, als sie den widerspiegelnden Schein der Laternen zum ersten Mal durch den Nebel wogen sah, und Johanna sagte nur: »Es ist nichts, Kind.«

Im Winter beobachtete Johanna, wie die Häftlinge mit ihren Holzschuhen verzweifelt versuchten, auf der glatten Straße Halt zu finden. Einer fiel hin, Johanna wurde Zeugin, wie der SS-Aufseher nach ihm trat und sich anschickte, seinen Bluthund auf ihn zu hetzen. Bevor der Zug am Abend den Rückweg antrat, eilte sie nach draußen, um Asche auf die Straße zu streuen. So wäre der Weg zumindest nicht mehr ganz so glatt.

Am Abend schrieb sie in ihr Tagebuch: *Ich habe leise gesungen, als sie vorbeikamen. »Es geht alles vorüber, es geht alles vorbei ...«*

63. KAPITEL

69 Jahre später
Überlingen, Bodensee, August 2013

Zita las. Wieder einmal. Las die Worte, diesmal in ein dickes Buch geschrieben, die eine der drei Frauen einst zu Papier gebracht hatte. Inzwischen konnte sie die Handschriften von Luise, Sophie und Johanna weitgehend auseinanderhalten und sie war sich ziemlich sicher, dass es Johannas Schrift war, die sie hier las. Das machte auch Sinn, denn nach allem, was sie recherchiert hatten, war Johanna die Einzige, die sich im Herbst 1944 in Überlingen befand.

Überlingen, Altes Schulhaus, Oktober 1944

»Ich habe leise gesungen, als sie vorbeikamen. »Es geht alles vorüber, es geht alles vorbei.« Ich werfe ihnen Brot zu, wenn sie kommen, sie wissen das inzwischen. Leider wissen es auch die Wachen, diese Unmenschen, und nehmen den armen, hungernden Menschen auch dieses winzige bisschen Nahrung weg. Ich werde das in Zukunft anders machen. Ich werde jeden Tag an einer anderen Stelle stehen. Damit die Wachen nicht vorbereitet sind.
Dann gehen sie in den Stollen, mit ihren klappernden Schuhen, in denen sie mit ihren bloßen Füßen stecken.
Manchmal höre ich auch die Detonation, wenn sie etwas sprengen. Die Sprengungen und das Klap-

pern der Holzschuhe auf dem harten, gefrorenen
Winterboden – ich höre beides ununterbrochen, den
ganzen Tag, auch wenn sie gerade gar nicht an mei-
nem Fenster vorbeikommen. Der Krieg hat ja nun
wirklich viele Klänge und Geräusche, aber seltsa-
merweise ist genau das für mich zum Klang des
Kriegs und des Leids geworden.

Lang schon las Zita nicht mehr leise. Sie sprach laut, las Alexandra vor, die neben ihr auf dem Sofa saß und versuchte,
einen Stammbaum der Familie Seiler-Gerstett-Bigall zu
zeichnen, um mehr Klarheit in die verworrenen Familien-
verhältnisse zu bringen.

Als Zita zu lesen begann, unterbrach sie ihre Arbeit
und hörte nun aufmerksam zu. »Wovon schreibt sie?«
»Bestimmt von den Zwangsarbeitern, die im Goldbacher
Stollen eingesetzt waren«, überlegte Alexandra. »Offiziell
wusste niemand etwas, auch in den Zeitungen stand nichts,
das zumindest hat mir meine Oma so geschildert. Aber
natürlich wusste es doch jeder, denn sie haben die Menschen ja auf dem Weg zu ihrer Arbeit gesehen und sie haben
auch die Baracken gesehen, die ungefähr dort, wo heute das
Krankenhaus steht, aufgebaut waren. Ich habe zu Hause
ein Buch über den Goldbacher Stollen. Der Überlinger
Historiker Oswald Burger hat es geschrieben, er kennt
sich genauestens mit der Stadtgeschichte aus«, fuhr sie fort.
»Wenn du möchtest, kann ich es gleich heraussuchen.«

»Gut«, sagte Zita. »Ich sage nur eben Philippe Bescheid,
dass er so lange alleine mit den Gästen klarkommen muss.«

Der Weg vom Alten Schulhaus zur Franziskanerstraße, wo
Alexandra mit ihrem Freund, dem Polizisten Ole, in einer

Mietwohnung lebte, war nicht weit, keine Viertelstunde später standen sie vor Alexandras reich gefülltem Bücherregal im oberen Stock der Maisonette-Wohnung. Ole war ebenfalls gerade nach Hause gekommen und saß mit einer Flasche Bier auf dem Sofa.

»Wir haben interessante Tagebuchaufzeichnungen von Johanna Bigall gefunden«, informierte Alexandra ihren Freund. »Offenbar hat sie miterlebt, wie die Zwangsarbeiter beim Stollenbau täglich an ihrem Haus vorbeimarschierten. Jetzt suche ich nach dem Buch, das Oswald Burger darüber geschrieben hat.« Sie hielt inne und wandte sich zu ihm um. »Kennst du ihn eigentlich?«

Ole grinste. »Ist das der Mann mit Hut, der immer Rad fährt? Wurde der nicht mal auf seinem Fahrrad geblitzt, als er die Aufkircher Straße runterfuhr?«

»Ich bin mir nicht sicher, ob er das war, aber ich erinnere mich an das Foto«, schmunzelte Alexandra und rief gleich darauf: »Na also, hier ist es schon.«

Sie zog ein schmales, graues Buch zwischen anderen Werken zu Überlingen und zur Stadtgeschichte hervor und setzte sich damit zu Ole aufs Sofa. Zita hockte sich neben sie auf den Boden. »Oswald Burger schreibt darüber, wie die Häftlinge untergebracht wurden. Hier zum Beispiel: *Jeder erhielt zum Schlafen einen Papiersack mit Spreu. (…) Das Lager war, wie üblich, mit Stacheldraht umgeben und mit vier Wachtürmen gesichert.* Alexandra überflog die Seiten und sagte dann: »Offenbar haben zahlreiche Überlinger den Menschen Essen gebracht und es auch im KZ über die Zäune geworfen. Und er hat wohl mit einer Überlingerin gesprochen, die sich Gedanken darüber gemacht hat, woher diese Hilfsbereitschaft kam: *Das Motiv war sicherlich in erster Linie Mitleid, aber man hatte in Überlingen auch große Angst vor dem Augenblick der Befreiung des Lagers*, las Alexandra vor. »Sie hatten wohl Sorge, was passieren würde, wenn das Lager befreit würde und die Häftlinge Rache nehmen könnten.«

»Ja, an einen Sieg hat niemand mehr geglaubt, in jenem Winter«, sagte Zita nachdenklich und fragte dann: »Warum war Johanna eigentlich so viel in Überlingen? Ich dachte, sie lebte in Konstanz, wo sie ihre Fabrik leitete?«

»Ich nehme an wegen Melissa«, vermutete Ole.

»Ja«, bestätigte Zita. »In dem Tagebuch steht auch, dass Sebastian und Melissa eine ganz besondere Beziehung zueinander entwickelten und dass Johanna sich sehr daran freute und den beiden viel Zeit miteinander geben wollte. Später hat sie die Firma dann wohl an ihre Schwester übergeben.«

Alexandra blickte von ihrer Lektüre auf. »Sie haben das Lager fünf Tage, bevor die Franzosen kamen, angezündet«, berichtete sie. »Die Feuerwehr soll den Brand selbst gelegt haben, Burger schreibt, das sei angeblich wegen Seuchengefahr gewesen, vermutlich aber auch, um zu vertuschen, wie die SS in den Lagern mit den Häftlingen umgesprungen war.«

»Als ob die das nicht lang schon gewusst haben«, schnaubte Ole.

»Warum haben sie den Stollen eigentlich gebaut?«, fragte Zita. »Ist vielleicht eine komische Frage, aber ich kenne mich in der Überlinger Geschichte nicht so gut aus.«

»Das ist gar keine dumme Frage«, widersprach Alexandra. »Im Kern ging es darum, dass die nahe liegende Stadt Friedrichshafen aufgrund ihrer Rüstungsindustrie total zerbombt wurde und die Rüstungsfirmen einen sicheren Ort gesucht haben.«

»Und warum ausgerechnet in Überlingen?«

»In ganz Überlingen gibt es viele Höhlen und unterirdische Gänge«, erklärte Alexandra. »Das liegt daran, dass der Molassefels so weich ist. Da ließ sich auch der Stollen gut graben. Früher gingen die Höhlen zwischen Sipplingen und Überlingen bis ans Seeufer, das waren die sogenannten Heidenhöhlen, da kann ich dir mal Bilder zeigen. Das muss paradiesisch schön gewesen sein.«

»Gerne«, sagte Zita. »Wir könnten das ja alle mit einem Abendspaziergang verbinden, Philippe in der Pension abholen und danach essen gehen, was meint ihr?«

»Gute Idee«, erklärte Alexandra sich gleich einverstanden und auch Ole nickte zustimmend.

»Ich habe einen Bärenhunger«, verkündete Alexandra. »Kein Wunder, ich muss ja auch für zwei essen.«

64. KAPITEL

69 Jahre zuvor
Frankreich, Herbst 1944

Sophie suchte nach Pierre. Sie fragte jeden nach ihm, den sie sah. Und sie tötete. Ohne mit der Wimper zu zucken, brachte sie Menschen um. Deutsche Soldaten. Einen nach dem anderen. Es war zwar ein grausamer Weg, die selbst erlittenen Schrecken so zu kompensieren, aber immerhin war es ein Weg, um der unerträglichen Starre zu entkommen. Und sie war nicht allein auf diesem Weg: Die befreiten Gebiete Frankreichs waren rot vor Blut, dem Blut derer, an denen sich die Menschen rächten. Das waren nicht nur die Deutschen, sondern auch jene, die sich ihnen in den vier Jahren der Besatzungszeit nicht widersetzten. Die sich lieb Kind gemacht und auf der »falschen« Seite gestanden hatten. Sophie stellte fest, dass es sie befriedigte, zu jagen und zu rächen, was sollte man sonst auch tun? Was sollte man mit Menschen machen, die Frauen und Kinder in einer Kirche einschlossen und grausam ersticken ließen? Was mit solchen, die einen Mann nach dem anderen an Balkongeländern aufhängten, vor den Augen ihrer Frauen und Kinder? Sophie glaubte schon längst nicht mehr daran, dass man diesen Kampf gewinnen konnte, indem man dem Hass Liebe und Bereitwilligkeit zum Frieden entgegensetzte. Auge um Auge, Zahn um Zahn – das war nun ihr Motto. Sophies Hauptziel waren die Männer der SS. Wenn sie sie tötete, empfand sie – nichts.

Und dann änderte sich alles. Das war, als in den Straßen des kleinen Dorfes in Südfrankreich, durch das Sophie auf ihrem Weg zurück nach Paris kam, die aufgebrachte Menge eine junge, blonde Frau aus dem Haus zerrte und an ihren Kleidern riss, bis das Mädchen splitternackt und zitternd vor ihnen stand. Dann nahmen sie eine Schere und schnitten ihr das blonde Haar ab, das in dicken Strähnen auf den Boden fiel und sich mit Blut vermischte. Wessen Blut? Sophie konnte es nicht sagen. Es floss ständig Blut in jenen Tagen. Überall und ständig Blut, Blut, Blut.

Sie folgte dem Mob, der die junge Frau kreischend und

johlend durchs Dorf trieb, zu der kleinen Bühne, die sie auf dem Dorfplatz aufgebaut hatten. Dort musste das weinende, zitternde Mädchen hinaufsteigen. Sie banden sie an einem Pfahl fest und hängten ihr ein Schild um den Hals auf dem stand: *Ich habe mit den Boches gehurt.*

Unvermittelt begannen die Tränen auch über Sophies Gesicht zu fließen. Diese junge Frau hatte doch auch nur das getan, was sie, Sophie, seit Jahrzehnten tat. Einen Mann geliebt, der offiziell Feind war. War nicht auch sie wegen ihrer Liebe angegriffen worden? Damals, nach dem ersten Krieg? Und Raphael, ihr Sohn? Hatte sie nicht immer Angst um ihn gehabt, als sie noch in Deutschland gelebt hatten, weil sein Vater ein Franzose war? Und nun stand sie hier auf dem Dorfplatz und sah zu, wie sie eine junge Frau dermaßen quälten! Eine junge Frau, die nur eins getan hatte: lieben!

Sie wollte ihr helfen. *Elle a aimé mais seulement* rufen, *sie hat doch nur geliebt.* Doch es kam kein Wort über ihre Lippen. Sophie war verstummt, seit jenem schrecklichen Tag in Tulle. Nur ihre Lippen bewegten sich, als sie es sagte: *Sie hat doch nur geliebt.*

65. KAPITEL

Johanna lag weinend in Sebastians Armen. Endlich, drei Monate, nachdem Paris befreit worden war, hatte sie Nachricht von Robert erhalten. Es gehe ihm gut und er gedenke zu heiraten, hatte er geschrieben und ihnen von Dénise erzählt. Bald werde er nach Hause kommen und sie ihnen vorstellen. Mehr war dem Brief nicht zu entnehmen gewesen, deshalb wussten weder Johanna noch Sebastian, dass er Seite an Seite mit Sophie und Pierre in der Résistance gekämpft hatte. Aber das zählte im Moment auch nicht. Wichtig war nicht, was er wann getan hatte, sondern nur, dass er lebte, dass es ihm gut ging und dass er offensichtlich sein Glück gefunden hatte. Johanna war außer sich gewesen vor Angst um ihren Sohn, als sie gehört hatte, was die Franzosen mit den deutschen Besatzern machten, nachdem die französische Hauptstadt befreit worden war, und auch Sebastian konnte seine Erleichterung nicht verhehlen.

Doch der Erleichterung folgten gleich wieder Sorgen: Susanne hatte immer noch nichts von sich hören lassen. Und aus Ostpreußen kamen entsetzliche Nachrichten, Johanna sorgte sich um Luise. Das Blutbad von Nemmersdorf, wo russische Soldaten ein entsetzliches Massaker angerichtet hatten, war in aller Munde. Nemmersdorf war zwar nicht Neidenburg, aber Johanna verspürte hinsichtlich Luise eine starke Unruhe. Und da sie ihrer Intuition eigentlich immer vertrauen konnte, war sie fast sicher, dass sich die Freundin in einer Notsituation befand und dringend Hilfe brauchte. Hilfe, die sie, Johanna, ihr nicht geben konnte, weil sie weder wusste, wo Luise war, noch die Möglichkeit hatte, ins umkämpfte Ostpreußen zu reisen, um nach ihr zu suchen.

66. KAPITEL

Ein Gut in der Nähe von Neidenburg, Ostpreußen, November 1944

»Ich habe Angst«, sagte Luise. »Ich habe das Gefühl, dass die Geschichte sich wiederholt, in diesem Haus und mit Menschen, die mir wichtig sind.«

»Hab keine Angst«, bat Margarete und legte den kleinen Michael, dem sie gerade eine Mahlzeit gegeben hatte, vorsichtig in den Stubenwagen zurück, der immer in der Küche stand.

»Ich komme nicht dagegen an«, murmelte Luise. »Es sind die Bilder, die wieder hochkommen. Und die Ereignisse der letzten Zeit sind ja auch nicht gerade beruhigend.«

Dem konnte Margarete nichts entgegensetzen. Die Russen waren auf dem Vormarsch und die Nachrichten, die aus den ostpreußischen Gebieten kamen, in die die Rote Armee bereits vorgestoßen war, waren wirklich alles andere als beruhigend. Sie taten genau das, was sie schon damals getan hatten, im ersten Krieg: Sie mordeten, vergewaltigten, plünderten, quälten. Luise ahnte zwar, anders als damals, dass sie es als Vergeltung für selbst erfahrenes Leid taten, dass sie selbst unendlich unter den deutschen Soldaten in ihrem Land gelitten hatten, dass auch sie Frauen und Kinder verloren hatten, aber das machte die Situation nicht besser, sondern umso gefährlicher. Luise hatte Angst vor dem entfesselten Hass.

»Die Front ist ja noch ein Stück weg«, sagte Margarete. »Aber ich verstehe nicht, warum die Menschen in den frontnahen Gebieten immer noch dort sind. Warum sie nicht schon längst geflohen sind.«

»Viele sind geflohen«, widersprach Luise. »Und ich kann es ihnen nur raten. Du weißt ja, wir sind damals zu lange geblieben. Aber dieses Mal … dieses Mal würde ich rechtzeitig gehen, um diesen kleinen Jungen zu schützen. Ich habe nur Angst …«

»Du hast Angst, dass Roman dich dann nicht findet, wenn er dem Konzentrationslager entkommt«, ergänzte Margarete den Satz und stellte einen Teller Suppe vor ihre Freundin. »Iss, du bist viel zu dünn.«

Lustlos und zugleich hungrig tunkte Luise ihren Löffel in die Kartoffelsuppe und bestätigte trüb: »Ja. Davor habe ich Angst. Wir haben damals ja für diesen Fall überhaupt keinen Treffpunkt ausgemacht. Wo sollte er mich suchen? Und wenn er hierherkäme und *ihnen* in die Hände fallen würde? Das wäre entsetzlich.«

Mutlos ließ sie den Löffel wieder sinken und barg das Gesicht in den Händen.

In der Tat war die Lage für das bisher vom Krieg so verschonte Ostpreußen prekär und Hitler wiegte die Bevölkerung in falscher Sicherheit. Er wehrte sich gegen Empfehlungen seiner Befehlshaber, man möge Ostpreußen doch evakuieren. Der Führer wich keinen Zentimeter von seinem Glauben an einen deutschen Endsieg ab und deshalb müsse man Ostpreußen auch nicht evakuieren. Nein, die Bauern, so die Gedanken des Führers, sollten schön weiter ihre Felder bestellen: Das würde die Front stärken und das Gefühl der Panik und des nahenden Untergangs in der Bevölkerung vermeiden.

»Höchstens bis nach Memel würden sie vorstoßen, hat es immer geheißen«, sagte Luise nun. »Und dann würden die deutschen Soldaten sie schon erfolgreich zurückschlagen.«

»Der Ostwall, den sie errichtet haben, hat uns in Sicherheit gewiegt«, stimmte Margarete ein.

Luises Kopf fuhr hoch. Sie wollte, dass die Freundin sie beruhigte! Keineswegs sollte Margarete selbst Zweifel laut werden lassen an der Sicherheit, in der sie sich doch befanden! Sie fragte nur, um eine Bestätigung zu bekommen, dass alles gut werden würde. Und nun fing Margarete auch noch an!

»Es wird schon alles gut werden«, murmelte Margarete nun brav. Sie war sich ihrer Rolle durchaus bewusst und hegte für Luise und ihren Säugling Mutter- und Großmuttergefühle. Vor allem, seit sie ihre Tochter an diesen SS-Mann verloren und Luises Kind in den ersten Monaten seines jungen Lebens aufgezogen hatte, hatte sie sich enger an die jüngere Frau angeschlossen.

Die Tür öffnete sich und Hannelore kam herein, erschöpft und müde aussehend. »Die Kinder schlafen endlich«, verkündete sie und ließ sich an den Tisch sinken. »Ich bin müde.«

Die drei Frauen lächelten einander an. Luise und ihre beiden Gäste, die längst mehr waren als das. Sie waren froh, dass sie sich hatten.

»Und unser kleiner Schatz schläft auch, wie ich sehe.« Hannelore beugte sich über die Wiege. »Ich habe meinen kleinen Ernst oben bei seinen Geschwistern gelassen.« Dann blickte sie die beiden anderen an und fragte: »Wovon habt ihr gesprochen?«

»Luise hat Angst vor den Russen«, sagte Margarete geradeheraus und Luise widersprach nicht.

»Ich auch«, erklärte Hannelore. »Ich habe auch Angst. Nicht um mich, sondern um die Kinder.«

»Ich sorge mich um die Kinder und um Roman.«

»Ich glaube, diese Sorge hat erst mal ein Ende«, sagte Margarete tonlos und deutete zum Fenster hinaus.

Luise folgte ihrem Blick, dann stieß sie einen Schrei aus und rannte hinaus.

67. KAPITEL

Paris, Frankreich, Herbst und Winter 1944

Manon gab Sophie ihre Worte zurück. Und Sophie schenkte der jungen Frau ein Zuhause.

Mehrere Wochen war es jetzt her, dass Manon von der aufgebrachten Menge die Haare geschoren bekommen hatte, dass man sie beschimpfte und bespuckte, dass Sophie noch versucht hatte, sie zu retten, indem sie rief: »Sie hat doch nur geliebt.« Und dass kein Ton über ihre Lippen gekommen war, weil sie angesichts all der Schrecken, die sie erlebt hatte, verstummt war.

Nach und nach hatte sich die Masse verlaufen, am Schluss waren nur noch vier Menschen auf dem Platz gewesen. Sophie, Manon und zwei Frauen, die nicht aufhören wollten, die Gepeinigte erbost anzustarren. Doch irgendwann waren auch sie gegangen und nur Sophie und Manon waren zurückgeblieben. Sie sahen sich an, die an einen Pfahl gefesselte Frau mit dem Schild um den Hals, auf dem stand, sie habe mit einem »Boche« gehurt, und die Deutsche, die zur Résistancekämpferin geworden war und der das Grauen nun die Sprache geraubt hatte.

Dann ging Sophie langsam auf sie zu, stieg die zwei Stufen zur Empore hinauf und blieb vor ihr stehen. Sie wollte ihr sagen: »Ich liebe auch einen ›Feind‹, ich bin Deutsche und er ist Franzose. Und er ist verschwunden.« Sie wollte sagen: »Es ist keine Schande, zu lieben.« Aber die Worte kamen einfach nicht über ihre Lippen. Sie öffnete den Mund nur und schloss ihn wieder, also hob sie in einer hilflosen Geste die Hand, um der Gepeinigten über die Wange zu streichen. Aus Manons Augenwinkel löste sich eine Träne. Sophie beugte sich vor und küsste sie fort. Es kam ihr nicht merkwürdig vor, der Wildfremden so nahezukommen. Es war ein stilles Zeichen der Liebe und der Verständigung in all dem Hass und in einer Welt, in der es keine Worte mehr gab.

»Bind mich los. Bitte«, flüsterte Manon und Sophie machte sich daran, die fest verknoteten Seile, mit denen Manon an den Pfosten gefesselt war, zu lösen. Es war schwer, sie arbeitete stumm und verbissen, aber schließlich gelang es ihr. Dann standen sie voreinander, mit hängenden Armen. Stumm.

»Wie heißt du?«, flüsterte Manon mit krächzender Stimme, die klang, als hätte man sie auch geknebelt, was nicht der Fall gewesen war. Vielleicht, dachte Sophie, krächzte die Stimme vor unterdrückten Schreien und heruntergeschluckten Tränen.

Sie öffnete den Mund, versuchte ihren Namen zu sagen, doch wieder kam kein Wort heraus. Verzweifelt schüttelte sie den Kopf.

»Ist schon gut.« Manon strich ihr nun ihrerseits über die Wange. »Ist schon gut.«

Sophie wollte mit der halbnackten Manon fliehen, in die Wälder, die das Dorf umgaben, dort gab es mehrere Höhlen, die ihnen Zuflucht bieten würden. Wie aber sollte sie sich ihr verständlich machen? Nach kurzem Zögern nahm sie die andere bei der Hand und ging mit ihr still durch die Straßen, spürte die Blicke der Bewohner wie Dolche auf sich.

Nach einer Stunde Fußmarsch kamen sie im Wald an. Sophie fand die Höhle, vor der ein kleiner, klarer Bach floss, auf Anhieb.

»Hier bleiben wir erst mal«, bestimmte Manon. »Das ist gut. Und ich erzähle dir ein bisschen von mir. So lange, bis deine Sprache zurückgekehrt ist. Dann erzählst du mir von dir. Wenn du möchtest.«

Sophie nickte. Dann holte sie ihr letztes Stück Brot aus dem Rucksack und teilte es mit der Fremden.

68. KAPITEL

Ein Gut in der Nähe von Neidenburg, Ostpreußen,
Februar 1945

Obwohl Luise sich vorgenommen hatte, dieses Mal recht-
zeitig die Flucht anzutreten, gingen sie erst in letzter Minute.
Und das nicht, weil Gauleiter Erich Koch vorbereitende
Evakuierungsmaßnahmen verboten hatte, sondern weil
Luise bis zuletzt hoffte, dass Roman noch einmal heim-
kehrte, und sei es nur für kurz. Sie hatten ihm nicht viel
Zeit gelassen: Zwei Wochen nach seinem erschöpfenden
Marsch aus dem Konzentrationslager bei Trier zu ihr nach
Ostpreußen hatten sie eine von der SS organisierte Hoch-
zeit gefeiert – in aller Stille, mit Margarete, Hannelore und
den Kindern, der wohl glücklichste Tag in Luises Leben.
Und einer der unendlich vielen traurigen, denn noch am
selben Tag wurde er zur Wehrmacht eingezogen.

»Das wusste ich«, sagte er ruhig, als sie weinte und ihr
Schicksal beklagte. »Warum sonst, glaubst du, haben sie
mich eingedeutscht? Bestimmt nicht, damit wir glücklich
werden.« Es klang bitter.

Sie wusste nicht, wo er jetzt war, aber sie hatte große
Angst um ihn, denn sie war sicher, dass sie ihn nach Norden
gebracht hatten, in diesen Hexenkessel, um ihn, ihren geliebten Roman, der schon so viel Leid hatte erdulden müssen, im
Kampf gegen die Russen aufzureiben. Bereits im Sommer war
die Ostfront zusammengebrochen, im Juni hatte die sowjetische Armee einen Großangriff gegen die Heeresgruppe Mitte
gestartet. Die Sowjets stürmten regelrecht voran, mehr als

1000 Kilometer in nur sechs Wochen. Seit dem 16. Oktober waren die Russen auf ostpreußischem Gebiet.

Die Situation hatte Luise große Angst gemacht, schon seit sie aus dem KZ zurück war, hatte sie an Flucht gedacht. Und seither war sie ebenso davor zurückgeschreckt. Nicht wegen des Verbots. Nicht, weil es schon als Hochverrat galt, an Flucht auch nur zu denken. Nein, es ging ihr immer nur um Roman. Dass sie da sein wollte, wenn er nach Hause kam. Dabei hatte er sie angefleht, ihr das Versprechen abgenommen, zu gehen, wenn es brenzlig würde.

»Unserem Sohn zuliebe, Liebste«, hatte er gesagt. »Du weißt, wie grausam Menschen sein können, die hassen. Und wie groß der Hass der Russen auf die Deutschen ist, das ist …, also, das ist unermesslich.«

»Ich weiß«, sagte Luise. Sie hatte es damals am eigenen Leib erfahren, und nun drangen immer wieder Schreckensnachrichten nach Neidenburg. Nachrichten von Massenvergewaltigungen, von Folter, Brandschatzung, Mord und Totschlag.

Der Sturm auf das Reich begann am 12. Januar. Die Rotarmisten waren um ein Zwanzigfaches in der Übermacht. Nun wurde auch das Verbot zu fliehen aufgehoben. Und der Druck auf Luise wuchs, zumal die Russen am 18. Januar sogar schon ins Neidenburger Kreisgebiet vordrangen. Luise war in eine Starre verfallen, aber Margarete und Hannelore packten energisch zusammen. »Du wirst mitkommen, Luise, und wenn wir dich fesseln und auf einen Wagen schmeißen müssen«, sagte Margarete nun hart. Wir werden dich hier nicht zurücklassen und auch den Kleinen nicht. Willst du, dass er in die Hände dieser Ungeheuer fällt? Oder dass sie dich vergewaltigen und ermorden und er dann mutterseelenallein zurückbleibt? Willst du das?«

»Natürlich nicht«, sagte Luise. »Aber Roman … Ich weiß nicht, was ich tun soll. Ich bin so zerrissen.«

»Die schrecklichen Erlebnisse von damals kommen wieder hoch«, sagte Margarete leise zu Hannelore. »Wir müssen jetzt einfach gegen ihren Willen handeln.«

Hannelore nickte und nahm Luise sanft beim Arm. »Du hast dich mit Roman in Überlingen verabredet, dorthin wird er auch kommen, so wie er schon einmal gekommen ist. Du hast ihm versprochen, dass du gehen wirst.«

Luise ließ sich willenlos zu den Wagen führen, die die beiden vorbereitet hatten. Als sie sie sah, bekam sie unvermittelt ein schlechtes Gewissen. An was Margarete und Hannelore alles gedacht hatten, während sie unfähig und erstarrt im Haus gesessen hatte! Sie hatten zwei Wagen vollgepackt und aneinandergebunden, die Pferde angespannt, auf den Wagen türmten sich Decken, Wertgegenstände, Erinnerungsstücke und vor allem alles, was man essen könnte. Selbst die Hühner hatten die beiden Frauen noch geschlachtet und auf den Wagen mit den Lebensmitteln gepackt.

»Verzeiht mir«, murmelte Luise. »Verzeiht, dass ich so tatenlos war. Das habt ihr großartig gemacht. Wartet bitte einen Moment, ich hole nur noch die drei Pelzmäntel von Großmutter, die werden wir brauchen.«

Minuten später war sie wieder da und gab jeder der Frauen einen dicken Pelz. Es hatte unter 20 Grad, Luise sorgte sich um die Kinder. In einem großen Kessel hatten sie heißes Wasser dabei, aber das würde nicht lange reichen und auch nicht lange warm bleiben.

»Ich würde vorschlagen, wir setzen die Kinder in den hinteren Wagen«, sagte Margarete. »Und eine von uns ist immer bei ihnen.«

Luise nickte. Der hintere Wagen war der stabilste, Margarete und Hannelore hatten einen riesigen Teppich vor die vordere Öffnung gehängt, sodass kein Wind hineinblasen konnte. »Das ist gut, ja«, stimmte sie zu. »Habt ihr alle Federbetten und warmen Kleider eingepackt, die wir haben?«

Margarete bejahte, während Luise in den Wagen blickte. »Das ist ja ein richtiger Federberg«, sagte sie. »Wir setzen die Kleinen da rein.«

»Und du gehst auch mit hinein«, bestimmte Margarete.

»Ja.« Sie kletterte in den Wagen. »Sobald die Kinder schlafen, löse ich eine von euch beim Lenken ab.«

Luise warf einen letzten, gequälten Blick auf das Gut, das ihr Zuhause war. Der Abschied schmerzte, doch dieser Schmerz wurde überlagert von dem Wissen, dass es richtig war zu gehen. Dass ihr keine Wahl blieb. Sie hatte lange gebraucht, aber nun war sie überzeugt, dass es der einzig mögliche Weg war.

69. KAPITEL

68 Jahre später
Paris, Frankreich, August 2013

Seit vier Tagen hielten sich Mia und Melissa nun schon in Paris auf, drei Tage davon waren sie bis auf die Nächte ununterbrochen mit Susanne zusammen gewesen. Die alte Frau hatte zwar angeboten, sie in ihrem Haus zu beherbergen, aber Melissa hatte abgelehnt. Sosehr sie die Nähe zu ihrer Mutter nach all den Jahren genoss, sosehr sie sich danach sehnte, eigentlich ständig mit ihr zusammen zu sein: Das, was sie hier erfuhr, war anstrengend und bewegend und es tat ihr gut, das Haus am Abend gemeinsam mit Mia zu verlassen und auf dem Weg zum Hotel zu ordnen, zu sortieren, sich mit diesen neuen Realitäten zurechtzufinden. Vor allem heute Abend ging ihr das so: Sie hatte endlich erfahren, warum ihre Mutter erst so spät nach ihr gesucht hatte, und begriffen, welche Schuld Franziska auf sich geladen hatte. Damit klarzukommen, war nicht einfach. Vor Susanne hatte Melissa sich zwar zusammengerissen, aber nun stand sie ohnmächtig und auch ein wenig überrascht vor dem riesigen Berg aus Wut und Trauer, der sich in ihr aufgestaut hatte. Diese Emotionen waren so stark, dass sie kaum noch Luft bekam, das Gefühl hatte, schreien zu müssen, aber nicht genügend Atem zum Schreien zu haben.

Melissa rannte und rannte durch die Straßen von Paris, Mia versuchte, mit ihr Schritt zu halten, ein Unterfangen, das kaum gelingen wollte. »Mama«, rief sie, »Mama!«

Schließlich blieb Melissa stehen und sah ihre Tochter

wütend an, wenn die Wut freilich auch nicht ihr galt, sondern Franziska. »Warum tut ein Mensch so etwas?«, fragte sie fassungslos. »Warum?«

»Ich weiß es nicht, Mama«, sagte Mia hilflos. »Ich weiß nur, dass Franziska eine kranke Frau war. Und das wohl schon ihr ganzes Leben. Sie war krank vor Hass, anders kann ich mir das nicht vorstellen.«

»Aber wie kam das zustande? Warum wird ein Mensch so? Warum zerstört er das Leben so vieler anderer Menschen?«

»Viele im Dritten Reich waren so«, versuchte sich Mia in einer Erklärung. »Vielleicht war es einfach der damalige Geist der Zeit.«

»Aber alle anderen aus unserer Familie sind doch auch anständig geblieben«, widersprach Melissa. »Warum sie?«

»Ob es etwas damit zu tun hat, dass sie als Kind den Mord mitbekam, den Luise und Sophie an Luises Gatten verübten?«

»Sie hat ja nach allem, was sie uns erzählt hat, nicht wirklich den Mord mitbekommen, sondern nur, dass sich Luise deshalb schwere Vorwürfe gemacht hat«, berichtigte Melissa. »Und als sie mir davon erzählt hat, hat man gemerkt, dass diese Geschichte nicht die war, die sie bewegte. Es war nicht *ihre* Geschichte. Siegfried wollte Sophie und ihren Sohn ans Messer liefern, weil Raphael der Sohn eines Franzosen war. Das wollte Luise nicht zulassen und hat ihn im Eifer des Gefechts erschlagen. Danach hat sie sich entsetzliche Vorwürfe gemacht und die beiden haben versucht, den Mord zu vertuschen. Ich hatte das Gefühl, dass Franziska das sogar verstand.«

»Aber aus dieser Geschichte hätte sie doch viel mehr Kapital schlagen können«, überlegte Mia.

Melissa schüttelte den Kopf. »Nein«, sagte sie. »Franziska ging es immer nur darum, *Johanna* zu zerstören. An den anderen hatte sie kein Interesse. Das habe ich inzwischen begriffen.«

70. KAPITEL

68 Jahre zuvor
Überlingen, Bodensee, 22. Februar 1945

Am 22. Februar 1945 kam der Luftkrieg für einen einzigen Tag auch nach Überlingen: Um 13.45 Uhr wurde der Westen der Stadt bombardiert, die Scheiben im Alten Schulhaus zitterten, zwei zerbarsten. Johanna schnappte sich Melissa und verbarrikadierte sich mit ihr im Keller. Dabei dachte sie die ganze Zeit über an Susanne. »Ich muss dieses kleine Mädchen schützen«, murmelte sie und presste Melissa an sich. »Wenn Susanne eines Tages zurückkehrt, und das wird sie, da bin ich sicher, das muss sie einfach, dann soll sie nicht erfahren müssen, dass ihre Mutter und ihre Tochter im alliierten Bombenhagel gestorben sind.«

Sebastian war nicht da. Am Ende war er, trotz des ärztlichen Attests, das ihm Dr. Schilling zu Beginn des Krieges aufgrund von asthmatischen Atemproblemen ausgestellt hatte, in den Krieg gerufen worden, aufgefordert, dem Volkssturm beizutreten, in dem auch 16-jährige Knaben und 60-jährige Männer kämpften und im Auftrag des Führers versuchten, zu retten, was lang schon nicht mehr zu retten war. Aber Sebastian machte nicht mit. Er war noch tiefer in den Untergrund abgetaucht, war schlichtweg unauffindbar. Johanna war froh darum, und sie bewunderte ihn für seine Sturheit, für seine Unnachgiebigkeit gegenüber dem Regime und dass er sich weigerte, zu tun, was er nicht für richtig hielt. Das ist stark, dachte sie, auch, wenn es ihm natürlich als feige und verräterisch ausgelegt wurde. Sebastian wurde nun offiziell gesucht. Im Verdacht gehabt hatten sie ihn ja schon immer.

Auch an ihn dachte Johanna in den Stunden unten im Keller, als sie die vor Angst zitternde und schluchzende Melissa in den Armen hielt und ihr wieder und wieder beruhigend über den Rücken strich. »Die Einschläge sind weiter westlich, Liebes«, versicherte sie. »Uns wird nichts geschehen.«

»Aber wenn sie auch hierher kommen?«, weinte das Mädchen.

»Das werden sie nicht«, erwiderte Johanna entgegen ihrer Überzeugung.

»Wo ist weiter westlich?«, wollte Melissa wissen. »Ist das dort, wo die armen Menschen jede Nacht hingehen?«

Johanna schluckte, die Lüge ging ihr glatt über die Lippen. »Nein«, sagte sie. »Weiter westlich ist, wo der See ist.«

»Warum schießen sie auf den See?«, fragte Melissa.

»Bestimmt wollen sie niemanden töten«, rang Johanna um beruhigende Worte, wo sie doch selbst jemanden gebraucht hätte, der sie beruhigte. »Sie wollen uns nur erschrecken. Deshalb werfen sie die Bomben in den See.«

Als es vorbei war, wartete Johanna noch eine Stunde im Keller, dann ging sie hinaus, wagte den Blick nach Westen. Wie durch ein Wunder war das Alte Schulhaus verschont geblieben, nur einige Fensterscheiben waren zerborsten. Sie sah Menschen zwischen dem Rauch umherirren, sah Elsa Kleinschmitt, die dicke Überlinger Matrone, die Johanna noch nie gemocht hatte, aufgeregt herumflattern und wichtigtun, sah auch Tote und Menschen, die diese betrauerten. 20 waren umgekommen. »Bleib hier, einen Moment«, rief sie Melissa zu. »Rühr dich nicht aus dem Haus, verstanden?«

Sie wusste, dass sie eigentlich hätte dableiben müssen, gerade jetzt, wo das Mädchen so verstört war, aber sie konnte nicht anders. Sie stolperte auf die Straße, auf den nur wenige Meter entfernt liegenden Westbahnhof zu, der nun in Schutt und Asche lag, und die Gleise befanden sich nicht mehr im Boden, sondern ragten aufrecht in die Höhe, als solle der Zug sich aufmachen in Richtung Himmel. Die Brücke war zerstört. Verletzte schrien, Johanna rannte zurück, um Verbandszeug zu holen. »Ich bin gleich da«, rief sie Melissa zu. »Du musst keine Angst mehr haben, es ist alles vorbei. Ich muss nur den Menschen helfen, die sich verletzt haben, verstehst du?«

»Ja«, sagte Melissa schüchtern und steckte den Daumen in den Mund.

71. KAPITEL

Auf der Flucht aus Ostpreußen, Winter 1945

Es ging einfach nicht schnell genug vorwärts: Eineinhalb Millionen Menschen, die unweit der sich nähernden Front gelebt hatten, waren auf der Flucht, weshalb Luises Treck nicht so rasch vorankam, wie sie sich das gewünscht hätte. Immer wieder strauchelte ein Pferd auf den vereisten Straßen, obwohl man die Tiere so beschlagen hatte, dass die Nägel ein gutes Stück aus den Hufen herausragten. Die Wagen blieben in den Schneewehen stecken, Räder brachen. Und die dauernde Gefahr von oben! Wieder und wieder warfen die Frauen angstvolle Blicke gen Himmel, denn sie hatten von russischen Fliegern gehört, die Flüchtlingstrecks ganz gezielt bombardierten.

Dann kamen sie wirklich. Trotz des ständigen Geschützdonners, der von der nahen Front stammte, waren sie ganz deutlich zu hören und bald auch zu sehen, droben am Himmel. Sie entluden ihre tödliche Last über den hilflosen Menschen. Luise reagierte blitzschnell. »Kommt!«, schrie sie. Nehmt die Kinder und fort!« Sie reichte Margarete, die vor dem Wagen stand, Margot, Manfred und die beiden Säuglinge heraus. »In den Wald, rasch.« Sie rannten zu dem nahe gelegenen Wäldchen, die Kinder hatten sie in letzter Minute noch in Decken gewickelt. Michael und Ernst waren blau vor Kälte und Luise dachte, dass alles geschehen dürfe, wenn nur die Kinder überlebten.

Fassungslos beobachtete sie, wie ein Wagen nach dem anderen getroffen wurde. Sie hörte Menschen klagen und schreien, es gab keinen Trost in diesem Moment der Hölle.

Die Frauen schmiegten sich eng aneinander, die Kinder zwischen sich, streng darauf achtend, dass weder Decken noch Kinder nass wurden. Denn mit nassen Kleidern, das war allen in diesem Moment trotz des Infernos, das sich einige Meter weiter abspielte, klar, würden die Kinder nicht überleben.

Nach fünf Minuten war alles vorüber. Eine gespenstische Stille lag über dem Weg. Bizarr sah es aus, wie die zerstörten Wagen aus dem Schnee ragten. Nur eines unterbrach die Stille: die Schreie und das Stöhnen der Verletzten, die untröstlichen Klagen einer Mutter, die sich über ihr totes Kind beugte.

Luise drückte ihren kleinen Jungen fest an sich, und der Gedanke, dass sie ihn beim nächsten Mal möglicherweise nicht schützen könnte, raubte ihr fast den Verstand. Sie wusste, wenn er stürbe, würde sie auch sterben. Die Schreie der Mutter, die mit ihrem kleinen Sohn, der jetzt tot war, vor ihr im Treck gefahren war, schnitten ihr ins Herz. Auch Hannelore weinte.

»Wir müssen weiter«, sagte Margarete irgendwann tonlos. »Wenn wir hierbleiben, werden wir erfrieren.«

Die beiden anderen standen stumm auf und taumelten, die Kinder im Arm, zu den Wagen zurück.

Wie durch ein Wunder waren ihre Gefährte nicht getroffen worden. »Schnell, wieder hinein«, bestimmte Luise. »Hinein mit den Kindern in den Wagen.«

»Aber wir kommen hier nicht weiter«, wandte Margarete ein und deutete auf die zerstörten Wagen, die unzähligen Verletzten und Leichen, die um sie herum lagen und den weißen Schnee blutrot färbten. Luises Blick fiel auf die Frau, die immer noch ihren toten Sohn im Arm hielt: »Wir müssen ihr helfen«, sagte sie. »Wir müssen *ihnen allen* helfen.«

Margarete schüttelte den Kopf. »Es ist hart und unmenschlich, Luise, aber wir können ihnen nicht helfen. Wir können all die Verletzten nicht verpflegen und wir können die, deren Wagen kaputt sind, nicht mitnehmen.«

»Aber …«

»Luise. Du weißt, dass es nicht geht.«

Sie schluckte, nickte, hasste sich und die Welt, in der sie lebten. Mit ihrem kleinen Sohn auf dem Arm kletterte sie auf den Wagen mit den Decken. Zum Glück schlief er, seine Händchen aber waren eiskalt. Auch Hannelores Kinder hatten vor Kälte blaue Lippen. »Rasch«, sagte Luise. »Unter die Decken.« Sie legte die vier Kinder dicht nebeneinander und deckte sie mit allem zu, was sie finden konnte. »Du achtest darauf, dass die Decke nicht auf Michael und Ernst fällt, ja?«, bat sie Margot und strich ihr über den Kopf. Das Mädchen, mit ganz verweintem Gesicht, nickte tapfer.

Luise schloss den Teppich am Eingang des Wagens und ging hinaus zu den anderen. Hannelore und Marianne hatten begonnen, die Trümmer der vor ihnen liegenden Wagen fortzuräumen. Zum Glück hatten sie sich fast am Anfang des Trecks befunden, sodass es eine Chance für sie gab, sich einen Weg zu bahnen. Die Frau mit dem kleinen, toten Jungen saß inzwischen am Straßenrand und wurde vor Kälte geschüttelt.

»Können wir sie nicht doch mitnehmen?«, flehte Luise.

Margarete blieb unnachgiebig. »Nein. Sie wird ihr Kind auch nicht verlassen. Sie wird hier mit ihm sitzen bleiben und erfrieren. Und das ist für beide besser so.«

Luise rannen die Tränen herunter, aber sie wusste, dass es stimmte. Sie wusste, dass es nichts brachte, zu helfen, weil sie nicht helfen konnte. Und sie wusste auch, dass sie, wenn sie zu viel Mitleid zeigte, das Leben ihrer eigenen Familie – als solche bezeichnete sie die beiden Frauen und Hannelores Kinder schon lange – aufs Spiel setzte.

Also half sie mit, die Trümmer von der Straße zu räumen, und sie zögerte auch nicht, gemeinsam mit Margarete die Leichen zweier Frauen zur Seite zu tragen. Sie legten sie an den Straßenrand und deckten sie mit Schnee zu.

Sie sagte auch nichts, als Hannelore begann, die warmen Decken und Lebensmittel aus den zertrümmerten Wagen zu holen und in die eigenen zu räumen. In Stunden wie diesen konnte sich niemand erlauben, Lebensmittel liegen zu lassen. Ein Blick zurück zeigte ihr, dass die Überlebenden, die sich im Treck hinter ihnen befanden, nicht anders handelten.

Noch in derselben Nacht setzten sie ihren Weg fort. Sie waren froh, dass es dunkel war, dann waren sie von oben sehr viel schwerer zu sehen.

Eine der Frauen schlief hinten bei den Kindern, die anderen führten. Luise lenkte den vorderen Wagen. Sie ging neben den Pferden durch den Schnee, um ihnen den Weg durchs Dunkel zu weisen. Und sie stellte fest, dass kein Stern am Himmel zu sehen war.

72. KAPITEL

Konstanz, Bodensee, März 1945

Das Schicksal spielte Franziska in die Hände. Dass Johanna mit der Kleinen nach Überlingen gezogen war, kam ihr ausgesprochen gelegen. Nicht nur, weil sie, Franziska, nun die Firmenleitung übernommen hatte, sondern auch, weil sie dadurch viel mehr Möglichkeiten hatte, ihren teuflischen Plan in die Tat umzusetzen. Zwar vermisste Franziska Melissa, denn das Mädchen schaffte es wirklich, etwas in ihr anzurühren und ein Gefühl zu erzeugen, das man wohl Liebe nennt. Doch im Vergleich zu allem anderen war das unwichtig: Wichtig war einzig und allein, Johanna zu zerstören. Sich damit für all die Schmach zu rächen, die die große Schwester ihr angetan hatte. Immer nur Johanna, Johanna, Johanna. Schon als kleines Mädchen war die Schwester für sie zur Überfigur geworden und sie hatte das Gefühl gehabt, dass sie ihr, was immer sie auch leistete, doch nie das Wasser würde reichen können. Und dann zog die Ältere auch noch derart über sie her! Franziska war sich sicher, dass sich Johanna nicht nur Matthias gegenüber so abfällig geäußert hatte.

Sie hätte gedacht, dass die Verhaftung von Matthias ihre Schwester aus der Bahn werfen würde, aber Johanna war offenbar weitaus kühler und ärmer an Emotionen, als sie geglaubt hatte. Was kümmerte die schon das Schicksal eines Juden, mit dem sie einmal intim geworden war!

Ihre Rachepläne waren also nicht aufgegangen, doch nun bot sich auf andere Weise eine Chance, die auch noch in doppelter Hinsicht erfolgversprechend war: Sie musste dafür sorgen, dass Susanne und Johanna nie wieder zueinanderfänden. Johanna würde vor Sorge um ihre Tochter schier wahnsinnig werden und sich vor lauter Kummer umso mehr um ihre andere Tochter kümmern, die ja eigentlich ihre Enkelin war. Allein schon deshalb, weil sie das Susanne schuldig war. Dann würde sie sich auch dauerhaft aus der Firma zurückziehen und Franziska würde die Anerkennung, die sie nun endlich genoss und die ihr zustand, nicht wieder hergeben müssen. Allerdings musste Franziska auch lernen, dass die Firmenleitung weitaus mehr war, als nur Repräsentation. Nachdem am 25. September der Volkssturm gebildet worden war, war auch der letzte männliche Mitarbeiter aus dem Betrieb verschwunden, Zwangsarbeiter wurden eingearbeitet, was bedeutete, dass sie den Betrieb wesentlich stärker überwachen musste und die Mengen, die sie an die Wehrmacht abliefern musste, waren gestiegen, aber Franziska meisterte ihre Aufgabe gut. Es gefiel ihr, Chefin zu sein, Macht auszuüben und im Gegensatz zu Johanna ging sie dabei keineswegs freundlich mit den Mitarbeitern um. Franziska war eine herrische Vorgesetzte, eine, die man fürchtete und die man nicht mochte. Es war ihr egal. Sie wollte von ihren Mitarbeitern nicht gemocht werden. Viel wichtiger war doch, dass der Bürgermeister sie beim Namen kannte, der Gauleiter auch und selbst ihr Vater hatte sich – das bedeutete ihr am meisten – kürzlich zu einem Lob hinreißen lassen. Franziska wurde noch heute rot vor Freude, wenn sie daran dachte. »Das machst du wirklich gut, mein Mädchen«, hatte er gesagt und ihr anerkennend die Schulter getätschelt. »Nachdem sich Johanna nun ihren Mutterpflichten widmet, hast du gezeigt, was in dir steckt. Ich habe dich unterschätzt, das muss ich sagen.«

Klar war aber auch, dass Johanna umgehend in die Firma zurückkehren würde, wenn der Krieg irgendwann vorbei wäre und Susanne wiederkäme.

Deshalb und noch aus einem anderen Grund musste sie die Heimkehr ihrer Nichte unbedingt verhindern: Susanne würde sicherlich nicht unbedingt gut von ihr sprechen, nach allem, was geschehen war.

Zum Glück schrieb Susanne schon seit geraumer Zeit immer an Johannas Konstanzer Adresse. Johanna kam zwar ab und an und sah nach dem Rechten, doch da sich in ihrem Schreibtisch in der Firma ein Zweitschlüssel befand, wie Franziska schon lange wusste, konnte sie es bequem so einrichten, jeden Morgen die Post abzupassen. Insgesamt zehn Briefe von Susanne waren bereits angekommen. Sie hatte der Mutter von ihrem neuen Leben in Amerika geschrieben und dass es ihr dort in der Fremde nicht gut gehe. Dass sie fast vergehe vor Sehnsucht nach ihrem kleinen Mädchen.

Franziska schrieb zurück, denn ihr war klar, dass Susanne, wenn sie keine Antwort bekäme, womöglich das Wagnis eingegangen wäre, nach Deutschland zurückzukehren, um zu erfahren, was aus ihrer Familie geworden war.

Sie fälschte Johannas Handschrift, was ihr leichtfiel, das hatte sie als Kind schon getan. Sie berichtete von Melissas Entwicklung und redete Susanne gut zu, bis zum baldigen Sieg unbedingt in Amerika zu bleiben, eine Überfahrt sei unsicher und sie müsse ja auch an ihren Verlobten denken. Die Kleine sei bei ihr in guten Händen und frage jeden Tag nach ihrer Mama. In jeden der Briefe legte Franziska ein Foto von Melissa hinein, das sie aus den überquellenden Alben ihrer Eltern entwendete.

Doch zunehmend machte ihr die Situation Angst. Der Krieg würde nicht mehr lang dauern, das war auch ihr klar.

Nach dem Krieg würde Susanne zurückkehren wollen – und dann wäre alles vorbei.

Der Bombenangriff auf Überlingen spielte ihr da gut in die Hände. Franziska wusste, was sie zu tun hatte. Mit einem bösen Lächeln auf den Lippen tunkte sie die Feder in die Tinte und schrieb, unter Datum, Adresse und Absender, in zackiger Herrenschrift:

Sehr geehrtes Fräulein Bigall,

es ist meine traurige Pflicht, Ihnen die Nachricht zu überbringen, daß Ihre Frau Mutter, Ihr Herr Vater und Ihre kleine Schwester Melissa beim Bombenangriff der Amerikaner auf Überlingen, der am 22. Februar stattfand, ums Leben gekommen sind. Ich darf Ihnen mein tief empfundenes Mitgefühl und Beileid aussprechen.

Hochachtungsvoll, Albert Spreng, Bürgermeister

Sie musste dreimal von vorne beginnen, weil sie sich verschrieben oder einen Bogen nicht perfekt zu Ende geführt hatte. Die beschriebenen Papiere schloss sie in ihren Sekretär ein. Das letzte, am besten gelungene, steckte sie in einen Umschlag, fuhr nach Überlingen und brachte ihn dort zur Post. Auf zum letzten Akt!

73. KAPITEL

Der Regen hatte nachgelassen, es war mild. Doch der Kampf war umso härter. Immer wieder griff der Russe aus den Wäldern heraus an und erschwerte das, was nun einmal Romans Aufgabe war: Mit seiner Kompanie auf Zinten vorzurücken. Sie hatten die Stadt noch nicht erreicht, als der gefürchtete Ruf ertönte, mit dem er doch gerechnet hatte: »Iwan!« – der Russe.

Wie lange war er schon an der Front? Er konnte es nicht mal sagen, aber das kriegsgerechte Handeln war ihm in Fleisch und Blut übergegangen, nach so kurzer Zeit schon. Wahrscheinlich geht alles schnell und man prägt sich alles gut ein, wenn es um Leben und Tod geht, dachte er. Er packte sein Gewehr und sprang, gleichzeitig mit seinen Kameraden, vom Wagen. »Hinter die Mauer, rasch«, klang der Befehl. Roman ging in Deckung, wie ihm geheißen wurde, um Seite an Seite mit *seinem* Feind gegen dessen Feind zu kämpfen.

Von drei Seiten feuerten die Russen. Roman schoss, lud nach, schoss, lud nach. Lang schon war er zu einer Maschine geworden. Auch aus den Häusern wurde nun geschossen. Der Russe war überall, Iwan war überall, der Tod war überall.

Irgendwann erkannte Roman, dass die Mauer zu einer Ziegelei gehörte, die sich schräg gegenüber des von den Russen besetzten Bahnhofs befand. Diesen einzunehmen, war das erklärte Ziel aller. Doch der Russe machte es ihnen schwer.

Er konnte nicht sagen, wie lange sie in der Ziegelei gelegen hatten, wusste nur, dass sie immer und immer wieder auf den Bahnhof stürmten und immer und immer wieder zurückgeschlagen wurden.

Die folgenden Tage waren für Roman eine Abfolge von Tod, Schießen, Leid. Die Angriffe kamen ständig. Aus der Luft, aus den Panzern. Immer wieder gab es Einbrüche in der Front, immer wieder Gefechte, immer wieder änderte sich die Position der Kämpfenden.

Bis Roman eines Tages, als die Sonne aufging, fassungslos auf eine riesige Menge an Fahrzeugen blickte. Er begriff sofort und sagte zu Arno, dem Funker: »Ich denke, die Küste ist nicht mehr weit. All diese Menschen, zu denen die Fahrzeuge gehören, wollen über das Meer fliehen.«

Arno starrte schweigend auf die Fuhrwerke. Er sprach nicht viel mit Roman, erachtete es als unter seiner Würde, mit einem – wenn auch eingedeutschten – Polen an seiner Seite zu kämpfen, und Roman dachte nicht daran, sich aufzudrängen. Es war ihm ohnehin lieber zu schweigen, denn im Schweigen konnte keiner ihn in seinen Gedanken stören, mit denen er ununterbrochen bei Luise und seinem kleinen Jungen war.

Roman folgte seinen Kameraden zu einer riesigen Scheune, in der sich das Verpflegungslager befand. Und dann ging es wieder los. Der Russe bombardierte und die Scheune mit allem, was sie darin gelagert hatten, ging in Flammen auf.

In der Nacht kam die Kälte zurück. Die Soldaten gruben sich kleine Kuhlen in die vereiste Erde, suchten Schutz unter Bäumen. Wenn man sehr friert, dann ist das, als löse man sich auf, dachte Roman, als er in den klaren Himmel hinaufstarrte. Er stellte sich vor, wie es wäre, sich wirklich aufzulösen, und er überlegte, dass sich in diesem Moment vielleicht auch Luise und Michael auflösen und sie sich alle wiederfinden würden – in einer besseren, in einer friedlicheren Welt.

74. KAPITEL

Konstanz, Bodensee, März 1945

»Und wenn sie doch auf der Gustloff war? Oder unter den vielen anderen, die über das Haff flohen und ertranken?«, fragte Johanna verzweifelt.

Sebastian schüttelte den Kopf. »Wo ist meine kühle, analytisch so begabte Frau geblieben?«, fragte er mit leisem Spott in der Stimme. »Sieh dir das doch mal auf der Karte an, Johanna.« Er breitete umständlich eine Karte Ostpreußens auf dem Tisch in Johannas Stadtwohnung aus. »Siehst du, hier ist Neidenburg.« Er deutete auf die Stadt. »Und hier oben ist Pillau. Von dort aus fliehen die Menschen. Es ist völlig ausgeschlossen, dass sie über das Haff geht. Denn das würde bedeuten, dass sie über 200 Kilometer nach Norden fährt. Warum sollte sie das tun, wenn sie sich doch auch gleich Richtung Südwesten absetzen kann?«

»Ich hoffe, dass du recht hast.« Sie kaute auf ihrer Unterlippe. Seit Johanna wieder mit Sebastian zusammen war, hatte sie zu sich selbst zurückgefunden. Und seither dachte sie auch wieder an andere und sorgte sich um sie. Um Sophie, um Susanne und um Luise. Atemlos verfolgte sie die beunruhigenden Nachrichten, die aus Ostpreußen durchsickerten.

In den ersten Wochen des Jahres war fast eine Million Menschen über die Ostsee geflohen. Sie fuhren mit ihren Trecks über das zugefrorene Haff, auf der Flucht vor den rachsüchtigen, plündernden, mordenden Russen. Viele von ihnen blieben mit dem Fuhrwerk stecken oder fielen durch ein Loch in die eisigen Tiefen. Das Eis wiegte sie alle in der trügerischen Sicherheit, dass es dick genug sei, um sie zu tragen. Manche versuchten es auf Schiffen, doch auch diese Sicherheit war trügerisch, denn der Feind hatte die Ostsee im Visier, und so wie er die hilflosen Menschen auf dem Haff bombardierte, torpedierte er auch die Schiffe – wie eben am 30. Januar die Gustloff.

Das Unglücksschiff war in Gotenhafen abgefahren. Seine Mission: Es sollte rund zehntausend ostpreußische Flüchtlinge in den Westen bringen.

Tot war nun, wer sich endlich in Sicherheit gewähnt hatte; waren die, die auf das Schiff kamen, von jenen, die am Ufer zurückblieben, doch glühend beneidet worden. Familien hatten sich dabei getrennt in der Hoffnung, dass wenigstens einer von ihnen den Westen erreichen möge, Mütter hatten ihre Kinder mitgegeben und waren an Land geblieben, hoffend, jemand werde sich der hilflosen Geschöpfe annehmen, ein Erbarmen haben. Alles, nur die Kleinsten nicht den Russen in die Hände fallen lassen!

Und nun hatten die Russen sie doch bekommen. Es war ein sowjetisches U-Boot, das die Gustloff torpedierte und ihre Insassen erbarmungslos in das ewige Eismeer schickte.

75. KAPITEL

An der Ostfront, Heiligenbeil, 26. März 1945

Immer weiter wurde Roman mit seiner Einheit in Richtung Haff zurückgedrängt. Nicht nur die Russen waren das Problem, auch Luftangriffe machten den Deutschen schwer zu schaffen. Was, fragte sich Roman zum wohl hundertsten Mal, sollte das alles? Der Krieg war haushoch verloren, warum kämpften sie also noch, riskierten ihr Leben, töteten? Aber sie sollten ja unbedingt durchhalten, bis auch der Letzte gestorben war, mit Fäusten gegen Panzer kämpfen, einen aussichtslosen Kampf. Doch das hier war nicht *sein* Kampf, nicht *sein* Krieg, war es nie gewesen. Weshalb also schmiss er nicht einfach hin? Lieber wäre er Deserteur, als in diesem Wahnsinn sein Leben zu lassen. Als es Nacht wurde, ging er dorthin, wo am Tag unzählige Bomber unzählige Wagen zerstört hatten. Sein Plan war klar: Er würde sich ein Floß bauen und über die Ostsee auf die

Frische Nehrung übersetzen. Bei Nacht, wenn die Dunkelheit ihm zumindest einen kleinen Schutz bot.

Von einem der zerstörten Verpflegungswagen entfernte er das Verdeck, dann machte er sich in den Fahrzeugen auf die Suche nach Kanistern.

»Was tust du da?«, flüsterte eine Stimme.

Roman zuckte zusammen.

»Nicht erschrecken«, sagte der Mann leise. Roman erkannte in ihm Arthur, einen Soldaten seiner Kompanie, sie hatten aber noch nie ein Wort miteinander gewechselt.

»Du willst ein Floß bauen, richtig? Ich habe mir dasselbe überlegt, lass uns das zusammen machen, dann sind wir schneller und unsere Chancen, unser Ziel zu erreichen, sind wesentlich größer. Und wir sind nicht allein.« Er deutete auf mehrere Gruppen von Männern, die in einiger Entfernung alle an den Fahrzeugen werkelten und die Roman bisher gar nicht bemerkt hatte. »Wir bauen gemeinsam Rettungsinseln. Wir müssen hier raus.« Er grinste kurz und sagte dann: »Die Wehrmacht braucht uns ja noch. Es macht keinen Sinn, wenn wir hier unser Leben opfern. Wir haben ja die Erlaubnis, uns zu retten. Woanders sind wir zu mehr Nutze und deshalb ist das hier auch keine Desertation.«

Sie waren schnell. In nur vier Stunden hatten sie, gemeinsam mit zwei weiteren Soldaten, mit denen sie sich kurzerhand zusammengeschlossen hatten, aus alten Kanistern und Wrackteilen ein Floß gezimmert. Auch die anderen beiden Gruppen waren fertig und trafen sich zu einer kurzen Lagebesprechung.

»Lasst uns gleich abhauen«, sagte einer der Soldaten, die gemeinsam mit Roman an dem Floß gearbeitet hatten. »Die Gefahr, dass wir den morgigen Tag nicht überleben, ist groß.«

Die anderen nickten zustimmend. Schweigend zogen sie das Floß zum Ufer. Sie hatten Laken zerrissen und an Seilen oder Seilartigem aufgetan, was sie nur finden konnten, um das Floß die Steilküste hinunterzulassen. Roman knotete die Stränge an den vier Ecken fest. »Zwei von uns legen sich ganz vorne an den Hang und lassen das Floß vorsichtig ab«, schlug er vor. »Die anderen beiden liegen jeweils dahinter und halten die Beine der Vordermänner fest.«

»Gut«, sagte Arthur, die anderen nickten und gingen an der Steilküste in Position. Das Floß war unerwartet schwer, Roman brauchte seine ganze Kraft, um es nicht unkontrolliert abzulassen. Die Gefahr, dass es dann an der Küste zerschellt wäre, war riesig. »Verdammt«, fluchte Arthur neben ihm. »Ist das schwer.«

Doch es gelang ihnen, das Floß unbeschadet nach unten zu bringen, wo es auf einer Sandbank zum Liegen kam.

»Wenn jetzt nur keine Welle kommt und es ins Meer reißt«, sagte Roman und sah sich um. »Bindet die Enden der Seile hier am Baum fest«, befahl er den beiden Männern und deutete auf die Eiche, die ein Stück vom Ufer entfernt stand. Dann machten sie sich an den steilen und steinigen Abstieg, rechts und links von ihnen kletterten die Soldaten der anderen Gruppen nach unten.

Und dann geschah es: Arthur rutschte ab und raste viele Meter in die Tiefe. Unten blieb er stöhnend liegen. So schnell er konnte, kletterte Roman zu ihm, doch es dauerte nach seinem Gefühl ewig, bis er ihn erreichte. Arthurs Bein stand in einem seltsamen Winkel vom Körper ab. Verdammter Mist«, stöhnte er. »So kurz vor dem Ziel.«

»Wir fahren nicht ohne dich«, versicherte Roman. »Wir schienen das Bein und nehmen dich mit.«

»Bist du wahnsinnig?«, fauchte einer der beiden anderen Soldaten, die in ihrer Gruppe dabei waren. »Wir können doch nicht unser Leben riskieren, nur weil er zu blöd zum Abseilen ist.«

Roman musterte ihn kalt. »Es stimmt, in diesen Zeiten geht es vor allem um die eigene Haut. Aber alleine und verletzt wäre man doch aufgeschmissen. Jeder von uns hätte stürzen können und keiner von uns hätte alleine zurückbleiben wollen.«

»Ich bin aber nicht gestürzt«, pampte der Mann.

Der Vierte kam Roman zu Hilfe. »Du kannst ja gerne alleine fahren«, sagte er. »Aber dann ohne Floß.« Er zog seine Waffe. »Du hast deine Munition verschossen, wie das befohlen war. Ich habe noch ein, zwei Schüsse übrig.«

Der Mann, sein Name war Fritz, erbleichte, begriff aber dann, dass er verloren hatte, und knurrte: »Also gut, aber beeilen wir uns. Wir müssen in dieser Nacht noch übersetzen.« Sehnsüchtig blickte er den Männern der anderen beiden Gruppen nach, die sich bereits auf den Weg übers Meer machten.

»Wir brauchen etwas, um sein Bein zu schienen«, erklärte Roman und sah sich um.

»Ihr könntet einen der Spaten nehmen«, empfahl Arthur noch und verlor dann das Bewusstsein.

»Die Spaten brauchen wir«, fuhr Fritz dazwischen. »Wir haben sonst nichts, womit wir rudern können.«

»Das ist mir auch klar«, knurrte Roman.

»Dort hinten ist ein Ast«, rief Otto, der dritte der Männer, der das Floß mit der Waffe verteidigt hatte, und ging los, um ihn zu holen.

Arthurs Bein zu schienen dauerte lang, so lang, dass am Horizont schon der Morgen graute. Auch das Bombardement der Russen wurde wieder stärker.

»Das können wir vergessen«, rief Fritz wütend. »So ein Mist.«

Roman blieb ruhig. »Dann fliehen wir eben in der nächsten Nacht.«

Fritz sah ihn höhnisch an. »Und was sollen wir tagsüber machen? Uns den Russen als Kanonenfutter anbieten?«

Roman wies stumm auf die vielen Felsvorsprünge und Höhlen in der Steilwand. »Wir warten hier. Wie das auch viele andere tun.«

Tatsächlich war die Steilwand voll von Soldaten, ganz in ihrer Nähe befand sich aber noch eine große Aushöhlung, die leer war. »Da kriegen wir Arthur nie rein«, prophezeite Fritz. »Und ihr werdet ihn doch hier nicht verrecken lassen wollen, im Bombenhagel, wo ihr ihm doch eben erst so edel das Leben gerettet habt.«

»Nein, wir werden ihn nicht verrecken lassen«, bestätigte Roman bissig und nickte Otto zu. »Du nimmst seine Arme, ich seine Beine. Fritz, du bleibst hier beim Floß, damit es nicht abhandenkommt. Ich bin gleich zurück.«

Es war ein enormer Kraftakt, Arthur über die unwegsamen Steine und Hügel in die Höhle zu bringen. Zum Glück ist er ohnmächtig, anders, dachte Roman, könnte er den Schmerz wohl kaum ertragen. Die Zeit drängte, es wurde immer heller, und Fritz am Strand machte sich inzwischen daran, das Floß und die vier Spaten allein in Richtung Höhle zu transportieren. Roman hatte Angst, dass einer der Kanister dadurch ein Loch bekommen könnte. Als sie mit Arthur endlich die Höhle erreicht hatten, rannten sie ihm zur Hilfe. Das Floß und die Spaten in die Höhle zu bringen, dauerte nicht lang. Sie hatten den schützenden Raum gerade erreicht, als eine russische Granate genau dahin fiel, wo sie Minuten zuvor noch gestanden hatten.

76. KAPITEL

Boston, Amerika, Ende März 1945

Sehr geehrtes Fräulein Bigall,

es ist meine traurige Pflicht, Ihnen die Nachricht zu überbringen, daß Ihre Frau Mutter, Ihr Herr Vater und Ihre kleine Schwester Melissa beim Bombenangriff der Amerikaner auf Überlingen, der am 22. Februar stattfand, ums Leben gekommen sind. Ich darf Ihnen mein tief empfundenes Mitgefühl und Beileid aussprechen.

Hochachtungsvoll, Albert Spreng, Bürgermeister

Der Schrei, den Susanne ausstieß, ließ Leopold das Blut in den Adern gefrieren. Sie schrie und schrie und schrie, schlug um sich in ihrem Schmerz. Leopold versuchte sie festzuhalten, doch schnell gab er auf und zog sich verschreckt auf das alte Sofa zurück, auf dem sie normalerweise Tag für Tag lag und an die Decke starrte.

Susanne raste, es war unmöglich, sie zu halten.

Erst nach Stunden brach sie weinend auf dem Boden zusammen. Da ging er zu ihr und barg sie in seinen Armen. Gemeinsam mit ihr weinte er um ihr Kind, das nun tot war und das er nie kennengelernt hatte.

Die Trauer hätte sie endgültig voneinander trennen können, aber das Gegenteil war der Fall. Sie brachte sie einander wieder näher, denn beide begriffen, dass der Schmerz des anderen genauso groß war wie der eigene und dass Melissa nie ganz tot sein würde, wenn sie nur von ihr sprächen.

Susanne hatte nicht nur ihre Tochter verloren, sondern auch ihre Mutter und ihren Vater – so, wie schon Leopold seine ganze Familie verloren hatte, wenn er auch die Hoffnung nie aufgab, dass sie noch lebten und dass er sie eines Tages wiedersehen würde.

Sie waren beide so einsam, so unendlich einsam in dieser Welt, die auf dem Kopf stand, ohne alle, die ihnen einmal etwas bedeutet hatten.

Nur einander hatten sie noch und sie brauchten sich mehr denn je.

Am nächsten Tag kratzten sie alles zusammen, was sie noch an Geld aufbringen konnten, und kauften Blumen. Für ihre tote Tochter. Für ihre toten oder sehr wahrscheinlich toten Eltern. Hand in Hand gingen sie zum Strand und einige Schritte ins Wasser hinein. Sie weinten, als sie die Blumen aufs Wasser legten, in den Ozean, der sie von ihrer Heimat trennte. »Was glaubst du, wo sie jetzt sind?«, fragte Susanne leise, und er sagte, dass er es nicht wisse, dass er sich aber sicher sei, dass sie nie ganz sterben würden, wenn sie ihnen einen festen Platz in ihrem Herzen gäben. »Nur wer in Vergessenheit gerät, ist tot«, sagte Leopold mit tränenerstickter Stimme.

Sie blieben noch lange am Strand, drei der Blumen, die sie ins Wasser gelegt hatten, wurden von den Wellen wieder angespült.

»Was das wohl bedeutet?«, fragte Susanne, einen Schimmer von Hoffnung in der Stimme.

»Nichts«, sagte Leopold. »Es bedeutet nichts, Liebste. Es ist ganz normal, dass die Blumen wieder ans Ufer gespült werden.«

Susanne nickte traurig. Er hatte ja recht.

»Ich hoffe so, dass sie schnell gestorben sind«, sagte sie dann. »Dass sie keine Angst haben mussten. Vor allem mein kleines Mädchen nicht.«

Leopold presste die Lippen zusammen. Das war auch seine Hoffnung. Die letzte, die noch geblieben war.

77. KAPITEL

68 Jahre später
Paris, Frankreich, August 2013

»Ich habe diese drei Blumen, die wieder ans Land geschwemmt wurden, nie vergessen«, sagte Susanne.

Sie saßen auf einer Bank auf dem Montmartre und blickten über Paris, als die alte Frau ihrer totgeglaubten Tochter und der Enkelin von jenen Stunden in Amerika erzählte.

»Ich habe immer wieder an sie gedacht, habe sogar davon geträumt, oft, ganz oft. In einem Traum, der immer wiederkehrte, wurden aus den drei Blumen Menschen.« Sie sah Melissa an und fuhr fort: »Du, mein Vater und meine Mutter. Sie liefen mir über den Strand entgegen, aber als sie bei mir ankamen, hatte ich mich aufgelöst.«

»So, wie du dich tatsächlich für uns aufgelöst hast«, sagte Melissa.

»Du wolltest uns noch etwas anderes erzählen«, ließ Mia sich vernehmen. »Von dem eigentlichen Grund, warum Sophie sich die Schuld am Schicksal von dir und deiner Mutter gegeben hat.«

»Darüber haben Sophie und ich tatsächlich sehr ausführlich gesprochen«, sagte Susanne. »Aber ihr musstet erst die ganze Geschichte kennen, um Sophies Schuldgefühle zu verstehen. Sie hatte ja das Massaker miterlebt und sie haben Pierre in ein Konzentrationslager gebracht. All das war für sie ein schweres Trauma. Sie streunte wochenlang durch die Wälder und kehrte dann in Begleitung einer jungen Frau, die sie unterwegs kennengelernt hatte, nach Paris in ihr Haus zurück. Sie hat lange nach ihrem Pierre gesucht und ihn nicht gefunden. Irgendwann kam dann die Nachricht, dass er im KZ ermordet worden ist.« Sie brach ab und starrte eine Weile lang nachdenklich vor sich hin. Dann fuhr sie fort. »Sophie ist in ein noch tieferes Loch gefallen. Sie hat sich völlig abgekapselt. Und das Erste, was sie tat, als sie es erfuhr, war, alles zu verbrennen, was sie an glückliche Stunden erinnerte.«

»Was?«, fragte Mia erschrocken. »Aber das hätte sie eigentlich doch erst recht an sich reißen und sich daran klammern müssen.«

»Ich kann das verstehen«, sagte Susanne. »Sophie war in einem ähnlichen Wahn wie ich, als ich von deinem – vermeintlichen – Tod erfahren habe, Melissa. In solchen Momenten reagiert man nicht so, wie man es normalerweise vielleicht tun würde. In solchen Momenten setzt einfach alles aus.«

»Verstehe«, murmelte Mia. »Aber wieso ist sie deshalb für dein und Mamas Schicksal verantwortlich?«

»Weil sie jeden Kontakt abgebrochen hat«, erklärte Susanne. »Sie hat sich völlig zurückgezogen, nicht mal ihren Sohn hat sie an sich herangelassen. Sie hat auch keine Briefe gelesen, sondern alles sofort ins Feuer geworfen. Darunter waren auch Briefe von Johanna, in denen sie ihrer unendlichen Sorge um mich Ausdruck verlieh. Und Briefe von mir, in denen ich schrieb, wie sehr mich euer Tod trifft.«

»Ich verstehe«, sagte Melissa zögernd. »Hätte Sophie die Briefe nicht verbrannt, sondern gelesen, wäre ihr aufgefallen, dass da etwas nicht stimmen kann. Und dann hätte sie die ganze Sache aufklären können und ich hätte meine Kindheit bei dir und meinem Vater verbracht.«

Susanne nickte.

»Das ist natürlich schon eine große Schuld. Aber andererseits ist es auch wieder keine Schuld, die eigentlich Schuldige ist Franziska. Sophie konnte ja nicht wissen, was für wichtige Briefe sich unter denen befanden, die sie verbrannte«, meinte Melissa.

»Doch«, sagte Susanne. »Das hätte sie wissen müssen. In Zeiten wie diesen ist jeder Brief wichtig, da ist die Wahrscheinlichkeit, dass es um das Schicksal von Menschen geht, die einem nahestehen, sehr groß.«

»Du hast ihr das nicht verziehen, oder?«, fragte Melissa.

»Nein«, erklärte Susanne. »Nein, das konnte ich nicht. Ich konnte weder Sophie verzeihen noch Franziska. Wobei meine Wut und mein Hass auf Franziska natürlich viel größer waren.«

»Aber warum hast du sie denn nie zur Rede gestellt? Warum hast du das nie aufgeklärt? Und wie genau hast du eigentlich davon erfahren?«

Susanne lachte bitter auf. »Das war nach Johannas Tod. Ihrem *wirklichen* Tod, meine ich. Ich lebte inzwischen mit deinem Vater hier in Paris, und irgendwie hatte Sophie davon gehört. Sie hat mich dann mit ihrer Geliebten besucht, dieser Manon, um mir ihr Beileid auszusprechen.«

»Ihrer *Geliebten*?«, fragte Mia erstaunt.

»Ja«, bestätigte Susanne. »Manon war die Einzige, die Sophie in den Jahren nach dem Krieg an sich heranließ. Irgendwie sind sich die beiden dabei wohl nähergekommen. Ich habe nicht genau nachgefragt, es hat mich in diesem Moment auch nicht interessiert. Denn ich hatte ja gerade erfahren, dass meine Mutter all die Jahre über gelebt hatte. Und du auch, Melissa! Und Vater, der allerdings schon zwei Jahre vor Johanna starb.«

»Ich verstehe es immer noch nicht«, sagte Mia. »Warum findet Sophie dich ausgerechnet in dem Moment, als Johanna stirbt? Wenn sie dich doch all die Jahre zuvor nicht gefunden hat? Und warum hat Johanna nicht nach dir gesucht?«

»Hier kommt wieder Franziska ins Spiel«, erklärte Susanne bitter. »Sie hat wirklich dafür gesorgt, dass diese Familie zerrissen bleibt.«

»Inwiefern?«

»Franziska hat noch einen zweiten Brief verfasst. Nach dem Krieg hat sie ein offizielles Schreiben gefälscht, in dem sie meiner Mutter mitteilte, Leopold und ich seien auf unserer Flucht verhaftet und ins KZ Theresienstadt gebracht worden. Dort habe man uns ermordet.

»Oh Gott«, krächzte Mia. »Wie abscheulich, wie gemein, wie …« Sie sprang auf und ging wütend auf den paar Metern vor der Parkbank auf und ab. »Und das alles nur, weil sie eifersüchtig auf ihre Schwester war? Es ist unglaublich.«

»Wir haben einmal telefoniert«, erzählte Susanne. »Da hat sie sich entschuldigt und erklärt, sie sei immer tiefer in diesen Strudel hineingeraten und habe dann weitere schlimme Dinge tun müssen, damit die ursprünglichen nicht auffliegen. Sie habe das alles eigentlich gar nicht gewollt.«

»Nein«, schnaubte Mia. »Natürlich nicht. Und dass sie auf Zita einen Giftanschlag verübt hat, das war bestimmt auch überhaupt keine Absicht!«

»Wie hast du dich gefühlt, nachdem du all das erfahren hattest?«, fragte Melissa, legte dabei den Arm um ihre Mutter und bettete ihren Kopf an deren Schulter.

»Wie betäubt«, sagte die. »Wütend. Vor allem aber glücklich. Ich bin noch am selben Tag nach Überlingen aufgebrochen, um euch zu sehen. Ich war entschlossen, euch alles zu erzählen. Und dann stand ich vor euch und war wie gelähmt. Ich wusste ja von dir gar nichts, Mia-Kind. Und dass meine kleine Melissa, die ich als Baby zurückgelassen hatte, plötzlich vor mir stand, als erwachsene und unbeschreiblich schöne Frau –, das war zu viel für mich. Ich habe mich in mein Zimmer zurückgezogen und geweint, geweint, geweint.«

Melissa drückte ihre Hand. Die Vorstellung, dass ihre Mutter vor sieben Jahren in ihrem Hotel gelegen und geweint hatte, während sie sich nebenan befand und von alledem nichts wusste, war beinahe unerträglich. Erneut stand ihr das Bild dieser Frau, die für sie ein Gast gewesen war, vor Augen. Wie sie ihr ihren Schlüssel gegeben hatte. Wie sie ihr zum Frühstück einen Kaffee gebracht hatte. Einer Fremden, die ihre Mutter war.

»Ich blieb ein paar Tage und bin dann wieder abgefahren. Ich hatte mich nicht getraut, etwas zu sagen. Ich wollte es das nächste Mal tun. Mich zuerst mit deinem Vater beraten.«

»Aber der war doch tot?«

»Das schon, ja, aber ich gehe täglich zu seinem Grab«, sagte sie liebevoll. »Ich spreche mit ihm und frage ihn um Rat.«

»Können wir dich einmal begleiten?«, fragte Melissa. »Ich würde gerne das Grab meines Vaters sehen.«

»Sicher«, sagte Susanne. »Das wird ihn freuen. Wir brechen gleich nach dem Mittagessen auf.«

78. KAPITEL

68 Jahre zuvor
An der Ostfront, Heiligenbeil, 27. März 1945

Es war der längste Tag in Romans Leben. Während sie in ihrer Höhle saßen, ebenso wie zahlreiche andere Soldaten – die aber teilweise keine freien Höhlen mehr gefunden hatten, sondern wie die Vögel im Steilhang hingen –, donnerten die Granaten über sie hinweg auf das Wasser. Jeden Moment, so fürchtete er, könnte einer der Russen an der Hangkante auftauchen und die Soldaten bemerken. »Wären wir doch gestern schon geflohen«, knurrte Fritz. »Wir werden den heutigen Tag nicht überleben.«

Roman schwieg. Arthur gab nur ein Stöhnen von sich. Sie sahen die Bomber über das Meer fliegen, sahen sie immer näher kommen, hörten Schreie von Verwundeten, die von der todbringenden Fracht getroffen wurden.

Dann, endlich, kam die Dunkelheit. Sie trugen zuerst das Floß zum Meer, Roman blieb am Strand, um es zu halten, die anderen beiden gingen zurück, um den verletzten Arthur zu holen. Sie legten ihn auf das Floß und ließen es vorsichtig zu Wasser, verteilten sich um den Verletzten. »Du musst auch einen Spaten nehmen und rudern, Arthur, geht das?«, fragte Roman. »Sonst haben wir ein Ungleichgewicht.«

»Natürlich«, ächzte der Verwundete. »Ihr müsst mich nur auf den Bauch drehen.«

Dann fuhren sie los auf ihrem Floß aus Kanistern und mit Rudern, die Spaten waren.

»Wir schaffen es nie, durch die Sperrzone zu kommen«, prophezeite Fritz finster. Denn auch in der Nacht schossen die Russen, riegelten das Meer in etwa 200 Metern Entfernung zum Ufer mit dauerndem Beschuss ab.

»Doch«, stieß Roman hervor. »Wir schaffen das. Wir müssen nur dran glauben.«

Er schloss die Augen, dachte an Luise und seinen kleinen Sohn, tunkte den Spaten ins Wasser. Wieder und wieder. Er konzentrierte sich auf das rhythmische Geräusch des Spatens, versuchte, die Schreie der Verletzten und Ertrinkenden auszublenden.

Als er die Augen öffnete, hatten sie die Detonationslinie tatsächlich hinter sich gelassen und steuerten auf Pillau, den Rettungshafen, zu. Es war kalt, er fror, es war ein eigentümliches Gefühl, durch die kalte Nacht und das Schneetreiben zu fahren. Romans Sinne waren übermäßig geschärft und gleichzeitig fühlte er sich wie in Watte gepackt.

Er sah das deutsche Marineschiff erst, als dieses sich bereits direkt neben ihm befand. Das Gefährt war auf dem Wasser unterwegs, um nach Ertrinkenden Ausschau zu halten und Menschen in Not zu retten. Helfende Hände streckten sich ihnen entgegen, zogen sie an Bord.

Entkräftet und in völlig durchnässten Kleidern ließ sich Roman neben Fritz auf den überfüllten Boden sinken. Sie waren gerettet. Erst einmal. Er war froh, an Bord zu sein, und auch stolz, denn das Schlimmste hatten sie alleine geschafft. Ganz ohne Hilfe.

Am 6. April stieß die Rote Armee bis zum Frischen Haff vor und schloss Königsberg ein. Die Russen waren den Deutschen um ein Zwanzigfaches überlegen. Eine Viertelmillion Rotarmisten kämpfte gegen 30.000 deutsche Soldaten und Volkssturmmänner. Drei Stunden dauerte das Feuer der Geschütze und legte die komplette Innenstadt in Trümmer. Die Menschen blickten zum Himmel und sahen ihn nicht mehr, nur überall Rauch und Leid. Frauen begruben deutsche Soldaten in Bombenkratern. Kinder irrten verwaist umher.

Am 9. April kapitulierte Königsberg, rund 110.000 Menschen hatten überlebt, doch die Hälfte würde in den kommenden Monaten an Hunger und Entkräftung sterben.

79. KAPITEL

Ostpreußen, April 1945

Irina zuckte zusammen, als sie auf irgendeinem Schild das Wort »Neidenburg« las. Neidenburg. Luise. Sommertage. Bilder zuckten vor ihrem inneren Auge auf. Sie hörte glückliches Lachen, spürte Sonnenstahlen auf ihrer Haut.

Schnell schob sie die Gedanken beiseite und brachte ihre Gesichtszüge, die für einen Moment entgleist waren, wieder in Ordnung. Neidenburg, Luise und glückliche Sommertage gehörten in eine andere Welt. Diese Welt war untergegangen.

Ihre Aufgabe war, die Keller zu räumen, in denen sich diejenigen, die nicht geflohen waren, verkrochen hatten. Doch das meiste erledigten ohnehin die Männer. Irina verzog angewidert das Gesicht, als sie die Geräusche aus den Kellern hörte. Verzweifelte Schreie von Frauen, die von russischen Soldaten vergewaltigt wurden. Plötzlich hielt sie inne – da war noch etwas anderes. Ja, es war ganz deutlich. In die Schreie einer Frau mischten sich die von Kindern. So jämmerlich klangen die Laute, dass sie selbst die seelisch so erstarrte Irina bis ins Mark trafen.

Sie stieg die Kellertreppe hinunter und stieß die Tür auf. Sie waren zu dritt und vergewaltigten eine Frau, auch eine zersplitterte Glasflasche kam zum Einsatz. Neben ihr auf dem Boden kauerten zwei Kinder, zwei und vier Jahre alt vielleicht. Sie sahen entsetzt zu, versuchten, zu ihrer Mutter zu gelangen, wurden von den Soldaten grob zurückgeschleudert.

Um Irinas kaltes und erfrorenes Herz begann es zu tauen. Ein Bild zuckte über ihre Netzhaut, eine russische Frau, die deutsche Soldaten gepfählt hatten. Aber gab das umgekehrt den Russen das Recht, so etwas zu tun? Nein, fand Irina, auch, wenn es Bilder wie diese gewesen waren, Bilder russischen Leids, die sie selbst zur Waffe hatten greifen lassen. Sie hatte als Scharfschützin in der russischen Armee unzählige männliche deutsche Soldaten getötet und bei jedem einzelnen Genugtuung empfunden. Denn jeder dieser Männer war für dieses unendliche Leid, das die Russen heimsuchte, verantwortlich. Aber die *Frauen* konnten doch nichts dafür. Und erst recht nicht die Kinder! Doch nicht die *Kinder*! Irina hatte selbst nie Kinder gehabt und auch nicht das Bedürfnis danach verspürt, aber jetzt, angesichts dieser verängstigten kleinen Gestalten, wuchs in ihr so etwas wie ein Muttergefühl.

»Geht«, sagte sie auf Russisch und richtete ihr Gewehr auf die Soldaten. »Sofort! Ich werde das sonst melden. Ihr wisst, dass wir aufgefordert wurden, uns zivilisierter zu verhalten.«

Sie war überrascht, dass die Männer ihrer Anweisung unverzüglich Folge leisteten. Dabei hatte sie ihnen nichts zu sagen und es wäre durchaus möglich gewesen, dass sie sich auch auf sie gestürzt und sie vergewaltigt hätten.

Anscheinend hatten sie Respekt vor ihr, anscheinend war sie gefürchtet, denn den rund 2.000 weiblichen Snipern in der russischen Armee eilte ein beängstigender Ruf voraus.

Innerhalb von drei Minuten war Irina mit der Frau und den Kindern allein. Zusammengekrümmt und schluchzend lag diese auf dem harten, kalten Kellerboden.

Sofort war Irina bei ihr. Die Gepeinigte blickte wirr um sich, streckte die Arme aus. »Meine Kinder!«, rief sie. »Wo sind meine Kinder?«

»Ihre Kinder sind hier«, sagte Irina ruhig. »Es ist alles gut, Ihnen wird nichts mehr geschehen.«

Die Frau sah sie mit weit aufgerissenen, irren Augen an, in denen der Schrecken geschrieben stand. Irina wandte sich zu den beiden Kleinen um, die verängstigt in den dunkelsten Winkel des Kellers gekrochen waren und sich aneinanderklammerten. Der Größere hatte eine Platzwunde an der Wange.

»Kommt«, sagte sie. »Kommt zu eurer Mutter. Ich tue euch nichts.«

Doch die Kinder wagten sich nicht aus ihrer Ecke heraus.

»Können Sie aufstehen?«, fragte Irina die Frau.

Sie versuchte es, brach aber gleich darauf stöhnend zusammen.

»Diese Schweine«, knurrte Irina auf Russisch. Dann sagte sie: »Ich ziehe Sie hinüber zu ihren Kindern. Sie brauchen jetzt Ihre Nähe, trauen sich aber nicht zu Ihnen.«

Die andere nickte. Irina stand auf, packte sie unter den Armen und zog sie durch den Keller. Währenddessen redete die Frau ununterbrochen auf ihre Kinder ein. »Ihr müsst keine Angst mehr haben, meine beiden Liebchen«, sagte sie. »Die Männer sind weg und Mutti geht es gut. Kommt zu mir.« Sie rollte sich zur Seite und breitete die Arme aus. Mit einem Schluchzen, in dem alles Leid lag, was er mit seinen kleinen Augen gesehen hatte, stürzte der größere der beiden Jungen auf sie zu und schmiegte sich in ihre Arme, der Kleinere kam schüchtern hinterher.

Irina wandte sich ab, mit zusammengekniffenen Lippen und Augen voller Tränen.

Die Frau hieß Annemarie, die Jungen Albert und Paul. Irina wich nicht mehr von ihrer Seite. Sie hatte versprochen und beschlossen, bei ihnen zu bleiben und sie zu beschützen. Die beiden kleinen Jungen hatten von Irina ein Stück Brot bekommen und waren dann, erschöpft von den Erlebnissen, in ihrer Ecke auf einer alten Matratze eingeschlafen. Irina deckte sie mit den Federbetten zu und stopfte weitere Wolldecken zwischen die Schlafstätte und die kalte Kellerwand. Annemarie bettete sie auf die zweite Matratze und versorgte ihre Wunden. Zum Glück trug Irina seit geraumer Zeit immer einen medizinischen Notfallkoffer bei sich, als ehemalige Lazarett- und Krankenschwester war es nicht schwer gewesen, sich das auszubedingen. »Hast du große Schmerzen?«, fragte sie. Ganz selbstverständlich war sie zu der vertraulicheren Anrede gewechselt. Es blieb keine Zeit für Konventionen.

»Ja«, sagte Annemarie schlicht. »Aber das ist mir egal. Ich hoffe nur, dass sich die Kinder von dem Schrecken wieder erholen können und dass wir heil hier herauskommen.«

»Ich habe dir versprochen, ich bleibe bei dir«, sagte Irina. »Ich werde dich und die Kinder beschützen. Sei versichert, das kann ich. Und ich glaube auch nicht, dass sie zurückkommen. Sie werden weiter vorstoßen.«

»Aber warum tust du das?«, fragte Annemarie. »Ich bin doch Feind. Und weshalb sprichst du überhaupt so gut Deutsch?«

»Deutsch spreche ich, weil ich Freunde habe, die hier leben«, erwiderte Irina. »Ich habe sie im letzten Krieg kennengelernt: Sie kamen als Kriegsgefangene in das Krankenhaus in Petrograd, in dem ich arbeitete. Und warum ich dir helfe? Ganz einfach: Du hast mich wieder zur Besinnung gebracht.«

»Wie meinst du das?«

Irina schwieg, suchte die richtigen Worte. »Weißt du, ich

habe dreimal einen Mann, den ich liebte, an den Krieg verloren«, sagte sie. »Und als mein Iwan während der Belagerung Leningrads starb, verhungernd und erfrierend in meinen Armen, da wollte ich auch sterben, endlich sterben, um dieser Hölle zu entkommen. Aber Gott hat mich nicht gelassen. Und so entstand in mir eine unglaubliche Wut, vielleicht war diese Wut der Schutz vor einer Trauer, die mir das Herz gebrochen hätte. Wut ist leichter zu ertragen als Trauer.«

Sie hielt inne, fuhr dann aber fort: »Ich habe so viel Leid gesehen, Annemarie. Das, was die russischen Soldaten den deutschen Frauen antun, haben die deutschen Soldaten zuvor den Russinnen angetan. Sie rächen sie, verstehst du? Es ist eine Spirale aus Hass, Gleiches wird mit Gleichem vergolten, und auch ich war in dieser Spirale gefangen. Ich ging zur Armee, um Iwan zu rächen, ich habe einen deutschen Soldaten nach dem anderen getötet, und es hat mir eine gewisse Befriedigung gebracht. Und dann kam ich hierher, um weiter zu töten.«

Sie sah das Erschrecken in Annemaries Augen und fuhr hastig fort: »Hab keine Angst. Als ich durch die Stadt ging, habe ich von überallher die Schreie der Frauen vernommen, die vergewaltigt wurden. Aus deinem Kellerfenster habe ich auch die Kinder gehört und bin hinuntergegangen. Und als ich dann diese Szene sah, da wurde mir dieser ganze Wahnsinn bewusst. Mir war so, als könne ich mit einem Mal wieder klar sehen, als würde ich endlich wieder begreifen, was ich da eigentlich tue.«

Annemarie sah sie stumm an.

»Mein Kampf ist hier zu Ende, Annemarie«, sagte Irina. »Oder nein, nicht ganz. Ich werde für dich und deine Kinder kämpfen, ich werde bei euch bleiben und euch verteidigen, bis es vorbei ist.«

»Danke«, flüsterte Annemarie. »Sollen wir fliehen?«

Irina nickte. »Ich denke, ja. Aber im Moment bist du dazu nicht in der Lage. Wir müssen noch eine oder zwei Nächte abwarten. Dann können wir immer noch gehen.«

80. KAPITEL

Überlingen, Bodensee, April 1945

Luises Leidensweg dauerte neun Wochen. Neun Wochen voller Kälte, voller Entbehrungen, voller Angst und Leid. Die Bombardierungen auf den Flüchtlingstreck waren nicht die einzige Gefahr gewesen, der sie ausgesetzt waren. Ihr kleiner Michael war ihr auf der Flucht beinahe erfroren. Und auch Hannelores Kindern machte die Kälte schwer zu schaffen und das Vieh war am Ende seiner Kräfte. Außerdem stritten sie alle immer wieder wie die Kesselflicker, die Nerven lagen blank. Inzwischen waren sie zu Fuß unterwegs, alles Hab und Gut und auch die Wagen hatten sie zurücklassen müssen.

Wenn sie zurückdachte, dann sah sie Bilder vor sich, Bilder von endlosen weißen Landschaften, von Leichen in Straßengräben, von hungernden Kindern, von Verletzten. Sie sah all die Stationen ihrer Flucht, die ineinanderflossen und zu einem einzigen großen und sehr chaotischen Bild wurden. Einmal hatten sie deutsche Soldaten in ihren Militärfahrzeugen ein Stück mitgenommen. In der Nähe von Hamburg hatten sie bei einer sehr besorgten und liebevollen Familie, die zahlreiche Flüchtlinge aufnahm, Kraft schöpfen dürfen. Die anderen hatten bleiben wollen, aber Luise hatte es weitergedrängt und Hannelore und Margarete wollten sie nicht alleine gehen lassen. Luise erinnerte sich an einen Zug, in den sie gestiegen waren, dann hatte es Bombenalarm gegeben und sie mussten ihn wieder verlassen. Letztendlich waren sie mit der Eisenbahn aber doch ein großes Stück gereist. Bis Singen, von dort aus waren sie teilweise gelaufen, teilweise von Bauern mitgenommen worden. Der letzte hatte ihnen einen Leiterwagen gegeben, in dem die erschöpften Kinder nun saßen.

Und nun war es vorbei, endlich war es vorbei. Luise konnte den Bodensee sehen. »Bald sind wir da«, sagte sie zu Margarete. »Da unten ist schon der See und hier, auf diesem Hang, habe ich oft mit Sophie und Johanna gesessen und meinen Gedanken freien Lauf gelassen.« Sie lächelte versonnen und erwartungsfroh, zwischen Aufkirch und Überlingen ging es nur noch bergab. Doch auch hier hatte der Krieg nicht Halt gemacht. Ihr Weg führte sie am Konzentrationslager vorbei, das Leid atmete ihnen entgegen. Über der Stadt lag ein dunkler Schleier und doch schien Überlingen für Luise die großartigste, die friedlichste und die verheißungsvollste Stadt der Welt zu sein. Wie wunderschön der See schimmerte! Wie eine Perle schmiegte er sich in die umliegende Berglandschaft, unberührt und rein, als läge nicht die ganze Welt in Trümmern. Auch Überlingens Häuser waren ihr vertraut, zerbombt war hier in der Innenstadt scheinbar nichts.

Sie führte ihre Freundinnen vor dem See nach rechts und steuerte auf das Alte Schulhaus zu. Hoffentlich wohnt Johanna hier noch, dachte sie bang, als sie den Leiterwagen auf die geharkte Zufahrt vor dem Haus zog.

Sekunden später hatte sie ihre Antwort. Die Tür flog auf, Johanna stand im Türrahmen und starrte sie an. Es dauerte bestimmt drei Minuten, bis sie ein tonloses »Luise« von sich gab, die Arme ausbreitete und die Treppen hinuntereilte. »Luise! Ich kann es nicht glauben! Du bist da! Du bist tatsächlich da!«

Sie lachte und weinte gleichzeitig und wollte Luise gar nicht wieder loslassen.

»Ihr seid sicher ganz erschöpft«, vermutete sie dann und begrüßte die anderen Frauen. »Ich bin Johanna Bigall.« Sie gab Margarete und Hannelore nacheinander die Hand.

Beide strahlten. Sie waren zu Tode erschöpft, aber nun waren sie am Ziel angekommen, nun schien es etwas Ruhe und Erholung für sie zu geben. »Vor allem die Kinder sind müde und hungrig«, sagte Margarete schüchtern. »Im Moment schlafen sie, obwohl helllichter Tag ist. Es gibt keinen Rhythmus mehr in ihrem Leben. Und ich glaube, sie schlafen auch, weil sie zu erschöpft sind, um sich zu bewegen. Sie sind ganz still geworden.«

Ihre Stimme bebte.

Luise hob den kleinen Michael vorsichtig vom Wagen. »Johanna«, sagte sie feierlich. »Darf ich dir meinen Sohn vorstellen? Das ist Michael.«

»Was? Aber das ist ja ... du hast ein *Kind*?«, fragte Johanna fassungslos. »Das ist ja wunderbar! Wie alt ist er? Wer ist der Vater?« Dann unterbrach sie sich. »Ach was, das kannst du mir ja alles noch erzählen, wir haben alle

Zeit der Welt. Wichtig ist nun erst einmal, dass ihr etwas zu essen und zu trinken bekommt.«

Hannelore hatte ihre Kinder inzwischen geweckt und die Flüchtlinge folgten Johanna ins Haus. »Setzt euch erst einmal ans Feuer, um euch etwas aufzuwärmen«, sagte sie und führte sie ins Wohnzimmer. »Ich bereite gleich eine warme Suppe zu.«

In der Tür tauchte ein Mädchen auf. »Schau, Melissa«, sagte Johanna. »Wir haben Besuch bekommen: Das ist deine Tante Luise aus Ostpreußen, von der ich dir so oft erzählt habe.«

Sie lächelte Luise zu. »Wie du siehst, bin auch ich noch einmal Mutter geworden.« Die Lüge ging ihr leicht über die Lippen. Dann wandte sie sich wieder ihrer »Tochter« zu: »Mit ihr ist Margarete gekommen und auch Hannelore mit ihren Kindern. Möchtest du ihnen mal dein Zimmer zeigen?«

»Ja.« Melissa nickte zaghaft. Seit dem Bombenangriff wenige Wochen zuvor war das eigentlich so fröhliche und aufgeweckte Kind sehr still und zurückhaltend geworden. Mit Manfred und Margot verhielt es sich nicht anders. Sie warfen ihrer Mutter ängstliche und flehende Blicke zu, hatten Angst, alleine mit dem fremden Mädchen zu gehen, trauten sich aber auch nicht, Nein zu sagen.

»Wenn du nichts dagegen hast, würde ich euch anfangs begleiten«, sagte Hannelore deshalb. »Ihr kennt euch ja noch gar nicht, und für Manfred und Margot ist das hier alles ganz neu und fremd.«

Melissa nickte.

Luise, Johanna und Margarete blieben mit den Säuglingen allein zurück. »Ich gehe mal in die Küche, um etwas Suppe zu kochen«, verkündete Johanna. »Und ich bitte das Mädchen, für euch die Zimmer herzurichten.«

»Das können wir doch selbst erledigen«, widersprach Margarete rasch. »Wir wollen wirklich keine Umstände machen. Wir sind Ihnen so dankbar, dass wir ein Dach über dem Kopf haben.«

»Dafür ist das Mädchen ja da«, sagte Johanna und lächelte. »Und was das Dach über dem Kopf angeht: Es ist selbstverständlich, dass wir in Zeiten wie diesen füreinander einstehen.«

Am Abend saßen Luise und Johanna noch lange im Wohnzimmer beisammen und versuchten die vielen, vielen Jahre, die sie sich nicht gesehen hatten, mit Worten zu überbrücken. Wir sind einander gar nicht fremd geworden, dachte Johanna glücklich, obwohl wir beide Unfassbares erlebt haben, Luise noch viel mehr als ich. Sie hörte stumm zu, als die andere von ihrer Liebe zu Roman sprach, von ihrer Schwangerschaft, dem Verrat, dem Verhör durch die Gestapo, ihrer Zeit im Konzentrationslager, der Flucht. Wieder einmal stieg ein Gefühl der Scham in ihr auf. Während die Freundin und die Ihren derart Schlimmes durchgemacht hatten, hatte sie sich mit dem Gedanken befasst, wie sie Kleider am besten so abändern konnte, dass sie wieder modern waren. Sicher, der Krieg war auch in Überlingen und in Konstanz schlimm, und der Bombenangriff vom 22. Februar entsetzlich gewesen. Aber wenn man das mit dem verglich, was Luise erlebt hatte, dann war das geradezu lächerlich. Doch auch Johanna hatte viel Leid erfahren im Krieg, zwar kein Konzentrationslager und keine Flucht – aber sie war immer noch voller Ungewissheit, was Susanne betraf. Auch die Franzosen kamen näher, man sorgte sich.

Im Moment war Johanna aber einfach nur unendlich dankbar, dass sie mit Luise nun jemanden hatte, mit dem sie ihre Sorgen um Susanne – und auch um Sophie, von der sie nichts mehr gehört hatte, teilen konnte.

»Ach, Luise.« Sie ging zu der Freundin, die auf dem Sofa saß und ihren kleinen Sohn im Arm hatte, schlang die Arme um die andere und legte ihren Kopf an ihre Schulter. »Ach, Luise, was ist nur mit dieser Welt los? Was hat unsere Generation getan, dass sie so viel Leid erdulden muss?«

Luise wusste keine Antwort.

81. KAPITEL

Ostpreußen, April 1945

Nach mehreren Tagen wagte Irina es, Annemarie und ihre beiden Söhne kurz allein zu lassen. »Ich muss versuchen herauszubekommen, was sich draußen tut«, erklärte sie. »Es ist so ruhig geworden. Und ich muss etwas zu essen organisieren.«

In der Tat war es draußen gespenstisch still. Lachen und Gespräche waren ohnehin lang schon verstummt, nun schwiegen auch das Leid und die Schreie. Die Front war weitergezogen. Geblieben waren vereinzelte Soldaten, vor allem aber vom Leid gezeichnete Menschen.

Leichen. Und Kinder. Kinder, die allein durch die Gegend streiften.

Irina setzte sich neben ein kleines Mädchen mit schmutzigen, blonden Zöpfen, das auf der Treppenstufe eines zerbombten Hauses kauerte.

»Ich will zu meiner Mutti!«, rief es bekümmert und dicke Tränen kullerten über ihr ausgezehrtes Gesicht. »Mutti, Mutti, warum hast du denn nicht auf mich gewartet?«, klagte die Kleine.

Irina wusste, warum die Frau nicht gewartet hatte. Oder glaubte es zumindest zu wissen. Entweder hatten sie die Mutter des Mädchens umgebracht oder gefangen genommen. Sie hatte vom Kellerfenster aus beobachtet, wie die Russen ganze Scharen von Frauen zusammentrieben und in Richtung Bahnhof abführten. Es war unschwer zu erraten, welches Schicksal ihnen zugedacht war: Sie sollten in der Zwangsarbeit eingesetzt werden, ohne Zweifel würde man sie auch peinigen und vergewaltigen.

»Wie hast du deine Mutti denn verloren?«, fragte sie sanft.

»Ich habe nur etwas zu essen gesucht, und als ich zurückkam, war Mutti nicht mehr da. Ich habe die ganze Nacht auf sie gewartet.« Das Mädchen weinte bitterlich und Irina zog sie in ihre Arme. Sie ließ den Blick schweifen und sah einen kleinen Jungen, drei Jahre mochte er vielleicht sein, verschüchtert ums Eck lugen. »Wer ist das?«, fragte sie das Mädchen.

Das Mädchen hob den Blick. »Das ist der Willi«, sagte sie. »Seine Mutti ist gestorben. Er ist ganz allein. Wie ich.«

Sie begann wieder zu weinen.

Irina streckte die Hand nach Willi aus. »Komm«, rief

sie. »Komm zu uns.« Willi zögerte. Es fiel ihm schwer zu vertrauen.

»Komm, Willi, die Frau ist nett!«, ermunterte ihn das Mädchen.

Der Kleine löste sich von der Hausecke und kam über die schuttbedeckte Straße herüber.

Er blieb vor Irina stehen und traute sich nicht, sie anzusehen. Also starrte er auf den Boden.

»Du bist also der Willi«, stellte Irina fest und wandte sich dann zu dem Mädchen um. »Und wie heißt du?«

»Emilie«, sagte die Kleine.

»Passt gut auf, Willi und Emilie. Ich bin hier, um euch zu beschützen. Ich werde dafür sorgen, dass euch niemand etwas tut, dass ihr es warm habt und satt werdet.«

Während sie sprach, fragte sie sich, was sie da eigentlich versprach und wie sie das einhalten sollte.

Doch sie wusste, dass sie es tun musste. Und ihr war auch klar, dass es einen Weg gab, wenn sie nur entschlossen genug handelte. Irina hatte gelernt, dass es Dinge gab, die man nicht beeinflussen konnte – den Tod eines Menschen zum Beispiel. Aber sie hatte begriffen, dass man sein Schicksal trotz aller Unwägbarkeiten zumindest ein Stück weit selbst in der Hand hatte – und manchmal eben auch das Schicksal von anderen Menschen. Diese Kinder, das war ihr klar, wären ohne sie verloren.

Es hatte zu regnen begonnen. In dicken Tropfen kam das Wasser vom Himmel und legte sich auf die kleinen eisigen Wangen. »Kommt mit«, sagte sie zu den Kindern. »Ich bringe euch ins Trockene.«

»Und wenn Mutti kommt und mich sucht?«, fragte Emilie bang.

Irina schluckte. Sie konnte ja schlecht sagen, dass Emilies Mutter sehr wahrscheinlich gar nicht mehr oder wenn, dann erst nach sehr langer Zeit wiederkäme. Und dass Emilie sterben würde, wenn sie die ganze Zeit über auf der Treppe auf ihre Mutter wartete. Deshalb sagte sie nur: »Die Mutti wird dich überall finden. Aber es wird vielleicht noch eine Weile dauern, bis sie kommt. Es ist wichtig, dass du dann in Sicherheit bist und dass es dir gut geht.«

Emilie nickte ernst und schob ihre kleine Hand in Irinas. Der Junge nahm ihre andere.

Als sie kurz darauf in den Keller zurückkehrte, sah Annemarie ihr kopfschüttelnd entgegen.

»Ich habe noch nichts zu essen auftreiben können, Annemarie«, sagte Irina. »Aber ich habe zwei Waisenkinder gefunden. Und ich bin sicher, dass da draußen noch mehr sind. Ich gehe sie jetzt suchen.«

»Aber …«, setzte Annemarie an.

Nun war es an Irina, den Kopf zu schütteln. »Wäre ich nicht gekommen, wären deine Kinder jetzt vermutlich auch Waisen«, sagte sie. »Es hätten auch deine Kinder sein können, die jetzt draußen herumirren. Du hättest auch gewollt, dass da jemand ist, der sich um sie kümmert.«

»Ja, das ist wahr«, murmelte Annemarie beschämt. »Du hast ja recht.«

Sie lächelte die beiden Neuankömmlinge aus der Nachbarschaft an, die sie natürlich kannte. »Na, kommt her, Emilie und Willi«, sagte sie. »Ich weiß ein schönes Spiel. »Wollen wir es zusammen spielen?«

82. KAPITEL

68 Jahre später
Paris, Frankreich, August 2013

Die alte Frau kniete am Grab ihres Mannes und ordnete den Blumenstrauß neu. Rechts und links von ihr knieten Melissa und Mia. »Ich habe meinen Vater nie gekannt, auch nicht von ihm gewusst und nun knie ich an seinem Grab«, sagte Melissa nachdenklich. »Das Leben ist schon manchmal ein seltsamer Dramaturg.«

Susanne nickte. »Er weiß, dass du hier bist und er ist glücklich. Sehr sogar«, flüsterte sie. Dann erhob sie sich und sagte: »Lasst uns zu der Bank dort hinten gehen. Auf dem Boden zu knien, das geht für eine alte Frau wie mich nicht mehr so lange, wie ich das gerne möchte.«

»Ich war ganz überrascht, dass du dich überhaupt hingekniet hast«, gestand Mia und half ihrer Großmutter dabei, sich zu erheben.

»Leopold war ein wunderbarer Mann«, sagte sie liebevoll. »Ich habe ihm das Leben in meiner Trauer und meiner Angst um dich nicht immer leicht gemacht. Aber letztendlich haben wir in unserer gemeinsamen Trauer wieder zusammengefunden. Er hat immer gesagt: Ich hätte meine kleine Melissa so gerne wenigstens ein Mal gesehen.«

Melissa schluckte.

Mia bemerkte es und sie wusste, dass es ihrer Mutter unangenehm war, in den letzten Tagen so nah am Wasser gebaut zu sein. »Ständig fange ich an zu weinen«, hatte sie am Vorabend im Hotel geklagt, als sie in der Hotelbar auf einen Schlummertrunk zusammengesessen hatten.

»Das ist doch normal, Mama«, sagte Mia beinah schon verwundert. »Bei all dem, was du in den letzten Tagen erfahren hast!«

»Ich möchte nicht, dass Susanne denkt, dass es mich traurig macht.«

»Da musst du dir keine Sorgen machen. Sie fühlt ja selbst, wie erschütternd all das ist.«

»Trotzdem. Ich will versuchen, tapferer zu sein«, hatte Melissa gesagt. Und nun kämpfte sie schon wieder mit den Tränen.

»Wie ist denn euer weiteres Leben verlaufen?«, fragte Mia ihre Großmutter rasch. Zum einen, um Melissa einen Moment zu geben, damit sie sich fangen könnte, zum anderen aus echtem Interesse.

»Wir sind in Amerika geblieben«, erzählte Susanne. »Wir hatten beide keinen Grund, nach Deutschland zurückzukehren, zumal Leopold dann erfahren hat, dass auch seine Mutter und seine Schwester von den Nazis ermordet worden waren. Deutschland – da hatten wir niemanden mehr, der auf uns wartete, aber jede Menge leidvolle Erfahrungen gemacht.«

»Wovon habt ihr gelebt?«

»Dein Vater«, sie sah Melissa an, »hat sich im Immobilienbereich selbstständig gemacht und es dabei zu großem Wohlstand gebracht. Wir hatten ein gutes Leben. Ich habe ihm später in der Firma geholfen.«

»Hattet ihr … habe ich Geschwister?«

»Nein«, sagte Susanne. »Nein, das … wollten wir nicht. Wir hätten das Gefühl gehabt, als wäre es ein Verrat an dir gewesen.« Sie sah Melissa liebevoll an.

»Warum?«, fragte Mia erstaunt.

»Unsere kleine Melissa durfte, wie wir dachten, nicht leben, weil wir sie im Stich gelassen hatten. Das haben wir uns nie verziehen«, flüsterte Susanne.

Melissa zog sie in ihre Arme, eine Weile saßen sie schweigend, dann war es wieder Mia, die fragte: »Wann und warum seid ihr nach Frankreich gekommen?«

»Zwei Jahre vor dem Tod meiner Mutter – Johanna«, erwiderte Susanne. »Wir waren im Herzen beide Europäer und haben uns nach der Heimat gesehnt. Aber wir haben uns nicht mehr nach Deutschland gewagt, das konnten wir einfach nicht. Frankreich, der Ort, wo wir uns wiedergefunden hatten, schien uns ein guter Platz für den allerletzten Lebensabschnitt. Wir haben noch vier Jahre glücklich zusammen hier gelebt, dann ist Leopold gestorben.«

»Woran?«, fragte Melissa.

»Er war einfach alt, mein Kind«, sagte sie. »Für einen Mann, und noch dazu einen mit einer derart bewegten Geschichte, hat er lange gelebt. Er hat mich sehr glücklich gemacht – so gut das eben ging.«

Sie erhob sich und ging, auf ihren Stock gestützt, zu seinem Grab zurück, betrachtete es eine Weile und drehte sich dann zu ihrer Tochter und ihrer Enkelin um. »Und er tut es immer noch. Denn die Liebe ist stärker als der Tod.«

83. KAPITEL

68 Jahre zuvor
Berlin, Deutsches Reich, April 1945

Habe ich nun all das überlebt, um in diese Hölle zu geraten?, fragte sich Roman. In Pillau angekommen, war ihm auf abenteuerlichen Wegen die Flucht gelungen, er war bis in die Hauptstadt gelangt, wo am 16. April die große Schlacht begann. Kaum jemand glaubte inzwischen noch an Hitlers Durchhalteparolen – und schon gar nicht an den Endsieg! Mit was und mit wem hätte man den auch erringen sollen? Die Rote Armee der Sowjetunion und die Truppen der Westalliierten rückten an der Ost- und an der Westfront immer weiter vor, gewannen eine Schlacht nach der anderen, und auf deutscher Seite mangelte es quasi an allem. An Waffen. An Panzern. An Nahrung. Und auch an »Menschenmaterial«, wie man Soldaten gerne nannte. 16-jährige Jungen und 60-jährige Männer wurden als »Volkssturm« an die Front geschickt oder sollten ihre Heimatorte als »Festung« verteidigen. Doch es nützte alles nichts, am 25. April trafen sich erstmals sowjetische und US-Einheiten in Torgau an der Elbe.

Zuvor hatte jedoch der US-Oberbefehlshaber General Eisenhower am 31. März entschieden, die Eroberung Berlins der Roten Armee zu überlassen. Am 16. April rückte diese mit einem Zangenangriff auf die Hauptstadt vor, am 24. April war Berlin von der Roten Armee eingeschlossen. Und Roman war mittendrin. Wieder einmal gefangen in einem Kampf, der nicht seiner war, wieder einmal umzingelt von den russischen Truppen, wieder einmal weit weg von Luise und seinem kleinen Sohn.

Die Berliner Bevölkerung litt ebenso wie er. Rund zwei Millionen Menschen befanden sich noch in der Hauptstadt, suchten in Kellern und Bunkern Schutz, wie sie das schon seit Jahren taten. Für sie drohte von vielen Seiten Gefahr: Die russischen Soldaten und Granaten waren das eine, das andere war die SS, die Weisung erhalten hatte, zu töten, wer im Verdacht stand, nicht im Sinne des Vaterlandes zu handeln und die Widerstandskraft zu schwächen.

Es war die Hölle – doch das Ende war absehbar: Am 1. Mai besetzten sowjetische Truppen die Neue Reichskanzlei, Adolf Hitler und seine Lebensgefährtin Eva Braun, die er kurz zuvor noch geheiratet hatte, hatten am Vortag im Bunker Selbstmord begangen. Berlin war besetzt, mit der Kapitulation der Wehrmachtstruppen am 2. Mai endeten die Kämpfe: Geschätzt 170.000 Soldaten hatten in der Schlacht um Berlin ihr Leben gelassen, 500.000 wurden verwundet, unter ihnen auch Roman, den ein Granatsplitter am Arm getroffen hatte und der die letzten Tage des Kampfes im Lazarett verbrachte. Was ihm, wie er dachte, ziemlich sicher das Leben rettete.

Nazideutschland kapitulierte am 4. Mai gegenüber dem britischen General Montgomery bei Lüneburg, am 7. Mai gegenüber dem US-General Eisenhower in Reims und am 8. Mai 1945 gegenüber dem sowjetischen Marschall Schukow in Berlin-Karlshorst bedingungslos. Die Souveränität über Deutschland war an den Alliierten Kontrollrat der Siegermächte übergegangen.

84. KAPITEL

Paris, Frankreich, April 1945

Sophie hatte ihre Sprache wiedergefunden, aber sie sprach nur zu Manon und zu niemand anderem. Die beiden Frauen hatten eine seltsame Beziehung zueinander. Sie hatten sich ausnahmslos alles aus ihren Leben erzählt. Manon von ihrer Liebe zu einem deutschen Soldaten, der als Besatzer kam und ihr Herz sofort gefangen nahm. Sie sagte, sie habe gewusst, dass diese Liebe von den anderen Menschen im Dorf mit Argwohn beobachtet wurde, und sie sagte auch, es habe sie nicht geschreckt, weil die Liebe stärker war als alles andere. Stärker als die Blicke, die wie Pfeile waren, stärker als das Misstrauen, stärker als die Tatsache, dass sie sich von ihr abwendeten.

Aber sie hatten es schließlich doch noch geschafft, dass der Hass über die Liebe siegte. Bevor sie Manon die Haare schoren und sie an den Pranger stellten, hatten sie ihn geholt und erschossen, vor ihren Augen. Manon sprach davon mit leiser, melodischer Stimme, ihr Kopf lag in Sophies Schoß und Sophie hörte zu, stumm, und strich ihr dabei wieder und wieder die Haare aus der Stirn. Dann erzählte Sophie. Vom ersten Krieg, von ihrer Liebe zu Pierre, von ihrer Trennung, von Raphael, dem gemeinsamen Kind, und schließlich von ihrer Zeit in Frankreich und dem Kampf in der Résistance. Es sei seltsam, sagte Sophie, wie ähnlich die beiden Geschichten sich waren. Eine Französin, die einen Deutschen liebte. Eine Deutsche, die einen Franzosen liebte, und beide verloren diese Liebe schließlich –

wobei Sophie ihre Hoffnung nicht aufgab, immer noch daran glaubte, dass Pierre wiederkehren würde.

Vielleicht war es die Ausnahmesituation, die sie einander so schnell so nahekommen ließ. Vielleicht werden in extremen Situationen schnell extreme Gefühle geboren. Manon und Sophie jedenfalls erkannten, dass sie einander liebten, dass sie einander ein ganz tiefes und ganz warmes Vertrauen entgegenbrachten, dass sie sich verstanden, ohne dafür Worte zu brauchen.

Sophie kannte dieses Gefühl der Nähe von ihrer Freundschaft mit Johanna, und auch die Freundschaft mit Luise hatte diesen Charakter. Und doch war es mit Manon ganz anders. Sie dachte manchmal, dass sie und Manon sich eher wie ein Paar fühlten und verhielten als wie Freundinnen, dass sie wie Mann und Frau waren, aber dass es doch gerade die Sanftheit und Weiblichkeit war, die sie zueinander hinzog. Es hat etwas Magisches, dachte Sophie, etwas ungemein Faszinierendes und, ja, auch etwas Erotisches. Und dann dachte sie an Pierre und daran, dass nur ihm diese Gefühle zustanden, die sie für Manon zu entwickeln begann. Sie schämte sich, sie hatte ein schlechtes Gewissen. Und sie sprach mit Manon darüber. *Natürlich* sprach sie mit Manon darüber. Die Freundin hörte ihr zu, hielt sie dabei in den Armen und sagte, dass die eine Liebe die andere weder ausgrenze noch verrate, sondern dass Liebe etwas Schönes und Kostbares sei, gerade in dieser Welt voller Hass. Dass die Liebe zwischen ihnen gar nichts mit der Liebe zu den Männern, die sie betrauerten, zu tun hatte.

Sophie sog die Worte in sich auf, und während sie sich in die Geborgenheit von Manons Armen fallen ließ, musste sie plötzlich daran denken, dass sie vor zehn, 15 Jahren einmal vermutet hatte, ihr Sohn sei homosexuell. Ob diese Gedanken damals schon ihr selbst gegolten hatten?

»Ich liebe dich«, sagte sie zu Manon. »Aber ich bin nicht frei für dich. Nicht auf diese Weise. Ich werde nach Paris zurückkehren und auf Pierre warten.«

»Ich komme mit«, erklärte Manon sofort. »Ich warte mit dir. Ich will ja auch, dass er zurückkommt. Denn glaube mir, das eine hat nichts mit dem anderen zu tun.«

Zu Hause erwartete sie ein Papierstapel. Viel Post war in ihrer Abwesenheit gekommen. Sophie sah sie flüchtig durch, doch es war nichts von Pierre darunter, der Rest interessierte sie nicht. Sie schmiss alle Briefe ins Feuer. Sie lebte nur noch für Pierre und Manon. Ihre Welt der Liebe, die sie sich mitten in all dem Grauen geschaffen hatte, war eine kleine Insel.

Zwei Monate später kam die Nachricht von Pierres Tod. Sophie weinte stundenlang in Manons Armen – ihre Trauer war abgrundtief und schwarz, sie riss sie mit sich fort und sie wusste: Wenn Manon nicht bei ihr gewesen wäre, sie wäre mit ihm gestorben.

85. KAPITEL

Überlingen, Bodensee, 25. April 1945

Zwei Wochen war Luise mit ihrem Sohn und ihren Freundinnen schon bei Johanna, als der Krieg in Überlingen zu Ende ging. Luise und Johanna gingen am See spazieren, sie sehnten sich nach einer Möglichkeit, allein, unter vier Augen, zu sprechen. Luise wollte sich auch von der Grübelei und den Sorgen um Roman ablenken, von dem sie immer noch nichts gehört hatte, nicht wusste, ob er noch lebte. Sie reckte ihr Gesicht der Sonne entgegen, gierend nach etwas Wärme, gierend auch nach dem Trost und der Lebensfreude, die die Sonne seit Jahrhunderten jenen spendet, die sich ihren Strahlen hingeben. »Nach all dieser Kälte, nach all diesem Schnee, kann ich gar nicht genug von der Sonne bekommen«, sagte sie.

»Es ist so schön, dich nach den vielen Jahren wieder bei mir zu haben.« Johanna hakte Luise unter. »Endlich ist wieder Leben im Haus.« In der Tat war sie froh über den Besuch, der sie auch davon ablenkte, dass Sebastian nun schon seit vielen Monaten verschwunden war. Einfach untergetaucht. Das ärgerte und faszinierte sie gleichermaßen. Und natürlich sorgte sie sich auch.

»Fallen wir dir auch wirklich nicht zur Last?«, fragte Luise bang. »Wir waren ja schon ziemlich viele, die wir da so einfach bei dir eingefallen sind.«

»Es ist Krieg, Luise, da ist das selbstverständlich«, entgegnete Johanna. »Du hättest das Gleiche für uns getan. Außerdem ist im Alten Schulhaus Platz genug für uns alle, und sowohl ich als auch Melissa sind froh, Gesellschaft zu haben.«

»Ich war ja wirklich überrascht, dass du noch ein Nachzüglerchen bekommen hast.«

Johanna blieb stehen und sah Luise ernst an. »Melissa ist nicht meine Tochter. Sie ist Susannes Tochter. Ich wollte dir das die ganze Zeit sagen, hatte aber immer Angst, dass jemand mithört. Niemand außer Sebastian und Sophie wissen, dass Melissa eigentlich meine *Enkelin* ist. Nicht mal meine Eltern.«

Luise stieß einen leisen Schrei aus. »Hat das was mit Susannes Verschwinden zu tun?«

»Wenn, dann nur indirekt. Susanne war mit einem Juden liiert. Melissa ist Halbjüdin.«

Luise schluckte. »Verstehe«, flüsterte sie. »Ihr habt euch das ausgedacht, um das kleine Mädchen zu schützen. Sie weiß auch nichts davon, nehme ich an?«

Johanna schüttelte den Kopf. »Nein. Melissa wächst in dem Glauben auf, dass ich ihre Mutter bin. Wenn Susanne zurückkommt, werden wir ihr die ganze Geschichte erzählen.«

Luise öffnete den Mund, um etwas zu sagen, und schloss ihn dann wieder. Sie hatte fragen wollen, warum Johanna denn so sicher war, dass Susanne zurückkommen würde, aber ihr war klar, dass ihre Freundin gar keine andere Wahl hatte, als das als Gewissheit darzustellen – vor sich selbst. Sonst hätte sie den Schmerz wohl kaum ertragen.

Am Gasthaus Ochsen ging es nicht weiter. Eine Panzersperre aus riesigen Balken blockierte den Weg – zum Schutz gegen die einrückenden Franzosen, die in diesem Moment mit drei Panzern in die Hafenstraße einbogen.

Luise nahm Johanna beim Arm und zog sie in die Sicherheit einer Eingangstür zurück. Von dort aus konnten sie beobachten, wie mehrere Überlinger sich entschlossen daranmachten, die Panzersperre einzureißen. »Da wird der Stadtoberkommandant aber gar nicht begeistert sein«, flüsterte Johanna. »Das ist verboten. Darauf steht die Todesstrafe.«

Es war später Nachmittag, hastig bereitete sich Stadtkommandant Oberstleutnant Wellkamp auf die Verteidigung vor. 30 Soldaten und mehrere Männer der Waffen-SS sollten ihn unterstützen. Die Panzersperre am Ochsen war nicht die einzige: insgesamt sieben schirmten die Stadt ab. »Dieser Oberkommandant will unbedingt noch ein letztes Blutvergießen«, flüsterte Johanna in ihrer Nische wütend. »Alle wollen die Stadt friedlich übergeben. Wir wollen doch nicht in den letzten Minuten noch ein Gemetzel! Der Krieg ist ohnehin verloren.« Entschlossen trat sie aus der Türlaibung hervor. »Ich helfe Ihnen, die Panzersperre zu öffnen«, verkündete sie.

»Johanna, warte«, rief Luise. »Wenn dir etwas passiert! Denk an Melissa! An Susanne!«

»Mir wird nichts geschehen«, erklärte Johanna selbstbewusst und schritt über die Straße. Über die Schulter rief sie der Freundin zu: »Du gehst am besten zu deinem Kind nach Hause zurück. Rasch!«

Luise tat, wie ihr geheißen. Früher hätte sie Johanna mit Begeisterung geholfen, die Panzersperre einzureißen. Aber früher, da hatte sie auch nur an sich denken müssen. Heute gab es da einen kleinen Jungen, der sie brauchte, und einen Mann, der sie liebte und von dem sie hoffte, dass auch er sich nicht unnötig in Gefahr brachte – ihr zuliebe.

Johanna machte sich derweil daran, die Panzersperre, über der bereits ein weißes Tuch als Zeichen der Friedensabsichten hing, zu öffnen, um ein Gefecht zu verhindern. Von Norden her hörte sie Schüsse. Offenbar mussten sich die Franzosen dort gewaltsam Zutritt zur Stadt verschaffen. »Rasch«, rief sie einem jungen Mann zu, der tatenlos neben der Sperre stand. »Hilf mir.«

»Das ist nichts für eine Frau, Frau Bigall«, brummte einer der Männer, die schwitzend dabei waren, die Baumstämme abzutragen.

»Ach was«, blieb Johanna stur. »Unsere Welt ist nicht mehr die alte.«

Sie packte an, arbeitete verbissen. Aus Norden kam jetzt beißender Rauchgeruch, später sollte Johanna erfahren, dass drei Häuser am oberen Ende der Krummebergstraße in Flammen standen – in Brand geschossen waren.

Der Kampf dauerte nicht lange: Die Zeiger am Münsterturm standen auf 17.45 Uhr, als die Stadt eingenommen war. Die Stadtkommandanten waren gefangen genommen, Stadtinspektor Julius Kitt, Glasermeister Josef Hueber und Bürgermeister Spreng übergaben die Stadt an die französischen Besatzer. Überlingen, eine Stadt voller Flüchtlinge, Zwangsarbeiter und Notlazarette, war vor der Zerstörung gerettet worden.

86. KAPITEL

68 Jahre später
Überlingen, Bodensee, September 2013

Im Herbst kam Susanne an den Bodensee. Zwei Tage zuvor herrschte in der Pension Ausnahmezustand. »Ich will, dass alles wunderschön aussieht, wenn sie eintrifft«, sagte Melissa nervös.

»Als ob sie nicht schon oft genug bei uns gewesen wäre«, versuchte Mia ihre Mutter zu beruhigen. »Sie weiß, wie es bei uns aussieht. Sie kennt den Ablauf in der Pension.«

»Das weiß ich ja«, erwiderte Melissa. »Aber es ist das erste Mal, dass ich das Haus für meine Mutter herrichten darf.«

Mia nahm sie in die Arme. »Und du machst das ganz großartig.«

Auch Zita und Philippe waren aufgeregt und halfen nach Kräften bei den Vorbereitungen mit.

Und dann kam sie. Melissa und Mia holten die alte Dame vom Bahnhof ab, man hatte extra einen Zug herausgesucht, der am Überlinger Westbahnhof anhielt. Von hier aus waren es nur ein paar wenige Schritte zum Alten Schulhaus.

Ihre Tochter rechts, ihre Enkeltochter links untergehakt, schritt Susanne auf das Haus ihrer Kindheit zu. Und als Melissa sie zu dem gedeckten Tisch unter dem Kirschbaum führte, rief sie: »Hier haben wir schon Kaffee getrunken und Kuchen gegessen, als ich noch ein kleines Mädchen war.«

Zita und Philippe waren auch da und warteten schüchtern und etwas unsicher abseits.

»Mama, darf ich dir Zita und Philippe vorstellen?«, fragte Melissa. »Zita ist die Frau, die das Notizbuch bei eBay ersteigert und den Stein damit ins Rollen gebracht hat. Und Philippe ist Sophies Urenkel.«

»Wie schön, Sie beide zu sehen«, sagte Susanne und küsste erst Zita, dann Philippe auf französische Art auf die Wangen. »Und wie faszinierend, dass sich nun aus dem Verkauf des Notizbüchleins eine neue deutsch-französische Liebesbeziehung entwickelt. Es hat eine ganz besondere Macht über unsere Familie.«

Während sie sprach, nahm sie das Notizbüchlein, das an einem roten Samtband um Zitas Hals hing, in die Hand. Zita machte Anstalten, sich das Band über den Kopf zu streifen. »Es gehört Ihnen«, sagte sie.

Doch Susanne hob in einer abwehrenden Geste die Hand. »Ich habe es verkauft, Sie haben es gekauft«, widersprach sie. »Ihre Geschichte ist bereits untrennbar damit verwoben und das ist auch richtig so. Dieses Notizbuch sollte von einer Frau getragen werden, die liebt. Und wenn es eine Deutsche ist, die einen Franzosen liebt, ist das umso besser. Dass es nun gewissermaßen in der Familie bleibt, freut mich sehr.«

Zita warf Philippe einen unsicheren Seitenblick zu. Sie hatte immer noch Angst, dass er sich durch die schnelle und enge Bindung seiner neuen Freundin an seine Familie eingeengt fühlen könnte. Doch er erwiderte den Blick nur liebevoll, legte den Arm um sie und flüsterte »Alles gut« in ihr Ohr.

Dann nahmen sie an der schön gedeckten Tafel Platz. Aßen von dem Geschirr, von dem schon so viele Generationen der Familie gespeist hatten, und ließen sich den Streuselkuchen schmecken, den es bei den Gerstetts, Bigalls und Seilers schon immer gegeben hatte.

»Dass ich hier noch einmal sitzen darf, mit meiner totgeglaubten Tochter«, seufzte Susanne glücklich. »Vom Geschirr der Familie den Kuchen meiner Kindheit essen, gebacken von meiner Enkelin.«

Mia lächelte.

»Wir konnten ja die Biografien Ihrer Verwandten und Vorfahren und Freunde jetzt relativ lückenlos verfolgen«, sagte Zita. »Zumindest bis Kriegsende. Wie ging es mit ihnen weiter? Wissen Sie das?«

»In groben Zügen, ja«, erwiderte Susanne. »Irina hat als Scharfschützin bei der russischen Armee gearbeitet.«

»Bei der russischen Armee?«, rief Zita. »Eine *Frau*? Damals?«

»Ja«, bestätigte Susanne. »Diese Scharfschützinnen waren sehr gefürchtet und Irina hat mehr als 300 deutsche Soldaten getötet. Insgesamt gab es in der russischen Armee, wenn ich es richtig in Erinnerung habe, über 2.000 dieser ›Sniper‹. Jedenfalls irrte sie wohl, nachdem Königsberg erobert worden war, durch die Gegend und sammelte Waisenkinder ein. Ihr habt sicher den Begriff ›Wolfskinder‹ schon einmal gehört?«

»Ja«, sagte Alexandra, die in dem Moment zu ihnen stieß, in ihrer Begleitung war Ole. »Entschuldigen Sie bitte die Störung«, platzte sie heraus. »Aber ich habe schon so viel von Ihnen gehört und ich wollte Sie unbedingt kennenlernen.«

Susanne lachte und machte Anstalten, sich zu erheben. »Bleiben Sie sitzen«, sagte Alexandra hastig. »Wir wollen wirklich nicht stören.«

»Ihr stört doch nicht«, rief Mia, und Susanne vermutete: »Sie sind bestimmt Ole und Alexandra, die werdenden Eltern.« Sie lächelte. »Sie hatten ja auch ganz schön Anteil an all den Ereignissen.«

Zita hatte zwei weitere Klappstühle geholt, Philippe kam mit zwei Gedecken, wenig später saßen Ole und Alexandra am Tisch.

»Die Wolfskinder«, nahm Alexandra den Faden wieder auf, »waren die ostpreußischen Kinder, die ihre Eltern im Krieg verloren hatten. Nicht immer waren es Waisen, manchmal sind die Eltern auch in Gefangenschaft geraten und die Kinder wurden zurückgelassen. Sie mussten sich selbst durchschlagen, manche kamen dann auch auf russische, polnische oder litauische Bauernhöfe, um dort zu arbeiten.«

»Woher weißt du das denn so genau?«, fragte Zita.

»Ich habe neulich über Waisenkinder geschrieben, für die Zeitung«, erklärte Alexandra. »Die Geschichte hat mich schwer erschüttert.«

»Es sind wirklich schlimme Schicksale«, bestätigte Susanne. »Das fand wohl auch Irina, die dann von der Scharfschützin zu einer Frau wurde, die all diese Kinder einsammelte und ihnen ein Zuhause gab.«

»Wo und wie ist ihr das gelungen?«

»Ich weiß das leider auch alles nur ansatzweise, ich hatte ja so viele Jahre keinen Kontakt zu ihnen allen«, sagte Susanne. »Gemeinsam mit einer Frau, der sie das Leben gerettet hat und die ebenfalls zwei Kinder hatte, hat sie wohl fast ein Jahr lang in Ostpreußens Wäldern gelebt. Die beiden Frauen haben ihr Möglichstes getan, um die Kinder zu erziehen und zu ernähren.«

»Ein ungeheures Unterfangen angesichts der Tatsache,

dass die Kinder bestimmt auch noch traumatisiert waren«, sagte Zita bedrückt.

»Es war ihr Plan, bei Luise vorzusprechen, wenn sich alles beruhigt hätte, und sie zu fragen, ob sie aus dem Gut in Neidenburg nicht ein Kinderheim für all die verwaisten Kinder machen will. Aber die polnischen Behörden hatten die Stadt übernommen, aus Neidenburg war ›Nidbork‹ geworden, das später ›Nidzica‹ hieß. Das deutsche Neidenburg, das so lange Luises Heimat gewesen war, gab es nicht mehr, es war nun Sitz eines Powiats – das entspricht einem deutschen Landkreis – mit fast 16.000 polnischen Neuansiedlern.

»Schade«, sagte Melissa traurig. »Das wäre ein schönes Ende gewesen. Aber so was gibt es wohl nur im Märchen.«

»Nun, dieses Märchen wurde wahr.« Susanne lächelte still vor sich hin. »Dadurch, dass Roman Pole war, bekamen die beiden das Gut wieder. Einfach war das alles zwar nicht, zumal er zuletzt noch eingedeutscht worden war, aber Luise und er haben sich ihre Heimat zurückerkämpft. Und gemeinsam mit Irina und noch einigen anderen Frauen, die zu ihren Freundinnen zählten, ein Waisenhaus aufgebaut. Wenn ich es richtig weiß, besteht das noch heute.«

»Wirklich beeindruckend«, mischte sich Ole ins Gespräch. »Faszinierend, wie sich der Kreis am Ende schließt.«

Sie schwiegen eine Weile, tranken ihren Kaffee, aßen ihren Kuchen. Dann sagte Susanne: »Was aus deiner Urgroßmutter wurde, habe ich Mia und Melissa schon erzählt, Philippe.« Sie sah ihn fragend an. »Ich weiß nicht, wie viel du über deine Familiengeschichte weißt oder was Melissa und Mia dir berichtet haben?«

»Nicht viel«, murmelte Philippe unsicher.

»Also, es war wohl so, dass deine Urgroßmutter am Ende ihres Lebens … nun ja …«

»Sie war lesbisch, Philippe«, verkündete Mia geradeheraus.

Philippe verschluckte sich an seinem Kaffee, Zita klopfte ihm besorgt auf den Rücken. »Urgroßmutter Sophie war *lesbisch*?«, fragte er. Philippe hatte zwar nicht das geringste Problem mit Homosexualität, im Gegenteil, einer seiner besten Freunde war schwul und hatte seinen Partner kürzlich geheiratet. Dass seine Urgroßmutter aber lesbisch gewesen sein sollte – das fand er dann doch ungewöhnlich. Und er schlussfolgerte: »Was ist mit meinem Urgroßvater? Ich dachte immer, das sei die ganz große Liebe gewesen.«

»War sie auch. Und so einfach ist das alles nicht«, sagte Susanne. »Wie überall gibt es auch hier kein Schwarz oder Weiß, sondern ganz, ganz viele Farbtöne dazwischen. Darüber haben wir lange gesprochen, als wir uns getroffen haben. Sie hat Pierre wirklich geliebt und in der Zeit, als er verschollen war, und später, als sie wusste, dass er nie mehr wiederkehren würde, kam sie Manon näher, einer Frau, die ebenfalls ihren Mann verloren hatte. Die beiden entwickelten Gefühle füreinander, die Sophie sich zunächst noch verbot, weil sie um Pierre trauerte und sich nicht frei fühlte. Doch später wurden sie ein Paar. Deine Urgroßmutter vertrat die Ansicht, dass man einen Menschen nicht aufgrund seines Geschlechts, sondern aufgrund seines Wesens liebt.«

»Ein absolut logischer Gedanke«, murmelte Mia. »Aber es gehört schon auch Veranlagung dazu. Ich kann mir durchaus vorstellen, einer Frau, die mich fasziniert, Gefühle oder gar Liebe entgegenzubringen, aber mit ihr intim zu werden? Ich glaube, das würde mich nicht …«

»… erregen?«, kam Alexandra ihr zu Hilfe. »Ja, ich weiß, was du meinst. Ich brauche einfach auch das männliche

Element in meinem Leben.« Sie grinste Ole an, der sich mit einem Kuss auf ihre Wange revanchierte.

»Komisch, dass ich davon gar nichts wusste«, grübelte Philippe. »Aber vielleicht war das mit ein Grund, warum meine Familie so zerrüttet ist.« Er nahm Zitas Hand und drückte sie unter dem Tisch.

»Was wurde eigentlich aus Johanna?«, fragte Zita, um etwas von Philippe abzulenken und ihm eine Verschnaufpause zu gönnen.

»Meine Mutter – Großmutter – und mein Vater, oder besser: mein Großvater lebten sehr glücklich zusammen«, sagte Melissa, die diesen Teil der Geschichte ja selbst erlebt hatte. »Sie hat sich nach dem Krieg wieder in die Textilfabrik eingebracht und sie zu neuem Glanz geführt. Sie wurde sehr reich und sehr erfolgreich, war in der Konstanzer Nachkriegswelt geschätzt. Ihre Entwürfe haben es sogar bis nach Paris geschafft.« Sie schmunzelte. »Die Verbindung zwischen unserer Familie und dieser Stadt ist offenbar sehr vielschichtig. Sie hat in Paris auch eine Dependance aufgemacht. Mein Bruder – oder nein, es ist ja mein *Onkel* Robert, hat dort eine Frau namens Dénise geheiratet, wir haben uns leider weitgehend aus den Augen verloren. Nur eine Karte zu Weihnachten, mehr nicht. Sie haben diesen Firmenzweig geführt«, sagte Melissa.

»Das hat Franziska ganz bestimmt nicht gefallen«, kicherte Mia. »Also nicht das mit Robert, sondern dass Johanna die Macht wieder an sich genommen hat, meine ich.«

»Nein«, bestätigte Melissa. »Mutter und sie haben sich dann irgendwann regelrecht offen bekriegt. Als mein Großvater – Urgroßvater – starb, hat er Johanna die Firma allein vermacht und das bedeutete natürlich den endgültigen Bruch.«

»Wie kam Franziska dann hierher ins Alte Schulhaus? Und warum habt ihr es gemeinsam geleitet?«

»Das kam alles erst nach Johannas Tod«, erklärte Melissa. »Um mich hat sich Franziska ja immer bemüht, wahrscheinlich war ich der einzige Mensch, dem sie so etwas wie Liebe entgegenbringen konnte. Und nach dem Tod von Johanna ist sie hier eingezogen. Das ist ja nie eine Sache zwischen uns gewesen. Die Textilfabrik hatte Johanna schon Jahre vor ihrem Tod verkauft, sie lebte mit Sebastian ein komfortables Leben in Konstanz, direkt am See in einer schicken Altstadtwohnung an der Rheinbrücke, die beiden gingen viel auf Reisen und genossen das Leben.«

Schweigen machte sich an der Tafel breit.

»Es ist schon unglaublich«, sagte Zita schließlich nachdenklich, »wenn man auf die bewegte Geschichte dieser Familie zurückblickt. Unglaublich auch, dass dieses Büchlein die Familie seit 1914 begleitet. Ein Jahrhundert – ein kleines silbernes Notizbuch, das all die Zeit überstanden hat und das jetzt um meinen Hals hängt. irgendwie ist mir das fast ein wenig unheimlich.«

»Das kann ich verstehen«, sagte Mia. »Es ist ja auch eine Art Bürde, nicht wahr?«

»Nein«, widersprach Melissa entschieden. »Es ist keine Bürde, vor allem deshalb nicht, weil es nach einem Jahrhundert an eine Frau gerät, die neu zu dieser Geschichte hinzukommt. Ein neuer Kreis öffnet sich, ohne dass die Verbindung zum alten abgeschnitten wäre. Eine neue Geschichte kann beginnen – auf den Wurzeln der alten.«

»Zwei Geschichten, zwei Kreise. Zwei Kreise, die nebeneinanderliegen. Und die ergeben das Unendlichkeitszeichen«, sagte Philippe leise. »Und ich bin die Verbindung.«

Zita zog das rote Samtband über den Kopf und holte

den feinen, dünnen Bleistift, der zugleich den Verschluss des Büchleins bildete, heraus. Sie schlug es auf und begann zu schreiben.

Überlingen, Altes Schulhaus, September 2013

Heute beginnt eine neue Geschichte. Ich weiß nicht, wohin sie uns führen wird. Die Menschen, die diese Geschichte in 100 Jahren vielleicht lesen werden, sind noch nicht geboren. Ich weiß nicht, ob es meine Urenkel sein werden oder wer sonst dieses Büchlein in 100 Jahren tragen wird. Ich will denjenigen aber nicht vorenthalten: Jetzt, wo ich diese Worte schreibe, sitzen wir alle im Garten des Alten Schulhauses in Überlingen unter dem Kirschbaum. Wir werden nachher ein Foto machen und es im Alten Schulhaus an die Wand hängen. Vielleicht hängt es in 100 Jahren ja noch hier. Ich schreibe diese Zeilen in dem innigen Wunsch, dass uns ein friedvolles Jahrhundert bevorsteht. Dass wir nicht erdulden müssen, was unsere Mütter und Väter erlitten haben. Möge in 100 Jahren jemand dieses Buch in den Händen halten und sagen: »Was hatten sie für ein glückliches, friedliches Leben.« *Das ist mein größter Wunsch.*

ENDE

DANKSAGUNG

Ich habe die letzten Kapitel dieses Buches in der Zeit geschrieben, als sich die schlimmen Terroranschläge in Paris ereigneten, im November 2015. Eine unruhige Zeit ist es, in der wir leben, eine Zeit, in der Tausende Menschen auf der Flucht vor Terror und Gewalt sind, um ihr Leben rennen, nichts mehr haben als das, was sie auf der Haut tragen. In Zeiten wie diesen ein Buch zu schreiben, das sich mit dem Schrecken des Zweiten Weltkriegs befasst, und gerade eben auch mit der Flucht aus Ostpreußen, hat etwas Beängstigendes. Da werden plötzlich Parallelen deutlich und Mechanismen sichtbar, die erschreckend sind. Auf der anderen Seite hat es aber auch etwas ungemein Beruhigendes. Denn wenn man sich mit der Geschichte unserer Vorfahren beschäftigt, wird auch klar, was heute anders ist als damals. Welchen Wert Errungenschaften wie EU und NATO bei allen Schwierigkeiten haben. Wie sich die Beziehungen zwischen Russland und Deutschland, so angespannt sie zwischendurch auch sein mögen, plötzlich wieder ändern können, wenn es darum geht, zusammenzustehen und sich und das Volk gemeinsam gegen den Terror zu schützen.

Wir leben in einer spannenden Zeit, werden Zeugen eines wichtigen Kapitels der Geschichte. Unsere Welt verändert sich, und momentan scheint das Pendel in der Frage, ob sie sich zum Guten oder zum Schlechten wandelt, einmal mehr zur einen, und dann wieder mehr zur anderen Seite auszuschlagen.

Mir wird jeden Tag aufs Neue klar, wie wichtig es in solchen Zeiten ist, sich der eigenen Privilegien bewusst zu werden. Unsere Vorfahren mussten so viel erdulden und erleiden, und die vielen Flüchtlinge, die jeden Tag in unser Land kommen, müssen genau dieses Leid heute erdulden. Dass wir von diesem Leid verschont sind, ist ein enormes Geschenk, und wenn ich mir diese Tatsache vor Augen führe, empfinde ich eine große Dankbarkeit und Demut.

Der Friede ist ein wertvolles Gut, das es zu bewahren gilt. Dazu gehört auch, achtsam und liebevoll mit den Menschen umzugehen, denen wir täglich begegnen. Unnötige Streitigkeiten zu vermeiden, zu lächeln, anstatt böse zu schauen, sich einmal mehr zu bedanken und einmal weniger zu kritisieren. Wir können Terroranschläge und Gewalt als einzelner Mensch nicht verhindern. Aber wir können unser eigenes Umfeld friedvoll gestalten. Frieden beginnt im Kleinen.

Über achtsame, respektvolle und fröhliche Begegnungen freue ich mich jeden Tag. Mit meinen Kollegen, mit meiner Familie und mit all meinen Freunden, die mich seit vielen Jahren begleiten. Danke Euch allen, dass Ihr für mich da seid, danke, dass es Euch gibt. Damit meine ich auch die Menschen, mit denen ich für dieses Buch zusammengearbeitet habe. Meine Mutter Lena Bast, die dieses Buch gelesen, durchgearbeitet und mit vielen, vielen wertvollen Hinweisen versehen hat. Vielen Dank für diese mühevolle und wichtige Fleißarbeit und für Dein unermüdliches Engagement für mich und meine Projekte! Meine Lektorin Claudia Senghaas, die mir seit vielen Jahren eine liebe und wichtige Freundin ist. Eine Freundschaft, die während des

Entstehens dieser Trilogie viele Wandlungen durchlebt hat und dadurch noch reifer und wertvoller geworden ist. Wie schön, dass es Dich gibt. Seit diesem Buch habe ich auch eine Agentin: Anna Mechler. Liebe Anna, Du warst mir schon auf Deiner Internetseite sympathisch, das erste Telefongespräch fühlte sich an, als würden wir uns seit Jahren kennen, und die Zusammenarbeit mit Dir ist wunderbar. Danke, dass Du immer ein Ohr für mich hast. Ich freue mich schon auf viele neue Projekte!

Wie immer geht der größte Dank an meine Familie. Meinen Eltern, die mich immer unterstützen und meine Projekte interessiert verfolgen. Meinen Kindern, die jeden Tag zu einem glücklichen machen, und vor allem meinem Mann Thomas, der seit vielen Jahren alles tut, um mir den Rücken frei zu halten, und dessen Alltag sich schon längst nach meinen Abgabefristen und Redaktionsschlüssen richtet. Und weil er irgendwann die dauernden Spaghetti nicht mehr sehen konnte, die ich in den Topf warf, während ich parallel telefonierte oder gar schrieb, hat er mittlerweile sogar kochen gelernt. Ich muss nicht extra erwähnen, dass sein Essen schon nach dem ersten Gericht besser schmeckte als alles, was ich in vielen Jahren fabriziert habe!

ANMERKUNGEN

In Überlingen gab es tatsächlich eine Familie Levi, die ein Textilgeschäft in der Münsterstraße betrieb. Viktor Levi wurde in der Nacht des 10. November 1938 in »Schutzhaft« genommen, man brachte ihn in das KZ Dachau. Wenige Tage später entließ man ihn in die Freiheit, aber nur mit der Auflage, sein Geschäft aufzugeben und das Land zu verlassen. Die Levis hatten zwei Töchter, die sie mit den Kindertransporten im Jahr 1938 nach England schickten, im August 1939 folgten sie ihnen und übersiedelten nach Kentucky. Im Dezember 1939 hatten sie ihr Geschäft für 40.000 Reichsmark verkauft.

Von 1933 bis 1945 hatte Überlingen tatsächlich einen Bürgermeister namens Albert Spreng: Der Brief, den er an Susanne verfasste, ist aber reine Fiktion und eine freie Erfindung.

Die Geschichte der Flucht von Susanne und Leopold aus Frankreich ist der tatsächlichen Flucht von Heinrich und Nelly Mann nachempfunden. Ich habe mir erlaubt, den Manns Leopold und Susanne als Reisebegleiter anzudichten. Tatsächlich flohen die Manns mit Hilfe von Varian Fry und gemeinsam mit dem Ehepaar Mahler aus Frankreich. Die Ereignisse dieser Flucht sind in meinem Roman, was die Manns betrifft, relativ authentisch wiedergegeben. In dem Buch »Traumland und Zuflucht« von Manfred Flügge ist selbige genau beschrieben. Wer sich für dieses Thema interessiert, dem sei das Buch wärmstens empfohlen.

Um ein möglichst genaues Bild jener Zeit zu bekommen, habe ich zahlreiche Zeitzeugenberichte studiert. Besonders beeindruckt haben mich dabei die Geschichte von Werner Mork, der auf Lemo (Lebendiges Museum Online) sehr genau die Stimmung eines jungen deutschen Soldaten in den verschiedensten Momenten des Krieges beschrieben hat. Sehr berührt haben mich auch die Zeitzeugenberichte von Henny Dreifuss, Peter Gingold und Gerhard Leo in dem Film »Frankreichs fremde Patrioten.« Vieles von dem, was sie als tatsächliche Gegebenheiten schilderten, ist in meinen Roman eingeflossen. Gleiches gilt für den Bericht von Joachim Scholz in der Reihe »Gedächtnis der Nation«: Er hat zu meinem Kapitel von Romans Flucht nach Pillau geführt – Joachim Scholz hat das alles tatsächlich erlebt. Alle Berichte sind in den Quellenangaben zu finden.

Noch ein Hinweis: Es ist nicht sonderlich wahrscheinlich, dass Roman nach seiner Ankunft in Pillau so schnell nach Berlin kam und dort kämpfte. Es war mir aber ein Anliegen, die Schlacht um Berlin als wichtiges Ereignis am Ende des Zweiten Weltkriegs mit im Buch zu haben. Deshalb habe ich mir hier eine gewisse dichterische Freiheit herausgenommen.

LITERATUR UND QUELLEN

Arte: »Frankreichs Fremde Patrioten«. Film.

ARD: »Von polnischen Zwangsarbeitern und deutschen Frauen«. Film.

Badische Zeitung: Ausweisung aus der roten Zone. URL: www.badische-zeitung.de/schwanau/ausweisung-aus-der-roten-zone--105945439.html

Badia, Gilbert; Roussel, H.: »Politische und kulturelle Aktivitäten der Emigranten 1933–1939«. In: »Deutsche Emigranten in Frankreich – Französische Emigranten in Deutschland. 1685–1945«. München 1984.

Berhorst, Ralf; Mischer, O.: »Der erste Schuss.« In: Geo Epoche Nr. 43, Der Zweite Weltkrieg, S.29ff.

Borkowski, Helmut: »Die Kämpfe um Ostpreußen und das Samland 1944–1945«. URL: http://www.LO-NRW. de/Samlandmuseum/ Heimatkreisgemeinschaft Landkreis Königsberg (Pr) e. V. Stand: 19.10.2015.

Burger, Oswald: »Der Stollen«. Überlingen 2011, S. 26, 27.

Chroniken des Chronik-Verlags: Chronik 1938, Chronik

1939, Chronik 1940, Chronik 1941, Chronik 1942, Chronik 1943, Chronik 1944, Chronik 1945.

»Das Tagebuch der Hertha Nathorff«. Berlin – New York. Aufzeichnungen 1933 bis 1945, herausgegeben und eingeleitet im Auftrag des Instituts für Zeitgeschichte von Wolfgang Benz, Oldenbourg Verlag, München 1987.

Flügge, Manfred: »Traumland und Zuflucht. Heinrich Mann und Frankreich«. Berlin 2013.

Initiative Literatur. URL: http://www.initiative-literatur. de/de/paris/bibliothek.php. Abgerufen am: 12.3.2015.

Lemo, Lebendiges Museum online: Der Angriff auf Warschau 1939. URL: www.dhm.de/lemo/Kapitel/der-zweite-weltkrieg/kriegsverlauf/angriff-auf-warschau-1939.html.

Mork, Werner: Kriegsbeginn am 1. September 1939. In: Lemo, Lebendiges Museum Online. URL: www.dhm.de/ lemo/zeitzeugen/werner-mork-kriegsbeginn-am-1-september-1939. Abgerufen am: 12.3.2015.

Mork, Werner: Kriegsbegeisterung in Deutschland 1940. In: Lemo, Lebendiges Museum Online. URL: www.dhm. de/lemo/zeitzeugen/werner-mork-kiregsbegeisterung-in-deutschland-1940.html.

Planet Wissen: Das Tagebuch der Herta Nathorffhttp:// www.planet-wissen.de/politik_geschichte/drittes_reich/ novemberpogrome/das_tagebuch_der_herta_nathorff.jsp.

Scholz, Joachim: »Heiligenbeiler Kesselschlacht«. In: »Gedächtnis der Nation«, Film.

Südkurier vom 24.4.2015: »Kriegsende verlief in Überlingen friedlich«.

Thalmann, Rita: »Die Aufnahme der deutschen Emigranten in Frankreich von 1933 bis zum Kriegsausbruch 1939«. In: »Deutsche Emigranten in Frankreich – Französische Emigranten in Deutschland. 1685–1945«. München 1984.

Vom Haff: »Bernsteine und Trillerpfeifen«. URL: http://www.vomhaff.de/44105/9444.html. Stand: 15.10.2015.

Vormeier, Barbara: »Die Lage der deutschen Emigranten in Frankreich während des Krieges (1939–1945)«. In: »Deutsche Emigranten in Frankreich – Französische Emigranten in Deutschland. 1685–1945«. München 1984.

Wikipedia: Nidzica. URL: de.wikipedia.org/wiki/nidzica. Abgerufen am: 14.10.2015.

Wikipedia: Varian Fry. URL: de.wikipedia.org/wiki/Varian_Fry. Abgerufen am 29.10.2015.

ZDF: »Der Sturm – Die Schlacht um Ostpreußen«. Film.

Zweiter Weltkrieg – Angriff auf die Sowjetunion 1941. Film.

6. Juni 1944 – Ansprache von General de Gaulle über die BBC. URL: www.charles-de-gaulle.de/6-juni-1944-ansprache-von-general-de-gaulle-uber-die-bbc.html.